Betty & Barny 2

Für Betty und Barny

SILKE THATE

Betty und Barny

- Ein Leben mit Frettchen -

Ein tierisch - menschlicher Erlebnisbericht
Zweites Buch

Ich ersuche um Kenntnisnahme: Alle in diesem Buch geschilderten Handlungen und Personen sind frei erfunden. Ähnlichkeiten mit lebenden oder verstorbenen Personen wären / sind zufällig und nicht beabsichtigt. Ach ja, wer Fehler findet, darf sie gern behalten ☺

Bibliografische Information der Deutschen Nationalbibliothek:
Die Deutsche Nationalbibliothek verzeichnet diese Publikation in der Deutschen Nationalbibliografie; detaillierte bibliografische Daten sind im Internet über http://dnb.dnb.de abrufbar.

Überarbeitete Neuauflage
Originaltitel: Betty & Barny- Die lustigen Abenteuer zweier Frettchen gehen weiter, Erstausgabe 2006 beim Engelsdorfer Verlag.

© 2016 Silke Thate
Illustration: Christina Bernhard/Tasmanien
Fotografie: Silke Thate
Umschlagsgestaltung: Silke Thate

Herstellung und Verlag: BoD – Books on Demand, Norderstedt

ISBN: 9783741252259

Vorwort

Ganz besonders widme ich dieses Buch meinen beiden ersten Frettchen Betty und Barny. Betty, die im Juli des Jahres 2001 für uns alle
unfassbar und völlig überraschend an Krebs verstarb und Barny, der
leider krankheitshalber im Mai 2003 eingeschläfert werden musste.
Beide werden, wie schon im ersten Buch, die Hauptrollen spielen.
Außerdem widme ich dieses Buch meiner lieben Mutter, Hanna Jun-
kert, sie verstarb im Mai des Jahres 2002 an Krebs. Sie hinterlässt eine
tiefe Lücke in meinem Leben, die sich für mich nie schließen wird,
stand sie mir doch immer mit Rat und Tat zur Seite.
Besonderen Dank gilt meinen beiden Frettchenfreunden Christina und
Klaus Bernhardt aus Australien/Tasmanien. Christina stellte mir die
Zeichnungen zur Verfügung und Klaus die Kurzgeschichte.
Dieses Buch umfasst die Begebenheiten mit unseren Frettchen Betty
und Barny von Neujahr 1997 bis Ende Juli 1997.

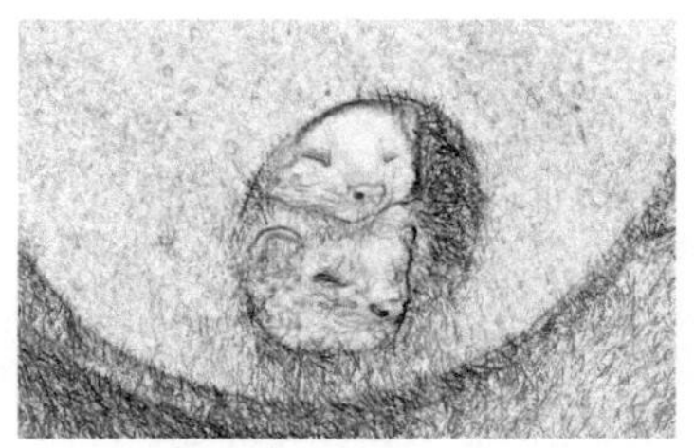

Für die Menschen unter euch, ob nun groß oder klein, die mich und meine Familie noch nicht kennen sollten, möchte ich mich erst einmal etwas näher vorstellen. Also, ich bin die etwas zart gebaute Fähe Betty und wie es wohl jeder schon an meinem schönen Namen hören kann, von weiblicher Natur.

Seit knapp einem halben Jahr wohne ich mit meinem inzwischen besten Freund, dem etwas dicklichen und verträumten Rüden Barny, zusammen. Wir zwei sind Frettchen und immer noch stolz darauf!

An dieser Stelle möchte ich eine wirklich nur verkürzte Zusammenfassung der bisherigen Ereignisse geben.

Barny und ich wurden von der Familie, mit dem für mich sehr lustigen Namen Trimmdich, die sich aus Martin, Samantha und ihren beiden Kindern, Steven und Patrick, zusammensetzt, einer anderen Familie Namens Seitling im zarten Alter von sechs Wochen abgekauft.

Bei der Familie Seitling haben wir im Mai des Jahres 1996 das Licht dieser schönen Welt erblickt. Doch leider hörte damit ihre Zuwendung für uns auch schon fast auf. Sie waren nur noch auf der Suche nach einem möglichen Käufer für uns Frettchen, um den Barny und mich so schnell wie möglich loszuwerden.

Die drei Seitlings vergaßen dabei aber gänzlich sich um unsere anständige und vollwertige Ernährung zu kümmern und so haben wir leider so manches Mal regelrecht hungern müssen.

Auch unsere Unterbringung in dunklen, nicht sehr großen und nur mit ein wenig Sand ausgestreuten Buchten wirkte sich nicht gerade positiv auf unsere weitere Entwicklung aus.

So waren wir, Barny und ich, eben schon mehr am Sterben, als denn am Leben, als die vierköpfige Familie Trimmdich völlig überraschend in unser bescheidenes Leben trat.

Erst wollte Samantha uns gar nicht mitnehmen, weil wir beide so völlig heruntergekommen und verwahrlost aussahen. Doch zu unserem kolossalen Glück, siegte das Mitleid über die Gefühle der Trimmdichs und wir beide zogen von Klein-Kummerstadt nach dem wirklich kleinen Dörfchen Hirschberg um.

Die vier Trimmdichs haben sich dann durchaus aufopferungsvoll um die vollständige Gesundung von uns bemüht, wobei sie sich aber bei dem liebenswürdigen Tierarzt Doktor Notnagel und auch der freundlichen Tiergartenleiterin von Wildesheim der Frau Zuhaus tatkräftige Hilfe und Unterstützung geholt haben.

Da man sich so herzbewegend um uns beide gekümmert hat, haben Barny und ich entschieden, auch unseren kleinen Anteil zu leisten und sind nach wenigen Wochen gesund und auch zahm geworden.

Danach ging das ereignisreiche Leben in Hirschberg und bei unserer Familie Trimmdich aber erst richtig los.

Frauchen hat alles ganz genau, nahezu pedantisch genau möchte ich beinahe sagen, über uns zwei Frettchen berichtet und ich, immer abwechselnd mit Barny, alles über die Ereignisse bei unseren vier Trimmdichs.

Auch die schöne Alexa, eine altdeutsche Schäferhündin, konnte sich ab und zu einen kurzen Kommentar nicht ganz verkneifen.

So sind wir uns allmählich in dem ersten halben Jahr unseres Zusammenlebens ziemlich nahegekommen und können ohne den Anderen einfach nicht mehr sein.

Mein Frauchen Samantha möchte ich nun bitten, mit ihrer Erzählung dort fortzufahren, wo sie im ersten Buch aufgehört hatte.

Mit Silvester 1 9 9 6 beziehungsweise mit den Geschehnissen am ersten Tag des neuen Jahres.

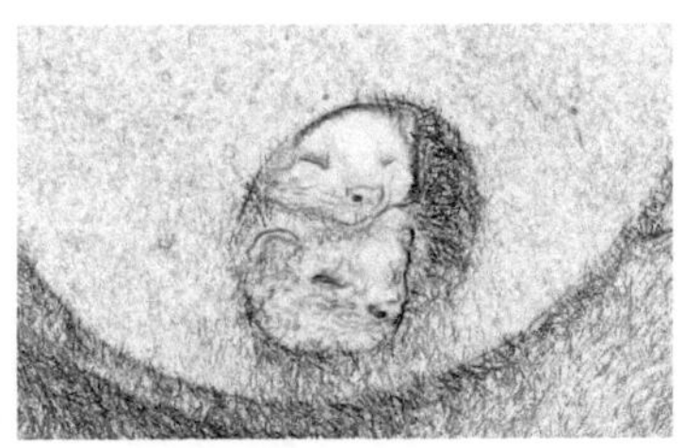

❧ Alles hat ein Ende - auch das Jahr 1996 ☙

Gott sei Dank dauert das alte Jahr nur noch ein paar Minuten, denn ich kann mich vor lauter Müdigkeit kaum noch auf den Beinen halten.
Damit ich nicht doch noch einschlafe, und die ersten Augenblicke des neuen Jahres verpasse, laufe ich eher lustlos in der trimmdichschen Behausung herum. Kein einziges Zimmer wird von mir bei meiner ruhelos wirkenden Wanderung ausgelassen. Da zur Feier des heutigen Tages auch die Kinder ihre Zimmer richtig schön in Ordnung gebracht haben, Mutter muss ihnen einmal nichts hinterher räumen, bleibt mir nichts anderes übrig als zu warten, zu warten und nochmal einmal zu warten. Aber Warten ist eines der Sachen, die ich überhaupt nicht ausstehen kann.
Ich schaue nun immer öfter und auch genervter auf meine Armbanduhr, aber deren Zeiger scheinen irgendwie auf der Stelle festgeklebt zu sein. Oder hat jetzt meine alte Uhr endgültig ihren Geist aufgegeben?
Erst als mir Martin aus dem Wohnzimmer laut zuruft: »Kommst du dann herüber, Schatz? Es ist gleich soweit!«, werde ich aus meiner doch etwas trübsinnigen Stimmung gerissen. Flinken Fußes eile ich also aus unserer Küche, durch den Flur, zu unserem Wohnzimmer herüber. Aber ehe ich dort ankommen kann, werde ich ziemlich unsanft und äußerst plötzlich zu Fall gebracht. ›Verdammt noch mal! Tut das vielleicht weh! Musste ich denn auch ausgerechnet auf dem Steißbein landen?‹, fluche ich laut vor mich hin.
Suchend und rasend vor Wut, manchmal bin ich halt etwas explosiv, sehe ich mich nach dem Verursacher meines unfreiwilligen Sturzes um. Vor der Badezimmertür kann ich den kleinen Übeltäter dann auch sogleich entdecken. Es ist das allerneueste Lieblingsspielzeug von Betty und Barny, ein circa faustgroßer roter Hartgummiball, der ihnen unlängst von Patrick großzügig zu ihrer Verfügung gestellt wurde.

Ich frage mich nun mehr als ernsthaft, wie dieses rote Ding in unseren Flur gekommen ist? Habe ich doch diesen kleinen Ball erst vor einer halben Stunde in der Frettchenvilla neben dem Schlafhäuschen liegen sehen, als ich meinen beiden kleinen Freunden Betty und Barny einen kleinen Besuch abgestattet habe.

Wütend und durch den Schrecken auch wieder so richtig putzmunter geworden, werfe ich das rote Ungetüm im hohen Bogen aus dem Flurfenster auf den Hof von Alexa hinaus.

Nur wenige Sekunden später ist ein kurzes, aber entschieden erbostes Aufjaulen zu vernehmen und dann herrscht wieder völlige Ruhe.

Da jetzt auch Steven und Patrick lauthals nach mir schreien, denke ich nicht weiter darüber nach. Ich eile, mir das stark schmerzende Steißbein reibend, in das zum Anlass des Tages besonders festlich geschmückte Wohnzimmer hinüber.

Martin füllt gerade unsere neuen Sektgläser, ein Weihnachtsgeschenk von Schwiegereltern, mit Rotkäppchensekt. Die Gläser unserer Kinder bekommen selbstverständlich nur eine Füllung mit Kindersekt, der leicht grünlich ausschaut und intensiv nach Waldmeister schnuppert.

Steven und auch Patrick haben einen ganz und gar feierlichen, irgendwie einen erwartungsvollen Gesichtsausdruck aufgesetzt. Sie lassen die riesengroße Turmuhr, die jetzt im Fernsehen eingeblendet wird, nicht mehr aus ihren wachsamen Augen.

Steven vergisst heute sogar dieses nervöse Blinzeln, was ihn in solchen spannungsvollen Situationen ansonsten gerne überfällt.

Ihre vollkommene Anspannung kann ich gut verstehen, ist es doch das erste Silvester, welches die beiden Jungen nicht verschlafen werden.

Endlich ist es so weit. Patrick zählt, mit stark geröteten Wangen, die allerletzten zwölf Schläge der Uhr und des Jahres 1996, laut mit. Nach dem Verklingen dieses letzten Schlages wird auf das funkelnagelneue und nur wenige Sekunden zählende Jahr 1997 angestoßen.

Während wir beide, Martin und ich, unseren eisgekühlten Schampus nur schluckweise genießen, trinken die beiden Jungen ihr Glas ›Sekt‹ ganz eilig aus, weil sie so schnell wie möglich hinaus in den Garten wollen, hinaus zur großen Silvesterknallerei!

Dass ich nach dem Genuss des fast eisigen Sekts aber wieder einmal unaufhörlich von einem überaus lästigen Schluckauf geplagt werde, scheinen meine drei Männer natürlich sehr amüsant zu finden.

Wie würde meine liebe Frau Mama wieder einmal gesagt haben: »Wer den Schaden hat, braucht für den Spott nicht zu sorgen!«

Nachdem ich mit tiefen Luftholen, das weitere Einatmen zwanghaft unterdrückend und zugehaltener Nase, den mich peinigenden starken Schluckauf vertrieben habe, geht es endlich in unseren Garten hinaus.

Unsere Schäferhündin Alexa wird von uns dieses Mal aber verantwortungsbewusst in ihren geräumigen Zwinger - ein umgebauter Schuppen eingesperrt, bevor wir mit der ganzen Silvesterknallerei beginnen. Im vorangegangenen Jahr hatten wir es nämlich nicht getan beziehungsweise vergessen und flugs hetzte unsere liebe, aber doch etwas verhätschelte Schäferhündin jeder einzelnen Rakete und auch jedem einzelnen Knallkörper aufgebracht bellend hinterher.

Den größeren und auch kleineren Hunden aus unserer unmittelbaren Nachbarschaft schien dieses aufgebrachte wutentbrannte Bellen unseres Hundes irgendetwas zu ›bedeuten, zu sagen‹, denn sie fielen prompt sehr lautstark und mit wahrlich reichlicher Ausdauer ein.

Natürlich gefällt es Alexa überhaupt nicht, eingesperrt zu sein. Sie meldet nicht nur lautstark, wie ein Wolf jaulend, ihren Protest an, sondern springt auch wie eine Wilde immer wieder gegen die Zwingertür, was einen Ton erzeugt, als wenn jemand mit seinen Fäusten gegen eine Blechtür schlägt.

Doch wir vier Trimmdichs lassen uns nicht sehr davon beeindrucken und beginnen zuerst mit dem Abschießen der zehn Silvesterraketen. Eine Rakete unübersehbar eindrucksvoller, als die Andere blüht am nächtlichen Himmel von Hirschberg auf, was von Steven und Patrick jedes Mal mit einem ausgedehnten »Bravo ...« sowie einem staunenden »O ... h« begrüßt wird.

Dass Betty und Barny es bei diesem mitternächtlichen Krawall und dem überlauten Getöse nicht sehr lange in ihrem Schlafhäuschen aushalten, sondern erst einmal nachschauen müssen, was so unmittelbar vor ihrer Frettchenvilla im Gange ist, kann man sich wohl an all seinen zehn Fingern ausrechnen.

Betty hastet beziehungsweise sie tippelt hochbeinig und gänzlich aufgescheucht in der gesamten Villa herum, Treppe auf und Treppe ab, wobei sie fortwährend leise gockernde Töne von sich gibt. Außerdem sehen das ganze Fell und auch der Schwanz von ihr wie aufgeplustert aus, fast wie elektrisiert. Das bedeutet eigentlich nur eins für mich, Betty hat fürchterliche Angst.

Barny dagegen streckt sich in aller Seelenruhe so richtig kräftig durch, reißt dann sein kleines Mäulchen ganz weit auf, um sogleich so herzhaft zu gähnen, dass man es in seinem Kiefer regelrecht laut knacken hören kann. Er dreht dann eher lustlos noch ein paar wenige Runden um seine eigene Körperachse, um sich plötzlich auf der Stelle fallen zu lassen, auf der er sich gerade befindet. Seine beiden Vorderbranten legt er dabei völlig entspannt übereinander, wobei er seine Augen fest geschlossen hält.

Ich bin jetzt echt gespannt, ob sich mein kleiner Träumer von Betty ihrer nervösen und gereizt wirkenden Unruhe anstecken lässt oder ob er lieber weiter das unbeteiligte Frettchen heraushängen lässt. Sie nimmt auf den bequem Lümmelnden und sich vermutlich im Reich der Träume befindenden Barny keinerlei Rücksicht. Immer wieder marschiert, besser gesagt springt, sie über ihn hinweg. Von links nach rechts und auf dem gleichen Wege wieder zurück. Sie stößt und schupst ihn dabei ab und zu kräftig in seine Seiten beziehungsweise in die gut gepolsterten Flanken.

Aber mein Dickerchen lässt sich zu nichts überreden. Barny dreht sich zwar aus der Bauchlage langsam in die Rückenlage um, alle vier Pfoten lässig von sich gestreckt und schläft mit leicht offen stehenden Mäulchen einfach friedlich weiter. Nur seine rosafarbene Zungenspitze schiebt sich ungefähr einen Zentimeter zwischen seine Beißerchen hindurch.

Erst als Betty ihm äußerst wütend in seinen Schwanz beißt, wie wild an ihm herumzuzotteln beginnt, ihn dann circa fünfzehn Zentimeter über den Boden der Frettchenvilla schleift, lässt sich mein kleiner Freund zu einer heftigen Gegenreaktion hinreißen.

Urplötzlich und mit einer Wendigkeit beziehungsweise einer Geschicklichkeit, die ich ihm bei Weitem nicht zugetraut hätte, steht er plötzlich auf seinen vier Pfoten und fällt über die völlig verblüffte Betty her.

Es ist wie immer kein ernsthafter Streit zwischen den beiden Tieren, sondern wirklich nur ein ausgelassener Spieltrieb und ungezügelte Lebensfreude. Aber durch die neue, etwas ungewohnte Situation, schließlich ist es für meine zwei geliebten Kobolde auch das erste Silvester, welches sie miterleben, sieht es heute ein wenig derber bei ihnen aus, als sonst üblich.

Dabei bewegen sich unsere Frettchen aber so geschickt, auch so geschmeidig und beinahe lautlos, das die ganze Familie Trimmdich wie hypnotisiert ihr munteres Treiben beobachten muss, anstatt sich weiterhin um die begonnene große Silvesterknallerei zu kümmern.

Doch da Mutter Trimmdich anfängt elendig zu frieren und am ganzen Leibe zu schlottern, es sind ja hier draußen ›nur‹ schlappe fünfzehn Grad minus, hole ich kurz entschlossen Betty und Barny aus ihrer Villa heraus, obwohl ich dabei einen ungewollten aber doch schmerzhaften Biss von ihnen riskiere. Es wäre nämlich nicht das erste Mal, dass sie meine Hände als willkommenes Spielzeug, besser noch, als Gegner betrachten, welche bei ihrer Rauferei mitmischen wollen.

Doch heute geht es einmal ohne blutende Wunden für mich ab.

Patrick bekommt den ehrenvollen Auftrag sich um die quirlige Betty zu kümmern, weil sie bei ihm postwendend die superbrave Frettchenfähe heraushängen lässt, in jüngster Zeit zumindest.

Steven muss nun neben der Hundezwingertür stehen bleiben. Er soll die sehr laut jaulende Alexa mit einigen Streicheleinheiten verhätscheln, weil sie dann garantiert aufhören wird, sich wie ein einsamer und von seinem Rudel verlassener Wolf aufzuführen.

Ich selbst habe meinen Dicken in meine persönliche Obhut genommen und verwöhne ihn mit dem, was er am liebsten hat, nämlich mit dem etwas sanfteren Kraulen unter seinem Kinn und dem derben Kraulen seines dicklichen Bauches. Was er wie immer mit zugekniffenen Augen willig über sich ergehen lässt.

Mein geliebter Göttergatte Martin fängt nun endlich damit an, die verschiedensten Silvesterknaller in den nächtlichen Himmel und in den erst wenigen Minuten alten beziehungsweise neuen Neujahrsmorgen zu ballern.

So unterschiedlich und außergewöhnlich die einzelnen Knaller in ihrem Erscheinen auch sein mögen, eines haben sie aber leider Gottes alle gemeinsam. Nämlich diesen fürchterlichen und für mich abscheulichen Gestank nach Schwarzpulver oder halt nach verfaulten uralten Eiern, der bei mir augenblicklich eine außerordentlich starke Übelkeit hervorruft!

Während es meinem lieben Martin überhaupt nicht das Geringste auszumachen scheint, rücken unsere Kinder und ich immer weiter weg vom eigentlichen Geschehen. Dafür immer näher an die große Stallanlage der Kaninchen sowie Meerschweinchen heran.

Die Kaninchen sitzen ganz eng aneinander gekuschelt und verhalten sich völlig ruhig. Nur ihren aufgerichteten Ohren, die eifrig hin und her gedreht werden - wie eine Radarschüssel, und ihren Nasen, die aufgeregt hoch und runter bewegt werden, sieht man die vollkommene Aufmerksamkeit und die ganze innere Erregung an.

Unsere drei Rosettenmeerschweinchen verhalten sich dagegen rundweg anders. Sie rennen, wie aufgezogen, hektisch in ihrem Stall herum, wobei sie ein sehr lautes, schrilles und ängstlich klingendes Pfeifen und Quieken von sich geben.

Was mich jetzt aber echt verwundert ist die unübersehbare Tatsache, dass die beiden Frettchen keinerlei Interesse für das unmittelbar neben ihnen stattfindende Spektakel entgegenbringen. Was ja normalerweise, in der freien Natur meine ich, sicherlich die tiefsten Raubtierinstinkte des Beutemachens in meinen zwei Lieblingen geweckt hätte.

Stattdessen schauen Betty und Barny, wie hypnotisiert, staunend den farbenreichen Lichtern hinterher, die diese Knallerei halt mit sich bringt, wobei sie ihr Köpfchen leicht schief halten. Diese erstarrte Haltung geben die beiden Frettchen aber erst auf, als Martin einen großen Knaller anzündet, der, sage und schreibe, einhundert Mal hintereinander auf das Gewaltigste kracht. Leider lässt der dabei auch eine riesige, äußerst übelriechende Wolke in unserem Garten stehen.

Betty und ebenso Barny scheinen den ausgefallenen Duft dieser Wolke auch nicht besonders hervorragend zu finden.

Betty verkriecht sich nun pfeilschnell unter der dicken Winterjacke von Patrick. Dort schaut nur noch ihre Nasenspitze leicht heraus. Von diesem sicheren Ort aus wittert sie intensiv nach diesem Geruch, der da so widerlich stinkt.

Doch Barny zeigt auf frettchentypische Art, dass ihm absolut nicht gefällt, was er soeben in seinen empfindlichen Riecher bekommen hat. Mein kleiner Freund setzt mir nämlich einer seiner wirklich berühmt berüchtigten Duftnoten geradewegs in den nicht ganz geschlossenen Ausschnitt meines Anoraks hinein.

Der widerwärtige Gestank dieses hundertfachen Silvesterknallers und der des nicht minder übelriechenden Frettchenfurzes lässt meinen überstrapazierten und stark gereizten Magen nun endgültig überlaufen.

Der dicke Kloß in meinen Hals, der sich schon langsam, aber doch sehr kontinuierlich bei den vielen kleineren Knallern aufgebaut hatte, will jetzt endlich an die frische Winterluft hinaus, denn, was zu viel ist, ist eben irgendwann zu viel!

Da sich aber, außer dem einen kleinen Glas eisgekühlten Sekts, nichts weiter in meinem Magen befindet, dieser auch noch, von dem vorhergegangenen Schluckauf, ein wenig angegriffen ist, wird das eine sehr schmerzhafte Angelegenheit für mich.

Ein heftiges und nicht enden wollendes Würgen, ich habe das unerträgliche Gefühl, dass sich alle meine inneren Organe nach außen stülpen wollen, gefolgt von einem äußerst akuten Mangel an Sauerstoff oder vielmehr Atemluft und dem fast blitzartigen Einsetzen von starkem Schüttelfrost, wirft mich knallhart aus der Bahn, besser gesagt zu Boden.

Wie ich dann in unser Haus, in meinen Schlafanzug und auch in mein Bett gekommen bin, welches ich volle fünf Tage nicht wieder verlassen sollte und konnte, weiß ich heute beim allerbesten Willen nicht zu sagen.

Ich kann mich eigentlich nur an eines noch erinnern. Nämlich, dass ich die ganze Zeit unter einem fürchterlichen Durst gelitten habe. Oder war das alles nur ein schrecklicher Traum?

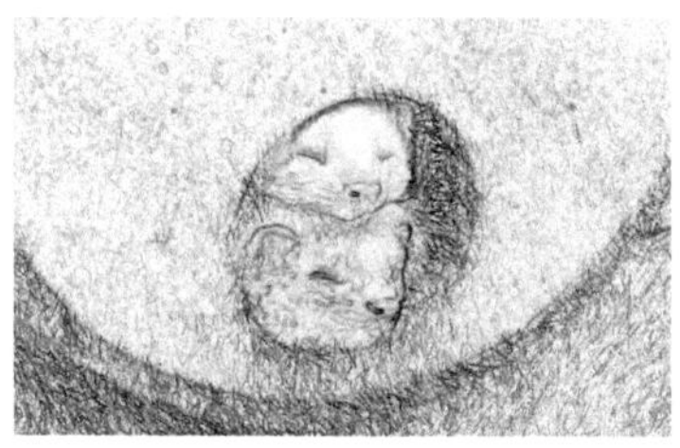

Was kommt, das geht auch wieder

Ich möchte endlich einmal wissen, was bei unseren vier geliebten Dosenöffnern, - eh Menschen, den Trimmdichs, neuerdings so los ist? Unsere Samantha hat nämlich schon fünf volle Tage nicht bei meiner Zuckerpuppe und mir hereingeschaut. Nicht einmal vor unserer Frettchenvilla, bei der Alexa oder im Garten hat sie sich sehen lassen. Das verstehe ich nun gar nicht, wo sie Silvester doch so klammheimlich von der Bildfläche verschwunden ist.

Auch Steven und Patrick machen komischerweise in der letzten Zeit, also zumindest während dieser bewussten fünf Tage, einen wahrlich riesengroßen Bogen um uns und unsere Behausung.

Als ob wir zwei Hübschen eine schreckliche und hochansteckende Krankheit hätten. Dabei sind wir uns doch, meine süße Bettymaus und ich, absolut keinerlei Schuld bewusst.

Dass diese ungewöhnliche Abstinenz ausgerechnet am ersten Tag, ja buchstäblich schon in den allerersten Minuten, des neuen Jahres einsetzte, kann ich mir nun überhaupt kein bisschen erklären. Da kann ich noch so lange herumsinnieren und mein etwas träges Gehirn zermartern, wie ich will, meine angebetete Betty mit meiner ständigen Fragerei von vorne bis hinten belöffeln beziehungsweise gewaltig auf den Nerv gehen, ich finde einfach keine einleuchtende Erklärung für dieses eigenartige Geschehen.

Martin bringt uns zwar jeden Tag unser frisches Futter heraus, auch so manche zusätzliche Leckerei wie Magerquark mit ein wenig Eigelb verrührt und mit einem kleinen Schuss Olivenöl sowie ganz viel Vitamine aus der Tube, aber sich länger als nötig bei uns beiden Frettchen aufhalten, dies macht auch unser geliebtes Herrchen Martin im Prinzip nie.

Auch das lässt sich ja alles noch einigermaßen aushalten. Da bin ich

mir mit der süßen Zuckerschnute ausnahmsweise einmal völlig einig. Das kommt ja bekanntlicherweise selten genug vor. Doch, dass wir überaus unternehmungslustig veranlagte Frettchen auf unsere immer sehr heiß ersehnte tägliche Tobestunde durch das Häuslein völlig verzichten müssen, nicht einmal unsere zwei wirklich bezaubernden Nasen in die Küchentür hinstecken dürfen, ist auf alle Fälle echt hunds-, äh …, frettchengemein!
Ich bin schon ernsthaft am Nachdenken, ob ich ein wenig auf eingeschnappt machen soll. Ein kleines bisschen zumindest. Man kann sich schließlich von den Dosenöffnern nicht einfach alles gefallen lassen oder muss ich das doch?
Obendrein müssen Betty und meine Wenigkeit zurzeit auf das Herumspringen im Garten, besser noch in dem hohen und frisch gefallenen Schnee, völlig verzichten. Das vermisse ich schon sehr. Ehrlich! Das stiebt immer so wundervoll nach allen Himmelsrichtungen auseinander, wenn man mit vollem Affenzahn oder eben 100 FS, FS - Frettchenstärken, durch die voluminösen Schneewehen huscht.
›Wie lauter kleine Wölkchen schaut das dann immer aus‹, meinte meine Zuckerpuppe vor wenigen Tagen ganz verträumt.
Manchmal bleibe ich ganz ruhig an Ort und Stelle stehen. Dann lasse ich mich von den weißen Wölkchen so lange berieseln, bis ich auf meinem Rücken eine dicke Schicht von Schnee zu liegen habe. Ich sehe dann aus wie ein kleines süßes Eisbärbaby. So sagt meine Samantha jedenfalls immer dann, wenn nicht mehr allzu viel von meinem wundervollen Siampelz zu sehen ist. Sie hat dann so ein ungewöhnliches verträumtes Etwas in ihrer Stimme, müsst ihr nämlich wissen.
Betty liebt den Schnee ja nicht ganz so sehr. Sie fröstelt nämlich immer gleich an ihren zarten Branten, weil sie nicht so gut mit Polstern behaftet ist, wie ich es nun einmal bin. Aber so ein halbes bis dreiviertel Stündchen, im Schnee herumtoben, das schafft auch sie ganz locker.
Übrigens, das Gepolstertsein bezieht sich nicht nur auf das Fell, welches uns im Winter vermehrt auf den Sohlen und zwischen den Zehen unserer Branten wächst, sozusagen als Winterpelz, sondern wirklich auf die leidigen Fettpölsterchen.
Wir beide haben nun den lieben und langen, na ja eigentlich kurzen Wintertag nichts, aber auch absolut gar nichts, zu tun. So werden wir

unweigerlich von der größten Langeweile heimgesucht, von der je ein Frettchenpärchen heimgesucht wurde.

Jedenfalls ist mir bis zum heutigen Tag noch nicht zu Ohren gekommen, dass irgendwo auf dieser Welt ein Frettchenpärchen an langer Weile gestorben wäre. Aber in unserem Falle, fange ich wirklich langsam an zu zweifeln.

Was also mit der vielen freien Zeit anfangen?

Die meiste Zeit verbringe ich damit, mich mal richtiggehend durchhängen zu lassen sowie die freie Zeit zum gründlichen Ausschlafen zu nutzen, was ja nun eigentlich ganz charakteristisch für mich ist. Nur zu den ständigen Mahlzeiten komme ich gerade man so aus unserem anheimelnden warmen Schlafhäuschen herausgekrochen.

Meine neuerdings von einem etwas unruhigeren Wesen beherrschte Bettymaus suchte sich eine in ihren Augen wohl abwechslungsreiche Beschäftigung.

Zuerst hat mein Zuckerschnute die gesamte Frettchenvilla von oben bis unten abgeschnüffelt. Dann alles mit so einem komischen Blick in ihren Augen gemustert, als ob sie die beiden Etagen zum ersten Mal in ihrem Leben entlang wandern würde. Dabei kann ich gar nicht mehr zählen, wie oft sie schon diese einzigste Treppe zwischen den beiden Etagen unserer Frettchenvilla hinauf und dann auch wieder herabgetippelt ist. Dabei hat sie sich unaufhörlich irgendetwas in ihre langen Barthaare gemurmelt. Leider hat Bettylein dieses so leise getan, dass ich beim besten Willen kein einziges Wort verstehen konnte. Wirklich nicht! Verdammt und zugenäht noch mal! Und das, wo ich doch so schrecklich neugierig bin!

Neues und Ungewöhnliches gibt es ja in unserer bescheiden eingerichteten Villa nun wirklich nicht mehr zu entdecken. Aus lauter Frust oder eben purer Enttäuschung, über das nicht Auffinden von neuen Beschäftigungsmöglichkeiten, hat sie dann die beiden Katzentoiletten von ihrem sämtlichen Inhalt erleichtert.

Auweia, wenn das unser Herrchen Martin zu Gesicht bekommt! Da gibt es bestimmt wieder einen ordentlichen Anraunzer. Aber dieses Mal werde ich ihn mir bestimmt nicht gefallen lassen! Nicht für alles bin ich hier verantwortlich! Manchmal lässt auch Betty regelrecht die Sau raus. Ups, äh …, das etwas unanständige Mädel, meine ich.

Gerade, als ich mir durch den Kopf gehen lasse, wie ich es dem Martin schonend beibringen kann, dass ich an dieser Sauwirtschaft in unserer Villa ausnahmsweise keinerlei Anteil habe, taucht er unvermutet vor unserer Behausung auf. Natürlich sieht er sofort, was sich in unserer Behausung ereignet hat und schaut sich in aller Ruhe den angerichteten Schlamassel an.

Erschrocken ziehe ich meinen Kopf ganz tief ein. Dann flüchte ich so schnell, wie mich meine vier Branten wegtragen können, hinter eines der Schlafhäuschen. Vorsichtshalber aber hinter jenes Häuschen, welches meine geschäftige Bettymaus circa zehn Zentimeter von der Wand weggeschoben hatte. Dort harre ich, leicht vor Anspannung zitternd, der Dinge, die da unter unglücklichen Umständen noch im Anzug sind.

Aber es passiert rein gar nichts! Was ist denn heute mit unserem Herrchen los? Was hat denn den wieder gebissen?

Vor lauter echter Verblüffung und völliger Überraschung fällt mir doch glatt meine Kinnlade um etliche Millimeter herunter. Mit leicht verdrehter Kopfhaltung und etwas offen stehendem Rachen staune ich unseren Martin groß an.

Auch Bettylein muss das eigenartige Verhalten von Martin aufgefallen sein. Sie legt sich nämlich ganz sittsam neben mich, schmiegt sich bei mir der ganzen Länge nach an und nur ihre wie immer wunderschönen Augen scheinen mich zu fragen, um was es hier denn so geht.

Martin ist inzwischen in der Garage verschwunden und kehrt wenige Augenblicke mit einem recht altertümlichen, fast schon antiken Handfeger wieder, dem schon etliche seiner Borsten fehlen. Oder hat dieses Ding jetzt eigentlich Haare?

Da wir ja nicht wissen und erst recht nicht ahnen können, was unser geliebtes Herrchen gegenwärtig mit diesem Feger vorhat, verschwinden meine Betty und ich lieber blitzschnell in unserem Schlafhaus. Man kann ja schließlich nie vorsichtig genug sein! Stimmt's oder habe ich recht? Oder, wie die Frau Mama von unserer Samantha immer zu erzählen pflegte: »Vorsicht ist die Mutter der Porzellankiste.« Oder so in der Art.

Deshalb schauen auch nur noch unsere vor lauter Anspannung zitternden Nasenspitzen sowie die nervös klimpernden Augen ein kleines bisschen aus dem kreisrunden Windfang unseres Hauses heraus. Ganz darf uns nämlich trotz allen Argwohns nicht entgehen, was sich in unserem Domizil sogleich abspielen wird. Dafür sind wir als Frettchen von Geburt aus viel zu neugierig veranlagt.

Aber Martin fegt nur in aller Seelenruhe und völliger Gelassenheit die von Betty so mühsam herausgescharten Späne auf einen Haufen zusammen, ohne ein einziges böses Wort für uns auf seinen Lippen zu haben. Anschließend befördert er sie dorthin zurück, wo sie auch hingehören sollten, nämlich in die Katzentoiletten.

Zuckerpüppchens und auch meine Verwunderung kennen nun gar keine Grenzen mehr. Irgendetwas ist hier faul, oberfaul sogar! Darüber bin ich mir so gut wie hundertprozentig sicher! Ich würde mit meiner Betty um einen Hühnerschenkel wetten, so sicher bin ich mir.

Ganz vorsichtig nähern wir uns Martin seiner fegenden Hand und lecken ihm ein paar Mal seinen breiten, bedauerlicherweise etwas behaarten Handrücken ab. Zum symbolischen Zeichen dafür, dass wir zwei Hübschen dieses eine Mal wirklich nichts im Schilde führen.

Dass wir Herrchen damit ein lautes Lachen entlocken können, freut uns beide natürlich sehr. Sogleich etwas mutiger geworden, klettern wir eilends auf seine breiten und starken Schultern hinauf.

Meine süße Kleine schnüffelt sofort in den Ohren von Martin herum, um dann auch leckenderweise einen klitzekleinen Nachweis zu nehmen, dass sie auch bei der richtigen Person gelandet ist. Was wieder einmal echt typisch für meine geliebte Bettymaus ist.

Ich mache es mir lieber auf den starken muskulösen Armen von unserem Martin gemütlich. Ganz lang strecke ich meinen Körper aus und drücke mich dabei, so fest wie es geht, in seine Armbeuge.

Postwendend oder wie auf ein Kommando fängt Herrchen an, mir mein, nur bescheiden dicklicher gewordenes Bäuchlein zu kraulen, was ich natürlich mit fest geschlossenen Augen augenscheinlich genieße. Wenn ich jetzt noch schnurren könnte, wie so ein verhätschelter Kater, dann würde ich es glatt ganz laut tun. Ehrlich!

Rundweg unerwartet, für Bettylein und auch mich, fängt er auf einmal an zu berichten, was in dem trimmdichschen Heim seit ein paar Tagen nicht stimmt: »Ihr könnt euch doch sicherlich noch an die frostigen Temperaturen am Silvesterabend beziehungsweise dem Neujahrsmorgen erinnern. An den fürchterlichen Gestank, der bei und nach der Knallerei wie eine dicke zähe Wolke in der Luft hing. Na ja, das war wohl einfach zu viel für euer liebes Frauchen. Zuerst ist sie ja nur über Bord gegangen, oder wie wir Menschen stets zu sagen pflegen, Freund Ulf hat ihr seinen unangemeldeten Besuch abgestattet und das Ganze über eine viertel Stunde lang. Übrigens, mein Freund Barny. Dieses

Mal wieder mit deiner tatkräftigen Unterstützung! Du und deine Gepupse! Muss das immer sein?

Ich habe schon gedacht, dass sie mir gleich erstickt, so sehr hat Samantha nach Luft gerungen. Dann hat sie plötzlich auch noch starken Schüttelfrost bekommen. Den bekommt man aber nur bei sehr hohem Fieber. Mit anderen Worten, unsere und eure Samantha hat es diesmal total erwischt. Sie hatte einen wirklich sehr schlimmen grippalen Infekt. Doch ihr braucht euch wirklich keine Sorgen zu machen, nicht mehr! Es geht nämlich eurem Frauchen schon viel, viel besser.

Morgen früh wird sich Samantha dann bestimmt wieder bei euch zwei hübschen Frettchennasen sehen lassen. Da gebe ich mein ganz großes Versprechen drauf!

Ich weiß nämlich aus sicherer Quelle, dass nicht nur ihr euer Frauchen ganz dolle vermisst habt, sondern Frauchen euch zwei mindestens genauso sehr. Und, dass sie es gar nicht mehr erwarten kann, ihre kleine zarte Betty und ihren etwas pummelig gewordenen Barny wieder in die Arme zu nehmen. Schließlich kann sie ohne euch zwei Fraggels nicht mehr sein! Darauf könnt ihr euch richtig etwas einbilden, ihr zwei Rabauken, ihr!«

Martin gibt Betty und mir noch ein ganz kleines, fast nur hingehauchtes Küsschen auf die Nase, setzt uns beide dann behutsam in unsere Villa zurück, um anschließend, ohne sich noch einmal nach uns umzudrehen, im Haus zu verschwinden.

Das war ja vielleicht eine ellenlange Ansprache von unserem besorgt klingenden Herrchen. So etwas sind wir von ihm überhaupt nicht gewohnt. Der wird doch morgen hoffentlich nicht heiser sein oder? So wie unsere liebe Samantha immer, wenn sie lange hintereinanderweg geredet hat? Das nette Küsschen auf unsere Nasen ist von ihm auch eher als absolute Ausnahme zu sehen. Er ist mehr für das Herumknuddeln und das Herumtoben zu haben, als für das Schmusen. Dafür hat er schließlich sein ihm angetrautes Eheweib, sie reicht ihm völlig! So beteuert er jedenfalls.

Meine Zuckerpuppe und meine Wenigkeit sind ausnahmsweise dieses eine Mal der gleichen Meinung. Es muss unserer Samantha wirklich so richtig dreckig, äh …, ich meine natürlich schlecht gegangen sein, wenn sich sogar der Martin zu einem solchen langen Gespräch mit uns beiden Frettchen hinreißen lässt. Wo er doch immer felsenfest behauptet, dass die Tiere die menschliche Sprache genauso wenig verstehen würden, wie eben die menschliche Bevölkerung dieser Erde die tierische Sprache.

Aber da täuscht sich unser lieber Martin gewaltigst! Ich kann nämlich meinem, besser gesagt, unserem geliebten Frauchen jedes noch so geringfügige Verlangen schon von ihren Lippen ablesen.

Sollte sie morgen wirklich wieder auf unserer Bildfläche erscheinen, dann werde ich das auch unter Beweis stellen! Ihr werdet es schon sehen. Wie ich das anstellen werde, kann ich jetzt aber noch nicht mit Bestimmtheit sagen. Doch irgendeinen Weg werde ich ganz sicherlich finden. Vielleicht werde ich auch mein schlaues Zuckerpüppchen Betty, in einer völlig ruhigen Minute, um ihren ganz persönlichen Rat fragen. Sie weiß doch immer auf alles eine passende Antwort. Außerdem steht sie nämlich unheimlich auf solche Männer, so einen wie mich zum Beispiel, die sie für voll nehmen.

Von meiner Betty werde ich jetzt immer wieder eindringlich, aber trotzdem sanft, in die rechte Seite gestoßen. Fragend drehe ich mich deshalb zu meiner süßen Zuckerpuppe um: »Was ist denn nun wieder los, mein geliebtes Schneckchen?« Doch eine ausführliche oder längere Antwort erwarte ich eigentlich gar nicht mehr von ihr, denn die unendliche Müdigkeit, die ihr buchstäblich bereits in das Gesicht geschrieben steht, sagt doch eigentlich schon alles.

Überlege ich es mir jetzt ganz genau, kann ich mich ja selbst kaum noch auf meinen vier hübschen Branten halten. Ist im Prinzip auch kein Wunder, war doch dieser Tag ziemlich lang, weil ich heute nicht so viel gepennt habe wie sonst. Außerdem hat die völlig unverhoffte Botschaft, dass unser geliebtes Frauchen Samantha richtig heftig erkrankt ist beziehungsweise war, meine Betty und mich ein kleines bisschen aus dem seelischen Gleichgewicht gebracht.

Darf man nun der einen Lebenserfahrung von Samanthas Frau Mama zweifelsfrei Glauben schenken, ›Ich glaube, sie hat mich schon richtig damit angesteckt‹, welche da ungefähr so lautet: »Was von alleine kommt, das geht auch wieder von alleine!«, dann wird definitiv unser liebes Frauchen Samantha hundertprozentig wieder gesund. Sicherlich wird es auch nur noch wenige Tage dauern, bis sie wieder völlig in Ordnung ist.

Dieses flüstere ich auch ganz leise meiner soeben richtig herzhaft gähnenden Bettymaus in ihre schönen Lauscher. Dann puste ich ihr auch noch ganz sachte in ihr linkes Ohr, weil Bettylein dann immerzu so komisch kichern muss. Was sich dann nahezu wie das geschäftige Gockern einer brütenden Glucke, oder eben auch das Gackern eines eilegenden Huhnes anhört.

Tief im Inneren unserer kleinen Frettchenseele beruhigt und völlig überzeugt davon, dass sich alles wieder einrenken wird, beschließen meine kleine Zuckerpuppe und ich erstmal ein anständiges kleines Ründlein schlafen zu gehen. Außerdem rückt so der nächste Tag oder besser der kommende Morgen nicht nur sehr viel schneller heran, wenn man etwas länger schläft, sondern es ist auch eine der angenehmsten Tätigkeiten in unserem kleinen Frettchenalltag.

Falls ihr es wirklich noch nicht wissen solltet, aber manche Frettchen können es auf gut zweiundzwanzig Stunden am Tag bringen. Natürlich funktioniert das nur, wenn man sie dabei auch völlig in Ruhe lässt und nicht pausenlos stört.

Das nur als kleiner und gutgemeinter Hinweis von mir am Rande.

Meine persönliche Höchstleistung liegt übrigens bei achtzehn Stunden Schlaf am Stück. Aber Schluss jetzt mit diesem überflüssigen Geschwafel, mir fallen nämlich schon langsam aber sicher die Augen zu.

Gute Nacht also. Aber, wenn ihr noch so richtig lieb sein könntet, dann drückt doch bitte unserem kranken Frauchen ruhig auch einmal alle beide Daumen. So richtig kräftig, ja? Ihr habt nämlich, im Gegensatz zu meinem Zuckerpüppchen und mir, gleich zwei Stück davon. Mit unseren fünf Zehen an jeder Pfote, beziehungsweise Brante, geht das beim allerbesten Willen nicht.

Nun aber wirklich tschüss. U ... a ... h ...!

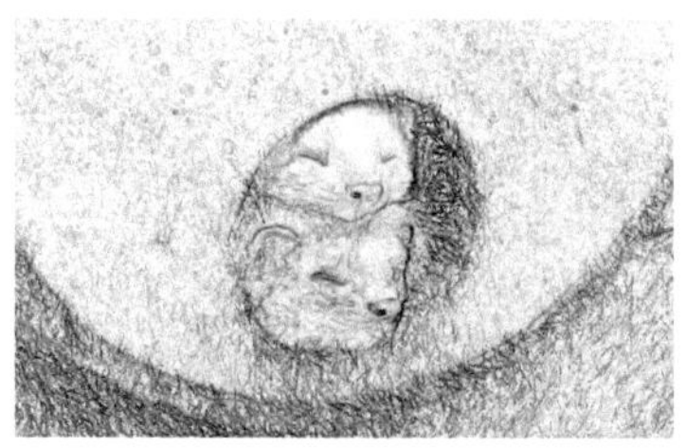

◆ Die Katze im Hund ◆

Da mein geliebtes Frauchen Samantha leider immer noch ein wenig wackelig ist, auf ihren zwei Beinen zumindest, gehen Martin, Steven, Patrick und ich, die Alexa, alleine auf die übliche sonntägliche Familienspazierrunde. Sie führt uns, wie schon gewohnt, ringsherum um den Acker. Dieser liegt nicht nur hinter dem kleinen Dorffriedhof von Hirschberg, sondern seit geraumer Zeit, etwa seit sieben Jahren, auch völlig brach.

Eigentlich bedauere ich sehr, dass Samantha noch nicht mit uns wandern gehen kann. Bei diesen annähernd eine Stunde dauernden Spaziergängen hat Frauchen nämlich endlich einmal so richtig Zeit für mich. Zeit, die sie ansonsten nur für die beiden fürchterlich stinkenden Kreaturen, die da auf den Namen Betty und Barny oder manchmal sogar auf Mäuschen oder Barnyboy hören, erübrigen kann.

Ja, ja, ihr habt mich schon völlig richtig verstanden! Für mich sind und werden diese zwei Frettchen immer und ewig stinkende Kreaturen bleiben. Ich kann sie immerhin um ein Vielfaches, um genau zu sein, vierzig bis hundertmal besser riechen, als ihr alle zusammen. Schon alleine deswegen darf ich jedem lauthals bellend kundtun, dass diese Frettchen auf das fürchterlichste gen Himmel stinken. Na gut, wenn ihr es so wollt, dann eben rie … chen.

Aber eine Schäferhündin, wie ich, ist eben auch nur ein Gewohnheitstier. Und wenn ich einmal ganz ehrlich zu mir bin, fangen Betty und auch Barny an, mir allmählich, aber wirklich nur ganz allmählich, ein wenig Spaß zu machen.

Natürlich dürfen dies der Martin und Samantha, zweifelsohne auch ihre beiden Kinder, keinesfalls mitbekommen und aus diesem einzigen Grunde amüsiere ich mich immer nur ganz heimlich über die beiden Frettchen.

Auf meinen Hof gibt es nämlich einen ganz bestimmten Platz beziehungsweise einen Punkt, von dem ich die absolut uneingeschränkte Sicht auf die Frettchenvilla habe. Wenn ich es mir dort so richtig gemütlich gemacht habe, können mich zwar die vier Trimmdichs nicht mehr beobachten, was soll's, aber dafür habe ich dann meinen Spaß. Denn das, was Betty und Barny dort manchmal so veranstalten, ist echt zum Schießen. Manchmal ist es sogar für mich so lustig anzuschauen, dass ich mir ein begeistertes Bellen oder ein lauteres Kläffen oder auch ein zustimmendes Jaulen halt nicht ganz verkneifen kann. Daraufhin verschwinden die beiden kleinen Biesterchen meistens blitzschnell in einem ihrer zwei Schlafhäuschen.

Durch mein lautes Bellen auf mich aufmerksam geworden, kommt schnurstracks einer von den neugierigen Trimmdichs angelatscht. Schleunig lasse ich dann die etwas gelangweilte Schäferhündin heraushängen, damit man mir meine Sinneswandlung nicht ansehen kann. Meistens ist es ja mein Frauchen, die dann wie angestochen aus der Küche geschossen kommt. Ziemlich laut schimpft sie dann mit mir: »Könntest du endlich die Katzen vom Nachbarn in Ruhe lassen! Die tun dir ja nun wirklich nichts oder ist dir schon mal eine zu Nahe getreten? Und höre gefälligst mit dem Gekläff auf! Das geht mir langsam aber sicher auf den Senkel!« So geht das meistens noch eine ganze Weile weiter.

Ich tue ihr prompt diesen winzigen Gefallen. In dem allerfesten Glauben, dass ich eine wohlerzogene Hündin bin, verschwindet meine Samantha so schnell, wie sie gekommen ist.

Ha, ha, ha, wenn sie wüsste! Doch, das ist schon wieder ein ganz anderes Thema. Ich habe mich wohl wieder einmal völlig verquasselt. Ich kann es einfach nicht lassen. Zurück also zu dem bedauerlicherweise nur am Sonntag stattfindenden Spaziergang mit meinem menschlichen Rudel, den Trimmdichs.

Während ich also so ganz und gar locker vor mich hinlaufe, meinen schnuppernden Riecher in den leicht säuselnden Wind halte, ab und zu ein großes verschneites Grasbüschel überspringe, denke ich ernsthaft darüber nach, wie ich meinem kranken Frauchen eine klitzekleine Freude machen könnte.

Ich bin so sehr in meine grüblerischen Gedanken vertieft, dass ich gar nicht mitbekommen habe, wie sich der Patrick einen für ihn doch recht großen und länglichen Knüppel besorgt hat und diesen, extra für mich, in einem hohen Bogen über den winterlichen Acker wirft.

Normalerweise springe ich ja auf diese lautlose Aufforderung, von einem der vier menschlichen Rudelmitglieder, ohne größere Worte meine ich jetzt, sofort an. Nur heute eben nicht, weil ich mit meinen Gedanken ganz und gar wo anders bin.

Auch als der Steven sein Glück bei mir ausprobieren will, reagiere ich nicht im Geringsten, obwohl er ja den Stock immer ganz schön weit wegwerfen kann. Ich kann dann immer so richtig zeigen, was eigentlich in mir steckt. Doch augenblicklich bin ich immer noch mit meinem Nachsinnen ganz weit weg und habe einfach nichts über für solche Spielchen.

Dass er mir nun enttäuscht in meine beiden rehbraunen Augen schaut und sofort einen schmollenden Mund zieht, bleibt von mir daher völlig unbemerkt. Was soll's, er wird es schon überleben!

Nun scheint sich mein angebetetes Herrchen doch ernsthaft einzubilden, er könnte mich jetzt aus der Reserve locken, indem er mir, immer wieder und sehr halsstarrig, mit dem nicht besonders aufregend riechenden Knüppel vor meiner Hundeschnauze herumfuhrwerkt. Da hat er sich aber gewaltig in mir geirrt. Ich habe momentan einfach Wichtigeres zu tun, als solchen einen blöden Knüppel hinterher zu jagen. Begreift das doch endlich einmal!

Nur im weit entfernten Hinterstübchen meines angestrengt nachdenkenden Gehirns registriere ich diesen für mich völlig uninteressanten Knüppel. Dieser wurde sicherlich von der Schäferhündin Elba, die erst vor kurzen ihr neues Zuhause bei der Familie Schiebert fand, aus dem nahegelegenen Nadelwald mitgeschleppt. Ihr Frauchen geht beinahe jeden Tag sowie bei jedem Wind und Wetter mit ihr eine Runde joggen. So eben auch in den Wald und auf meinem Acker. Sie schleppt buchstäblich jeden Tag solch ein Ding fast bis nach Hause. Wo sonst sollte dieses große hässliche Ding, welches nur noch sehr schwach nach frischem Kiefernholz schnuppert, auch herkommen? Gibt es doch auf dem brachliegenden Acker und um ihn herum, kein noch so kleines Bäumchen weit und breit. Nur ein paar verwilderte Sträucher stehen wahllos herum. Diese werden aber von der vorlauten und in meinen Augen völlig ungezogenen Dorfjugend Hirschbergs, schließlich haben die mich andauernd auf den Kicker, an ihrem beständigen Wachstum regelrecht gehindert.

Ja, wirklich! Regelmäßig toben sich diese Halbwüchsigen beziehungs-

weise Halbstarken an den Sträuchern aus, brechen einfach ihre zarten Triebe ab. Ich frage mich nun ernsthaft, was diese Sträucher für die unendlich scheinende Frustration der heutigen Jugend können.
Aber das ist ja schon wieder eine völlig andere und neue Geschichte.
Ich schrecke erst aus meinen tiefen Gedanken auf, als mir doch rotzfrech eine dieser wahrhaft pechschwarzen Wühlratten äußerst flink über meine rechte Vorderpfote läuft. Im Grunde genommen gibt es diese Ratten in unzähligen Mengen immer nur im späten Frühjahr, in den Sommermonaten und eine Zeit lang auch noch im sehr zeitigen Herbst auf diesem Ackerland.
Was macht denn dieser bedauerliche Leisetreter, schließlich ist es heute eiskalt, um diese Zeit hier draußen und dann noch auf dem Schnee, wo sie doch praktisch jeder ihrer natürlichen Feinde sofort erspähen kann? So ein kleines Schwarzes auf einem großen Weißen, dem Schnee, das sieht man doch kilometerweit!
Auf das Äußerste verblüfft mache ich deshalb erst einmal eine regelrechte Vollbremsung, wodurch links und rechts von meinen vier Pfoten richtige kleine Schneewölkchen aufstieben.
Dass ich aber Steven, der wieder einmal am hellerlichten Tage zu träumen scheint und direkt hinter mir geht, ungewollt etwas plötzlich und unsanft zu Fall bringe, ist halt Pech für ihn. Auch, dass der zwölfeinhalb Jahre alte, oder heißt es jetzt junge, Kerl anfängt zu flennen, interessiert mich nicht im Geringsten. Weiß ich doch ziemlich sicher, dass Steven sehr nahe am Wasser gebaut ist. So drücken sich jedenfalls die beiden Großen von meinem kleinen menschlichen Rudel aus. Da sie ja wesentlich länger auf dieser aufregenden Welt sind, als ich es bin, haben sie damit bestimmt auch schon genügend eigene Erfahrungen gesammelt, um so etwas, mit ruhigem Gewissen meine ich, behaupten zu können. Da bin ich mir ganz sicher.
Deshalb kümmere ich mich auch lediglich einen winzigen Augenblick um Steven, der sich gerade den Schnee von seiner Hose klopft. Ich schnüffle nämlich ganz schnell und eher flüchtig an der Stelle, wo die männlichen Menschen ihr überflüssiges Wasser absondern. Dass ich dafür von Martin prompt einen leichten Klaps auf meinen neugierigen Rüssel, eh Schnauze bekomme, verwundert mich dann doch etwas. Schließlich wollte ich bloß kontrollieren, ob der immer noch schluchzende Steven vor lauter Schrecken ein paar winzige Tröpfchen fallen gelassen hat. Ich mache das dann nämlich auch manchmal, wenn ich

mich einmal irgendetwas so richtig doll erschreckt hat. Na ja, dann eben nicht.

In dem irgendwie muffig riechenden und längst verwelkten hohen Gras, eigentlich ja Unkraut, das an dieser Stelle nur sehr dürftig mit einer Schneeschicht bedeckt ist, raschelt es plötzlich sehr verdächtig. Das wiederum zieht natürlich sofort meine ganze Aufmerksamkeit auf sich. Rennt dort etwa immer noch diese lebensmüde und freche schwarze Wühlratte herum, die mir vorhin so keck und völlig unerschrocken über meine Pfote gelaufen ist? Na warte, mein Schätzchen! Dich werde ich mir jetzt sofort holen. Darauf kannst du ruhig schon mal eine Portion Gift nehmen, besser noch einen lassen, da kann ich dich nämlich besser riechen!

Mit einem zielsicheren Hechtsprung, meine beiden Ohren lauschend steil aufgerichtet und nach vorne gedreht, stürze ich mich auf die raschelnde Stelle und schnappe, wie ein Blitz aus heiterem Himmel, fest und sicher zu.

Alldieweil ich schon seit mehreren Jahren eine wirklich sehr erfahrene, Hausmäuschen jagende, Hofhündin bin, erwische ich die Wühlratte natürlich ohne große Anstrengung sogleich beim allerersten Mal. Hätte mich jetzt auch sehr gewundert, wenn nicht.

»Hey, wer sagt hier etwas von eingebildet?«

Erstaunt stelle ich fest, dass diese auf dem Acker lebenden Tierchen um etliches größer in ihrem Körperbau geraten sind, als die mir so bestens bekannten grauen Hausmäuse. Sie schnuppern viel intensiver, irgendwie viel strenger oder herber. Auch ihr Geschmack, den sie auf den empfindlichen Geschmacksnerven meiner Zunge hinterlassen, ist nicht besonders überwältigend. Es schmeckt irgendwie eigenartig, so nach verdorbenem Heu und sumpfiger Erde. Aus diesem Grunde beschließe ich, dieses kleine und so völlig verschreckte Wesen wieder laufen zu lassen.

Gesagt, getan! Schließlich sind wir doch alle nur Tiere, gefangen in der modernen Welt des Menschen und müssen doch ein wenig zusammenhalten. Stimmt's oder habe ich nicht recht?

So behutsam, wie es mir möglich ist, setze ich die Wühlratte auf die schneebedeckten umgeknickten Gräser und den vor Kälte erstarrten Ackerboden hinunter. Ich schaue der Wühlratte dann noch ein ganzes Weilchen fasziniert hinterher, weil sie bei ihrer schnellen und sehr gradlinig anmutenden Flucht über den hartgefrorenen Schnee, der irgendwie wie lauter kleine wogende Wellen in meinen Augen aussieht, ein gewaltiges Tempo an den Tag legt.

Plötzlich bringt mir meine eigene innere Stimme, meine verzweifelte und aussichtslose Suche nach einer klitzekleinen Freude für mein erkranktes Frauchen Samantha wieder in Erinnerung. Die Idee, die mich jetzt buchstäblich von Nacken bis Hacken oder eben von meiner Schnauze bis zur Schwanzspitze durchfährt, setze ich postwendend in die Wirklichkeit um.

Das heißt, ich lasse den gerade noch beschworenen Zusammenhalt aller Tiere einfach sausen. Ich verbanne diese Gedanken in meinem Hinterstübchen, verschließe vorsichtshalber auch deren kleine Türe, und fange die vor mir so überaus eilig flüchtende Wühlratte im Nu wieder ein. Die nehme ich jetzt nämlich mit nach Hause, wo ich sie meinem geliebten und kranken Frauchen Samantha direkt vor die Füße legen werde.

Na ja, falls man mich mit meinem nassen Hundepelz, den etwas schlammig gewordenen Pfoten überhaupt in das Haus hereinlässt und auch bis an das Krankenbett.

Ich schätze und hoffe ja nun stark, dass meine Samantha sofort verstehen wird, dass dieses pechschwarze Tierchen kein neues Mitglied in unserer wirklich großen Familie werden soll, sondern ganz einfach mein alleiniger ganz individueller kleiner Beitrag und meine ganz persönliche Darbringung zur gesunden artgerechten Ernährung der beiden Stinkerchen Betty und Barny.

Dass die drei männlichen Trimmdichs mein geschäftiges Treiben nun höchst belustigend finden, kann ich nicht ganz nachvollziehen. Gebe ich mir doch nicht nur die allergrößte Mühe etwas zur Gesundung von unserer Samantha, sondern auch etwas zur vollwertigen Ernährung unserer Frettchenbande, beizutragen. Was also, bitte schön, gibt es denn da so zu lachen? Wenn mir das einmal einer erklären könnte?

Ich lache ja auch nicht, wenn die Trimmdichs jedes Jahr wieder ihren Garten von unterst zu oberst kehren, also ihn total umbuddeln. Dort irgendwelche schwarzbraune Krümel hineinwerfen, in der Hoffnung, dass daraus etwas wächst.

Was in den meisten aller Fälle sowieso in dem großen Karnickelstall gleich neben der Frettchenvilla landet, weil die lieben Kleinen dieses Grünzeugs dann nicht essen wollen.

Obwohl es manchmal echt zum Schießen ist, wenn sie sich, wortwörtlich, wie so eine wildgewordene Maulwurfbande benehmen. Ehrlich, Leute!

Stolz erhobenen Hauptes, die Nasenspitze immer ein bisschen höher erhoben, als meine in Falten gelegte Stirn, sowie ein siegesgewisses Leuchten in meinen beiden rehbraunen Augen, trage ich das nur noch leicht zappelnde schwarze Rattentier nach Hause.

Dass ich von einem doch eher leichten Trab in eine flottere Gangart verfallen bin, fällt mir vor lauter Selbstzufriedenheit gar nicht groß auf. Erst als die Stimmen von Martin, Steven und auch dem Patrick immer schwächer werden, diese nur noch von dem plötzlich stärker aufkommenden Wind in nur abgehackten Brocken zu mir getragen werden, drehe ich mich nach ihnen um. Aber bloß ganz kurz, für einen winzigen Bruchteil einer Sekunde. Ich verschwende in diesem Moment trotzdem keinen einzigen Gedanken mehr daran, dass ich auf der Stelle anhalten und vielleicht auch auf die männlichen Trimmdichs warten müsste, von wegen meiner guten Erziehung und so weiter. Sollen sie doch ruhig vor sich hin trödeln.

Wie sagte doch mein Omafrauchen, die Hanna immer: »Wer zu spät kommt, den bestraft das Leben!«, oder so ähnlich.

Ich habe es schließlich im Augenblick äußerst eilig, will ich doch den zwei Frettchen jetzt mein für sie sicherlich sehr appetitliches Mitbringsel vor ihre geschlossene Villatür legen, mich dann köstlich daran erfreuen, dass sie an den ungewöhnlichen Leckerbissen nicht herankommen können. Das wird ein besonderes Vergnügen für mich werden. Obendrein wird es höchste Zeit, dass ich ihnen ihre vielen koboldhaften Streiche mit mir einmal so richtig mit gleicher Münze heimzahle. Oder, wie man auch so liebreizend unter Tieren zu sagen pflegt: »Seher um Seher, Fangzahn um Fangzahn!«

Dieser Spruch stammt jetzt aber ursprünglich nicht von meinem Omafrauchen, den habe ich irgendwo aufgeschnappt und der heißt wohl im Original: »Auge um Auge, Zahn um Zahn«. Ich habe ihn nur ein klein wenig an meine eigenen Bedürfnisse angepasst.

Sicherlich werden sie wieder eine Runde, wie wild, in ihrer Villa hin und her fegen, mich mit den wildesten Beschimpfungen überhäufen, aber das wird mich heute wenig kratzen, denn schließlich bekomme ich die zwei Türen zu ihrer Behausung sowieso nicht alleine auf.

Das werden schon die drei Männer, na gut, eben nur ein Mann und zwei Männchen, unseres kleinen Rudels für mich erledigen müssen.

Nach einer halben Ewigkeit, da hätte ich ja die große Runde um den brachliegenden Acker glatt noch einmal bequem ablaufen können, tauchen endlich die drei Trimmdichs völlig erschöpft vor der Frettchenvilla auf.
Aber anstatt mich für meine kleine und erfolgreiche Jagd sowie für den nutzbringenden Fang zu beglückwünschen, ernte ich von Martin und auch den Kindern nur ein unwilliges Kopfschütteln, gefolgt von einer ordentlichen Standpauke.
Bevor ich aber dazu komme, meine ganz persönliche Meinung von mir zu geben, meinen empörten Protest laut kläffend kundzutun, landet meine so trickreich erbeutete Wühlratte, die inzwischen ihren allerletzten Lebenshauch mit einem leichten Seufzer von sich gegeben hat, ohne einen weiteren erklärenden Kommentar meines geliebten Rudels in der Restmüllentsorgung. Sprich, in der 120 Liter fassenden Mülltonne! Martin nimmt nämlich soeben die Ratte mit einem etwas süß-säuerlichen Blick an ihrem nackten und kahlen Schwanz hoch. Dann klappt er den Deckel der Mülltonne auf und lässt sie für immer verschwinden.
Solch eine böswillige Gemeinheit von den Dreien. Na gut, nicht von den Dreien, nur vom Martin, denn Patrick und Steven hätten bestimmt gerne zugesehen, wie sich Betty und Barny um das neue fressbare Objekt gezankt hätten.
Meine drei Pappenheimer können wirklich nur froh sein, dass jetzt allertiefster Winter ist, sonst würde diese verendete Ratte in der Mülltonne sicherlich wieder tausende dieser lästigen Fliegen anlocken, von wegen der entstehenden Verwesungsgerüche. Ich arme Schäferhündin hätte es dann auszubaden, weil ich das Tierchen angeschleppt habe!
Warum? Na ganz einfach, weil mir diese peinigenden Brummer in jedem Sommer, mit anwachsender Begeisterung, an meinen empfindlichen Ohren hängen und denken, sie können hier ihren unersättlichen Vampirismus an mir ausleben. Ihre Affinität zum Blutsaugen
Aber das ist schon wieder eine völlig andere Geschichte. Ich glaube, ich entwickle mich so langsam zur Quasselstrippe. Entschuldigung! Zurück zu den beiden Stinkern.
Die Entsorgung meiner Wühlratte geht so geschwind vonstatten, dass die beiden Frettchen Betty und Barny gar nicht erst mitbekommen haben, welches mittlere Drama, welche maßlose Ungerechtigkeit, sich in wenigen Sekunden unmittelbar vor ihrer Villatür abgespielt hat. Die

zwei Banausen ziehen es nämlich wieder einmal vor, tief und fest, zu schlafen oder wie man auch sagt, sie schlafen wie ein Ratz. Was ja nun echt typisch für die zwei geliebten, manchmal meinen Riecher beleidigenden Stinker ist.

Da sich meine wirklich ernsthaften Bemühungen, meiner kranken Samantha höchstpersönlich eine klitzekleine Freude zu bereiten, so urplötzlich als ein unverkennbarer Fehlschlag für mich entpuppen sollte, ziehe ich mich in meine eigene kleine und noch heile Welt, in die große Hundehütte, zurück. Ich beschließe erst einmal für ein paar Tage, vielleicht auch eine komplette Woche - das muss ich mir noch genauer überlegen, auf voll eingeschnappt zu tun. Was ich dann sofort in die Tat umsetzte.

Ich kehre also den drei männlichen ignoranten Trimmdichs meinen breiten Hunderücken zu, schüttele mir kräftig die klamme Nässe aus meinem Winterpelz und verschwinde dann, ohne ein freundliches Bellen oder einen Blick für Martin, Steven und Patrick übrig zu haben, in meiner Hütte.

Dort rolle ich mich ganz fest zusammen, wie so ein Igel und warte auf einen alles vergessenden Schlaf.

Zum Glück lässt der erhoffte Schlaf auch nicht mehr lange auf sich warten. Schließlich war für mich der heutige Spaziergang sehr anstrengend und auch sehr aufregend. Recht bald holt er mich in das unendliche Reich der Träume.

Es ist nur jammerschade, dass ich euch meine Träume nicht erzählen kann, beziehungsweise nicht will, denn das, was ich in der darauffolgenden Nacht, nach diesem Spaziergang so zusammenträumt habe, geht wahrlich auf keine Kuhhaut. Ehrlich nicht!

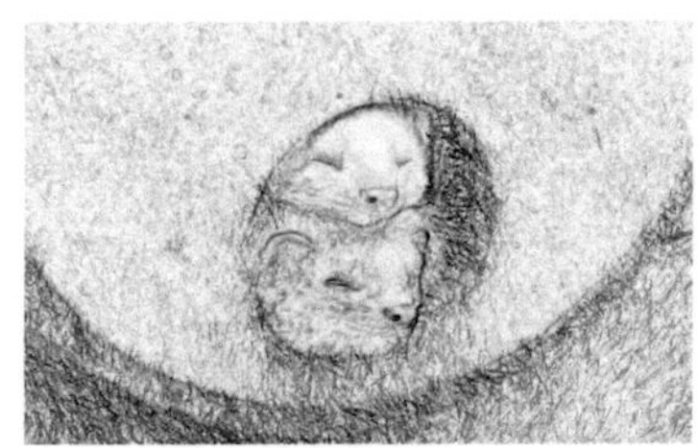

& Ein neues Schlafhäuschen für Betty und Barny &

Obwohl ich noch nicht wieder ganz fit und immer noch ein wenig wackelig auf meinen zwei Beinen bin, habe ich den unaufschiebbaren und auch dringenden Wunsch irgendetwas Sinnvolles zu tun. Irgendwie oder irgendetwas muss mich doch aus der melancholischen Stimmung reißen, die mich seit mehreren Tagen fest umklammert hält.

Da ich aber aus guter Erfahrung weiß, dass mir mit den üblichen Pflichten einer Hausfrau, wie zum Beispiel Wäsche waschen, den täglichen Hausputz erledigen, bügeln, Viehzeug füttern und so weiter, nicht wirklich geholfen sein wird, muss etwas ganz Außerordentliches, eben etwas völlig Untypisches für eine Hausfrau wie mich her.

Aber noch habe ich absolut keinen Ansatz, keinen Funken einer Idee, um was es sich konkret handeln könnte. Deshalb statte ich meinen beiden Lieblingen, den Frettchen Betty und Barny, erst einmal den längst überfälligen und den von Martin am gestrigen Tage fest versprochenen Besuch ab.

Volle sechs Tage haben sie mich nicht zu Gesicht bekommen und ich habe die schwache Befürchtung, eigentlich ja starkes Angstgefühl, wenn ich ehrlich zu mir selbst bin, dass meine beiden Rabauken vielleicht gar nicht mehr wissen werden, wer ich gewissermaßen bin.

Und das, was ich tief in meinem Inneren geahnt beziehungsweise befürchtet habe, »Du und deine absonderlichen Ahnungen!«, würde meine liebe Frau Mama wieder einmal sagen, scheint sich nun leider Gottes zu erfüllen. Betty und auch Barny machen nämlich keinerlei Anstalten aus ihrem warmen und gemütlichen Schlafhaus herauszukommen, wie sie es doch sonst immer tun, wenn irgendwelche bekannte oder unbekannte Geräusche direkt vor ihrer Frettchenvilla zu hören sind. Ganz besonders schnell sind sie aber immer dann an ihrer

Villatür, wenn es sich dabei um Geräusche handelt, die von mir verursacht wurden.

Doch die traurige Niedergeschlagenheit, die von mir nun postwendend Besitz ergreifen will, sollte nicht die geringste Möglichkeit erhalten, sich zu manifestieren, denn schon beim Weggehen von der Frettchenvilla, vernehme ich plötzlich hinter mir ein böses und auch äußerst unwillig klingendes Fauchen. Es hört sich für mich beinahe so an, als wenn wieder einmal zwei rivalisierende Katzen aus der Nachbarschaft aneinandergeraten wären.

In derselben Weise erschrocken und wissensdurstig wende ich mich schnell nach der verursachenden Quelle um, von der dieses schrecklich klingende und herzzerreißende Fauchen ausgehen muss. Doch, was ich dann zu sehen bekomme, verblüfft mich nicht nur, sondern es lässt mich auch zwischen einem Lachen und einem Heulen hin und her schwanken. Das dauert wirklich nur einen winzigen Bruchteil einer Sekunde, dann flitze ich zu der Frettchenbehausung zurück, um meinen Freund Barny aus seiner unangenehmen Lage zu befreien. Er ist nämlich in dem Eingang beziehungsweise in diesem Falle in dem Ausgang ihres Schlafhäuschens einfach steckengeblieben. Seinen Kopf und auch die beiden Vorderbranten, also die Vorderpfoten, sowie seine breiten starken Schultern sind schon draußen. Nur der Rest seines Leibes scheint ungefähr in der Mitte buchstäblich festzuhängen. Aber, da er wahrscheinlich das Häuschen gemeinsam mit dem alten und überdies schon lange ausrangierten Winterpullover verlassen wollte, aus welchen Gründen nun auch immer, war das einfach zu eng für beide. Zu eng, weil erstens der alte Pullover ein äußerst dickes Exemplar ist, eine Strickware aus besonders dicker Schurwolle. Zweitens mein Barnyboy durch die sicherlich fürsorglich gemeinten Extrafütterungen durch meinen Mann Martin, während meiner Krankheit, anständig zugenommen hat.

Es stellt sich dann als nicht einfach heraus, Barny aus seiner misslichen und unfreiwilligen Lage zu befreien. Er ist nämlich bis auf das Äußerste gereizt und schnappt immer wieder, rasend vor lauter Wut, nach meinen helfenden Händen. Mein kleiner Freund begreift einfach nicht, dass ich ihm in Prinzip nur dort heraushelfen möchte.

Da er sich aber in einer unbehaglichen Zwangslage befindet, fasst Barny sicherlich meine Hände als eine zusätzliche Bedrohung für sich auf, die er sich durch sein Festsitzen ja nicht einfach entziehen kann.

Aber die vorherrschende Situation kann ich beim besten Willen nicht so belassen, ich muss meinen Liebling irgendwie aus diesem Dilemma wieder befreien.

Ich will mir gerade ein Paar dickgefütterter Arbeitshandschuhe von Martin aus der Garage holen, weil Barny seine sehr heftige Gegenwehr schon einige tiefe und auch leicht blutende Schrammen auf meinen beiden Handrücken hinterlassen hat, als der Pullover plötzlich für mich auf doch sehr mysteriöse Art und Weise wieder im Inneren ihres Schlafhäuschens entschwindet. Barny, nun zwar aus seiner unangenehmen Situation befreit, aber immer noch gereizt, steuert auf beinahe schon beflügelten Pfoten die erstbeste Katzentoilette an. Das war ja wohl auf dem allerletzten Drücker, mein dickes Pummelchen, wenn ich es richtig beobachtet habe. Jetzt weiß ich auch, warum du es so schrecklich eilig hattest, aus dem Schlafhäuschen zu kommen.

Doch was macht mein kleines ›Schweinchen‹? Er setzt doch seine Exkremente, ein recht ordentliches Häufchen, welche heute eigenartigerweise wirklich penetrant gen Himmel stinken, geradewegs neben die Katzentoilette und nicht, wie es sich für ein wohlerzogenes Frettchen gehört, hinein. Dann wischt das kleine Ferkel auch noch seinen Hintern auf den Holzbrettern ab, in dem er mit den beiden hinteren Gliedmaßen in die Knie geht und dann mit seinem After, circa zehn Zentimeter lang, über den Boden streift.

Diese Unart habe ich bei ihm noch nie gesehen beziehungsweise noch nie bemerkt. Deshalb beobachte ich das ganze Geschehen mit verhältnismäßigem Unwillen, aber doch ohne einzugreifen.

Erst als mein geliebter kleiner Schmutzfink Barny mit diesem absonderlichen Treiben fertiggeworden ist, kriegt er von mir einen ganz leichten und ermahnenden Klaps auf seine vier Buchstaben, den Popo, und eine ordentliche Standpauke zu hören.

Aber, wie mir zum Trotz und auch zum gewaltigen Ärger, konnte ich ihm diese fürchterliche Unsitte den ganzen Frühling über bis Anfang Herbst nicht wirklich wieder abgewöhnen. Ich hörte erst mit den verzweifelten Versuchen auf, ihn erneut stubenrein zu bekommen, als ich von anderen beinahe genauso verzweifelten Frettchenbesitzern hörte, die mit ein und demselben Problem bei ihren Tieren zu kämpfen hatten, wie ich.

Wenige Wochen später erfuhr ich, durch einen wirklich glücklichen Zufall und einen handbeschriebenen Zettel, warum meine beiden geliebten Pelznasen Betty und Barny, von etwa Ende Februar/Anfang März bis annähernd Ende Oktober, dieser Unsitte frönen. Die eigentlich gar keine Unsitte ist, sondern nur ein Zeichen dafür, dass sich unsere geliebten Frettchen in der sogenannten Ranzzeit befinden. Sie ihr Revier markieren müssen, ob sie es nun wollen oder nicht. Es erfolgt alles rein instinktiv. Dass dabei ab und zu auch ein wenig neben die Katzentoilette gehen kann, ist bestimmt keine böse Absicht von den Tieren, sondern einfach nur Pech oder besser gesagt, das betreffende Frettchen war einfach nicht schnell genug.

Auf dem Zettel standen übrigens nicht nur zahlreiche Notizen, die sich jemand für seine Doktorarbeit gemacht hatte, wo es um die Pelztierzucht im großen Stil geht, sondern auch um eine größere Abhandlung über die große Familie der Marderartigen und seinem unmittelbaren Verwandten, unserem Frettchen. Aber darüber erfahrt ihr, zu einem geeigneten Zeitpunkt und passenden Anlass, etwas mehr.

Mein Freund Barny schlich nach meiner kleinen ›Moralpredigt‹ unzweifelhaft mit hängenden Ohren, für mich sah es jedenfalls danach aus, in sein Schlafhäuschen zurück und er wäre doch aufgrund seines umfangreichen Körperbaus oder eben seiner Beleibtheit beinahe wieder in diesem Eingang hängen geblieben.

Diese Begebenheit war es dann schließlich auch, die mich auf eine absolut glänzende Idee brachte und welche eine wirklich vollkommen untypische Hausfrauenbeschäftigung darstellt. Ich beschloss nämlich kurzerhand, ein neues geräumigeres Schlafgemach für meine beiden geliebten Kobolde zu bauen.

Aber nicht nur, weil mein etwas pummeliger Barny fast nicht mehr durch die zwei Einschlupflöcher des Windfanges passte, sondern auch, weil die beiden alten Häuschen halt nicht mehr besonders ansehnlich aussahen. Sie hatten eben lange Zeit ihre Schuldigkeit getan.

Da ich einmal gefasste Absichten immer gleich in die Tat umsetzen muss, legte ich mit dem Neubau auch sofort los.

Die beiden ersten Schlafhäuschen unserer Frettchen bestanden ja aus Spanplatten, die circa zwei Zentimeter dick waren. Was sich aber im Laufe der Zeit als ziemlich unpraktisch erwies.

Unpraktisch in dem Sinne, dass bei jedem gründlichen Reinigungsprozess der beiden Häuschen, mit einem angefeuchteten Lappen oder im Sommer auch einmal mit dem Wasserschlauch, sich die einzelnen Teile in das aufzulösen begannen, was sie früher einmal waren, nämlich in lauter lose Sägespäne und Leim.

Die ringsum abbröckelnden Ecken und auch Kanten schauten nun wirklich nicht mehr besonders ansehnlich aus, für uns vier Trimmdichs zumindest. Deshalb beschloss ich dieses Mal ein etwas besseres und auch beständigeres Ausgangsmaterial zu verwenden, nämlich die sogenannten Betonschalungsplatten.

Von zwei solcher Schalungsplatten, daraus basteln Martin und auch ich mit Vorliebe Bücherregale nach unseren eigenen Vorstellungen, hatten wir noch einen großen Restposten im Keller liegen. Dieser musste nun für meine Zielsetzungen herhalten und sich mit meiner tatkräftigen Unterstützung in ein riesengroßes neues Schlafhaus für Betty und Barny verwandeln.

Da ich aber an dieser Stelle wirklich absolut niemanden mit der eigentlichen Herstellung der neuen Schlafbehausung für meine Frettchen langweilen möchte, sei hier nur flüchtig das neue und wesentlich größere Schlafgemach, insgesamt doppelt so lang wie die beiden Alten, ein wenig genauer beschrieben.

- Die zwei langen Seitenteile des neuen Schlafhauses haben eine Länge von genau 75cm und eine Höhe von je 32cm.
- Die Rückseite hat eine Länge von 45cm und eine Höhe von 32cm.
- Identische Maße hat die Vorderseite, wobei sich hier aber rechts noch ein Eingang, sozusagen ein Schlupfloch, mit einem Durchmesser von 10cm befindet.
- Die vier einzelnen Seitenteile werden an den horizontalen Kanten, also die mit der 32cm Höhe, fest mit Bohrschrauben zusammengehalten. Auf jeder Seite verwendete ich drei Stück. So erhielt ich einen rechteckigen Kasten ohne Deckel und Boden.
- Auf diesen so entstandenen Kasten habe ich Nutenbretter gelegt und mit einer Stichsäge passend abgesägt. Auch die Bretter wurden mit je zwei Schrauben an den Seitenteilen befestigt und dienen sozusagen als Fußboden für das Schlafhäuschen.
- Dann musste auch hier wieder ein Windfang eingepasst werden. Seine Länge beträgt 43cm und die Höhe 32cm. Dieses Mal befindet sich das Schlupfloch auf der linken Seite, wieder mit einem Durchmesser von 10cm.
Dieser Windfang wiederum befindet sich vom Eingang ungefähr25cm entfernt. So hat man die Möglichkeit die Futterschüssel unserer Frett-

chen sozusagen auch einmal im Vorraum des Schlafhäuschens unterzubringen.

Auf diese zweckdienliche Idee brachten mich im Grunde genommen meine beiden Lieblinge Betty und Barny, die es sich zu einer dauerhaften Angewohnheit gemacht hatten, das mit wahrhaft wachsender Vorliebe beziehungsweise schon von ihren Kindesbeinen an, ihren sämtlichen Mundvorrat in dem kleinen Vorraum ihres alten Schlafhäuschens zu bunkern.

Ich hoffe nun wirklich, gleich zwei Fliegen mit einer Klappe schlagen zu können. Erstens wird hoffentlich das funkelnagelneue Schlafhäuschen von meinen beiden Lieblingen nicht mehr so häufig mit Futter vollgeschmiert. Zweitens brauchen sie dann bei eisigen Außentemperaturen nicht mehr ganz in die Kälte hinaus.

So, nun nur noch zu dem Deckel oder auch dem eigentlichen Dach des neuen Häuschens. Er/es ist 75cm lang und 47cm breit. Befestigt wurde er/es auch, wie schon die Deckel der beiden alten Häuschen, mit zwei Scharnieren. So dass er sich bei Bedarf durchaus auch einmal nach oben klappen lässt.

Verschließbar ist er mit einem kleinen Riegel. Die beiden alten Behausungen von Betty und Barny besaßen diesen Riegel nicht. Es bereitete meinen beiden geliebten Frettchen enormes Vergnügen mit ihnen, diesen Deckeln, herumzuklappern. Nicht, dass es mich allzu sehr gestört hätte. *»Hat es aber doch und wie!« Kleine Randbemerkung von Betty.*

Jedoch waren die beiden Schlafhäuschen dadurch nie ganz dicht. Leichte Zugluft ließ sich so nicht immer ganz vermeiden. Ein größerer Feldstein brachte zwar vorübergehend etwas Abhilfe, doch immer nur so lange, bis meine zwei Rabauken ihn mit Gewalt hinunterbefördert hatten. Welche Folgen das für die untere Etage der Frettchenvilla hatte, kann man sich sicherlich an beiden Händen ausrechnen, denn dieser Bereich war ja von uns gefliest worden. Falls ihr Euch daran erinnern könnt.

Sehr kritisch begutachte ich meine fertiggestellte Bastelarbeit, die mehrere Stunden in Anspruch genommen hat. Ich bin voll und ganz mit dem zufrieden, was ich da zusammengebaut habe.

Natürlich reizt es mich jetzt sehr, meinen beiden Frettchen ihr neues Schlafdomizil auf der Stelle vorzustellen. Da aber die Hausfrau in mir wieder zum Vorschein kommt, die das entstandene Chaos überhaupt nicht schön finden kann, muss ich zuerst wieder eine annehmbare Ordnung in meine Küche hineinbringen. Solche Bastelei hinterlässt schließlich ihre Spuren. Überall liegen Späne und auch Staub vom Abschleifen der scharfen Kanten herum. Und auch das von mir benutzte Handwerkszeug muss wieder an Ort und Stelle befördert werden. Deshalb verschiebe ich die Aktion schweren Herzens doch lieber auf den kommenden Tag beziehungsweise den Vormittag.

Obendrein möchte ich Martin und auch meinen beiden Kindern mein allerneuestes ›Meisterstück‹ noch vorführen, wenn sie nachher nach Hause kommen, bevor es meine zwei Lieblinge völlig in ihren Beschlag genommen haben.

Nur kurz fällt mir wieder so ein Spruch von meiner lieben Frau Mama ein, den sie wirklich jedes Mal vor Beginn unseres gemeinsamen großen Wochenendputzes zu sagen pflegte, damals wohnte ich noch bei ihr, der wie folgt lautete: »Frisch gewagt ist halb gewonnen!«

Ich stürze mich mit außergewöhnlich guter Laune, ein fröhliches kleines Liedchen auf meinen Lippen, in die anstehenden Aufräumarbeiten und den alltäglich wiederkehrenden Hausputz.

Das neue Schlafhäuschen für meine Frettchen betrachte ich in der Zwischenzeit immer wieder einmal wohlwollend. Das habe ich wirklich echt gut hinbekommen, finde ich und bin richtig ein bisschen stolz auf mich.

So vergehen die Zeit und der Nachmittag fast unmerklich für mich, beinahe wie im Fluge.

Nachdem die trimmdichsche Hausordnung komplett wiederhergestellt ist, bleibt auch noch etwas Zeit für ein kurzes Päuschen, bevor meine drei Männer mich wieder mit Beschlag belegen werden. Also hole ich mir zuerst, wie kann es denn auch anders sein, eine große Tasse meines absoluten Lieblingsgetränks, einen schnellen Kaffee und den funkelnagelneuen Roman von dem Autor Steven King, den dritten Teil von dem damals noch vierteiligen Zyklus ›Der dunkle Turm‹, der da heißt ›Tot‹. Dann mache ich es mir auf der Couch bequem.

Doch wie Martin, Steven und Patrick an diesem Tag nach Hause kamen, kann ich beim besten Willen nicht erzählen oder schildern. Auch wie meine Lieblinge Betty und Barny ihr neues Schlafhäuschen in Besitz nahmen, weiß ich nicht zu berichten, denn das erste Bild, welches sich nach meinem Erwachen vor die Augen schiebt, ist die hohe weiße, mit reichlich stuckverzierte Decke eines Krankenhauszimmers.

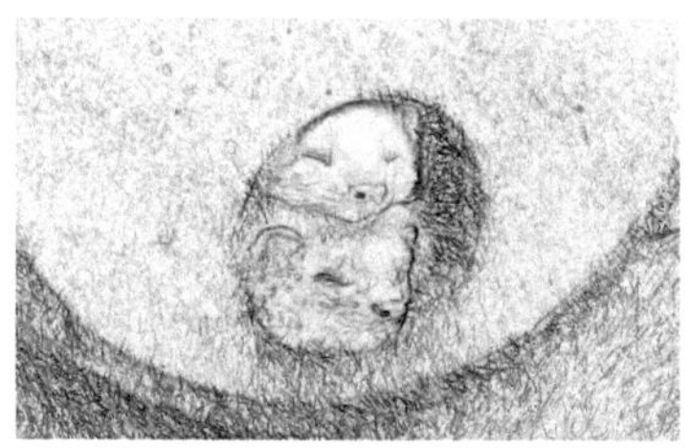

🐾 Ein unruhiges Frettchen und sein Spatzenbaum 🐾

Eigenartigerweise kann ich heute schon wieder nicht so lange schlafen, wie ich es an und für sich in diesen kalten Wintertagen bevorzuge. Das liegt aber bestimmt nicht daran, dass sich Samantha nach ihrer wahrhaft kurzen Stippvisite vor ein paar Tagen, schon wieder nicht bei uns sehen lässt, sondern wohl eher, weil mich neuerdings sowieso eine quälende Unruhe plagt und ich mir über alle möglichen Dinge den Kopf regelrecht zermartere.

Noch vor kurzem steckte ich nämlich meine feuchte Frettchennase erst aus unseren schönen warmen Kuscheltüchern und dem Schlafhäuschen heraus, wenn ich deutlich hören konnte, wie die Küchentür laut zuklappt und unsere Samantha oder irgendein anderer der vier Trimm-dichs, mit einer voll gefüllten Futterschüssel vor unserer Frettchenvilla auftaucht.

Wie ein Blitz bin ich dann zur Stelle und schlage mir rucki zucki mein dickes Bäuchlein so richtig voll. So richtig voll heißt in diesem ganz besonderen Falle, dass ich nach dem Fressen manchmal zu tun habe, dass ich das leckere Futter, gestern war es frisches Rinderhack mit Eigelb, bei mir beziehungsweise in mir behalte. Aber davon haben meine Dosenöffner zum Glück noch niemals etwas mitbekommen, bei meinem supergroßen Indianer- …, äh Frettchenehrenwort, weil ich dann immer ganz schnell wieder in meinem Schlafhäuschen verschwinde.

Nur mein dickes Barnylein regt sich dann künstlich auf, dass ich das frische Klima in unseren Kuscheltüchern verderben würde, mit meinem schlechten und säuerlichen Mundgeruch und so.

Dass ich nicht lache, ha, ha, ha …! Ich reibe ihm schließlich auch nicht unter seinen Riecher, dass er neuerdings beim Nickerchen machen ab und zu ein Paar laue und übelst riechende Winde ablässt, die nicht von schlechten Eltern sind. Aber darüber wird, wie üblich, ein riesenhafter Mantel des völligen Schweigens ausgebreitet. Wie kann es denn auch anders sein, werdende »Männer« dürfen sich eben alles erlauben.

Ups, jetzt habe ich mich ja völlig verzettelt, das kenne ich gar nicht an mir. Aber vielleicht habt ihr das ja auch schon erlebt, wenn man vor lauter Unruhe einfach nicht schlafen kann, dann geht einem so viel durch den Kopf, so viele verschiedene Dinge.

Da nun Barny meine Geschichten angeblich nicht mehr hören kann und/oder will, hat er mir für diese Nacht zumindest ein völliges Redeverbot auferlegt. Er bräuchte schließlich seinen ausgiebigen Schönheitsschlaf und diesen ohne irgendwelches Herummeckern von Seiten eines gewissen Weibes! Allenfalls wäre am Tage dann ja immer noch Zeit genug, ihm die Lauscher vollzujammern.

Da habe ich doch aber wiederum keine Zeit, muss und will ich doch das kleine Häuschen unserer Trimmdichs frettchengerecht umräumen, weil der Martin und die Samantha jeden Tag alles durcheinanderbringen. Die Bücher stehen allesamt wieder in Reih und Glied im Regal, ach wie langweilig. Die Couchkissen stehen fein säuberlich aufgerichtet auf der Couch herum und auch die Tischdecke liegt auf dem Tisch, ganz glattgestrichen. Ehrlich mal! Wie das ausschaut? Dagegen muss man doch unbedingt etwas tun, nicht wahr. Das gefällt vielleicht unseren vier Dosenöffnern, den Trimmdichs, aber nicht uns Frettchen.

Wo war ich vor einem Augenblick stehengeblieben? Ach ja, ich weiß schon, bei unserer Verpflegung.

Was nun das blitzschnell zur Stelle sein betrifft, wenn es um das große Fressen geht, so ist dies in diesen kalten und manchmal auch frostigen Wintertagen besonders wichtig. Erstens fängt das so himmlisch duftende und appetitliche Häppchen schon nach wenigen Minuten an völlig hart zu werden oder anders ausgedrückt, es gefriert einfach. Das geschieht aber eher selten, denn unser Frauchen und unser Herrchen sind ja nicht auf den Kopf gefallen. Deshalb bekommen wir eigentlich nur so viel aufgetischt, wie wir beide, Barnylein und ich, mit einem Mal auch wirklich verdrücken können. Meistens ist unser Fressen auch noch leicht angewärmt. Da mein Dickerchen es wie immer vorzieht lieber zu pennen, wie meistens in diesen kalten Wintertagen, anstatt aus dem Warmen herauszukrabbeln, gefriert halt ein geringer Teil wieder. Eile ist also durchaus angesagt. Zweitens gönne ich bisweilen das leicht angewärmte und besondere Futter meinem schlafenden Dickerchen einfach nicht. Aber nur, wenn frisches Rinderhack verrührt mit etwas Eigelb auf dem Speiseplan steht. Weil dieses Zeug nämlich mein allerliebster Gaumenschmaus ist. Wenn ich das schon von Weitem rieche, gibt es kein Halten mehr für mich. Da gehe ich buchstäblich über sämtliche Tische und Stühle und dem, was mir gerade so vor meine Stupsnase läuft.

Es war vor circa zwei Tagen, draußen herrschten Temperaturen unter minus fünfzehn Grad Celsius. Darum durften wir wieder einmal im trimmdichschen Wohnzimmer frühstücken. Durch einen wirklich dummen Zufall war mir dort die absolute Lieblingstasse von Herrchen im Weg. Eine große Kaffeetasse mit dem Sternzeichen des Löwen darauf, Martin ist Löwe, und einem echt fabelhaften Spruch dazu.

Doch was kann ich armes kleines Frettchen dafür, dass ich bei meinem wilden Frettchentanz die auf dem kleinen Bücherregal abgestellte Tasse durchaus nicht gewahr wurde? Schwupp di wupp und schon war sie unten, das Lieblingsstück von Martin. Ein lauter Knall, ein fürchterlicher Schreck und haste was, kannste was, schon war ich weg, denn sicher ist sicher. Auch wenn Samanthas Frau Mama in diesem Moment mit felsenfester Überzeugung behautet hätte: »Scherben bringen Glück!«

Was ein Frettchentanz ist, wollt ihr wissen? Habt ihr denn nicht den ersten Teil unserer Geschichte gelesen? Da stand es doch ausführlich drin. Na gut, erkläre ich den Unwissenden unter euch, was es damit auf sich hat. Ein Frettchentanz ist ein auf die menschliche Rasse, dann und wann, etwas absonderlich wirkende Fortbewegungen. So ein seitliches Hüpfen, der Rücken ist dabei so krumm wie ein Katzenbuckel. Den Kopf lassen wir dabei, wie irre, hin und her pendeln. Das war es auch schon. Noch Fragen? Dann komme ich zu dem Punkt zurück, wo ihr mich unterbrochen habt.

Das Herrchen nicht mit mir schimpfte, nachdem er mich hinter ihrem Sofa hervorgeangelt hatte, wo ich mich sicherheitshalber versteckte, verwunderte nicht nur mich sehr. Auch mein geliebtes Barnylein konnte es nicht fassen und staunte riesengroße Bauklötze. Aber der traurige Blick von Martin verfolgte mich noch so manche Nacht. Ehrlich, schließlich haben auch wir eine empfindsame Seele, nicht nur ihr, die Menschen. Eigenartigerweise kann ich seit diesem kleinen Missgeschick immer einen kraftstrotzenden Löwenmann in meinen wirren Träumen brüllen hören.

Da mein kleiner Träumer Barny immer noch tief und fest pennt, wie ein Ratz, kann ich ja noch schnell loswerden, warum ich ihm gegenwärtig manch Leckerli nicht so richtig gönne. Mein Barnylein ist nämlich in den letzten Tagen und Wochen ziemlich breit, will sagen, erheblich beleibt geworden. Er hat nicht nur einen richtig breiten Hintern bekommen, sondern auch einen schwabbeligen Bauch. Ich rufe ihn ja schließlich nicht nur aus Spaß ›Dickerchen‹. Manchmal hat er sogar schon ein wenig Schwierigkeiten durch die kreisrunden Eingänge des Windfanges unseres Schlafhäuschens zu kommen.

Schade, dass die Trimmdichs nicht wirklich in der Lage sind zu hören, welches große Spektakel Barny aufführt, wenn er wieder einmal stecken oder hängen geblieben ist. Sie hören zwar ein ärgerliches und manchmal recht wütend klingendes Fauchen von ihm, mehr aber auch nicht. Da er sich bis jetzt immer ›allein‹ aus dieser verkorksten Lage herausgeholfen hat, haben demzufolge alle vier Trimmdichs nur vom Weiten zugeschaut, wie sich die Dinge noch entwickeln werden.

Natürlich kann sich Martin meistens nicht verkneifen, dann zur Kamera zu greifen und ein paar Fotos zu schießen. So entgeht ihnen aber eines völlig. Entweder muss ich von hinten schieben oder von vorne ziehen, um meinen Süßen aus seiner Lage zu befreien. Je nachdem, ob Barny nun in das Schlafhäuschen hinein möchte oder eben heraus.

Echt dramatisch geht es hauptsächlich dann zu, wenn mein Pummelchen ganz dringend auf die Katzentoilette muss. Da grummelt es sowieso schon sehr verdächtig in seinen kurzen Gedärmen. Dann ist ein hilfreiches Schieben wollen, aus Gründen einschlägiger Erfahrung, nicht immer angebracht, denn manchmal bekomme ich leider nicht nur Winde entgegengesetzt. Nein, manchmal kann der Dicke auch sein Wasser nicht halten. Und Männerpipi stinkt nun mal! Puh …!

Aber, das ist nun schon wieder ein ganz anderes Kapitel. Kommen wir zu dem, was mich heute zur frühen Stunde aus den warmen Tüchern und dem Schlafhaus gelockt hat.

Es war wieder einmal, wie kann es auch anders sein, meine fürchterliche und alles dahintersteigenmüssende, frettchenhafte Wissbegierde, die mich dazu trieb, meine warme Behausung sofort zu verlassen. Ich konnte nämlich, unmittelbar vor unserer Frettchenvilla, mich äußerst befremdende Geräusche vernehmen, die ich beim allerbesten Willen nirgends einzuordnen wusste und dies, wo ich schon ein halbes Jahr auf dieser schönen Welt bin.

Angestrengt lausche ich in die geheimnisvolle Nacht hinaus. Ach, da ist es ja schon wieder. So ein regelmäßiges Knirschen oder besser so ein monotones Rascheln. Ich sage ja, ich weiß absolut nicht, wo diese bizarren Laute hinzustecken sind.

Also schaue ich sofort genauer hin. Was in diesem Augenblick gar nicht so einfach ist, denn der gesamte Himmel über Hirschberg wird durch den Anbruch des neuen Tages in ein immer kräftiger werdendes Rot getaucht. Mein leider zurzeit abwesendes Frauchen Samantha und auch die anderen Trimmdichs sagen wohl ›Morgenröte‹ dazu.

Die blätterlosen Bäume und die großen Sträucher sehen gegen den rot überzogenen Morgenhimmel richtig gespenstig aus, wie riesenhafte Skelette, die mit ihren ellenlangen Armen und den spindeldürren Händen gierig nach einem greifen wollen.

Samanthas Frau Mama, die zwar Sonnenaufgänge von ihrem schönen Aussehen her sehr mochte, hätte bestimmt gleich wieder so eine uralte Weisheit auf Lager, die etwa wie folgt lauten würde: »Schön Morgenrot, schlecht Wetter droht!« Aber aus meinen eigenen Erfahrungen und Beobachtungen heraus kann ich das absolut nicht bestätigen.

Da zum Glück die immer durchdringender werdende Röte nun auch den kleinen trimmdichschen Garten überschaulicher macht, kann ich meine unzähmbare Neugier betreffs unklarer Geräusche endlich zur Genüge befriedigen. Wurde auch allerhöchste Zeit, sind wir Frettchen doch hinsichtlich unserer Neugier regelrecht berüchtigt.

Zu meiner großen Überraschung stiefelt im Garten, unmittelbar vor unserer Frettchenvilla, unser kleiner Patrick durch den knöchelhohen Schnee. Damit wäre schon einmal das unklare Knistern aufgeklärt.

Wenn die Samantha jetzt sehen könnte, dass ihr Jüngster wieder einmal ohne Jacke und nur mit einem Schlafanzug bekleidet durch den frostklaren Morgen schleicht, gebe es bestimmt ein großes Donnerwetter.

Was aber meine ganze Aufmerksamkeit erregt, ist der komische Gegenstand, welchen Patrick fest zwischen seinen beiden Händen hält. Aus diesem eigenartigen Gebilde kommen auch die seltsamen Töne beziehungsweise die Geräusche, wie man sie mit einer Kinderrassel erzeugen kann.

Woher ich das schon wieder weiß? Habe ich irgendwann einmal im Fernsehen gesehen, bei einer unserer Freigänge im Wohnzimmer der Trimmdichs. Ich sehe und höre nämlich alles! Na gut, fast alles.

Erwartungsvoll und angespannt verfolge ich Patrick sein geschäftig aussehendes Treiben. Dafür habe ich mich aber vorausblickend hinter einer der beiden Katzentoiletten versteckt und schaue nur mit meinem Kopf vorsichtig hervor. Man könnte allerhöchstens meinen Riecher und meine Augen sehen, eventuell auch meine Lauscher, falls durch Zufall einer in meine Richtung schauen würde.

Patrick stellt jetzt das eigenartige Ding auf einem dickeren Zweig des mannshohen Apfelbaumes ab, der nicht einmal einen Meter entfernt vor unserer Villa steht. Urplötzlich macht er zwei bis drei große Sprünge durch den hohen Schnee um den Baum herum. Dann zieht er aus seiner linken Hosentasche eine lange, dicke und schwarze Schnur heraus. Mit dieser Schnur bindet er das für mich noch unbekannte Objekt an dem Stamm des Apfelbaumes fest. Tritt rückwärtsgehend mehrere Schritte vom Baum weg und betrachtet zufrieden, mit einem breiten Lächeln, seine gelungene Tat.

Mit einem wirklich fröhlichen Pfeifen, so hört es sich für mich jedenfalls an, auf seinen vor eisiger Kälte bibbernden und blaugefrorenen Lippen, mit vor Freude strahlenden Augen, mit reichlich Schnee verklebten Hausschuhen sowie Hosenbeinen stiefelt er zum Haus zurück.

Dieweil ich aber dieses mir unbekannte Ding nicht mehr aus meinen Augen lassen will, ich aber an meinen sämtlichen Gliedern ein beständiges leichtes Zittern verspüre, muss ich mir auf dem schnellsten Wege etwas einfallen lassen.

Kurz entschlossen eile ich so schnell mich meine kleinen zierlichen Branten tragen können in das Schlafhäuschen zurück. Dort zottele ich mein Lieblingskuscheltuch unter Barny seinen dicken Bauch hervor, eine uralte Babydecke - die noch aus Patrick seinem ersten Lebensjahr stammt, schleppe diese unter allen mir zur Verfügung stehenden Kräften nach draußen. Dort verstaue ich sie zwischen der Rückwand unserer Villa und dem Katzenklo. Dann schlüpfe ich buchstäblich in meine kuschelige Decke hinein und lasse dieses angebundene Etwas an diesem Apfelbaum nicht mehr aus meinen Augen.

Erst viele Tage später erfahre ich, dass es sich dabei nur um einen sogenannten Vogelfutterautomaten handelt.

Mit der Zeit wird es immer anstrengender für mich, auf ein und dieselbe Stelle zu starren. Ohne, dass es mir richtig bewusst wird fallen mir langsam aber sicher meine Äuglein zu.

Erst ein lautes und zänkisches Getschilpe, welches immer deutlicher an meine Lauscher dringt, holt mich aus einem tiefen Schlummer heraus. Wesentlich später kann es eigentlich nicht geworden sein, denn der Himmel ist noch immer von einem zarten orange bis zu einem kräftigeren rosarot überzogen. Aber an einigen Stellen finden endlich die allerersten Sonnenstrahlen zaghaft und ungehindert ihren Weg in den winterlichen Garten der Trimmdichs hinein. Sie lassen auch den Apfelbaum aus der Morgendämmerung hervortreten.

Was ich jetzt unmittelbar vor meinen beiden Augen zu sehen bekomme, ist der helle Wahnsinn und es lässt meine bis dahin tief versteckten Raubtierinstinkte in mir plötzlich hellwach werden. Auf den nur leicht schneebedeckten Ästen und den Zweiglein des Baumes, keinen Meter von mir entfernt, um dieses unbekannte Objekt herum, hat sich ein wahrhaft großer Pulk von mindestens zwanzig bis vielleicht maximal dreißig Spatzen versammelt.

In mir schreit buchstäblich jede noch so kleine Faser meines Frettchenkörpers volldröhnend: »Futter, Futter, endlich einmal richtiges lebendiges Futter!«

Dass es sich dabei ›nur‹ um ganz gewöhnliche Dorfspatzen handelt, ist mir in diesem Augenblick völlig egal, absolute Nebensache eben. Hauptsache sie sind lebendig, Hauptsache es sind sehr viele, Hauptsache sie sind direkt vor mir und somit auch durchaus für mich ausgehungerte Frettchenfähe, der vor lauter Begierde buchstäblich schon der Reißzahn tropft, auch greifbar!

Ich kann mein überraschendes Glück zu so zeitiger Morgenstunde gar nicht richtig fassen. Ein Spatzenbaum nur für mich allein. Jetzt muss ich hier nur noch raus und das sofort!

Ich versuche wirklich alles! Alles, was in meinen Kräften steht. Rüttele mit meinen beiden Vorderbranten so kraftvoll, wie ich es eben kann, an dem grünlichen Maschendraht herum. Verbeiße mich mit meinen spitzen Zähnen darin und versuche durch kräftiges Ziehen ein solch großes Loch hineinzubekommen, dass ich mich da hindurchzwängen könnte. Drücke mit meinem schlanken Rücken unter Aufbietung aller Kraftreserven gegen die verschlossene Villatür, die mir den Weg zu den lärmenden Spatzen einfach nicht freigeben will. Nehme, wie so ein blindwütiger und gereizter Kampfstier, gut einen Meter Anlauf und versuche dann mit meinem zarten Schädel einen Durchbruch in den nicht allzu dicken aber leider überaus stabilen Maschendraht zu rammen.

Außer unerträglichen Kopfschmerzen erreiche ich aber nichts, absolut gar nichts. Es ist beinahe zum Verrücktwerden!

Dann versuche ich sogar mit dem Einsatz der Katzentoilette, sozusagen dient sie mir als Rammbock, die Tür doch noch aufzustoßen, aber wieder passiert nichts.

Obwohl ich nun alles Mögliche ausprobiert habe, ich habe einfach keinen Erfolg. Ganz egal, was ich mir einfallen lasse. Ganz egal, was ich auch tue. Nichts hilft, rein gar nichts. Ich könnte heulen vor ohnmächtiger Wut! Ich will hier raus! Ich will meine Spatzen haben!

»Wenn ich euch schon nicht bekommen kann, dann braucht ihr auch nicht länger vor meinem Riecher und meinem hungrigen Magen herumzusitzen, verpisst euch endlich ihr niederträchtiges und nichtswürdiges Federvolk!«, fauche ich die lärmende Spatzenbande nun böse und äußerst verächtlich an.

Mein ganzer Körper ist gespannt wie so ein Flitzebogen. Meine, wie eine Flaschenbürste, aufgestellte Rute peitscht vor lauter Aufregung und aggressiver Gereiztheit hin und her.

Aber diese unverschämte und ohrenbetäubende Spatzenschar nimmt nicht einmal ein bisschen Notiz von mir. Seelenruhig machen sie weiter, als ob sie genau wüssten, dass ich sowieso nicht zu ihnen herauskommen kann. Auch, dass ich vor lauter ohnmächtiger Wut meine Stinkdrüsen entleere, kratzt diese ollen doofen und graubraunen Körnerfresser nicht im Geringsten.

Circa eine halbe Stunde versuche ich noch mein Glück weiter, dann gebe ich aber wegen vergeblicher Liebesmühe und auch wegen völliger Entkräftung auf.

Demoralisiert lege ich mich auf meiner kuschligen Babydecke nieder. Eng zusammengerollt, weil es doch noch empfindlich kalt hier draußen ist, meinen Spatzenbaum trotz alledem nicht aus den Augen lassend, kann ich der mich überrollenden Müdigkeit einfach nicht länger widerstehen und ich falle in einen tiefen Schlaf. Übrigens einen sehr schönen Schlaf, der nur von einem einzigen Traum beherrscht wird. Einem Traum, in dem ich als hundertprozentige Siegerin über diesen Spatzenbaum, besser noch über meinen alleinigen Spatzenbaum hervorgehe!

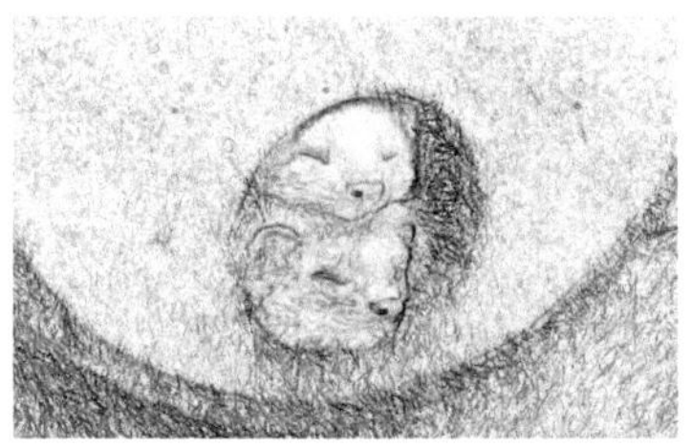

˙🐾 Frettchenalbtraum 🐾˙

Das erste Bild, es ist noch ein wenig verwackelt, irgendwie doppelt und verzerrt, was sich nach meinem Erwachen vor die Augen schiebt, ist die hohe, weiße und mit reichlich Stuck verzierte Decke eines mir völlig unbekannten Zimmers.

Nur sehr langsam realisiere ich, dass ich nicht zu Hause auf meiner bequemen Couch liege. Auch meine kleine Pause nicht beendet habe, bei einer großen Tasse meines berühmt berüchtigten schnellen Kaffees und dem funkelnagelneuen Roman von Steven King, wie es eigentlich von mir eingeplant war, sondern, dass ich mich in einem Krankenhaus befinden muss. Es ist wahrlich nicht die Decke, die mich auf diesen Gedanken bringt, sondern der eigenartige Geruch den Krankenhäusern nun einmal anzuhängen pflegt.

Ein hintergründiges und sehr gedämpftes Tuscheln klärt mich schnell darüber auf, dass ich nicht allein in diesem Zimmer bin. Es müssen sich noch mehr Individuen in diesem Raum befinden.

Und wie unter einem innerlichen Zwang möchten alle meine angespannten Sinne nur noch eins, nämlich heraus aus dem Bett und in Erfahrung bringen, was hier eigentlich los ist.

Meine ernsthaften Bemühungen aus dem Bett zu steigen, bleiben von den anderen Patientinnen im Zimmer natürlich nicht unbemerkt. Zwei von ihnen kommen eilig zu mir herübergelaufen und mit der eher knappen Bemerkung: »Schwester Yvonne wird gleich nach Ihnen schauen, junge Frau. Bleiben Sie mal hübsch liegen!«, drücken mich vier Hände sanft, aber doch sehr bestimmt, zurück auf mein unfreiwilliges Krankenlager.

Ich bin noch gar nicht richtig wieder zum Liegen gekommen, als eine auf mich sehr energisch und sehr resolut wirkende Schwester, mit einem dienstbereiten Lächeln auf ihren etwas wulstig erscheinenden

Lippen, an meinem Bett erscheint. Von der Schwester, mit dem liebreizenden Namen Yvonne, erfahre ich nun endlich, in wirklich groben Zügen, wovon mir buchstäblich der letzte Film fehlt.

Mir hatte es im wahrsten Sinne des Wortes wieder einmal die Beine unter meine Hintern weggehauen oder anders ausgedrückt, ich bin aus den Latschen gekippt.

Martin hatte mich bewusstlos neben unserer Couch aufgefunden und sofort den zuständigen Notarzt benachrichtigt. Aber, weil es jetzt in diesem Monat schon das vierte Mal hintereinander passiert war, wurde ich sogleich mit dem Rettungswagen, eingeschaltetem Blaulicht und ›Tatü, tata‹ in das nahe gelegene Krankenhaus von Sollmirstadt geschafft.

Einige wichtige Untersuchungen wurden unmittelbar nach meiner Einlieferung durchgeführt, wie die regelmäßige Blutdruckmessung, ein EKG wurde gemacht sowie die obligatorische Blutabnahme für das Labor.

Danach ist mir ein stärkeres Beruhigungsmittel verabreicht worden, weil halt mein Puls extrem hoch war und nicht runtergehen wollte. Das war aber schon gestern. Deshalb müssten heute all diese Untersuchungen noch einmal durchgeführt werden, um zu schauen, wie sich die Werte nach der vergangenen Nacht entwickelt hätten. Wenn ich mich dazu in der Lage fühlen sollte, könnte ich auch schon aufstehen und allein zur Toilette gehen. Müsste aber möglichst immer nach einer Schwester oder eben einem Pfleger klingeln, weil sie mich dahin begleiten sollen.

»Nur aus Gründen der Sicherheit, falls Sie noch einmal umfallen.«

Mit diesen Worten verlässt Schwester Yvonne das Zimmer.

Eigentlich würde ich jetzt gern weiterschlafen, denn ich fühle mich wie mehrfach durch eine Wäschemangel gedreht. Vielleicht ist es ja auch noch das sehr starke Beruhigungsmittel, denn bei der Visite am frühen Nachmittag erhalte ich die Information, dass es sich dabei um Faustan handelte, welches noch immer durch meine Adern zu preschen scheint. Lange kann ich mich dem Gedanken einfach weiterzuschlafen aber nicht hingeben, denn schon etwa eine halbe Stunde später werde ich zur ersten Untersuchung dieses Tages gerufen, einem circa, eine halbe Stunde dauernden Kreislauftest.

Das geht dann immer so weiter. Schlag auf Schlag. Beinahe jede Stunde liegt irgendetwas Neues an, bis zu der in einem Krankenhaus üblichen Mittagsruhe. Aber schließlich, irgendwann am späten Nachmittag gegen sechzehn Uhr, lässt man mich endlich in Ruhe, für heute jedenfalls, und ich falle vollkommen erschöpft in mein Bett.

Was mir zu Hause schon lange nicht mehr gelingen wollte, funktioniert hier prompt auf Anhieb. Äußerst geschafft schlafe ich augenblicklich tief und fest ein. Aber leider lässt man mich nicht lange diesen eher selten gewordenen Moment auskosten. Die Oberschwester dieser Station, auf der man mich in der Nacht einquartiert hatte, namens Christel, welche heute wohl ihre Spätschicht hat, reißt mich ziemlich unsanft aus einem wahrhaft schönen Traum.

Zutiefst erschrocken fahre ich aus meinem Bett hoch. Ich will schon lauthals meine Empörung zu Gehör bringen, als ich zu meiner eigenen Überraschung ein wahrhaft riesengroßes Iltisfrettchen auf der linken Schulter von der Oberschwester Christel sitzen sehe. Da kann ich ihr beim besten Willen nicht mehr böse sein, auch wenn sie mich soeben aus einem schönen Traum gerissen hat. Aber Frettchen sind nun mal mein Ein und Alles, sie sind mein Leben!

Ein leichtes Schmunzeln überzieht erst meine etwas trockenen Lippen und ein breites Grinsen später mein ganzes Gesicht, als ich mir dieses Frettchen, im Übrigen eine recht stattlich aussehende Fähe, etwas genauer betrachte. Es hat nämlich nicht nur ein seit langem aus der Mode gekommenes Schwesternhäubchen auf, in der Farbe hellrosa selbstverständlich, sondern auch ein sehr eng anliegendes und farblich passendes Kittelschürzchen übergezogen. Um ihren Bauch herum ist etwas in der Art eines Gürtels gebunden, an dem eine kleine Sanitätertasche, gut erkennbar am tiefroten Kreuz, befestigt ist. Die absolute Krönung an der ganzen Geschichte ist aber ein rotes Spitzenhöschen!

Ein lautstarkes herzhaftes Lachen, welches dann in einen nichtendenwollenden Lachkrampf übergeht, kann ich mir nun beim allerbesten Willen nicht mehr verkneifen! Zahllose Tränen rollen haltlos über mein blasses Gesicht, um sich später als winziges Bächlein einen Weg über meinen Hals in den Ausschnitt meiner Schlafanzugjacke zu suchen. Auch die unvermeidlich einsetzenden Schmerzen in meinem Oberbauch und im Kiefer hindern mich nicht ein bisschen an diesem hemmungslosen Hohngelächter. Ein Lachkrampf ist eben ein Lachkrampf, gegen den man in den seltensten Fällen wirklich erfolgreich ankommt.

Dass aber plötzlich das Gesicht von Oberschwester Christel, im wahrsten Sinne des Wortes, einen außerordentlich warnenden und sehr bedenklichen Ausdruck annimmt, entgeht mir dabei völlig.

Unverzüglich bekomme ich auch die vollkommene hundertprozentige Quittung für das Ignorieren dieser doch recht deutlichen Warnung präsentiert. Die gerade noch so freundlich blickende und für mich so liebenswürdig ausschauende Frettchenfähe, setzt nämlich unerwartet zu einem gewaltigen Sprung an. Nur ganz flüchtig bekomme ich das schneeweiße Namensschild auf dem Kittelchen des Iltisfrettchens vor meine Augen. ›Eklis, was ist denn das für ein scheußlicher Name‹, denke ich gerade noch so bei mir, als sich das zu einer viehischen Bestie umgewandelte Tierchen schon fest in meinem Gesicht verkrallt hat. Die unzähligen und größtenteils unabsichtlichen Verletzungen, wie kleinere Bisse oder etwas tiefere Kratzer, die meine Betty und mein Barny mir bei unseren gemeinsamen Tobestunden zufügen, ist aber rein gar nichts gegen das, was mir jetzt widerfahren sollte.

In meinem Gesicht scheint ein alles vernichtender und ein ausnahmslos alles verbrennender Vulkan auszubrechen, der geradewegs aus dem allertiefsten Abgrund des Höllenpfuhls gekommen sein muss. Es durchfährt mich nicht nur ein brennender, stechender, pulsierender, qualvoller und alles durchdringender Schmerz. Nein, auch eine unermessliche Fontäne meines ureigenen Blutes, welches eigenartigerweise äußerst penetrant nach Schwefel stinkt, schießt ungehindert aus meinen beiden stark lädierten Wangen heraus.

Dass sich diese tiefrote und nach Schwefel stinkende Pracht nun ausgerechnet über die Oberschwester ergießt beziehungsweise über ihre gesamte Schwestertracht, ist wirklich nicht meine Schuld und leider auch nicht mehr zu vermeiden.

Dessen ungeachtet bringt es Christel wenigsten wieder zur Besinnung, denn die unerwartete und blitzschnelle Aktion ihres Frettchens Eklis schien sie in eine doch wahrhaft bodenlose Hypnose versetzt zu haben. Mit einem schrillen und überlauten Aufschrei kommt sie mir nun endlich tatkräftig zur Hilfe.

Sie greift dem um sich beißenden und nach allen Seiten kratzenden Iltisfrettchen, welches sich höchstwahrscheinlich in einem vollkommenen Blutrausch befindet, in den vor lauter Anspannung völlig verspannten Nacken und sie reißt es mir mit einem, vor ungezügelter Kraft strotzenden Ruck aus meinem entstellten Gesicht.

Mit beiden Händen halte ich mir die bodenlos scheinenden und weit aufklaffenden Wunden zu. Der grenzenlose Schmerz ist kaum noch zu ertragen. Deshalb schreie ich meine unbeschreiblichen Qualen in die große weite Welt hinaus. Ich schaue entgeistert dem an meinem Armen in gewaltigen Mengen herablaufenden noch dampfenden Lebenssaft hinterher, welches auf dem gefliesten Boden des Zimmers ruckzuck eine riesige Lache bildet.

Obwohl der wahrhaft tierische Schmerz in meinem Antlitz nicht mehr zu erdulden ist, bekomme ich so ganz nebenbei doch noch mit, wie die Oberschwester Christel auffallend zufrieden, und auch erstaunlich verliebt, mit dieser wahrhaft bösartigen und auch so gefährlichen Kreatur von einem Frettchen umgeht. Dabei hat sie einen entrückten, irgendwie glitzernden Schimmer in ihren braunen Augen.

»Na, meine über alles geliebte Eklis! Das haben wir ja wieder einmal prima hinbekommen. Ich staune selbst immer wieder aufs Neue, wie geschwind sich doch ein Opfer für deine kleinen gemeinen und tierischen Instinkte finden lässt. Schau doch nur, wie umfangreich dieses Mal die frische Blutlache für dich, mein geliebtes kostbares Schatzl, ausgefallen ist. Das war ja ein richtig großer Volltreffer für dich, mein Herzblatt. So, nun beeile dich aber bitte trotzdem ein bisschen und beseitige ganz schnell diese rote lauwarme Pfütze, bevor der neue Stationsarzt wieder etwas davon mitbekommt. Nicht, dass er für den widerlichen Hugo, seinem kastrierten Siamfrettchen, etwas davon abhaben will. Soll er sich doch mit seinem Hugolein selbst kümmern, anstatt immer nur bei uns abzusahnen. Schnorrer kann ich auf den Tod nicht leiden. Vielleicht muss man da mal irgendetwas drehen oder wieder ein paar alte Kontakte auffrischen, um diese beiden Trittbrettfahrer loszuwerden!«

Oberschwester Christel setzt nun doch wahrhaftig das Iltisfrettchen, welches sich in der gigantischen Vorfreude auf das, was nun kommen wird, genussvoll die lange und etwas spitze Schnauze ableckt, an mein Eigenblut, wo es sich dann für alle gut vernehmbar und natürlich auch sichtbar schmatzend seinen Bauch vollschlägt.

Das Eklis sich beim Fressen von oben bis unten mit meinem warmen Blut beschmiert, stört das Tierchen aber herzlich wenig, denn es hat ja seine Christel.

Christel, die ihr mit dem Zeigefinger behutsam das blutige Nass vom Kinn und Hals abwischt, um dann den blutbefleckten Finger mit ihrer eigenen langen Zunge, die beinahe blitzartig aus dem Mund geschossen kommt, die mich unweigerlich an die Zunge eines Chamäleons erinnert, fein säuberlich abzulecken.

Was zu viel ist, ist eben zu viel. Der unbeschreibliche Schmerz, diese riesengroße Pein und auch das ›Gespräch‹ zwischen der Oberschwester und Eklis, lassen mich ›Gott sei auf ewig Dank!‹ in eine alles vergessende Besinnungslosigkeit hinübergleiten.

Wie lange ich weggetreten war, also besinnungslos, kann ich gar nicht so richtig sagen, denn ich werde äußerst unsanft durch drei wirklich brutale Ohrfeigen in die Realität zurückgeholt.

Dass aufgrund dieser drei saftigen Maulschellen meine linke Gesichtshälfte prompt stark anschwillt und ich in den nächsten sieben Tagen beim Essen erhebliche Schwierigkeiten haben werde, weil ich den Kiefer nicht mehr richtig auseinanderbekomme, sei hier nur am Rande erwähnt. Viel wichtiger ist jedoch, dass dieses unerwartete und äußerst schlagkräftige Argument des diensthabenden Arztes mich nicht nur in die Wirklichkeit zurückbringt, sondern auch umgehend dafür sorgt, dass sich vor lauter unverhofftem Schreck und dem damit verbundenen Stress mein gesamter Mageninhalt in einer hohen Fontäne auf dem frisch gewischten Fußboden des Zimmers ergießt.

Ein hilfesuchender Blick zu meinen beiden Bettnachbarinnen lässt mich erkennen und begreifen, dass ich mich nicht mehr in dem schönen Krankenhaus vom Sollmirstadt befinde, sondern in dem Kreiskrankenhaus von Wildesheim. Leider Gottes genießt dieses, weit über die Kreisgrenzen hinaus, einen äußerst miserablen Ruf. Unter keinen Umständen wollte ich es in meinem ganzen Leben je von innen kennenlernen. Und nun das!

Auch der bloße Tatbestand, dass zwei mit wahrhaftig reichlich Pickeln übersäte Zivis - Zivildienstleistende, gegenwärtig einem geräumigen Wagen in mein Zimmer hereinschieben, auf dem ein sehr geräumiger Käfig steht und in dessen Inneren drei pechschwarze Frettchen ihren Schlaf abhalten, versöhnt mich nicht mit der neuen Lage, in der ich mich offenbar befinde. Ich werde kein einziges Wort mehr sagen und auch alle anderen ärztlichen Maßnahmen verweigern, bevor ich nicht erfahren habe, was hier eigentlich gespielt wird.

Trotzdem kann ich es mir nicht völlig verkneifen, aus den Augenwinkeln heraus, nach den drei Frettchen zu schielen. Habe ich doch noch nie in meinem ganzen Leben je ein schwarzes Frettchen zu Gesicht bekommen und dann tauchen hier gleich drei von dieser Sorte auf!

Was mich an dieser Stelle jetzt aber besonders brennend interessiert ist, warum sind sie überhaupt hier?

Doch schon im nächsten Augenblick soll ich meine ständige Neugier verfluchen. Es stellt sich nämlich heraus, dass diese drei Frettchen mit zu der Putzkolonne des Krankenhauses gehören. Sie wurden zu mir in das Zimmer gebracht, ganz allein zu Säuberungszwecken oder anders ausgedrückt, um buchstäblich den von mir kürzlich an das Tageslicht beförderten Mageninhalt fressenderweise zu beseitigen.

Wie sagte doch gleich der Größere von den beiden Zivis, ich glaube, Dirk heißt er: »Hey! Diese ollen Biester stehen doch gewissermaßen darauf. Warum sollte man denn den süßen Beißerchen nicht auch mal was Schönes gönnen? Sie haben ja sonst nischt vom Leben, wa!«

Nun sah sich der Kumpel von Dirk, dessen Name ist mir völlig entfallen, genötigt auch noch seinen Senf dazuzugeben: »Na is doch logo Alter, wa. Sind doch och bloß Räuber. Aba off son roten Lebenssaft sinse besonders scharf, wa. Weeste noch jestern, die janz Olle? Die dat Blut jespuckt hat wie de janz jroße Vesuv? Wie se da jeschlappert haben, die Kleenen? Restlos allet hamse wech jehauen, wa. Det zog sich in de Mäuler von den Dreien wie so ene lange Spajetti. Der janze blutje Rotz von de Tante, nischt wie wech. Ick globe heute hama noch ene Verlegung zu der hier in det Zimmer, wa? Kann se selber mal kieken wie dat abjeht! Ma kieken, ob se dann immer noch so lese is. Hi, hi, hi!«

Ich kann und will auch nicht glauben, was da meine Ohren zu hören bekommen! Aber, weil mir dieses Mal keine erlösende Ohnmacht zu Hilfe eilen will, schreie ich mir meinen ganzen Ekel und mein blankes Entsetzen einfach weg. Ich schreie so lange, bis mir im wahrsten Sinne des Wortes die Puste von einem Augenblick zum anderen ausgeht und ich, aufgrund vom akuten Sauerstoffmangel doch noch in eine tiefe Besinnungslosigkeit falle.

Ein wirklich sanftes und behutsames Tätscheln auf meine rechte Hand holt mich langsam aber unerschütterlich aus einer traumlosen Bewusstlosigkeit heraus. Noch sträubt sich jede Faser meines völlig geschafften Körpers dagegen, munter zu werden. Doch nach und nach gewinnen meine alten Lebensgeister die Oberhand und ich bin wach.

Ehe ich meine Augen ganz öffne, fahren meine Hände aber suchend und alles genau abtastend über mein Gesicht. Doch als ich zu meiner großen Freude nichts Außergewöhnliches und nichts Zerstörtes ertasten kann, alles ist rundweg heil, öffne ich zaghaft meine Augen. Meine Blicke suchen nun die Person, die mich so behutsam und umsichtig aus dem Schlaf des Vergessens geholt hat.

Neben meinem Krankenzimmerbett steht kein Ohrfeigen verteilender Bereitschaftsarzt, auch keine superpickligen Zivis, keine bissigen und verfressenen Frettchen weit und breit, sondern Oberschwester Christel. Sie lächelt mich unbeschreiblich freundlich an und fragt mich liebenswürdig: »Soll ich Ihnen denn mal Ihr Kissen aufschütteln oder ob möchten Sie etwas zum Trinken haben«?

Ob ich denn von meinen kleinen Lieblingen, den Frettchen Betty und Barny, geträumt habe, möchte sie dann auch noch wissen.

Ein tiefer Seufzer entflüchtet sich meiner Brust und ein süß-säuerlich wirkendes Lächeln macht sich ganz zaghaft auf meinen trockenen Lippen breit: »Oh ja, Oberschwester Christel, wenn Sie wüssten!«

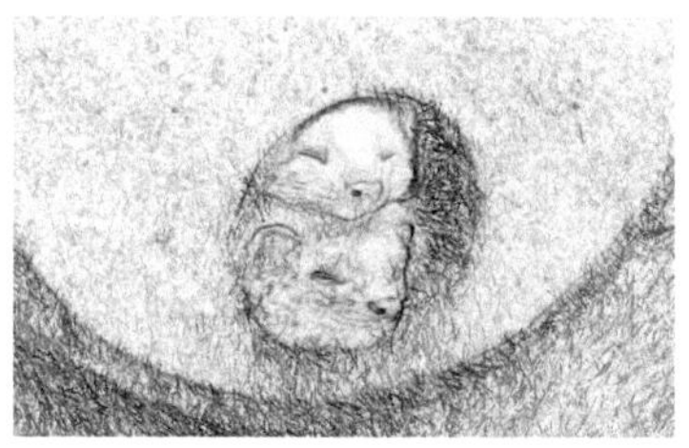

🐁 Ein verpasster Happen 🐁

Das gibt es doch gar nicht. Jetzt hat doch meine Zuckerpuppe tatsächlich die ganze Nacht in dieser eisigen Kälte verbracht. So ernst war es nun von mir auch wieder nicht gemeint, dass sie mich mit ihren langweiligen Geschichten in Ruhe lassen soll. Eigenartig finde ich ja nur, dass meine Bettymaus so ein zufriedenes Lächeln auf den Lippen hat. Habe ich hier eventuell irgendetwas verpasst? Jetzt will ich es aber genau wissen!

Ganz behutsam stupse ich mit meinem Riecher gegen ihr gertenschlankes und ein wenig zu schmal gewordenes Bäuchlein, da meine Betty auf unerwartetes Wecken neuerdings äußerst gereizt reagiert.

Diesen Fehler mache ich nicht ein zweites Mal, denn in der Nacht, die dem schlimmen Tag folgte, als unser Frauchen so unverhofft ins Krankenhaus musste, konnte meine Bettymaus, vor lauter Kummer und Sorgen um Samantha, schon einmal kein Auge zu tun. Sie schlich die ganze Nacht, bis zum allerersten Hahnenschrei des eingebildeten Gockels Fridolin - auf des Nachbars kleiner Hühnerfarm, mit herunterhängender Rute sowie Ohren durch unsere Villa und fand einfach keine Ruhe.

Als der überhebliche Gockel endlich mit seiner lautstarken Krächzerei fertig war, wollte ich Betty überzeugen, doch noch ein Ründlein auszuruhen bevor es wie gewohnt zum Frühstück und auch zum Herumtoben in das Wohnzimmer von Herrchen sowie Frauchen geht.

Ihre eher bärbeißige Antwort beziehungsweise ihr böses Fauchen habe ich noch heute überdeutlich in meinen Ohren. Und der Biss, den sie mir daraufhin verpasste, oberhalb meines linken Auges, erinnert mich immer wieder sehr nachdrücklich daran, besonders behutsam mit meinem kleinem Schneckchen umzugehen.

Aber meine süße Kleine springt nicht auf meine zärtlichen Versuche an, sie aus dem unendlichen Reich der Träume zu holen. Na gut, da muss ich eben zu einem kleinen Hilfsmittel greifen.

Was hat ansonsten immer geholfen und was hat meine süße Zuckerpuppe am Allerliebsten? Ach ja, ich weiß schon. Hier kann im Prinzip nur noch ein zärtliches Saubermachen ihres süßen Plappermäulchens, ihrer Lauscher und ihrer Äuglein weiterhelfen!

Wie gedacht, so getan. Also putze ich munter darauf los. Zuerst lecke ich den kleineren Krümel angetrockneten Katzenfutters von ihrem zarten Nasenbein herunter. Die beiden goldigen Seherchen von meiner Betty, euch eher geläufig als Augen, die heute irgendwie leichte Schatten ringsherum haben, werden als nächstes Ziel in Angriff genommen. Nach einer nur knappen Pause, nehme ich mir ihre beiden Lauscher, also die Ohren vor. Weil es dort aber nicht allzu viel zu tun gibt, auch gleich noch den letzten Rest meiner liebreizenden Zuckerschnute.

Ich bin noch gar nicht richtig fertig, mit meiner zärtlichen Putzerei, als Betty, wie von einer gigantischen Tarantel gestochen, von ihrer Babydecke aufspringt und flinken Fußes, ohne mich auch nur eines flüchtigen Blickes zu würdigen, schnurstracks in die Richtung unseres Schlafhäuschens davonsaust.

»Hey, was ist denn mit dir schon wieder los? Was hat dich denn schon wieder gepiesackt, geliebte Zuckerpuppe? Sag schon!«, schreie ich ihr wirklich mehr als verwundert hinterher.

Wie beinahe schon erwartet, bekomme ich aber keine Antwort von ihr, dafür aber eine ordentliche Ladung aus ihren Stinkdrüsen mitten in mein Gesicht gesetzt. Also jetzt die Ka … echt am Dampfen. So etwas hat ja meine Betty wirklich noch nie mit mir gemacht. Und wie das stinkt, puh …!

Irgendetwas ist hier faul, oberfaul sogar!

Gerade als ich meine übelgelaunte Betty zur Rede stellen will, taucht Martin vor unserer Villa auf, in seiner rechten Hand hält er eine Schüssel, die mit frischem und klein geschnittenen Rindfleisch angefüllt ist. Seinem Gesicht kann man das Angewidertsein, betreffs der von Betty hinterlassenen Gerüche in unserer Villa, regelrecht schon vom Weiten ansehen. Es spricht buchstäblich Bände, denn beide Wangen sind aufgeblasen und mit seiner linken Hand hält er sich seine Nase zu. »Was ist denn bei Euch zwei Hübschen schon wieder los?«, presst er mühselig zwischen seine Zähne hindurch und stellt die

Schüssel erst einmal auf dem Hackklotz ab, der unmittelbar neben dem Holzbunker steht. Dann folgt wieder einmal eine Moralpredigt von Herrchen, was ja nun selten genug vorkommt.

Was anschließend geschieht, ist für unseren Frettchenverstand beinahe nicht begreifbar und auch einfach unfassbar.

Nachdem Martin erst mich und dann meine schlafende Zuckerpuppe aus unserer Villa ›herausgefischt‹ hat, fliegen im hohen Bogen unsere beiden Schlafhäuschen aus unserer Villa heraus. Eines nach dem anderen und ohne Gnade.

Dass sie auf dem hartgefrorenen Gartenboden in mehrere Einzelstücke zerfallen, die Jüngsten waren sie ja schließlich auch nicht mehr, schockt nicht nur meine inzwischen munter gewordene Betty, sondern auch ich bin total platt. Platt vor ungläubigem Staunen über diese Geschehnisse. ›Was soll das denn jetzt werden? Wo sollen wir zwei Hübschen denn in Zukunft schlafen?‹, scheinen mich die Fassungslosigkeit ausdrückenden Augen von meiner Bettymaus zu fragen. Aber darauf weiß ich im Moment wirklich selbst keine passende Antwort!

Das große Rätseln geht aber noch ein kleines bisschen weiter, denn Martin verschwindet jetzt mit uns zwei, für ihn heute so befremdlich duftenden Stinkern, im trimmdichschen Häusel. Dabei hält er aber Betty und mich einen guten Meter, auf Armlänge eigentlich, von sich entfernt. Seinen Kopf etwas seitlich von uns weggedreht, atmet er hörbar nur durch seinen Mund tief ein und aus. Sein Gang führt ihn geradewegs in das Badezimmer der Familie, wo er uns in der Wanne der Dusche absetzt, die Türen der selbigen hinter uns zuschiebt und uns dort somit erst einmal einsperrt.

Was hier gleich geschehen wird oder soll, wissen meine kleine Zuckerschnute und ich jetzt aber ganz genau. Wir werden für unsere geliebten Menschen und den Rest der schönen Welt, das kleine Haus der Trimmdichs, wieder salonfähig gemacht. Da können mein Schneckchen und ich ja auch schon das Wasser in die Badewanne einlaufen hören.

Eigenartigerweise durchzieht heute sofort ein auffallend intensiver Geruch nach frisch gepflügten Pfirsichen die ganze Luft im Bad, obwohl wir doch nirgends einen Pfirsich entdecken konnten, als Martin uns gewissermaßen in unserem Nacken durch das Bad geschleift hat. Schade eigentlich! Fressen wir zwei diese Art von süßen Früchten doch für unser Leben gern.

Dass Betty wieder als Erste in die Wanne gesteckt wird, ist ja wieder echt typisch für unseren Martin. Der zieht meine kleine Zuckerschnute nämlich immer vor oder äh ..., wie soll ich sagen, er steht halt auf Fähen. Die wären so schön handlich und dadurch auch viel griffiger. Wäre meine liebe Samantha jetzt zu Hause, wäre ich bestimmt der Erste in der Wanne gewesen. Aber auch nur, weil ich immer etwas heftiger mit Aroma behaftet bin, als mein kleines Schneckchen. Samantha liebt uns beide nämlich gleich stark. Sie macht da wirklich keinerlei Unterschiede.

Nachdem wir beide also unseren Intensivwaschgang glücklich hinter uns gebracht haben, wissen meine Betty - die nun wieder lieblich duftet, und ich auch, warum es im Bad so sehr nach Pfirsich roch. Es ist das neuartige Duschbad der Familie, was da so herrlich duftet.

Anschließend dürfen wir es uns, aber nur ganz ausnahmsweise, in dem großen und grünen Wäschekorb von Frauchen, in dem ein wahrhaftig übergroßes altes Badehandtuch bereitliegt, so richtig gemütlich machen, obwohl der Korb ja ansonsten eine absolute Tabuzone für uns Frettchen darstellt.

Dass unser Herrchen dann den Wäschekorb samt seinem Inhalt, also uns Frettchen, auf dem Fußboden im Wohnzimmer abstellt, das Zimmer sofort wieder, ohne irgendeine Erklärung, verlässt und hinter sich die Türe verschließt, bringt meine Zuckerpuppe und mich leicht aus der Fassung. Doch allzu lange hält natürlich diese Verwunderung nicht an. Wir nutzen, wie selbstverständlich, die Gunst der Stunde. Wann hat man denn schon mal eine richtige sturmfreie Bude? Und wir stellen nach allen Regeln der Frettchenkunst die trimmdichsche Wohnstube völlig auf den Kopf.

Dass es meine Zuckerpuppe zuerst wieder auf die schönen farbenreichen Couchkissen abgesehen hat, ist ja absolut nichts Neues mehr für mich. Auch das die Tischdecke, wie von Geisterhand kurz darauf vom großen Couchtisch und dann unter dem massiven Schreibtisch verschwindet, verwundert mich nicht sehr, schaut doch immer noch die schlohweiße Schwanzspitze von Bettylein ein kleines Stückchen hervor. Wie es aber meine Süße schafft in die Couch beziehungsweise in deren Kasten zu gelangen, wo die Trimmdichs allerlei Schlafutensilien für eingeladene und auch zufällige Gäste aufbewahren, bleibt mir ein großes Rätsel.

Dass ich ihr dorthin auf der Stelle nachfolgen möchte, ist der größte

Wunsch, den ich in diesem Augenblick hege. Sicherlich gibt es dort etwas ganz Besonderes zu entdecken. Etwas, was unseren neugierigen Wesen bis jetzt einfach vorenthalten wurde. Sonst hätte sich doch meine geliebte Zuckerpuppe nicht solche Mühe gegeben und sie wäre nicht in diesem hölzernen Bettkasten verschwunden.

Aber trotz intensiver Suche finde ich keinen Eingang, will sagen, kein größeres Loch in der Polsterung der Couch. Keine aufgetrennte Naht oder Ähnliches, rein gar nichts. Wie also hat es meine Süße angestellt? Wie ist sie dort hineingelangt?

Da es in der Zwischenzeit völlig ruhig geworden ist, in dieser Couch zumindest, kein einziger Laut und kein Geräusch mehr an meine zwei Lauscher vordringt, verliere ich rasch mein Interesse daran, es Bettylein wieder einmal nachzutun. Außerdem habe ich schon seit circa sechs Minuten solch einen eigentümlichen Geruch in meinem Riecher, der mir irgendwie seltsam vertraut und auch so bekannt vorkommt.

Jedes klitzekleine Eckchen, jede vorhandene Nische, und wenn sie noch so winzig ist, absolut jede Kante, jeder winzige Spalt, den es im Wohnzimmer gibt, wird von mir suchend beschnüffelt. Aber ich werde trotz intensiver Suche zunächst nicht fündig, was mich echt zur Weißglut bringt.

Wütend über meinen Misserfolg, auch ein wenig deprimiert, drücke ich mich so tief wie möglich in eine Ecke von Herrchens Sessel hinein und studiere aufmerksam, meinen Riecher leicht erhoben, meine weitere und auch nähere Umgebung.

Blitzartig fällt es mir wie Schuppen von meinen Augen. Dass ich nicht schon viel früher darauf gekommen bin!

Dieser eigentümliche Geruch stammt von diesem Chinchillabock Idefix. Deshalb kam er mir irgendwie auch so vertraut vor. Dieser überhebliche Kerl, der mir immer seinen stolzen breiten Rücken zukehrt, wenn wir unsere Tobestunden im Haus absolvieren. Der Kerl, der sich immer so schrecklich sicher ist, dass wir Frettchen ihm nicht das Wasser reichen beziehungsweise ihm nicht an seinen weißen Kragen können. Er muss hier irgendwo sein! Dich wollte ich schon immer einmal zwischen meine vier kraftstrotzenden Branten und meine superspitzen Beißerchen bekommen. Demzufolge: »Holzauge sei wachsam!« Was im Übrigen wieder eine dieser komischen Weisheiten von Oma Hanna, Samanthas Frau Mama ist.

Mein geduldiges Abwarten und mein aufmerksames Beobachten des Wohnzimmers bringen mir, zu meiner großen Freude, den gewünschten Erfolg schneller, als mein vorheriges ungeduldiges Suchen.

Mein ›Freund‹ Idefix muss sich nämlich irgendwie in vollkommener Sicherheit wähnen. Er verlässt völlig furchtlos und auch nichts ahnend, ohne nach links und rechts oder nach oben und unten zu schauen, sein buchstäblich unumstößliches Versteck. Wetten, dass ihr nie und nimmer herausbekommen werdet, wo sich dieser Chinchillakerl versteckt hatte oder?

Ist ja schon gut, immer mit der Ruhe! Ich verrate es ja schon.

Also, der Idefix kauerte hinter dem großen Fernseher. Er hatte dort so ganz nebenbei einmal gründlich Staub gewischt, wo unser geliebtes Frauchen ansonsten nicht recht herankommen kann, ohne gleich groß Möbel- beziehungsweise Fernseherrücken spielen zu müssen.

Sein schönes weißes Fell war nun gar nicht mehr weiß, sondern von einem hässlich schmutzigen Grau überzogen. Er blieb noch ein kleines Weilchen neben dem Fernsehapparat sitzen, um sich wenigstens den allergröbsten Staub aus seinem Pelz zu putzen. Dabei wischt sich Idefix mit seinen beiden Vorderpfoten immer wieder über seine mit langen Staubfusseln behangene Nase und deren Barthaare. Auch seine mit einer sehr feinen Staubschicht bepuderten Gehörorgane sowie sein langer buschiger Schwanz müssen sich einer äußerst intensiven Reinigung unterziehen lassen.

Als Idefix wegen des vielen Staubes mehrmals auf das Heftigste niesen muss, erschrickt er vor sich selbst. In voller Panik und aus heiterem Himmel ergreift er die ›Flucht‹.

Darauf habe ich nur gewartet. Das ist mein Signal zum Angriff überzugehen, denn alles was sich bewegt oder kreucht und fleucht, außer unseren vier Trimmdichs natürlich sowie der Rest der menschlichen Rasse, ist potenzielle Beute für ein Frettchen wie mich und muss umgehend vernichtet werden. So wollen es jedenfalls schon immer die uralten Instinkte des Raubtieres in uns Frettchen.

Jetzt beginnt eine wahrlich turbulente Jagd durch das gut überschaubare trimmdichsche Wohnzimmer. Einfach macht mir Chinchilla Idefix die Hatz nach ihm weiß Gott nicht. Habe ich doch nicht damit gerechnet, wie flink er sein kann und welche Haken zu schlagen er fähig ist. Habe ich ihn um Haaresbreite fast an seinem langen Schwanz erwischt und ich höre richtig, wie meine Beißerchen beim

Zuschnappen hart aufeinanderschlagen, ist er im selben Moment schon wieder einen ganzen Meter von mir entfernt.

So geht das Runde um Runde. Mit einhundert Frettchenstärken über die beiden Sessel hinweg, unter den Tisch hindurch, im Affenzahn über das zwei Meter lange Sofa, zwischen den Schreibtischbeinen lang und über den Tisch.

Dass dabei die zwei Fernbedienungen vom Wohnzimmertisch befördert werden, beim Überqueren des selbigen, bleibt von uns beiden Kampfeslustigen, rundweg unbemerkt.

Dann versteckt sich der um sein Dasein rennende Idefix hinter dem kleinen Bücherregal, welches sich zwischen den zwei Balken befindet, aber auch dort finde ich ihn. Schließlich haben wir ja einen außerordentlich guten Riecher mitten in unserem Gesicht.

Auch auf dem kleinen, nicht allzu hohen und alten Kachelofen flüchtet der Chinchilla in seiner Angst vor mir. Erschrocken halte ich den Atem an, denn dieses Ding kann manchmal mächtig weh tun an den Branten, für euch vielleicht verständlicher - den Füßen. Aber als der Idefix ganz stille sitzen bleibt, ihm absolut nichts zu passieren scheint, er mir sogar noch frech seine Zunge herausstreckt, gibt es kein Halten mehr für mich. Gerade als ich zum Sprung ansetzen will, von der Couch zu dem Ofen hinüber, taucht meine geliebte Zuckerpuppe wieder aus ihrer Versenkung auf.

Na also, wer sagt es denn. Wenn das in diesem Augenblick nicht die fachmännische beziehungsweise fachfrauische Verstärkung zu der richtigen Zeit ist! Mir wird nämlich so langsam aber sicher die Puste knapp. Da Betty sowieso das flinkere Frettchen von uns beiden ist, dürfte jetzt dem überheblichen Chinchilla Idefix wohl sein allerletztes Stündlein geschlagen haben. Alle Zeit nach dem absoluten Lieblingsschlagwort von der Oma Hanna: »Frisch gewagt ist schon halb gewonnen!«

Doch so schnell gibt unser appetitlicher Happen Idefix, dessen warmes Blut ich schon beinahe auf meiner Zunge spüren kann, nicht auf. Obwohl er von zwei Seiten frontal und unnachgiebig angegriffen wird, gelingt es ihm doch immer wieder, sich unseren Fängen zu entziehen und uns zu entschlüpfen. Und wenn es nur durch die bekannte goldene Mitte ist.

Dass es nun abermals, ohne irgendwelche Ausnahmen zu machen, über sämtliche Einrichtungsgegenstände des Wohnzimmers geht, lässt sich ja wohl an allen vierzig Krallen oder eben allen acht Branten abzählen.

Dieses Mal muss das neue tragbare Funktelefon daran glauben, welches auf dem Schreibtisch beziehungsweise dem Computerarbeitsplatz von Martin steht.

Betty folgt nämlich dem Idefix mit einem halsbrecherischen Sprung von einem blauen Drehstuhl aus, mit kleinen weißen Punkten, der wie bestellt vor diesem Schreibtisch herumsteht. Sie rutscht dort der Länge nach aus und schwupps, schon liegt das Telefon unten.

Ein wirklich unangenehmes Geräusch, für zart besaitete Frettchenohren. Als wenn eine schwere Bowlingkugel gegen die Schneidezähne eines circa sechsjährigen Jungen geprallt sei.

Ja doch. Ist ja schon gut. Ich weiß, dieser Vergleich hingt etwas. Aber, wenn es sich doch genauso angehört hat!

Dass sich bei der wilden Hatz leider einige Schrammen am Hab und Gut der Trimmdichs nicht mehr vermeiden lassen, tut uns, Betty und mir, zwar sehr leid, lässt sich aber nicht mehr ändern.

Gerade, als es dem Idefix gelingt, sich vor uns beiden in Schutz zu bringen, er springt nämlich mit einem etwas verzweifelt aussehenden Satz wieder auf die Schrankwand und neben den Fernseher, unter dem er sich auch gleich wieder blitzartig verkriecht, kommt unser Martin äußerst gut gelaunt in das Wohnzimmer zurück. Natürlich entgeht ihm nicht, dass meine Betty und ich, vor dem Schrankwandteil in dem der Fernseher steht, ganz brav Männchen machen.

Er sieht aber auch den verstaubten Idefix dort sitzen, der wieder aus seiner Versenkung aufgetaucht sein muss, als er unseren Martin kommen hörte. Herrchen seine ganze Mimik spricht Bände und der äußerst misstrauische Blick, der uns beide jetzt trifft, müsste uns eigentlich an unserer Frettchenehre kratzen, wenn da nicht das Telefon wäre, die Schrammen auf den Möbeln und …

»Da bin ich wohl gerade noch rechtzeitig aufgetaucht? Oder sehe ich das hier völlig falsch, ihr zwei süßen Raubtierchen? Den Idefix bekommt ihr jedenfalls nicht in eure messerscharfen Klauen und wenn euch noch so sehr der Zahn tropft. Er ist kein appetitlicher Happen für euch, mit drei Ausrufezeichen hinter kein!!! Ist das klar?«

Martin schnappt sich nun blitzartig das offensichtlich sehr verstörte und völlig verausgabte Chinchillaböckchen Idefix. Schnurstracks befördert er ihn in seinen sicheren Käfig zurück.

Da können wir nur sagen: »Schade, schade, und nochmals schade!«
Außerdem wird für heute unsere Tobestunde im Hause unserer Familie Trimmdich als beendet erklärt, denn Herrchen bringt uns ohne große Worte hinaus zu unserer Villa.

Genau genommen wollte ich mich bei Herrchen noch beschweren, weil wir doch nicht einmal ein kleines bisschen von Idefix probieren durften. Ich hätte doch zu gerne gewusst, wie das schmeckt, so eine Wollmaus. Das ist nämlich die deutsche Übersetzung für Chinchilla, glaube ich jetzt zumindest.

Aber, als ich dann unser funkelnagelneues um einiges geräumigeres Schlafhaus in unserer Villa stehen sehe, welches eigenartigerweise so intensiv nach unserem geliebten Frauchen Samantha riecht, ist Idefix nur noch Schnee von gestern.

Außerdem steht ja auch die volle Schüssel mit dem frischen und klein geschnittenen Rindfleisch für uns bereit. Da brauche ich mir wenigstens keine Sorgen machen, wie ich das Fell, von dem eingebildeten Chinchilla, wieder aus meinen Zähnen pule, denn meines Wissens nach hat man diesen großen Rindviechern bereits das eigene Fell buchstäblich über die Ohren gezogen, bevor man sie stückchenweise zu uns nach Hause bringt.

Dass Betty unsere neue Behausung mindestens genauso stark findet, wie ich selbst, sieht man daran, dass sie schon bei dem Beziehen der selbigen ist und dass sie äußerst fleißig beim Einräumen unseres Futters ist. Ein Glück, das unsere Samantha das jetzt nicht sehen kann, sie wäre mit Bettys Umräumungsaktion, betreffs des Futters, sicherlich nicht einverstanden.

Mir bleibt nun aber nichts weiter zu tun, als in das neue Schlafhaus einzurücken, eine Kleinigkeit, möglicherweise auch etwas mehr, zu futtern und dann nur noch zu schlafen. Schließlich hat man ja nicht jeden Tag die Möglichkeit einen Chinchilla zu jagen, was bekanntlich ungemein ermüdend ist.

U … a … h!!!

»Gute Nacht also und schlafe recht schön, mein über alles, geliebtes Bettymäuselchen!«, bekomme ich gerade noch so zwischen meinen Zähnen hervorgequetscht und dann sinke ich schon in einen traumlosen Schlaf.

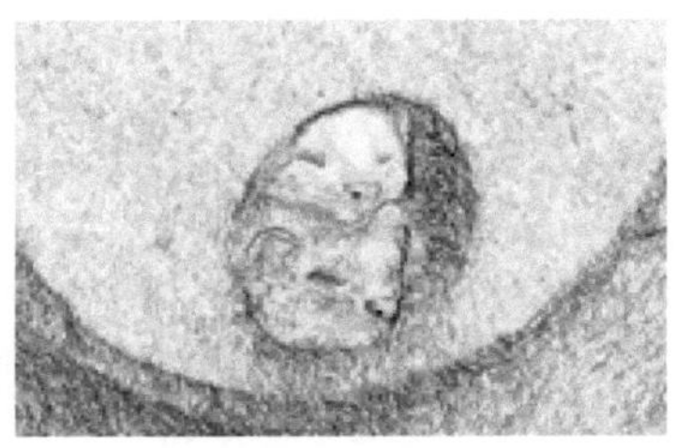

❦ Ein notwendiger Tierarztbesuch ❦

Mein Empfang durch unsere Frettchen Betty und Barny, an dem Tag, an dem ich aus dem Krankenhaus von Sollmirstadt entlassen wurde und nach Hause kam, war überaus herzlich, obwohl ich zuerst meine starken Bedenken hatte. Erstens war ich über vierzehn Tage von Zuhause weg. Zweitens hat Martin ernsthaft befürchtet, dass Betty und auch Barny mich vielleicht nicht erkennen würden, weil ich buchstäblich nach Krankenhaus riechen würde. So fuhr ich also mit wahrhaftig gemischten Gefühlen wieder nach Hause.

Dass mich mein allererster Weg zum Frettchenstall führt, als wir schließlich zu Hause in Hirschberg ankamen, kann wohl jeder gut nachvollziehen der in seine Frettchen so vernarrt ist, wie ich es bin.

Da die beiden immer gleich quicklebendig werden und vor reiner Neugier schleunigst nachschauen müssen, wenn sich etwas vor ihrer Villa beziehungsweise in unserem Garten tut, kommen Betty und auch Barny wie auf Kommando und in Windeseile aus ihrem neuen Schlafhäuschen herausgeschossen.

Zu meiner riesengroßen Freude werden all meine Befürchtungen und komischen Vorahnungen von Betty und Barny auf schnellstem Wege zunichtegemacht. Ich habe die Türe zu ihrer Frettchenvilla nämlich noch gar nicht richtig geöffnet, da sitzen sie schon auf meinen Schultern. Es beginnt ein wahrlich großes Ablecken oder besser gesagt, ich werde überall dort von ihnen geputzt, wo die beiden in diesem Moment gerade herankommen.

Betty hat es wie immer auf meine beiden Ohren abgesehen. Ich habe heute nur das eigenartige Gefühl, dass ihre kleine spitze Zunge viel länger ist als sonst, denn noch nie habe ich es so tief drinnen in meinen Ohren kribbeln gefühlt. Oder bilde ich es mir nur ein, weil ich meine Lieblinge nur ein paar Tage nicht um mich herum hatte?

Danach geht es intensiv am Hals und direkt am Haaransatz entlang weiter.

Barny liebt es schon immer die Augenpartien zu putzen, hauptsächlich aber die Augenbrauen. Das geht nicht immer ohne ein derbes Ziepen ab, auch heute wieder nicht. Aber aus gegebenen Anlass, ich sage einfach einmal ganz schlicht Begrüßungszeremonie dazu, lasse ich es am heutigen Tag mit fest zusammengebissenen Zähnen länger über mich ergehen, als es sonst üblich ist. Denn ich bin ja wirklich über alle Maßen froh, so von meinen Frettchen begrüßt zu werden und ich genieße im wahrsten Sinne jede ihrer zärtlich gemeinten Behandlungen.

Doch als Betty äußerst zielstrebig eins meiner Nasenlöcher anpeilt und Barny unter die Jacke abtauchen will, beendige ich unerbittlich ihre lieb gemeinte Putzorgie. Was zu viel ist, ist eben zu viel!

Dessen ungeachtet kann ich mir einen durchaus triumphierenden Blick zu meinem Mann Martin nicht ganz verkneifen, der schmunzelnd alles beobachtet hat.

Ganz vorsichtig angle ich Barny unter meiner Jacke hervor. Vorsichtig deshalb, weil es mein Dicker liebt, sich an allem festzukrallen, wenn es wieder in die Villa zurückgehen soll. Dabei hat er mir erst neulich, ein paar Tage bevor ich überraschend und für mich ja unbemerkt in das Krankenhaus einrücken musste, einen gelben Pullover so unansehnlich gestaltet, dass er nur noch für meine beiden Pelznasen, die Frettchen, als Kuschelpullover zu gebrauchen ist.

Betty hat sich in der Zwischenzeit schon allein auf den Weg hinüber in die Frettchenvilla gemacht. Dort dreht sie sich nach mir um und sie scheint mich zu fragen, ob dies für diesen Moment schon alles war.

Dann wendet sie sich der Futterschüssel zu. Von dort holt sie sich einen großen Brocken Katzenfutter heraus, wobei sie sich mit ihren beiden Vorderbranten ganz lässig auf dem Rand der Futterschüssel abstützt. Erst jetzt fällt mir die etwas dünn behaarte Stelle an ihrer rechten Vorderbrante auf. Das muss ich mir jetzt aber genauer anschauen und deshalb hole ich meine Betty postwendend wieder aus ihrer Villa heraus.

Meine genaue Untersuchung dieser Stelle bringt aber nur zutage, dass an der betroffenen Vorderbrante die Behaarung dünner wird, wie bei einem Mann, wo sich so langsam aber sicher die Glatze durchsetzt. Weiter ist da nichts zu finden. Es sind keinerlei Verletzungen oder Ähnliches zu erkennen. Auch das bloße Berühren und das vorsichtige

Abtasten bereitet Betty höchstwahrscheinlich keinerlei Schmerzen.

Aus diesem Grunde setzte ich das vor lauter Müdigkeit ständig herzhaft gähnende Frettchenmädchen erst einmal zurück in ihre Behausung. Ich beschließe aber, ein sehr wachsames Auge auf die fast unbehaarte Stelle und auch auf den Rest meiner Frettchenfähe, zu haben.

Die nächsten vier Tage vollziehen sich keine wirklich sichtbaren Veränderungen an der rechten Brante von Betty. Doch schon einen Tag später, also am fünften Tag, ist fast die ganze Pfote, bis circa einen Zentimeter oberhalb des Kniegelenks, völlig nackt. Aber auch jetzt ist keine Ursache für mich zu erkennen. Hier kann nur noch ein Tierarzt weiterhelfen, nämlich unser guter alter Doktor Notnagel.

Also nichts wie heran an den Sabbelkasten, äh … das Telefon, und in der Tierarztpraxis von unserem Doktor Notnagel angerufen.

Zu meinem Glück ist er noch in seiner Praxis. Er war nämlich schon buchstäblich auf dem Sprung zu einer erstgebärenden Kuh, eigentlich ja Färse, die weit vor dem errechneten Geburtstermin beim Kalben ist. Diese Färse hat dabei wohl mächtige Probleme, so dass seine Hilfe angefordert wurde. Aber da er ja weiß, dass ich nur in wirklich dringenden Fällen bei ihm anrufe, gibt er mir fünf Minuten seiner kostbaren Zeit.

So schnell und so genau wie nur möglich informiere ich unseren Doktor von der unbehaarten Vorderbrante unserer Frettchenfähe Betty.

Doch das ausführliche Telefongespräch mit dem Tierarzt bringt vorerst keinerlei Klärung. »Dies müsste ich mir schon einmal genauer anschauen«, teilt er mir freundlich mit und er bittet mich zu ihm in die Kleintierpraxis zu kommen. »So etwa gegen 17 Uhr wäre mir ganz recht. Da wäre die Sache mit der werdenden Kuh sicherlich längst ausgestanden.«

Ich bedanke mich höflich bei ihm und lege auf.

Ein kurzer Blick zu meiner Wohnzimmeruhr verrät mir, dass es noch gute drei Stunden bis zu dem Termin sind. Genug Zeit also, um einige Kleinigkeiten in meinem Haushalt zu erledigen, wie zum Beispiel die Waschmaschine mit der kochfesten Frettchenwäsche, wobei es sich um ausrangiertes altes Bettzeugs wie Laken, Bezüge und Kopfkissen handelt, in Gang zu setzen. Den Geschirrspüler noch schnell auszuräumen sowie eine Tasse oder auch zwei meines schnellen Kaffees zu genießen. Ist dann noch ein bisschen Zeit übrig, werde ich wohl noch etwas in einem Buch schmökern.

Gegen sechzehn Uhr dreißig kommt auch Martin von der Arbeit nach Hause. Patrick trudelt aus dem Nachmittagshort ein. Steven ist schon seit dem Mittag, nach Erledigung seiner wenigen Hausaufgaben, mit seinen Freunden in Hirschberg und Umgebung unterwegs.

Ich erzähle kurz meinen beiden anwesenden Männern, Martin und Patrick, die Neuigkeiten vom Tage und von dem bevorstehenden Termin bei Doktor Notnagel in circa fünfundzwanzig Minuten.

Martin zieht sich nur noch schnell um, in den schmuddeligen Arbeitsklamotten möchte er nicht unbedingt beim Tierarzt auflaufen.

Patrick holt schon einmal Betty aus der Frettchenvilla heraus. Dann geht es auch gleich los nach Langenstedt zu Onkel Dok, wie der Doktor Notnagel liebevoll von seiner ganzen Kundschaft genannt wird.

Pünktlich fünf Minuten vor Praxisbeginn stehen wir mit unserer Betty vor der Kleintierpraxis und warten nun darauf, dass sich die Tür für uns und den anderen wartenden Kunden des Doktors öffnet. Aber die Zeit rennt in riesigen Schritten, schon warten wir über eine halbe Stunde und absolut nichts tut sich.

Jetzt schlägt plötzlich auch noch das Wetter völlig um. Sehr kalt war es ja bereits, nun wird es aber richtig eisig und heftiges Schneetreiben setzt auch noch ein. Na das läuft ja heute wieder ›prima‹!

Doch aufgeben wollen Martin und ich noch lange nicht, denn schließlich muss ja abgeklärt werden, was mit unserer kleinen Betty eigentlich los ist und ob es nicht irgendeine schlimme ansteckende Krankheit ist. Was sich auch immer dahinter verstecken mag, bei unserer Frettchenfähe, wir wollen endlich wissen worum es sich handelt und dieses so schnell wie möglich!

Aber auch die anderen wartenden Tierbesitzer harren standhaft bei diesem scheußlichen Wetter aus, obgleich es für alle Anwesenden ziemlich unangenehm ist. Dennoch kommt endlich eine Unterhaltung zwischen den sieben wartenden, mit uns neun, Menschen zustande.

Na Gott sei Dank! Ich wollte nämlich schon fragen, ob wir hier bei einem Zahnarzt gelandet sind. Da herrscht nämlich auch immer so ein eisiges und betretendes Schweigen.

Ein wirklich reger Austausch über die verschiedensten Beweggründe, warum man heute zum Herrn Doktor wollte, welches Wehwehchen sein Haustier im Moment gerade plagt, was man zu Hause schon alles probiert hat - bevor man zum Tierarzt ging, was der Doktor zurzeit seinem Tier verordnet hat und noch vieles mehr kommt zur Sprache.

Doch etwas ganz Besonderes fällt nicht nur mir, sondern auch Martin bei allen Sieben auf. Nämlich die offene und unverhohlene Neugier auf das Tierchen, welches sich unter meiner warmen Jacke verborgen halten mag. Sich dort ab und zu durch seine unruhigen und quicklebendigen Bewegungen bemerkbar macht. Dann und wann auch sein rosa Näschen in die windige und eisige Winterluft hinaus steckt.

Martin und ich werfen uns Bescheid wissende Blicke zu, weil wir buchstäblich erahnen können, welcherlei Fragen diese Leute momentan bewegen mögen.

Ein sehr geschmackvoll gekleideter Herr, mit einem ausgewachsenen weißen Schäferhund, welcher auf den Namen Happy hört und der auf seiner linken Hinterpfote stark humpelt, kann sich nun nicht mehr länger seine Frage verkneifen, die ihm geradezu auf der Zunge zu brennen scheint. »Für mich jedenfalls schaut dieses Tierchen, was dort unter Ihrer Jacke steckt, wie eine gigantische Ratte aus, eine weiße Ratte. Stinkt die nicht fürchterlich? Wundert mich auch, dass sie noch nicht abgehauen ist!«

Sein Schäferhund mischt sich augenblicklich und unzweifelhaft in unser beginnendes Gespräch ein, in dem er immer wieder versucht an mir emporzuspringen und mich lauthals ankläfft. Doch zum Glück muss ihm seine stark lädierte Pfote Schwierigkeiten bereiten beziehungsweise die Schmerzen, die er durch das Hochspringen hat, müssen für den Schäferhund schier unerträglich sein. Er lässt nämlich unerwartet von mir ab und versteckt sich mit eingezogener Rute hinter seinem Herrchen. Während sich unter ihm augenscheinlich eine mittelgroße dampfende Pütze ausbreitet, lässt er sich von diesem seinen Kopf kraulen und den Rücken streicheln. Der elegante Herr tut nun so, als ob soeben nichts geschehen wäre, hustet dann nur ein wenig vor sich hin und zündet sich flugs hinter vorgehaltener Hand erst einmal eine Zigarette an.

Typisch Raucher! Hat man nichts mehr, worüber man sich unterhalten kann, so wird umgehend zum Klimmstängel gegriffen und gequalmt.

»Glücklich sieht der Wauwau aber wirklich nicht gerade aus », flüstert mir Martin von dessen Besitzer unbemerkt ins Ohr.

»Also ne, wie eine Ratte sieht dat Ding nu nich jerade aus. Eher, wie so en Hermelin, wa?«, mischt sich jetzt eine Dame ein, die einen kleinen, vor Kälte zitternden Rehpinscher auf ihrer Armen hält. Zum Glück hat das Hündchen so eine Art von Jacke oder so etwas Ähnliches wie eine Weste übergezogen bekommen. Sonst würde die Hundedame namens Daisy, wie wir gerade von der Besitzerin erfahren, ganz dolle frieren. Sie wäre nur zur Nachuntersuchung beim Dock bestellt sowie zum Ziehen der Fäden. Ihre Daisy ist vor circa fünf Tagen an der Gebärmutter operiert worden, weil man durch eine Ultraschalluntersuchung an ihr eine zum Glück gutartige Geschwulst entdeckt hätte. Nun hebt die Frau plötzlich eine Ecke der Hunde-Jacke hoch. Sie zeigt nun allen Anwesenden den rasierten Bauch und die Operationsnaht von der Daisy. Nachdem alle ihren armen Hund gebührend bedauert haben, entschließt sich die Frau aber nach Hause zu gehen. Und schon ist sie weg. Kein kleines Wort des Abschieds, kein einziges Wort der Erklärung.

Ohne mir ein Urteil erlauben zu wollen oder auch Oma Hanna zu rezitieren: »Jeder soll nach seiner Fasson glücklich werden!«, bin ich aber doch der felsenfesten Meinung, dass diese Frau mithilfe ihrer kleinen Hündin Daisy nur ein wenig Aufmerksamkeit erregen wollte oder sie einfach ein sehr einsamer Mensch ist und auf diesem Wege jemanden zum Reden suchte. Ich glaube kaum, dass sie wirklich einen Termin bei unserem Dock hatte, denn, wenn ich es genau beobachtet habe, waren dem kleinen Hund schon vor Tagen die Fäden gezogen worden. Ich habe nämlich trotz genauen Hinschauens keine Fäden mehr entdecken können. Auch die Naht sah als solches nicht mehr besonders auffällig aus, also nicht mehr so wulstig aufgeworfen. Irgendwelche verschorften Krusten auf dem verheilten Schnitt konnte ich auch nicht bemerken. Von dem bereits nachwachsenden Fell, welches bereits als ganz kleine Stoppeln zu sehen war, mal ganz zu schweigen.

Ein junger Mann, heute würde man wohl eher Teenager sagen, nähert sich mir jetzt und meinem ›unbekannten‹ Wesen. Seine Arme hängen irgendwie steif an ihm herunter. Sein leicht gekrümmter Rücken wird ihm durch die nach vorne gebeugte Haltung sicherlich einmal erhebliche Schwierigkeiten im Alter bereiten. Was beim Laufen Füße anheben heißt, muss für ihn auch ein Fremdwort sein, denn das Schlupsen beziehungsweise das Geräusch schleifender Schuhe ist überdeutlich zu hören.

Betty schaut gerade wieder mal mit ihrem Köpfchen aus meiner Jacke heraus. Aber irgendetwas muss sie an diesem jungen Mann gewaltig stören, denn er wird von ihr regelrecht böse angefaucht.

Dieser vollzieht mit der lapidaren Feststellung: »Alles klar ey, das ist ein Otter! Was denn sonst?«, schleunigst einen Rückzieher. Er schlenkert nun desinteressiert, jedenfalls tut er in diesem Augenblick so, zu einem giftgrünen Katzentransportbehälter hinüber. Dieser ist auf dem niedrigen Mäuerchen abgestellt, die den Weg zur Tierarztpraxis einsäumt. Dort schiebt er sich vier oder fünf Kaugummis auf einmal in den Mund, um kurz darauf riesengroße Blasen in die kalte Winterluft zu pusten und zerplatzen zu lassen. Dass von diesen zerplatzten Kaugummiblasen einige Fädchen in dem beginnenden Bartwuchs hängen bleiben, wird von dem jungen Mann gar nicht erst bemerkt.

›Na ja, wenigstens raucht er nicht, vielleicht ist ihm ja noch zu helfen‹, denke ich bei mir.

Ein kleines Mädchen, von vielleicht annähernd sieben höchstens acht Jahren, meint nun doch tatsächlich die passende Lösung gefunden zu haben. Sie jauchzt nämlich völlig überraschend und mit einer echt schrillen, irgendwie grellen Stimme los, wobei sie auf der Stelle wie wild hin und her springt: »Das ist ein Hamster, das ist ein Hamster, das ist ein Hamster! Ich weiß es ganz genau. Meine große Schwester Sibylle hatte nämlich auch so einen und der sah fast genauso aus. Stimmt's, Omilein?«

Eine ziemlich betagte Frau, die auf mich schon verhältnismäßig greisenhaft wirkt und bestimmt nur die Uroma dieser Göre sein kann, drückt nun ihr vorlautes Enkelkind fest an sich und sie verbietet ihr kurzerhand das Mundwerk. Trotzdem kann sich dieser altkluge Backfisch von Kind nicht verkneifen, noch einen allerletzten Kommentar loszuwerden: »Dann ist es eben eine magersüchtige Katze!«

Die Oma meint nun doch noch eine Erklärung loswerden zu müssen. So erfahren die Umstehenden, wie das Kind auf diese absurde Idee kommt. Sie wären heute nur hergekommen, um ihren nahezu zehn Jahre alten Kater Camillo abzuholen. Er hatte in den letzten zwei bis drei Wochen auffällig stark abgenommen und auch wenig gefressen. Doktor Notnagel fand nun heraus, dass eine akute Entzündung der Speiseröhre vorliegt. Er hätte ihn drei Tage zur Beobachtung sowie Behandlung dabehalten, weil sie es alleine nicht mehr schaffen würde. Ihr Enkelchen, dabei zeigt sie mit der Hand auf das Mädchen, wäre noch zu klein, um solch einem Tier die verordneten Medikamente richtig verabreichen zu können. Außerdem war der Kater in letzter Zeit auch etwas aggressiver als sonst und hat dann schon mal kräftig ausgeteilt, wenn man sich ihm näherte.

Nach dieser kurzen Erklärung ziehen es die alte Frau und das Kind aber vor, sich nicht länger an unseren Gesprächen zu beteiligen.

Einem sehr vornehm gekleideten Herrn, der unter dem kleinen Vordach über der Praxistür Schutz vor dem heftigen Schneetreiben gesucht hatte, mischt sich jetzt überraschend in die Vermutungen ein. Ihm ist natürlich völlig klar, was sich unter meiner Jacke verbirgt und sich von dort nicht heraustraut. Es könne sich hier selbstverständlich nur um einen Steinmarder-Albino, einen Baummarder-Albino oder eventuell um einen Nerz-Albino, allerhöchstens aber um ein Hermelin handeln. Wegen der weißen Fellfarbe liegt diese Annahme alleine schon sehr nahe. Schließlich hat man ja so etwas auch schon bei anderen Tieren erlebt. Denken sie doch einmal an weiße Elefanten, weiße Orang-Utans, weiße Robben und so weiter. Im Prinzip und eigentlich wäre es ihm ohnehin vollkommen egal, er wolle sowieso nur ein Rezept beim Dock abholen, für den großen Vogel seiner Frau. Für einen grasgrünen Papagei, namens Cora.

»Hey, Alterchen! Du hast wohl wieder einmal die Weisheit mit Löffeln jefressen oder watt is los? Musste denn allerorts den ollen Klugscheißer raushängen lassen? Wes doch och so jeda, dass de en Pauker of det Gymi bist!«, mischt sich plötzlich auffallend und äußerst unverschämt ein gerade hinzugekommener Bengel von vielleicht annähernd fünfzehn Jahren ein. »Sieht doch jeda, dass det ene amerikanische Beutelratte is, en Opossum. Is doch logo, Alter oder wie?«

Er hat es noch gar nicht richtig ausgesprochen, als er diesem vornehm gekleideten Herrn aus heiterem Himmel einige wohl gezielte Fausthiebe am rechten Arm verpasst.

›Wenn das nicht ein paar anständige blaue Fleck gibt! Will der Mann das jetzt einfach so hinnehmen oder was wird das jetzt?‹, fährt es mir durch den Kopf.

Erschrocken halten die hier versammelten Menschen den Atem an und warten darauf, was jetzt passieren wird.

Aber außer einer wechselnden Gesichtsfarbe, von einer durch die Kälte leicht rötlichen bis hin zu einer hochroten, wie bei einer überreifen Tomate, lässt sich der Mann nichts anmerken. Er gibt dem vorlauten Jungen nur den Auftrag noch im nahegelegenen Supermarkt, im Netto, die vier Tüten Haferflocken für die Mutter zu besorgen und dann sofort nach Hause zu gehen.

»Jeht doch allet seinen Jang, wa Vadder! Bin ja schon wech.«

Schon ist dieser große Flegel in diesem beständig dichter werdenden Schneetreiben verschwunden.

Sein Herr Papa, wie man ja jetzt mit großer Sicherheit behaupten kann, beschäftigt sich auffallend intensiv mit seiner dicken Brieftasche. Er lässt einfach den Suchenden heraushängen und scheint ansonsten den kleinen Zwischenfall mit dem schnoddrigen Sohnemann einfach zu ignorieren.

Obwohl es sich unsere Betty schon ein geraumes Weilchen in meinem linken Jackenärmel richtig bequem gemacht hat und fest zu schlafen scheint, haben sich Martin und ich gerade dazu durchgerungen, wieder nach Hause zu fahren, ich persönlich komme mir vor wie ein Eiszapfen und auch Martin sieht schon richtig blaugefroren aus, als in diesem Moment der Doktor Notnagel plötzlich doch noch auf unserer Bildfläche erscheint beziehungsweise soeben die Tür zu seiner Praxis von ihm geöffnet wird.

Eigenartigerweise hatte kein einziger der hier Wartenden das Eintreffen vom Doktor mitbekommen. Aber alle sind glücklich darüber, endlich in den warmen Warteraum zu dürfen, denn reichlich durchgefroren sind wir wohl allesamt.

In der warmen Umgebung wird auch meine Betty wieder putzmunter. Sie traut sich aber aufgrund der unzähligen fremden Geräusche und vor allem auch Gerüche, die nun mal so einer Kleintierpraxis anhaften, immer noch nicht aus meiner Jacke heraus. Und das wirft wieder reichlich Fragen auf, für die neu hinzugekommenen Kunden des Doktors. Das große Rätselraten geht vorerst weiter beziehungsweise in eine neue lange Runde.

Ein junges und sehr frisch vermähltes Ehepaar, die Information stammt im Übrigen von den beiden, tippt sogar auf eine große Fledermausart. Eine sogenannte Breitflügelfledermaus, von wegen des schmalen Kopfes, der großen Krallen und den blutunterlaufenen Augen. Vielleicht ist sie ja sogar genmanipuliert, wer weiß? Heute ist doch alles möglich, meinen sie mit Nachdruck.

Das schlägt dem Fass ja gewissermaßen den Boden aus! Meine kleine süße Betty und genmanipuliert, dass ich nicht lache und dann noch eine Fledermaus, sogar eine Breitflügelfledermaus! Ich könnte vom bloßen Ansehen her nicht einmal bestimmen, um welche Art von Fledermaus es sich dabei handelt. Damit müsste ich mich schon beschäftigt haben, um dies beurteilen zu können. Ich wüsste ja nicht einmal genau, was eine Breitflügelfledermaus überhaupt ist und wie die ausschaut. Worauf die Leute alles so kommen?

Natürlich frage ich jetzt nach. Ich erkundige mich bei dem Pärchen, wie sie nur auf solch eine kuriose Annahme kommen. Schon an den kleinen Ohren des Tieres sieht man doch, dass es sich dabei um keinen Fall um eine Fledermaus handeln könne, die ja wohl im Gegensatz zu meinem Tierchen hier riesige Lauscher hat.

Doch eine Antwort bekomme ich nicht von den beiden. Diese haben bereits offensichtlich andere Dinge im Kopf. Sie knutschen nämlich völlig ungeniert, auf recht intime Weise finde ich, vor uns Anwesenden herum.

Nach und nach hat sich der kleine Warteraum der Kleintierpraxis so gut wie geleert, bis auf eine etwas sehr dünn aussehende und fast schon abgemagerte Frau in unserem Alter, ihren etwa zehn Jahre alten dicklichen Sohn und einem grasgrünen Leguan, der mir aber noch nicht ausgewachsen erscheint.

Wie von dem Jungen zu erfahren ist, plagt sich sein Tier namens Felix mit Hautproblemen herum, mit Schuppen.

Unserer Betty muss in diesem Moment die Stimmung oder auch die Atmosphäre im Warteraum etwas besser behagen, denn sie entschließt sich endlich aus meinem Jackenärmel herauszukommen und wie es dann so ihre Eigenart ist, will sie erst einmal auf Erkundung gehen.

Leider kann ich es Betty aber nicht gestatten, weil in dem Warteraum außer einem Tisch sowie sechs Stühlen, auch noch drei große Wandregale stehen, wo der Doktor gewissermaßen sein ›Handwerkszeug‹ aufbewahrt.

Da stehen zum Beispiel mehrere Kisten mit Mull und Verbandsmaterial. Mehrere Verpackungen Spezialfutter für Katzen und Hunde, sowie ein Diättrockenfutter bei Erkrankungen der Nieren. Verschiedene Broschüren, wie über Zahngesundheit bei Hunden oder Impfkalender für Hund und Katze und noch mancherlei mehr. Da kann ich ein Aufräumen und Umräumen von Betty wahrlich nicht zulassen. Oder?

Natürlich interessieren sich Mutter und Sohn auch für unser kleines Frettchen. Sie hätten gelegentlich im Fernsehen etwas über diese Tierart gesehen.

Welch ein Glück! So stellen sie wenigstens nicht die eigenartigsten Vermutungen auf, um was es sich bei unserer kleinen Betty handeln könnte.

Überraschend kommt der Junge, mit seinem Leguan auf der Schulter, näher und fragt uns höflich, ob er das Frettchen auch einmal streicheln dürfte. Aus großen und wissbegierigen Augen schaut er uns regelrecht bettelnd an.

Betty sitzt inzwischen bei Martin auf dem Schoß und betrachtet, den Kopf leicht schief haltend, mit deutlichem Interesse den Leguan und dann geschieht etwas für uns vollkommen Verblüffendes. Der Leguan schießt, ›Oder heißt es jetzt doch eher schleudert?‹, seine Zunge in die Richtung von unserer Betty ab und verfehlt deren Kopf um höchstens einen Zentimeter.

Dass Betty, wahrscheinlich aus purem Reflex, ihren Kopf ein bisschen nur einzieht, haben alle Beteiligten gesehen. Fast gleichzeitig fangen wir vier an zu lachen und können irgendwie nicht wieder aufhören.

Ich hätte ja zu gerne herausfinden wollen, ob der Leguan Felix und das Frettchen Betty sich sympathisch sind. Aber dazu kommt es leider nicht mehr, weil wir von der Frau des Doktors, die übrigens auch eine Tierärztin ist, sehr höflich aufgefordert werden das Behandlungszimmer zu betreten. Gerne kommen wir der Aufforderung nach, sind wir doch froh endlich an der Reihe zu sein.

Doktor Notnagel untersucht nun eingehend die unbehaarte Stelle an der Brante von Betty. Er kann aber, genauso wie ich, keine Verletzungen oder Ähnliches feststellen. Auch einen Hautparasiten schließt er aus, weil sich der Haarausfall nicht nur auf die rechte Vorderbrante begrenzen würde, sondern die ganze Haut beziehungsweise Fell betroffen wäre. Es könnte genauso gut sein, dass auch eine hormonelle Störung vorliegt oder auch bloß ein Vitaminmangel. Aber auch da würde es sich nicht nur auf eine einzige Stelle auswirken. Im Prinzip kann er sich diese haarlose Stelle an Bettys Pfote auch nicht erklären. Auf alle Fälle, sozusagen prophylaktisch, soll Betty eine Vitaminspritze bekommen.

Während er die Spritze vorbereitet, wird Betty auch noch einmal von Frau Doktor Notnagel genau unter die Lupe genommen, aber auch sie kann nichts Außergewöhnliches feststellen und kommt zu dem gleichen Ergebnis wie ihr Mann.

Als ob unsere Betty regelrecht fühlen könnte, dass ihr jetzt nur Gutes angetan werden soll, hält sie auch ganz brav still, als ihr die Frau Doktor die Spritze verabreicht.

Dann bekommen wir noch ein Vitaminpräparat für Zuhause mit, welches wir ihr jeden Tag und circa eine Woche lang noch verabreichen sollen. Wir bezahlen anschließend die Rechnung, und nachdem man sich freundlich voneinander verabschiedet hat, sind wir für heute entlassen.

Unser Weg führt uns jetzt ohne irgendwelche Abweichungen sofort nach Hause, denn ein kurzer Blick auf die Uhr in unserem Auto lässt uns mit Schrecken feststellen, dass wir alles in allem insgesamt fast drei lange Stunden vor und in der Tierarztpraxis zugebracht haben.

In Hirschberg angelangt, bringt Martin sein Automobil ins Bett, äh … in die Garage. Ich setze meine sichtlich todmüde Betty in die Villa hinein, wo sie schnurstracks eine der Katzentoiletten aufsucht und sie endlich dies tun kann, was sie wohl schon eine geraume Weile äußerst dringend muss. »Man o man, Bettylein, das hätte ja für zwei Gänge zum Klo gereicht!«, kommt es beinahe staunend über meine Lippen.

Nach Erledigung ihrer dringenden Geschäfte schnappt sie sich jetzt noch ein Mäulchen voll mit Trockenfutter. Dann geht sie trippelnder Weise schlafen.

Schon zwei Tage später können wir bei der alltäglichen Kontrolle von Bettys Pfote beruhigt feststellen, dass dort das Fell wieder anfängt nachzuwachsen. Es fühlt sich richtig stopplig an, fast wie ein Dreitagebart von Martin.

Was unseren Patrick mächtig Vergnügen bereitet, denn er hat den ganzen Tag nichts anderes zu tun, als seinem Vater gegen den Strich über den Bart zu streichen und bei Betty die Gegenprobe zu machen. Das hört erst wieder auf, als er am Abend todmüde von seiner emsigen hin und her Flitzerei in sein Bettchen fällt.

Nochmals fünf Tage später ist von der kahlen Stelle gar nichts mehr zu sehen und solch ein Haarausfall trat auch später nie wieder auf. Gott sei Dank!

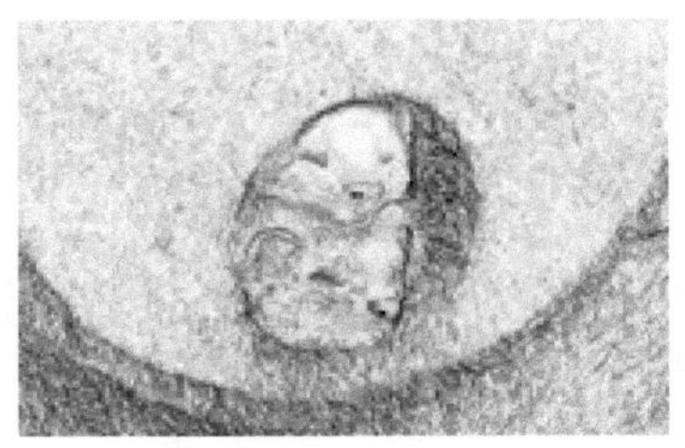

Ein Abendspaziergang

Ich werde heute Nacht wohl wieder einmal draußen schlafen müssen. Aber nicht etwa, weil ich von irgendeiner mich aufreibenden Unruhe angestachelt werde, sondern eher, weil mir mein Dickerchen in der letzten Zeit buchstäblich nicht von der Pelle geht. Nun haben wir schon ein riesengroßes Schlafhaus von unserer Samantha gebastelt bekommen und es ist wirklich ausreichend Platz für uns beide, aber nein, mein Barnylein liegt immer noch bei jedem kleinen oder eben auch ausgiebigeren Nickerchen der Länge nach auf mir herum.

Eigentlich lässt sich das ja noch relativ gut ertragen, denn das Kuscheln macht uns nicht nur viel Spaß, sondern wir brauchen diesen engen Körperkontakt auch, um glücklich zu sein.

Doch die absonderlich riechenden Ausdünstungen, die gegenwärtig aus wahrhaft jeder kleinen Pore meines dicken Barnys zu entströmen scheinen, haben sich sozusagen im hohen Grade gewandelt.

Obwohl Poren jetzt nicht das richtige Wort dafür ist, weil wir ja bekanntlich keinerlei Schweißdrüsen haben und wir deshalb gar nicht in der Lage sind zu schwitzen oder irgendwelche Gerüche über die selbige in die Welt zu setzen. Aber mein Dickerchen hat nun einmal von seiner Nasenspitze bis zur Schwanzspitze solch eine eigenartige Duftnote angenommen, von so einem feinen und fast kaum wahrnehmbaren honigartigen Aroma, in einen streng süßlichen und irgendwie herben Geruch.

Samantha meinte ja nun, übrigens mit Zustimmung von ihrem Martin, dass es nach alter verdorbener Butter riechen würde oder gar nach ganz ordinärem Frettchenurin. Verdorbene Butter, da weiß ich ehrlich nicht, wie das Zeug riecht. Aber nach Urin, das möchte ich mir doch ernsthaft verbeten haben. Bei mir herrscht Ordnung!

Na ja, jedenfalls reagiert mein empfindliches Riechorgan mit äußerst heftigen Niesattacken auf Barny seine neu aufgelegte Duftnote. Sicherlich ist das alles auch nur eine Sache der Gewohnheit. Ich will mir auch die allergrößte Mühe geben, mich daran zu gewöhnen meine ich, habe ich doch eigenartigerweise an mir ebenfalls eine leichte Veränderung betreffs des Aromas festgestellt.

Oder hat mein Barnylein etwa eine ansteckende Krankheit?

Ich muss das unbedingt näher in meinem Auge behalten! Aber für die heutige Nacht oder die restlichen Stunden suche ich mir, nur vorsichtshalber und vorbeugend, eine andere Schlafstätte.

Da die Nächte schon nicht mehr ganz so kalt sind, man riecht förmlich den beharrlich näherkommenden Frühling, mache ich es mir auf der funkelnagelneuen Hängematte so richtig bequem. Die Hängematte hat unsere geliebte Samantha aus den Resten ihres Wohnzimmerteppichs gefertigt und mit Hilfe von Patrick vorgestern in unserer Villa angebracht. Sie eignet sich wirklich bestens dafür, seinen vielen Gedanken einmal so richtig freien Lauf beziehungsweise die Seele baumeln zu lassen. Was ich jetzt sofort in die Tat umsetze.

Sehr lange kann ich mich aber meinen wundervollen Träumen und den freilaufenden Gedanken nicht hingeben, denn Alexa, Trimmdichs ihre hellhörige Schäferhündin, springt wie eine Geistesgestörte an dem Gartentor empor und kläfft, was ihre beiden Lungen hergeben.

Das kann im Prinzip nur bedeuten, dass sich wieder ein paar von den verwilderten Katzen in unserem Garten herumtreiben, dort die frisch angelegten Beete zerwühlen oder in der großen, neu errichteten Kompostkiste nach etwas Fressbaren suchen und dort ihre stinkenden Ausscheidungen hinterlassen. Sehr zur ›Freude‹ von unserer Samantha.

Dann hilft nur eine Sache beziehungsweise zwei Sachen. Man muss entweder den Hund frei lassen, damit er diese Katzen verscheuchen kann oder man muss den Hund in seine Hütte vertreiben, damit er die Viecher nicht mehr sehen kann und endlich wieder Ruhe gibt.

Aber zum Glück reicht es erfahrungsgemäß ja schon aus, wenn sich Alexa von uns beiden Frettchen, dem Barny und mir, bei ihrem hysterisch anmutenden Benehmen ertappt fühlt. Sie kratzt dann, meistens jedenfalls, mit hochroten Ohren sofort die Kurve und zieht sich dann mit einem ärgerlichen Gesicht sowie missgestimmter Laune in die allertiefste Ecke ihre Hütte zurück.

Alexa glaubt nämlich felsenfest, dass mein Dickerchen und ich in der Lage wären, mit Herrchen und Frauchen zu reden. Wenn sie wüsste, die Ärmste! Wir verstehen und verständigen uns nämlich schon durch puren Augenkontakt.

Doch mein unerwartetes Auftauchen an unserer Villatür scheint unsere Alexa gegenwärtig in keiner Art und Weise zu beeindrucken, denn ihre Stimme schnappt schon fast über vor wutentbrannter Entrüstung.

Da muss heute Nacht etwas ganz und gar Fremdes im trimmdichschen Garten unterwegs sein. Aber, weil ich nun mal ein ganz neugieriges Frettchenmädchen bin, muss ich auf jeden Fall etwas genauer nachschauen gehen. Das versteht sich doch von selbst!

Damit ich den großen Garten sowie den Hof, auf dem unsere liebe Hündin Alexa ganz allein herrschen und walten darf, wie sie es gerade für richtig hält, besser überblicken kann, stelle ich mich erst einmal ganz aufrecht auf meine hinteren Branten. Ich stütze mich auch ein wenig mit meiner Rute ab und mache mich ganz lang.

Martin und Samantha würden allerdings wieder die Behauptung aufstellen, dass ich ganz lieb Männchen mache. Wie soll das denn gehen, Männchen machen, wo ich doch unverkennbar ein Mädchen bin?

Der unglaubliche Schrecken, der mir durch meine zarten Glieder fährt, als ich mich an unserer Villatür festhalte, diese unerwartet unter meinem Körpergewicht nachgibt und ganz weit aufschwingt, ist einfach unbeschreibbar.

Noch größer ist aber meine innere Beklemmung oder besser noch der tiefe Schock, als ich mich so unverhofft und unmittelbar vor den starken Pfoten von Alexa wiederfinde. Ich weiß jetzt doch nicht mit Sicherheit zu sagen, wie sich die erboste Hündin mir gegenüber verhalten wird, wo wir uns so ganz allein gegenüberstehen, praktisch genau in die Augen sehen können und kein Herrchen oder Frauchen oder eins der Kinder ist zur Stelle, um mir hilfsbereit zur Seite zu stehen.

Man o Man, ist das vielleicht ein dämliches Gefühl und in mir schreit alles laut und überdeutlich: ›Nimm sofort deine Beine in die Hand Betty und renne um dein Leben!‹ Gedacht, getan!

Dass Alexa mir einen völlig verdatterten Blick zuwirft, als mich meine panikartige sowie blitzschnelle Flucht schnurstracks zwischen ihre Gliedmaßen hindurchführt, kann ich mehr erahnen, als wirklich sehen.

Aber ihren heißen Atem konnte ich sehr wohl in meinem Nacken und in Höhe meiner Schultern spüren, was mich aber nur dazu veranlasst, noch einen Zahn zuzulegen.

Ohne weitere Zwischenfälle, ohne dass sich mir jemand in den Weg gestellt hätte, erreiche ich das große Tor, welches das trimmdichsche Grundstück von der Straße abgrenzt.

Noch könnte ich umkehren und zurückgehen, zurück zu meinem Dicken und nach Hause zu den Trimmdichs. Auf der einen Seite ist da aber immer noch der große Hund, vor dem ich heute irgendwie richtig großen Respekt habe und auf der anderen Seite ist dort ein Loch im Zaun, welches gerade mal so groß ist, dass ich schmalgebautes Weibel mich bequem hindurchzwängen könnte.

Und um ehrlich zu sein, ist meine Neugier wirklich riesengroß. Größer jedenfalls, als der Wunsch jetzt wäre, wieder zu meinen Barnylein zurückzukehren und ich riskiere den kleinen Schritt in ein mir völlig unbekanntes Leben. Denn, wie würde Samanthas liebe Frau Mama wieder einmal so treffend sagen, wenn sie noch leben würde: »Nur den Mutigen von heute gehört auch die Welt von Morgen!«

Im allerersten Moment kommt mir auf der anderen Seite des Zaunes alles fürchterlich bekannt vor. Ich kann im Prinzip nichts Neues oder Aufregendes entdecken. Wie kann es denn auch anders sein, bin ich doch mit den Trimmdichs und meinem Barnylein schon mehr als einmal hier lang getippelt. Deshalb beschließe ich, ab heute eigene und unbekannte Wege zu gehen. Ich meide darum alles, was mir in irgendeiner Form und auch vom Geruch her vertraut vorkommt.

Dass ich mit meinem Entschluss einen mir wirklich unbekannten Weg gegangen bin, finde ich aber erst heraus, als ich vor einer geräumigen Voliere mit vielen kleinen Vögeln stehe, die dem gemeinen Spatzen oberflächlich sehr ähnlich sind. Diese hier haben nämlich ein viel bunteres Gefieder angelegt, als diese kleinen Dorfschwätzer von Spatzen. Hier ist mir schlicht und einfach alles völlig fremd.

Eine kleine Handvoll dieser Vögel muss mich bemerkt haben, denn sie flattern aufgeregt in der Voliere hin und her, wobei sie laute ohrenbetäubende Geräusche von sich geben. Für ein Frettchen wie mich sind sie beinahe nicht auszuhalten.

Andere wiederum scheinen von mir überhaupt keine Notiz zu nehmen, denn sie schwadronieren gewissermaßen seelenruhig weiter. Na gut, so ein plauderndes Gezwitscher trifft es da wohl am ehesten.

Doch eines haben alle diese bunten Wesen gemeinsam. Sie erwecken nicht nur einen unbeschreiblichen Heißhunger auf einen Spatzen oder was immer dieses farbenfrohe Geflügelchen auch sein mag, sondern desgleichen wecken sie meinen mir angeborenen Jagdinstinkt.

Ich will doch einmal gründlich nachforschen, ob man irgendwie in diese Voliere kommen und sich dort solch einen appetitlichen Happen fangen kann.

Erschrocken fahre ich regelrecht zusammen, als ich urplötzlich mit einer sehr hohen und irgendwie piepsigen Stimme von der Seite angequatscht werde: »Das ganze Leben ist wie eine Hühnerleiter. Man kommt vor lauter Scheiß nicht weiter! Hi, hi, hi.«

Vor Spannung zitternd lausche ich in die rabenschwarze Nacht hinein. Es dauert nicht sehr lange und ich werde prompt ein zweites Mal aus der Dunkelheit heraus belöffelt beziehungsweise auf ein Neues angelabert: »Ich wollt, ich wär ein Huhn und hätte viel zu tun. Ich legte jeden Tag ein Ei und hätte dann am Nachmittag frei! Ha, ha, ha!«

Dass dieses lächerliche Geschwätz aus dem Inneren der Voliere kommt, verblüfft mich kolossal. Leicht verwirrt schaue ich mich sorgfältig um. Aber da ist weit und breit niemand zu sehen! Ein sprechender Spatz vielleicht? Aber so etwas gibt es ja gar nicht wirklich beziehungsweise nur in einem Film! Ich habe nämlich erst vor kurzem, ich glaube, mein Frauchen war da noch in diesem Krankenhaus, zusammen mit Patrick einen Trickfilm gesehen. Wie hieß der doch gleich? Ah ja, ich weiß es wieder ›Fridolin, der freche Spatz‹.

Doch da mir nach gewissenhafter Prüfung, von diesem heimlichen und unsichtbaren Reimeschmied und Bänkelsänger, keine augenscheinliche Gefahr zu drohen scheint, kann ich mich erneut auf die sorgfältige Suche machen, wie ich in diesen gigantischen Vogelbauer hineinkommen kann.

Durch den schon leicht angerosteten Maschendraht, woraus die ganze Hütte, äh … Voliere, nebst dessen Dach besteht, komme ich schon einmal nicht hindurch. Das ist haargenau das gleiche Zeug, womit der Martin und Samantha unsere zwei Villatüren bespannt haben. Da wir beide, mein dickes Barnylein und ich, ja schon mehr als einmal versuchten, aus purer Neugier selbstverständlich, aus unserer Villa auszubrechen, leider immer ohne irgendeinen Erfolg zu haben, weiß ich einfach, dass sich die Mühe nicht lohnt. Da brauche ich erst gar keine unnützen Strapazen auf mich nehmen, das ist ganz und gar zwecklos. Warum auch seine kostbaren Kräfte verschwenden, wenn es vielleicht auch ganz anders geht. Habe ich doch soeben eine mannshohe Tür auf der Rückseite der Voliere entdeckt.

Zu meinem Glück führt um die Voliere ein recht breiter und ausgelatschter Trampelpfad herum. So mache ich mir wenigstens mein weißes Fell nicht besonders dolle schmutzig. Bequemer ist es obendrein, weil ich nicht durch diesen hässlichen Schneematsch patschen muss.

So schnell wie mich meine vier Branten tragen können, laufe ich auf dem halbwegs trockenen Pfad bis zu dieser Tür hin. Aber mein ganzes vorheriges Freudengefühl, einen bequemen Weg in das Innere und zu diesem sicherlich sehr schmackhaften lebendigen Futter gefunden zu haben, wird in höchstem Maße enttäuscht.

Eine dicke Gliederkette, mit einem auf mich wahrlich riesig wirkenden Vorhängeschloss, versperrt mir unzweifelhaft jede noch so kleine Möglichkeit, an solch ein buntes und leckeres Häppchen zu gelangen.

Ein lautes Schimpfen kann ich mir nun nicht mehr länger verkneifen. »Elender Mist! Verdammt und zugenäht, noch mal!« Ups, wenn das jetzt meine Samantha gehört hätte. Bei ihr darf nämlich nicht geflucht werden.

Na gut, dann eben nicht. Aber es muss doch irgendwie noch eine andere Möglichkeit geben, das kann doch noch nicht alles gewesen sein! Während ich mich für einen flüchtigen Moment niederlasse, auf einem großen und flachen Stein, unmittelbar neben der für mich verschlossenen Türe, fällt mir etwas äußerst Interessantes buchstäblich ins Auge.

Rings um diese Voliere, direkt auf dem Erdboden und an den Maschendraht angelehnt, befinden sich eine Menge etwa fußballgroße Steine. Zu welchem Zweck sie hier hingelegt oder abgelegt wurden, leuchtet mir im allerersten Augenblick nicht recht ein und deshalb werde ich der Sache sofort etwas näher auf den Grund gehen.

Während ich einmal auf und dann neben den Steinen herlaufe, ausnahmslos alles gründlichst beschnuppere, steigt mir ein Geruch in meinen Riecher, der mir irgendwie sehr vertraut vorkommt und doch nicht derselbe ist.

Dieser eigentümliche ›Duft‹, der wahrhaftig jedem einzelnen Stein anhaftet, erinnert mich sehr stark an einen Schäferhund. Aber nicht an den Trimmdichs ihren Schäferhund, an die Alexa, sondern an einen mir noch völlig unbekannten Schäferhund.

Diese kleine Erkenntnis hat noch gar nicht richtig Besitz von mir genommen, als ein äußerst wildes Geheule und höchst aufgebrachtes Gebell an meine zarten empfindlichen Lauscher dringt. Noch bringe ich den ganzen Klamauk nicht mit mir in Verbindung, was sich aber innerhalb der nächsten halben Minute schlagartig ändern wird.

Mein enormer und unersättlicher Forschungsdrang, wie man vielleicht doch noch in diese Voliere hineingelangen könnte, wird hauptsächlich durch ein in der Finsternis immer wieder hell aufleuchtendes Augenpaar und ein deutlich lauter werdendes Knurren gebieterisch gebremst. Mein allererster Gedanke geht in Richtung Isegrim, also in Richtung Wolf. Aber, wo und wie bitte schön, soll in unserem kleinen verträumten Örtchen namens Hirschberg ein Wolf hergekommen sein? Der ist doch schon seit grauen Urzeiten, also schon lange, bevor wir auf diese Welt kamen, hier nicht mehr gesichtet worden.

Jedenfalls nicht im Jahr 2006, als diese Geschichte niedergeschrieben wurde - Nachtrag von Samantha.

Mein nächster Gedanke gilt dann schon dieser jungfräulichen und noch halbwüchsigen Schäferhündin Tapsy, die noch zahlreiche Erfahrungen sammeln muss. Normalerweise hält sie sehr genau auf dem Gelände Wache, wo ich gerade herumgeistere. Leider reagiert sie immer ein kleines bisschen hysterisch auf ihr unbekannte Dinge, fremde Wesen und Geschehnisse.

Und weil ich das aus meines Frauchens Erzählungen ganz genau weiß, suche ich mein Heil wieder einmal in der schnellen Flucht.

›Nichts wie weg‹, ist mein einziger Gedanke, auch wenn ich dieses Mal ohne ein buntes Federvieh erbeutet zu haben, von dannen ziehen muss. Ich höre erst auf zu rennen, als ich mir völlig sicher sein kann, dass ich Tapsy zu hundert Prozent abgehängt habe.

Nach Atem ringend und völlig ausgelaugt erreiche ich einen auffällig verwilderten Garten. Er ist mir zwar vom Sehen her gut bekannt, weil er ziemlich genau gegenüber von Trimmdichs Garten liegt und sie uns im Vertrauen mal erzählt haben, dass sie ihn sehr gerne nutzen würden. Leider durfte und habe ich ihn auch noch nie betreten Nicht einmal im Beisein der tatsächlichen Besitzer. Davon soll es nämlich insgesamt acht an der Zahl geben, eine sogenannte Erbgemeinschaft. In deren Augen sehen wir nämlich fürchterlich gefährlich aus, irgendwie wie alte stinkende Ratten oder auch anderes bösartiges Getier. Die beißen doch bekanntlicherweise, sind ganz schlimme Krankheitsüberträger und so weiter und so fort.

Ich und eine Ratte und dann auch noch gefährlich, ha, ha, ha. Wo gibt's denn so etwas! Na ja, lassen wir das! Ich habe jetzt ja die Gelegenheit alles sofort nachzuholen und begebe mich gelassen auf einen wahrhaft sehr gemütlichen Streifzug.

Zuallererst schaue ich mir einen leerstehenden und ziemlich baufällig aussehenden Geräteschuppen etwas genauer an, weil diesem eigenartigerweise ein auffälliger und sehr durchdringender Geruch nach richtigen Mäusen entströmt. Aber, außer einer Handvoll längst verlassener Mäusenester, unter einigen losen Brettern - die ganz bestimmt einmal als Fußboden gedient haben mögen, kann ich nicht einmal einen Mäuseschwanz entdecken. Auch die inhaltlosen beschädigten Einweckgläser sowie deren Deckel bieten nichts, was ich so als Frettchen gebrauchen könnte. Die circa halbvolle Eierlikörflasche, wie man unschwer an dem widerwärtigen Geruch erkennen kann - ich sage nur verfaulte Eier, in der sich ein dicker blauer Schimmelpilz breitgemacht hat, ist absolut nicht für meinen Magen geeignet. Die Maus, die ich dann in dieser blauen Pilzschicht entdecken kann, die sicherlich einen schönen Tod hatte, ist in ihren Zustand bestimmt nicht zum Verzehr geeignet.

Dann zieht die ehemalige Sitzecke, des früheren Garteninhabers, meine ganze Aufmerksamkeit auf sich. Erstens steht dort genauso ein Grill herum, wie die Familie Trimmdich sich einen im vergangenen Sommer zugelegt hatte. Zweitens findet sich unter dem großen Tisch und den zwei länglichen Sitzgelegenheiten, hier sind es wohl selbstgezimmerte Sitzbänke, vielleicht noch irgendetwas Essbares, eben etwas Verwertbares, für mich.

Möglicherweise wurde hier in gleicher Weise verschwenderisch mit den guten Lebensmitteln umgegangen, wie es der kleine Patrick immer tut, wenn bei den Trimmdichs wieder einmal gegrillt wird. Er lässt nämlich beim Grillen immer sehr viel von seinem Brot unter den Tisch fallen. Aber vielleicht hat der Lütte es auch mit voller Absicht herunterfallen lassen, weil er irgendwann und durch Zufall erkannt hat, wie gut uns dieses Brot mit Sesamkörnern schmeckt.

Doch hier nützt mir meine angestrengte Suche überhaupt nichts. Es bringt nicht den kleinsten Krümel für mich zum Vorschein. Wieder einmal Pech gehabt!

Jetzt wende ich mich den Kaninchenställen zu, die sich an der linken Seite des Geräteschuppens befinden. Natürlich ist mir bewusst, dass ich hier kein einziges lebendes Kaninchen mehr vorfinden werde.

Da aber die Türen von nahezu allen Ställen offen stehen, in den zwei unteren Buchten sogar noch relativ ›frisches‹ Stroh zu sehen und zu riechen ist, beschließe ich eine klitzekleine Verschnaufpause, sprich ein Nickerchen, einzulegen. Die bleierne Müdigkeit, die mich plötzlich Hals über Kopf überfällt, ist nämlich kaum noch zu ertragen. Meine Augen fallen mir buchstäblich schon beim Laufen zu. Also nichts wie hinein in das nicht mehr ganz frische Stroh!

Aber so schnell, wie ich in einen der unteren Ställe hineingekrabbelt bin, genauso schnell muss ich schleunigst wieder das Weite suchen.

Einer sich dort häuslich niedergelassenen Katze, mit ihren erst frisch geworfenen Welpen, die von ihr außerordentlich misstrauisch oder besser aufopferungsbereit bewacht und behütet werden, muss mein Vorhaben wohl nicht sehr willkommen sein. Sie greift mich, bis auf das Äußerste gereizt, mit gefletschten Zähnen und schauderhaft fauchend, augenblicklich und ohne zu zögern an.

Ehe es mir so richtig bewusst wird, dass ich meine ausgesuchte Schlafstätte nicht für mich alleine haben werde, hat die Leisetreterin mir schon eine recht ordentliche Backpfeife verpasst. Doch zu meinem Glück lässt der enge Kaninchenstall ein weites Ausholen der Katze mit ihrer Pranke nicht zu, so dass ich zwar diesen Schlag in meinem Gesicht deutlich spüren kann, mehr aber auch nicht.

Warum diese Katze in diesem Moment ihre Krallen nicht ausgefahren hatte, bleibt mir bis heute ein Rätsel. Für heute und jetzt sehe ich aber erst einmal zu, dass ich hier auf dem schnellsten Weg wegkomme.

Da ich durch dieses kleine unblutige Zwischenspiel wieder so richtig putzmunter geworden bin, kann ja meine interessante und spannende Expedition durch das nächtliche Hirschberg weitergehen. Aber dem Rest dieses verwilderten Gartens weiche ich nun vorsorglich aus. Wer weiß denn schon, was sich dort in dem meterhohen Unkraut und dem unzähligen Krempel - welcher stellenweise zu sehen ist, noch alles versteckt hat.

Auch das große Gelände, wo diese junge und unerfahrene Schäferhündin Tapsy Wachhund spielt, umgehe ich vorsichtshalber. Vielmehr schlage ich jetzt die Richtung ein, die mich geradewegs zu dem mittelgroßen Dorfplatz und zu den dortigen Blumenrabatten führen wird, auf denen in den Sommermonaten wunderschöne Rosen erblühen. Die haben schon immer einen auf mich faszinierenden Eindruck ausgeübt. Na ja, wegen der schönen Farben und dem lieblichen Duft.

Auf meinen Weg dorthin komme ich auch an dem hiesigen Gebäude der freiwilligen Feuerwehr von Hirschberg vorbei. Obwohl man dieses nicht sofort erkennen kann, wenn man als Besucher des Dorfes hier vorbeikommen würde, denn die sehr großen Tore des Feuerwehrgebäudes sind nicht etwa rot angestrichen, wie es sich für ein anständiges Feuerwehrtor gehört, sondern sie erstrahlen in einem wahrhaft leuchtenden blütenreinen Weiß. Aber vielleicht kommt das ja alles noch, das mit dem roten Anstrich, meine ich. Wer weiß?

Eine ganz besondere Anziehung üben die beiden breiten und nebeneinanderliegenden Betonstreifen, im Abstand von circa einem Meter, neben dem Feuerwehrgebäude auf mich aus. Von dort oben hat man einen schönen, fast grenzenlosen Überblick über ganz Hirschberg, für so ein kleines Frettchen wie mich jedenfalls. Unser Herrchen sagt ja eigenartigerweise immer Rampe oder so ähnlich zu diesen zwei Streifen. Seinen, nicht mehr ganz neuen, fahrbaren Untersatz hat er auch schon des Öfteren dort draufgestellt, zwecks Reparaturarbeiten.

Zunächst besteige ich ganz vorsichtig den linken Betonstreifen. Aber die Aussicht ist leider nicht so wundervoll, wie sie von mir erwartet wird. Also geht es sofort optimistisch, wie ich manchmal nun bin, auf den rechten Streifen hinauf. Aber auch hier werde ich wieder enttäuscht. Man kann einfach nichts sehen. Nicht einmal den hölzernen Gartenzaun, der das trimmdichsche Grundstück eingrenzt oder etwa den neuerdings gepflasterten Gehweg, der zum Friedhof hinunterführt. Rein gar nichts können meine Seher erkennen.

Oder es ist einfach nur zu dunkel? Seit längerer Zeit brennen aus Gründen der sogenannten Ersparnis, so behauptet es zumindest der Herr Bürgermeister, die wenigen Straßenlampen von Hirschberg nicht mehr die ganze Nacht hindurch.

Na ja, mich soll es in meinem Vorhaben nicht weiter stören. Ich komme auch so klar und würde selbst noch mit verbundenen Augen die zwei langen Rosenbeete des kleinen Dorfplatzes finden, kenne ich doch den einzigen Weg ebendahin wie meine eigene Westentasche oder besser, wie jede noch so kleine Faser meines liebsten Kuscheltuches. Also nicht mehr lange gezögert, nichts wie hin.

Den auffallend hartnäckig bohrenden Gedanken, dass ich jetzt unweigerlich an meinem Zuhause vorbeilaufen muss, wo mein geliebter Barny und auch die vier Trimmdichs wohnen, schiebe ich erst einmal ganz weit weg von mir. Ich möchte nämlich in diesem Moment nichts lieber, als den lockeren Sand zwischen den Rabatten um und umwühlen. Da der Erdboden bei der letzten Eiszeit, in und um Hirschberg, ohnehin sehr sandig ausgefallen ist und deshalb auch alle Feuchtigkeit beziehungsweise Regen sehr schnell versickert, ist dort der günstigste

Platz für solcherlei Unternehmungen. Also nichts wie hin und bloß keinen Blick zu Trimmdichs Grundstück riskieren.

Dadurch, dass die wahrlich zahlreichen Spatzen des Dorfes an einigen Stellen der Rosenrabatten in regelmäßigen Abständen ihre ausgiebigen Sandbäder nehmen, haben sie es mir völlig unbewusst überaus leichtgemacht. Ich stürze mich also nicht nur hinein in das angenehme Vergnügen, sondern auch in das erstbeste Sandlöchlein, welches mir vor meinen Riecher kommt.

Dank meiner zwanzig scharfen und spitzen Krallen habe ich in kürzester Zeit eine so tiefe Grube geschaffen, dass ich mich darin genüsslichst hin und her wälzen kann, wobei ich keinen einzigen Gedanken mehr an mein sonst so gepflegtes weißes Fell verliere, sondern einfach nur noch beim Entspannen und beim Genießen bin.

Da ich nun voll und ganz mit dem Genießen und auch meiner Körperpflege beschäftigt bin, achte ich nicht auf die buchstäblich über mir flatternde und die sich unaufhaltsam nähernde Gefahr.

Ich bemerke ebenso wenig den riesenhaften Schatten, der langsam aber sicher und nahezu lautlos herabschwebt. Erst so ein absonderliches Geräusch, welches geradewegs über die abgetrockneten Spitzen der verschnittenen Rosenstöcke zu kratzen scheint, der einen klitzekleinen Luftzug mit sich bringt, lässt mich meine Augen öffnen. Was ich dann sehe, lässt mir mein Blut in den Adern gefrieren. Ein wahrhaft gigantischer Vogel erhebt sich soeben mit starkem Flügelschlag und weiter geöffneter Schwinge wieder in die Lüfte. Aber nicht, um etwa in der weiten Ferne zu verschwinden, sondern nur, um neuen Schwung zu holen und einen erneuten Angriff zu versuchen.

Just in diesem Moment fallen mir die beiden halbwüchsigen Katzen auf, die sich unweit von mir auch im lockeren Sand gesielt haben. Ihnen muss ebenfalls dieser Angriff aus der Luft nicht verborgen geblieben sein. Sie tun sicherlich haargenau das Richtige, als sie wie zwei geölte Blitze unter der noch kleinen Ligusterhecke, die das alte Kriegsdenkmal von Hirschberg seit nun annähernd fünf Jahren einsäumt, Schutz vor diesem herabschwebenden Ungetüm suchen.

Aber, was wird jetzt mit mir? Wo kann ich mich vor diesem fliegenden und völlig schwarzen Ungeheuer verstecken?

Ich kenne mich hier zwar ein bisschen genauer aus, aber doch nur am hellerlichten Tag, wenn ich mit meinem Martin oder meiner Samantha und gelegentlich mit Steven oder Patrick hier lang marschiere.

Nachts sieht dagegen alles so anders aus, so grau in grau. Erst recht, wenn einem die nackte Angst buchstäblich im Nacken sitzt!

Mit den beiden jungen Katzen ist im Augenblick sicherlich auch nicht gut Kirschen essen, sonst hätte ich mich nämlich ganz einfach zu ihnen dazugesellt und auch Schutz unter dieser Hecke gesucht.

Intuitiv wähle ich für mich den einzigen richtigen Weg, den Weg durch die goldene Mitte und ich presche schnurstracks auf ein großes, hölzernes und sicherlich sehr robustes Tor zu.

Als ob mich ein kleiner Glückstern hoch oben am nächtlichen Himmel beschützen möchte, offenbart er mir mit seinem nur spärlichen Licht die richtige Richtung. Er leuchtet nämlich haargenau den nahezu unsichtbaren winzigen Durchschlupf an, welcher sich unmittelbar unter diesem Tor befindet, an dem ich ohne fremde Hilfe sicherlich vorbeigelaufen wäre. Ein Wink des Himmels?

So schnell wie nur möglich presche ich auf diesen Sicherheit versprechenden Durchschlupf zu. Ich verwette glatt meinen hübschen Kopf darauf, dass noch nie ein Mensch ein Frettchen so schnell rennen sehen hat. Genauso schnell schlüpfe ich durch das Loch, ohne lange darüber nachzudenken, was mich auf der anderen Seite erwarten könnte. Ausnahmsweise soll sich meine spontane schnelle Handlung für mich lohnen, denn dies soll wiederum über mein weiteres Schicksal bestimmen oder anders ausgedrückt, es war gewissermaßen Rettung in allerletzter Sekunde, denn ich kann ganz genau hören, wie dieser große Vogel der Nacht mit seinen starken Flügeln den oberen Rand des Tores streift.

Der erste Eindruck den ich von diesem Grundstück erhalte, welches mir bislang absolut unbekannt ist, ist mehr als fabelhaft. Hier gibt es nämlich neben den großflächig angelegten Blumenrabatten, die jetzt natürlich alle leer sind, auch einen großen Garten. Das verspricht reichliche Möglichkeiten zum ausgiebigen Buddeln und unerschöpflichen Graben, was bekanntlich eine der Lieblingsbeschäftigungen von uns Frettchen ist. Hier könnte ich mich regelrecht heimisch fühlen, falls ich der Dame des Hauses bei ihrer Gartenarbeit helfen darf. Na mal sehen, wie ich das mit dem Hierbleiben deichseln kann.

Interessiert schaue ich mich jetzt etwas genauer um und beginne mit dem Häuschen, in dem sicherlich eine ganz nette Familie, so eine wie die der Trimmdichs, wohnt. Ich weiß auch nicht, woher dieses augenblickliche Gefühl oder diese Ahnung kommt, es muss einfach so sein!

Die drei nur niedrigen Treppenstufen, die zu dem Eingang des Hauses hinaufführen, stellen für mich ja nun wirklich kein großes Hindernis dar und ruckzuck stehe ich vor der Tür.

Durch einen schmalen Spalt, unterhalb der selbigen, dringt nicht nur ein wenig Licht, sondern auch ein unwiderstehlicher Duft nach einem wohlschmeckenden Etwas. Das möchte ich nun aber genauer wissen, knurrt mir doch schon seit längerer Zeit mein Magen ganz laut. Ich drücke mit all meinen vorhandenen Kräften gegen die Haustür, aber leider bewegt sie sich keinen einzigen Zentimeter von der Stelle.

Als das nicht weiterhilft, versuche ich es mit kratzen, kratzen und nochmal einmal kratzen. Vielleicht hört ja irgendeiner dieser Menschen dort drinnen dieses kratzende Geräusch? Gedämpfte Gesprächsfetzen drangen ja immer wieder einmal bis an meine zarten Lauscher vor. Vielleicht wird mir, vor natürlicher Wissbegierde, wer da draußen sein Unwesen treiben mag, von den Bewohnern dieses Hauses die Tür freiwillig geöffnet?

Nach mehreren Minuten habe ich endlich mit dieser kratzenden Methode, wie von mir so inbrünstig erhofft, den begehrten Erfolg, denn die Haustür wird plötzlich sperrangelweit für mich geöffnet.

Na also, warum nicht gleich so!

Bevor ich aber auf schnellen Sohlen dieses interessante Haus überhaupt betreten und mir alles richtig anschauen kann, kommt mir ein schwarzweißer mittelwüchsiger Hund, später erfahre ich von meinem Frauchen, dass er Tommy gerufen wird, aufgebracht kläffend entgegengesaust. Im allerersten Moment wirkt er wahrhaftig riesenhaft auf mich. Sofort beginnt er mit einer beharrlichen und unbeirrbaren Ausdauer nach mir armen kleinen Frettchen zu schnappen, um meiner habhaft zu werden. Wieder einmal suche ich mein Heil in einer kopfloswirkenden Flucht. Ich hoffe wirklich aus tiefster Seele mit halbwegs unversehrter Haut, ›Oder heißt das jetzt eher Pelz?‹, sowie meinem Leben davon zu kommen.

Hört denn das heute Nacht niemals mehr auf? Ständig diese Verfolgungen und dieses Davonlaufen müssen?

Doch allzu lange kann ich meinen trübseligen Gedanken und der geknickten Stimmung, die prompt über mich Besitz ergreifen wollen, nicht nachhängen. Ich brauche ganz schnell einen sicheren Zufluchtsort beziehungsweise ein Versteck für mich. Im Prinzip muss es solch eine Art von Versteck sein, in dem nur ich allein Platz finden werde und wohin mir diese schwarzweiße Mischung von einem Dorfhund nicht folgen kann.

Aber auf jeden Fall renne ich erst einmal wie ein Wirbelwind und ich renne und ich renne … Dabei verändere ich aber immer wieder einmal meine Richtung, ich schlage im wahrsten Sinne des Wortes Haken wie ein flüchtendes Wildkaninchen. Dabei setzte ich kurzerhand, aber wirklich nur von meinem allertiefsten Unterbewusstsein gesteuert, auch die allerhärteste Abwehr ein, zu der ein gereiztes Frettchen überhaupt fähig ist. Ich entleere nämlich meine Stinkdrüsen bis auf den kleinsten Tropfen.

Ein lautes Winseln verrät mir, dass mein eilig eingeleitetes Abwehrverfahren seine Wirkung nicht verfehlt haben kann. Außerdem werden nicht nur die nach Luft japsenden Laute, die bis eben noch überdeutlich von meinen Lauschern empfangen wurden, wesentlich leiser, sondern ich spüre auch den ausgestoßenen heißen Atem des Hundes nicht mehr so nah bei mir.

Das bedeutet für mich, ich habe einen vielleicht nur kurzen und geringen Vorsprung erlangen können und diesen kleinen Vorteil nutze ich schnellstens für mich aus, um mich in einem geräumigeren Schuppen, dessen Tür, ›Gott sei für ewig Dank!‹, weit offen steht, zu verstecken.

Warum mir gerade jetzt wieder so ein komischer Ausspruch von Oma Hanna einfällt, weiß ich auch nicht zu sagen und er hat ja im Grunde genommen mit dieser ganzen vertrackten Geschichte überhaupt nichts zu tun, aber es trifft trotzdem des Pudels Kern und der geht etwa so: »Auch ein blindes Huhn findet manchmal ein Korn!« Ich will jetzt aber nicht länger über diese kluge Weisheit von Oma nachdenken, sondern mich umgehend mit der neuen Örtlichkeit vertraut machen.

In diesem Schuppen befinden sich viele verschiedene Dinge, die ich nicht näher benennen kann, weil ich so etwas bei der Familie Trimmdich noch nie gesehen habe. Mit Ausnahme von dem weißen Handwaschbecken, gleich neben der Tür und eine Art Sitzbank. Die eignet sich bestens als Versteck für mich, weil sie erstens nicht allzu hoch ist, unter der ich zweitens mühelos Platz finde und wo drittens der schwarzweiße Hund bestimmt nicht hinunterkriechen kann.

Blitzschnell verdrücke ich mich unter dieser Bank, ganz dicht an die Wand herangepresst. Hier lauere ich darauf, am ganzen Leib vor Angst wie Espenlaub zitternd, was die Zukunft mir bringen und was nun mit mir geschehen wird.

Der Hund hat es nun auch bis in den Schuppen hineingeschafft, wo er wild tobend vor meiner Bank hin und her springt. Mich auch, wie völlig verrückt geworden, immer wieder ankläfft, sich aber nicht näher an mich herantraut. Trotzdem flößt mir sein unbändiges Gehabe eine bisher noch nie gekannte Furcht ein. Wenn ich doch bloß zu Hause bei Barny und den Trimmdichs geblieben wäre!

Zum ersten Mal in dieser ereignisreichen Nacht muss ich wirklich intensiv an meinen Dicken, an meine liebe Samantha, meinen lieben Martin, die Kinder Steven sowie Patrick und all die anderen denken.

Eine immense Sehnsucht nach meiner vertrauten Umgebung, nach vollkommener Sicherheit macht sich immer mehr in mir breit und ich ersehne nur noch eins, ich will hier auf dem schnellsten und dem sichersten Wege wieder weg.

Dass ich gegenwärtig äußerst argwöhnisch und auch auffallend kritisch von einer Frau, eventuell in Samanthas Alter und ihren zwei Sprösslingen, zwei Jungen auch annähernd so alt wie Trimmdichs ihre beiden Kinder, beobachtet werde, fällt mir gar nicht weiter auf. Selbst als diese drei Menschen leise tuschelnd über mich reden und sogar mein Name fällt, bleibt von mir verborgen. Bin ich doch ganz und gar mit all meinen Gedanken völlig woanders, auf einem ganz anderen Level sozusagen. Auch das wichtigtuerische Gehabe dieses Hundes lässt mich momentan rundweg kalt. Ich will nur noch eins, ich will nach Hause!

Völlig unerwartet versucht dieser unverschämte Hund nun doch noch unter ›meine‹ mir Schutz bietende Bank zu kriechen, um meiner habhaft zu werden. Seine feuchte Schnauze kann ich schon gewissermaßen an meiner linken Vorderbrante deutlich spüren und sein heißer hechelnder Atem kitzelt meine Barthaare, als er sehr energisch von dem Älteren der beiden Jungen an seinem ledernen Halsband von mir weggezogen wird. Der wahrhaft ohrenbetäubende und energische Protest von dem Hundchen Tommy wird aber von dem Jungen einfach ignoriert. So stehen die beiden noch immer etwa einen Meter von der Bank entfernt, als die Frau, ohne ein Wort zu sagen, plötzlich verschwindet.

Puh, das war ja mehr als knapp. Ein starkes Zittern durchläuft mich plötzlich vom Kopf bis buchstäblich zu meiner Schwanzspitze. Ich möchte nur wissen, wie ich aus dieser vertrackten Situation wieder herauskommen soll.

Wieder beginne ich, das ist wirklich nicht an den Haaren herbeigezogen, wie so ein Skelett an zu klappern!
Ich glaube meinen Ohren nicht ganz zu trauen oder bilde ich mir das sogar alles nur ein? Plötzlich kann ich nämlich überdeutlich die bezaubernde Stimme von meinem geliebten Frauchen Samantha hören.
Samantha? Meine Samantha, hier an diesem schrecklichen Ort!?
Genauso schnell, wie jetzt der immer noch wild rasende Hund von meiner Bildfläche verschwindet, endlich wird er in seine Hundehütte gesperrt, genauso schnell taucht jetzt tatsächlich das vertraute Antlitz von Frauchen vor mir auf.
Ich kann mein großes Glück noch gar nicht richtig fassen und bleibe erst einmal wie versteinert unter meiner Bank sitzen.
Erst die vielen besorgten Fragen von Samantha bringen mich so langsam wieder auf den Boden der Tatsachen beziehungsweise in die real existierende Wirklichkeit zurück. »Na, mein Mäuschen. Möchtest Du vielleicht noch ein kleines bisschen hierbleiben? Oder mit Tommy eine kleine Runde fangen spielen, auf dem Dorfplatz vielleicht? Oder Nachbars Katzen ein wenig ärgern? Der jungen Hündin Tapsy Deine süße Zunge herausstrecken? Alexa wieder durch die Beine laufen und in die Waden kneifen? Oder möchtest Du doch lieber mit mir nach Hause kommen, in Eure schöne gemütliche Villa, zu Deinem dicken Barnylein, zu Herrchen und den Kindern? Na, was meinst Du?«
Das braucht sie mir nun wirklich nicht zweimal hintereinander sagen.
Haste was, kannste was, renne ich buchstäblich an meinem geliebten Frauchen empor. Über ihre Hausschuhe, die Schlafanzughose und der Jacke, bis ich sicher auf ihrer rechten Schulter zu sitzen komme, wo ich mich mit einem gigantischen Küsschen für das Abholen und der Rettung aus einer für mich absolut ausweglosen Situation tausendfach bedanke.
Nur ganz tief in meinem Inneren beschäftigt mich die Frage, woher mein Frauchen von all meinen Abenteuern weiß. Ohne noch länger darüber nachzudenken, verkrieche ich mich postwendend und augenblicklich unter der warmen kuscheligen Winterjacke von meinem Frauchen. Währenddessen fange ich plötzlich an zu schlottern, wie so ein Frettchen, welches man völlig kahlgeschoren hat. Ich komme mir im wahrsten Sinne des Wortes beinahe vor, wie so ein chinesischer Nackthund. Ehrlich!
Bevor es jetzt aber endlich nach Hause geht, bedankt sich Samantha

gebührlich und freundlich bei Anka, Torsten sowie Andreas Sachmund für ihre unbezahlbare Hilfe und dafür, dass sie ihr umgehend Bescheid gesagt haben, sonst wäre ich sicherlich für immer verloren gewesen, wegen meines weißen Felles und so.

Ich will nur sagen, dass meine Samantha bestimmt mehr als hunderttausendmal danke gesagt haben muss, wenn nicht noch mehr. Man kann es auch übertreiben, obwohl ich ihre große Dankbarkeit voll und ganz teile.

Nachdem nun endlich alle Höflichkeiten untereinander ausgetauscht sind, geht es schließlich nach Hause. Auf den Weg dorthin berichtet mir Samantha, dass sie mich im Prinzip und eigentlich, nicht im Allergeringsten, jedenfalls noch nicht, vermisst hätte.

Na, das ist ja vielleicht ein Hammer! Da irrt man fast die halbe Nacht durch ein völlig dunkles, unfreundliches Hirschberg, welches nur so mit Gefahren gespickt ist und dann das!

Aus großen, fragenden und leuchtenden Augen schaue ich mein liebes Frauchen herzerweichend an. Meine Samantha kann nun gar nicht anders und sie erzählt mir haargenau, wie es dazu gekommen ist, dass ich von ihr aus dem Schuppen von diesen Sachmunds abgeholt werden konnte.

»Na dann höre einmal gut zu, meine kleine geliebte Ausreißerin, das kam nämlich so. Weil ich schon den lieben langen Tag von äußerst heftigen Kopfschmerzen sowie Gliederschmerzen geplagt wurde, sicherlich eine beginnende Erkältung, eine Grippe oder eine meiner üblichen Kopfschmerzattacken oder vielleicht auch nur ein Schnupfen, bin ich heute ausnahmsweise schon kurz nach 20 Uhr in mein Bett gegangen. Sogar meine Bettdecke habe ich mir heute am Heizkörper im Schlafzimmer angewärmt, da ich von innen heraus das unangenehme Gefühl hatte, ein vollständiger Eisklumpen zu sein.

Endlich liege ich in meinem Bett, eine wirklich sehr angenehme Wärme nimmt wollüstig Besitz von mir. Ich gleite gerade in einen erholsamen Schlummer hinüber, als ein deutliches hartnäckiges Rufen nach mir: ›Hallo Frau Trimmdich! Sind Sie zu Hause? Bitte schauen Sie einmal aus dem Fenster!‹, und ein komisches geräuschvolles Klicken an der Scheibe unseres Schlafzimmerfensters, welches sich in regelmäßigen Abständen wiederholt, mich absolut erbarmungslos aus dem Halbschlaf und meinem Bett holt.

Dass meine Stimmung in dem Augenblick mehr als gereizt ist, kannst du dir vielleicht vorstellen, war ich doch schon gewissermaßen im Reich der Träume angelangt. Doch desto erstaunter war ich natürlich, als ich den eigentlichen Grund der ›späten‹ Störung durch Frau Sachmund zu Gehör bekomme.

So schnell wie heute bin ich bestimmt noch nie die Treppen heruntergeflitzt und an unserer Hauseingangstür gewesen, wie am heutigen Abend. Das kannst du mir ruhig glauben, mein Schatz.

Da alles so schnell gehen musste, hatte ich nicht einmal die Zeit mir ein paar Strümpfe und eine Hose überzuziehen. Nur noch schnell die warme Winterjacke übergeworfen und schon ging es los.

Ich werde von Frau Sachmund umgehend in ihre Waschküche geführt. Rate mal, wer dort seelenruhig unter der Bank sitzt? Meine kleine geliebte Bettymaus!

Nun ist ja alles wieder in bester Ordnung. Stimmt's, mein Schatz? So, wie du jetzt zu deinem Freund Barny schlafen gehen wirst, so werde ich auch in mein warmes Bett krabbeln, wenn es denn noch warm ist.«

Samantha hat inzwischen den nicht allzu langen Nachhauseweg geschafft, ist sogleich mit ihren Straßenschuhen durch das kleine trimmdichsche Haus gelaufen, was sie sonst nie macht und schiebt mich nicht nur in unsere Frettchenvilla, sondern auch gleich in unser großes und geräumiges Schlafhäuschen hinein.

Natürlich nicht ohne mich vorher noch einmal richtig zu knuddeln und zu wuddeln und so richtig lieb zu haben. Natürlich vergisst sie auch mein ›Gute Nacht‹ Küsschen nicht. Aber diesen nur auf meine Stirn, wegen ihrer beginnenden Erkältung, erklärt sie mir. Dann ist sie ganz schnell im Haus verschwunden und wenig später gehen auch schon alle Lichter aus.

Von meinem geliebten Dicken bin ich nur sehr kurz aber durchaus freundlich begrüßt worden. Ich schätze ja mal, dass er von meinem kleinen nächtlichen Ausflug gar nichts groß mitbekommen hat.

Nach der liebevollen Begrüßung darf ich mich bei ihm richtig fest herankuscheln und mich komplett aufwärmen. Dass es nun gar nicht mehr lange dauert, dass ich tief und fest eingeschlafen bin, ist nach diesem anstrengenden Nachtleben von Hirschberg doch völlig logisch oder?

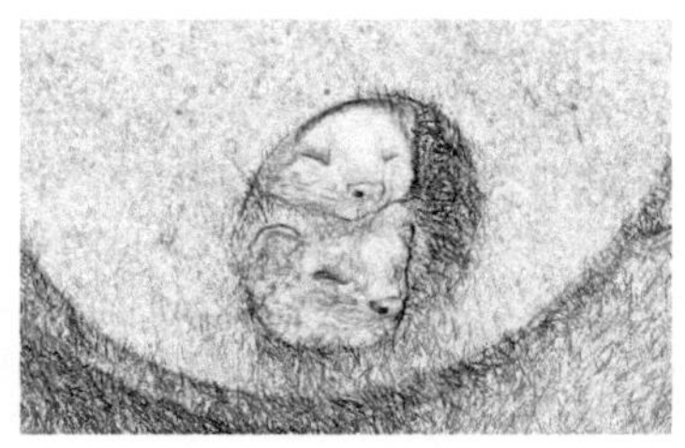

'🐾 Hilfe, Frau Seitling kommt! 🐾'

Betty ihr nächtlicher Abendspaziergang durch Hirschberg ist nun auch schon wieder eine ganze Woche her und zum Glück ohne irgendwelche gesundheitliche Nachwirkungen für sie geblieben. Darüber sind wir natürlich alle sehr glücklich. Ich möchte mir gar nicht weiter ausmalen, was ihr bei ihrem kleinen Ausflug hätte alles passieren können. Nachdem meine zwei geliebten Fellnasen mit ihren beschwerlichen Umräumungsversuchen endlich fertiggeworden sind, heute musste einmal das Zimmer von unserem Jüngsten richtig daran glauben, haben sich Betty und Barny schon aus reiner Gewohnheit in unserem Wohnzimmer einen gemütlichen Schlafplatz gesucht. Dass ich von ihrer Aktion in Patricks Zimmer unbedingt ein paar Bilder schießen musste versteht sich ja fast schon von selbst,

Mein Barny hat es sich wie üblich ziemlich einfach machen wollen, obwohl es für ihn schon in einen mittleren bis großen Kraftakt ausartet, so sieht es jedenfalls für mich persönlich aus. Er schnappt sich nämlich das allergrößte unserer Couchkissen, wie kann es denn auch anders sein, schupst es buchstäblich mit Kopfarbeit erst einmal auf den Fußboden beziehungsweise Teppich hinunter. Dann schleift er das Kissen hinter sich her, wie so einen erbeuteten Feldhasen.

Dann und wann tritt er aber, mit einer seiner vier Pfoten, auf das Kissen und er kommt einfach nicht weiter. Gereizt dreht sich mein Dicker hastig um, weil er wohl seine Bettymaus dahinter vermutet und als er sie nirgends entdecken kann, hält er seinen Kopf leicht schief und staunt regelrecht Bauklötzer.

Ein Weilchen beobachtet Barny nun überaus aufmerksam seine nähere Umgebung, während sich seine Rute aufgeregt hin und her bewegt. Auch ein leises beständiges Muckern ist deutlich zu hören. Eigentlich ein sehr offensichtlicher Fingerzeig dafür, dass unser Frettchen ringsherum zufrieden und in bester Spiellaune ist. Aber da sich nun leider weit und breit kein anderes Frettchen zum Spielen sehen lässt, fährt man halt mit dem fort, was man gerade noch in seiner Mangel hatte, nämlich mit dem Couchkissen.

Irgendwie hat es mein kleiner Freund Barny dann endlich auch geschafft, das Kissen in eine geräumigere Lücke zwischen unserem Sofa, der Außenwand unseres Hauses und dem kleinen Bücherregal zu verstauen. Man kann ihm regelrecht ansehen, wie anstrengend die ganze Aktion für ihn doch gewesen sein muss, denn er macht es sich augenblicklich, ohne sich weiter um die anderen zwei Anwesenden im Wohnzimmer zu kümmern, auf dem Kissen bequem und schläft auf der Stelle ein.

Bei meiner zarten Betty ist das schon ein wenig verzwickter, denn seit ihrem nächtlichen Spaziergang macht sie einen wahrlich riesengroßen Bogen um alle ihre bevorzugten Lieblingsplätze und auch um die beliebtesten Schlafecken.

Weiber sind eben kompliziert! Aber das hat sich zum Glück nach zwei Wochen wieder gegeben - eine kleine Randbemerkung von Barny.

Fast immer, so eben auch heute wieder, sucht sie den hautengen Kontakt beziehungsweise meine körperliche Nähe, um erst dann in einen tieferen Schlummer hinüberzufallen. Ansonsten scheint sie sich beinahe nur noch in ihrer Villa so richtig sicher zu fühlen.

So sitze ich also ganz ruhig auf meinem Sessel. Habe eines der bunten Sofakissen auf meinen Knien zu liegen, die Betty so liebt und ich warte darauf, dass meine Kleine, die es sich eng zusammengerollt auf dem Kissen bequem gemacht hat, eingeschlafen ist. Ein beruhigendes Streicheln, wieder und wieder, über ihren schmalen Rücken hilft ihr wie immer beim Einschlummern.

Gleichförmige und tiefe Atemzüge sowie ein nur leicht offen stehendes Mäulchen, aus dem sich die Zunge etwa einen halben Zentimeter herausgeschoben hat, verraten mir, dass Betty nun endlich fest eingeschlafen ist und ich lege sie zusammen mit dem Kissen vorsichtig in einer Ecke unseres Sofas ab.

Ich werde nun die circa halbe Stunde Pause dazu nutzen, dann haben sich meine zwei schlummernden Frettchen sicherlich ausgeruht, um mir einen meiner berühmten kräftigen und schnellen Kaffees aufzubrühen sowie die aktuelle Tageszeitung von heute zu lesen. Danach werde ich mir, wenn es die Zeit noch erlaubt, die allerneuesten Bilder von unseren Lieblingen Betty und Barny anschauen, die ich kürzlich beim Fotografen abgeholt habe.

Beim gründlichen Durchstöbern der Zeitung bin ich wie immer auf der Suche nach irgendwelchen Beiträgen oder noch so kleinen Artikeln aus der ganzen Welt, die irgendetwas mit dem Tier Frettchen oder seinen Verwandten zu tun haben könnten, was fast schon vollkommen automatisch geschieht und mir sozusagen schon gar nicht mehr bewusst wird.

Es geschehen doch tatsächlich noch kleine Wunder, denn heute stoße ich endlich auf der vorletzten Seite, dem so genannten Unterhaltungsteil für große und auch kleine Leser unserer Tageszeitung, nach wirklich sehr langer Zeit auf eine eher kleine, aber besonders amüsante Episode mit Frettchen. Die möchte ich keinem vorenthalten. Mit der Genehmigung des australischen Autors, den ich inzwischen persönlich kennenlernen durfte, darf ich sie Euch hiermit zum Besten geben. Es ist die deutsche Übersetzung eines Beitrages für die SAFA = South Australian Ferret Association und deren Frettchenmagazin.

Der Eindringling
von K.F. Bernhard- Tasmanien/Australien

»Kinder schaut einmal, wir haben ein fremdes Frettchen in unserem Käfig. Papa hat sich bestimmt wieder einen Spaß erlaubt!« Das waren die allerersten Worte, die mir ins Bewusstsein drangen.

Hunderte neue Gerüche brachten meine Nase ins Zucken.

Ich war umgeben von Fähen und dem Rüden von Dienst.

Mit gesträubtem Fell wurde mein Hintern beschnüffelt.

Ich krümmte meinen Buckel und stieß einen lauten Schrei aus. Ich war in ein Frettchen verwandelt. Eine menschliche Hand nahm mich am Nackenfell und sie hob mich aus dem Käfig. Es nahm mir den Atem und meine Augen wurden glasig.

»Ja, es ist ein fremdes Frettchen«, meinte die verwunderte Mutter.

»Er schaut gut aus und er ist ein Rüde. Stinken tut er. Morgen kommt er zum Tierarzt.«

Ich wachte auf, zitternd, meine Zähne im Kissen verbissen. Meine verkrampften Hände in der Pyjamahose.

Ein Stoß meiner Frau mit dem Ellbogen in meine Rippen weckte mich ganz auf. »Was ist los, hattest du einen Albtraum?«

Einfach herrlich! Ich finde sie wirklich echt süß und köstlich. Ich kann erstens gar nicht aufhören mit lachen, meine beiden Frettchen heben schon kurz und verwundert ihre Köpfchen, zweitens muss ich diese kleine witzige Geschichte sofort ausschneiden, um sie meiner Sammlung über Frettchen hinzufügen zu können.

Außerdem bin ich wirklich neugierig darauf, was meine drei Männer zu dieser kleinen hübschen Geschichte sagen werden, wenn sie am Nachmittag nach Hause kommen.

Da ich meine Betty und auch meinen Barny aber nicht in ihrem friedlichen Schlummer unterbrechen möchte, nehme ich mir nun die Fotos vor, die schon vor mir auf dem Wohnzimmertisch bereitliegen und an denen ich mich, wie gewohnt, nicht sattsehen kann. Frettchen haben eben so ein gewisses Etwas!

Mein Blick wandert einmal mehr auf die Dorfstraße hinaus, weil von dort immer wieder so ein eigenartiges Knattern an meine Ohren dringt. Weil ich mir die ständige Neugier von meinen Frettchen etwas abgeschaut habe, muss ich einfach wissen, was dort draußen los ist beziehungsweise wer dort draußen sein Unwesen treibt. Immer nach dem Motto meiner geliebten Frau Mama, welches da lautete: »Neugier ist die Mutter aller Weisheit!«

Jetzt scheint dieses knatternde Getöne etwas näher zu kommen. Grund genug für mich vor unsere Haustür und auf den Dorfplatz zu gehen, um dort einfach einmal nach dem Rechten zu schauen.

Das einzige Objekt beziehungsweise Fahrzeug weit und breit ist ein ohrenbetäubend knatternder und ein wahrhaftig grasgrüner Trabant. Ein Auto, welches man heutzutage immer seltener auf unseren Straßen vorfinden kann. Er fährt die wenigen Straßen, die den kleinen Dorfplatz kreuzen, immer wieder langsam hinauf und genauso langsam kommt er wieder zurück.

Der Chauffeur des geräuschvollen Autos, einst auch liebevoll Rennpappe genannt, der von Weitem ziemlich fettleibig für mich ausschaut, muss irgendwen oder irgendetwas suchen.

›Na, dann will ich heute einmal nicht so sein und die Sache ein kleines bisschen vorantreiben‹, denke ich gerade noch bei mir und mit großen Schritten eile ich dem Trabbi entgegen, um dem beleibten Fahrer meine ortskundige Hilfe bei seiner ergebnislos aussehenden Suche anzubieten. Man weiß ja schließlich, was sich gehört.

Doch je näher ich jetzt dem inzwischen haltenden Fahrzeug komme, umso deutlicher schreit meine eigene innere Stimme beschwörend auf: ›Mach das bitte nicht, Samantha! Behalte deine Hilfsbereitschaft nur einmal für dich! Verschwinde hier und gehe einfach wieder nach Hause. Aber sofort!‹

Doch irgendwie komme ich gegen meine innere Stimme heute nicht an. Wie unter höherem Zwang marschiere ich schnurstracks weiter auf den Trabbi zu, in dem niemand anders sitzt als eine ›gute alte Bekannte‹, die Frau Seitling.

Schon wird die Scheibe an der Fahrerseite bedächtig heruntergekurbelt und ihr vollmondiges Antlitz schiebt sich mir mit fragendem Blick entgegen: »Junge Frau! Können Sie mir vielleicht verraten, wo hier eine Familie mit dem komischen Namen Trimmdich wohnt?«

Sie hat ihre Frage noch gar nicht richtig an den Mann, äh … an die Frau gebracht, als regelrecht ein erkennendes Leuchten, gefolgt von einem breiten Lächeln, über ihr dickes Gesicht läuft.

Jetzt gibt es leider kein zurück mehr für mich. Ich mache gute Miene zum bösen Spiel. Was bleibt mir denn auch anderes übrig?

»Mensch, wenn dass jetzt keine Überraschung ist, die Frau Seitling! Sie hier in Hirschberg, das ist ja vielleicht ein Ding! Wie haben Sie sich denn hierher verirrt? Aber kommen Sie doch erst einmal herein. Ihren Trabbi können Sie gleich dort neben der Hainbuchenhecke abstellen«, plaudere ich munter drauf los, obwohl ich ihr lieber klipp und klar sagen würde, dass ich auf ihren ›lieben‹ Besuch absolut verzichten kann, kein bisschen scharf darauf bin und dass sie auf dem schnellsten Wege die Kurve kratzen soll. Wer weiß denn schon zu sagen, was die Frau zu mir nach Hirschberg getrieben hat und welche Erwartungen sie mit ihrem Besuch hegt.

Aber, wie würde sich meine geliebte Frau Mama wieder einmal ausdrücken und mir den Kopf wegen unnötiger Schwarzmalerei regelrecht zurechtrücken: »Mein liebes Töchterlein! Male doch den Teufel nicht gleich wieder an die Wand! Wird schon nichts Schlimmes sein, wirst schon sehen.«

Trotzdem, ich habe dann und wann halt solche absonderlichen Vorahnungen, mein Göttergatte Martin tituliert mich dann gerne mit ›meine kleine Hexe‹, die sich dann in den meisten aller Fälle auch noch prompt erfüllen. So ist es ›Leider Gottes‹ auch heute wieder einmal.

Denn das mich nun beschleichende Gefühl, dass diese völlig unverhoffte Stippvisite von Frau Seitling nur wegen unserer beiden Frettchen stattfinden kann, sollte mich keineswegs im Stich lassen.

Doch ehe Frau Seitling mit ihrem Anliegen herausrücken kann, dauert es noch eine geraume Zeit beziehungsweise eine viertel Stunde. Wie sich nämlich herausstellt, hat sie offensichtlich gewaltige Probleme mit dem Rückwärtsfahren, weswegen sie erst eine ganze Runde um unseren kleinen Dorfplatz drehen muss, um neben unserer Hainbuchenhecke einparken zu können. Sie fährt gewissermaßen nicht allzu oft mit ihrem Trabbi durch unsere Lande, nur hin und wieder mal, wie sie mir später felsenfest beteuert und habe deshalb nicht viel Übung betreffs Einparken.

Aber beim Aussteigenwollen, aus ihrem für ihre Körpermaße zu engem Auto, zeigt sich umgehend ein neues Problemchen, welches von der Frau Seitling nur unter äußerst geräuschvollem Stöhnen, deutlichem Ächzen, gewaltigem Schieben und auch intensivem Drücken zu bewältigen ist. Die gute Frau hat seit unserer letzten und im Prinzip einzigen Begegnung, vor gut sieben Monaten, nicht nur deutlich an Gewicht, sondern auch an Körperumfang zugelegt, so dass sie sich ungelogen schon mit einer unnachgiebigen und sehr energisch wirkenden Kraftanstrengung hinter dem Lenkrad hervorbemühen muss, um ihren fahrbaren Untersatz überhaupt verlassen zu können.

Schließlich hat Frau Seitling es irgendwie geschafft und sie wischt sich mit einem blassrosa-farbenen Taschentuch, welches mit hübschen zierlichen Spitzen umhäkelt und in ihren fleischigen Händen kaum zu sehen ist, den perlenden Schweiß von der Stirn. Nun kann sie meiner höflichen Aufforderung, mir in unser Haus zu folgen, endlich nachkommen.

Ich habe die Haustür noch gar nicht richtig hinter uns beide geschlossen und die Wohnzimmertür vorsichtig geöffnet, weil ja vielleicht Betty und Barny inzwischen ausgeschlafen haben, als ich an der Frau Seitling ein auffällig schnüffelndes und irgendwie auch suchendes Verhalten beobachten kann.

Da ich aber nichts auf meinem Küchenherd zu stehen habe, da bin ich mir wirklich vollkommen sicher, was möglicherweise übergekocht sein könnte und auch der Kachelofen im Wohnzimmer, der nur mit Holz beheizt wird, in der Zwischenzeit ausgegangen ist, kann ich mir absolut nicht erklären, warum die Frau dieses sonderbare Verhalten an den Tag legt.

Obwohl ich schon überaus gerne wissen würde, was denn ihre unge-

teilte Aufmerksamkeit erregt hat, verkneife ich mir vorerst die wiss-
begierige Frage und bitte Frau Seitling sich schon einmal einen Platz
ihrer Wahl auszusuchen. Ich würde in der Küche nur schnell ein
Kännchen Kaffee für uns aufsetzen, was ich dann auch sofort in die
Tat umsetze.

Bepackt mit zwei großen Kaffeetassen, nebst den dazu gehörenden
Untertassen, einer Büchse Kaffeesahne und eine kleine Zuckerdose,
gefüllt mit ein paar wenigen Stückchen Würfelzucker, kehre ich im
wahrsten Sinne des Wortes auf leisen Sohlen in das Wohnzimmer
zurück.

Doch der unglaubliche Anblick der mich hier nun erwartet, als ich so
beladen wieder in unser Wohnzimmer zurückkomme, erschüttert mich
eines Teils zutiefst, jedoch sorgt er auch eines Teils dafür, dass sich
meine beiden Augen schlagartig, bis hin zum völligen Überlaufen, mit
Tränen anfüllen! Mit Lachtränen wohlgemerkt, weil ich in diesem
Augenblick wirklich nicht weiß, ob ich nun lieber heulen oder doch
lieber lachen soll, denn mein Gast, Frau Seitling, hängt höchstwahrscheinlich als Auswirkung ihrer eigenen Körperfülle buchstäblich
unter unserem massiven und eichenen Schreibtisch fest.

Neben dem Schreibtisch liegt eine große gläserne Obstschüssel, deren
Zustand man wahrlich nicht mehr als heil oder ganz bezeichnen kann
und das ist sozusagen der Grund, warum ich jetzt vor Wut eigentlich
heulen könnte. Die Schüssel erhielt ich nämlich erst vor wenigen Tagen von meinem Mann Martin als Geschenk zum Valentinstag. Genau
solch eine Schüssel hatte ich mir schon immer sehnlichst gewünscht.
Darin sollte stets das frischeste Obst für die Familie serviert werden,
weil dann automatisch mehr davon gegessen wird und es eben einfach
appetitlicher aussieht, als in so einer ollen handelsüblichen Plastetüte,
die ja meistens für die Verpackung herhalten muss. Mal sehen, was
mein Martin zu der Bescherung sagt? Die ich ihm aber sicherlich erst
dann unter seine Nase reiben werde, wenn er die kleine nette Frett-
chengeschichte aus Tasmanien gelesen hat!

Doch zurück zu meinem Besuch, zurück zu Frau Seitling. Dass nur sie
der Übeltäter gewesen sein kann, bei ihrem ernsthaften Versuch sich
wieder zu befreien, ist mir natürlich sofort klar. Haben wir, Martin
und ich, doch schon vor mehreren Wochen ausnahmslos alles, von A
wie Anrichte bis Z wie Zierpflanzen, frettchensicher in unserem
Wohnzimmer umgestaltet. Wodurch Betty und auch Barny jede noch

so kleine Möglichkeit genommen wurde, auf den Schreibtisch hinauf-
zugelangen und dort irgendeinen Schaden anzurichten.

Doch, warum mir auch die Lachtränen buchstäblich in Strömen über
mein Gesicht laufen, so hat dies ganz andere Beweggründe. Das hängt
vollkommen mit meinen zwei süßen Lieblingen, den Frettchen Betty
und Barny zusammen, die sich einfach nur so verhalten, wie es einem
Frettchen sozusagen schon in die Wiege gelegt worden ist.

Frettchen müssen, ob sie es nun wollen oder auch nicht, alles Neue in
ihrer unmittelbaren Umgebung, egal ob es sich dabei um lebendige
oder auch ›tote‹ Objekte handelt, gewissenhaft untersuchen.

Das heißt im Prinzip nichts anderes, als das nun das neue Objekt beschnüffelt, abgeleckt und durch die Gegend transportiert beziehungsweise geschleppt wird. Mal geschieht das, indem man versucht das
unbekannte Gebilde oder die fremde Person durch die Gegend zu
schleifen, zu schieben, zu stoßen, hinter sich her zu zerren, zu rollen,
zu drücken, zu ziehen, zu schleppen und, und, und.

Zwischendurch kommt aber auch ihre längliche Zunge, deren Ober-
fläche wie ein kleines Reibeisen geschaffen ist, immer wieder einmal
zum Einsatz. Ungefähr nach dem sehr frettchenhaften Motto: »Wenn
ich weiß wie du schmeckst und riechst, so zeige ich dir auch wer du
bist!«, oder so ähnlich.

Betty und Barny sind unterdessen nicht nur aus ihrem tiefen Schlummer erwacht, sondern scheinen der ihr fremd vorkommenden Person
ihr ›Geheimnis‹ entreißen zu wollen und sie teilen sich die sorgfältige
Erkundigung der selbigen.

Frau Seitling kniet ja nun immer noch unter unserem großen Schreibtisch. Ihren Oberkörper hat sie weit nach vorne gebeugt, wobei der
Kopf die Wand berührt, an der unser Schreibtisch seinen Platz hat und
beinahe auch den Fußboden. Die massigen breiten Schultern sind fest
von unten gegen die massive Schreibtischplatte gepresst. Der große
Bauchumfang lässt es wahrscheinlich nicht zu, dass sich unsere Besucherin allein aus dieser misslichen und knienden Lage befreien kann.

Doch bevor ich ihr tatkräftig und zielbewusst zu Hilfe eile, beobachte
ich beinahe schon wie hypnotisiert, ich kann gar nicht mehr anders,
das erforschende Treiben meiner beiden Frettchen.

Mein Freund Barny hat es wohl übernommen, dieses lebendige Wesen
schnüffelnderweise zu erkunden. Er steht auf seinen beiden hinteren
Branten, direkt neben dem linken Fuß von Frau Seitling, und hat eine

ganz aufrechte Körperhaltung eingenommen. Sie lässt mich gänzlich unbewusst an ein sehr aufmerksames Erdmännchen denken, welches für seine Kolonie getreulich Wache hält. Seine beiden vorderen Branten oder auch Pfoten hat er aber übereinander, wie gesagt nicht nebeneinander, in einem Abstand von circa zehn Zentimetern an dem etwas prallen und ausladenden Gesäß meiner Besucherin abgestützt. Seinen Kopf indessen beziehungsweise die in lauter Falten gelegte hochgezogene Nase, die wie eine Ziehharmonika auf mich wirkt, lässt er bedächtig über die Naht der dunkelbraunen Hose gleiten, die Frau Seitling momentan trägt, wobei er argwöhnisch schnuppert oder anders ausgedrückt intensiv wittert, von oben nach unten und umgekehrt.
Dass auch seine beiden oberen spitzen Eckzähnchen überdeutlich zu erkennen sind, ein wenig schauen sie ja trotz der geschlossenen Schnauze immer heraus, nebst seiner oberen Zahnreihe, bedeutet für mich nichts anderes, als das meinem Dickerchen nicht sonderlich gefällt, was er gegenwärtig vor seinem Riecher hat. Seine Nackenhaare scheinen sich jetzt wie elektrisiert aufzustellen und auch seine Rute, also sein Schwanz, die/der ruhelos auf dem Teppichboden hin und her wischt, nimmt die auffällige Form einer Flaschenbürste an.
Auweia! Jetzt irgendeine falsche oder plötzliche Bewegung von der Frau Seitling, dann brennt hier aber buchstäblich die Luft. Da ich sehr wohl weiß wozu oder zu welchen Dingen mein kleiner lieber Barny fähig sein kann, ich sage da nur vollständige Analdrüsenentleerung, halte ich vor lauter Spannung die Luft an.
Doch noch ist er ja rundherum friedlich und mit seiner gründlichen Begutachtung oder Musterung vollauf beschäftigt und aus diesem Grunde lasse ich meinen Barny noch gewähren. Trotzdem habe ich aber immer ein wachsames Auge auf meinen Dicken!
In der Zwischenzeit war meine zarte Betty natürlich auch nicht völlig untätig. Zunächst hatte sie sich regelrecht verbiestert im Saum des rechten Hosenbeines von Frau Seitling verbissen und wollte doch tatsächlich die wohlbeleibte Dame von unserem Schreibtisch wegziehen. Schließlich war dort ja auch einmal ihr angestammter Lieblingsschlafplatz. Dabei spielt es augenblicklich überhaupt keine große Rolle, ob sie diesen Platz zurzeit gerade benutzt oder eben nicht. Hier geht es lediglich nur um das Prinzip. Und Betty hat so manches Mal, wie es von Zeit zu Zeit auch unser etwas verträumter Barny am eigenen Leibe schmerzlich erfahren musste, sehr konsequente Prinzipien.

Deshalb gibt sie keineswegs gleich auf. Wenn eben die kraftvolle Zottelei irgendwie nicht den gewünschten Erfolg bringt, muss man sich halt eine andere, vielleicht zweckmäßigere Stelle auswählen, um diese komplette Geschichte von vorne und mit Ausdauer zu wiederholen.

Betty lässt also den Saum einfach Saum sein. Sie hakt sich jetzt kraftvoll mit ihren Zähnen dort ein, wo sich die dicken Waden gut sichtbar unter dem Hosenstoff hervorheben.

Für einen kleinen flüchtigen Moment war ich sogar geneigt zu glauben, dass ich das harte Aufeinanderschlagen ihrer Zähne regelrecht hören konnte, aber sicherlich unterlag ich hier nur einer akustischen Sinnestäuschung, weil ich meine Betty bei ihrem absonderlichen Tun ganz genau und fasziniert beobachtet habe.

Doch irgendwie ›sitzt‹ der Stoff wohl noch nicht richtig zwischen ihren Zähnen und mit einer blitzschnellen Bewegung greift sie sozusagen nach. Danach stemmt sich meine Betty mit allen vier Branten und mit der ihr zur Verfügung stehenden Kraft nicht nur vom Fußboden, sondern auch von Frau Seitling weg.

Im Großen und im Ganzen erinnert mich diese eingenommene Haltung von meiner Betty nicht unbeträchtlich an einen wirklich wütenden Hund, der an einem Ende eines dicken Seiles hängt und der versucht, es einem anderen, ebenfalls wütenden Hund zu entreißen.

Da ihre Bemühungen aber trotz größter Kraftanstrengung nicht von Erfolg gekrönt sind, lässt Betty unverhofft die Hose los, schnellt abrupt auf die dicke Wade zu und faucht von dort aus, auf das Äußerste erbost den strammen Hintern an, der es zu unserem Glück kommentarlos über sich ergehen lässt.

Meine kleine Betty ist aber immer noch nicht gewillt aufzugeben und greift nun verbittert den sich bloß leicht bewegenden rechten Fuß von Frau Seitling an. Zu ihrem Glück hat diese ein paar dickere Wollsocken an. So erwischt meine liebreizende Betty, die heute wie ein Berserker auf mich wirkt, bei ihrem erneuten Angriff nur das Bündchen der Socke und sie streift eher flüchtig mit ihren Zähnchen die darunterliegende Haut.

Zu meiner wirklich großen Überraschung veranlasst das meine Frau Seitling nicht nur zu einem begeisterten Jauchzer, sondern lässt sie auch weiterhin geduldig und ohne einen Kommentar auf ihren Lippen zu haben, unter meinem Schreibtisch ausharren.

Ich verstehe die Welt nicht mehr!

Da es aber meiner Besucherin außerordentliches Vergnügen zu bereiten scheint, warte ich weiter ab.

Meiner Betty gelingt es nun tatsächlich irgendwie der Frau Seitling die dicke Socke bis über die Ferse des rechten Fußes zu ziehen, wobei sie ihre rechte Brante auf dem nun unbekleideten Fleisch des Beines oberhalb der Ferse abstützt und die andere Brante auf der ebenfalls unbedeckten Fußsohle.

Doch, was mich nun beinahe in eine Ohnmacht stürzen lässt und mich vollkommen aus meiner bisher beobachtenden Haltung sowie Fassung bringt, ist die unübersehbare Tatsache, dass meine Betty momentan nicht anderes in ihrem Sinn hat, mit fest geschlossenen Augen, an genau dieser freigelegten Ferse herumzulecken und etwas herumzuknabbern.

Das darf doch wohl nicht wahr sein! Jetzt reicht es aber! Was zu viel ist, ist eben zu viel! Umgehend setzte ich dem ganzen Geschehen ein sofortiges Ende.

Betty und auch Barny greife ich zwar behutsam, damit sie sich nicht erschrecken und doch noch aus puren Versehen zubeißen, aber trotzdem sehr energisch in ihr Nackenfell und ziehe sie am selbigen von Frau Seitling weg.

Das Hochheben an ihrem Nackenfell bereitet meinen beiden Frettchen keinerlei Schmerzen, es lässt aber bekanntlich jegliche Muskeln in ihnen sofort erschlaffen, wodurch jede Aktivität von ihnen unterbunden wird. Dasselbe passiert auch, wenn eine Katzenmama ihren Welpen am Schlafittchen nimmt und durch die Gegend trägt.

Nachdem ich nun meine beiden Frettchen ›gesichert‹ habe, verfrachte ich die ›Forscher‹ vorübergehend in die erst vor kurzem erworbene Transportbox für Tiere, die unter unserem Küchentisch für diesen oder ähnliche Notfälle bereitsteht.

Dann eile ich auf schnellstem Wege in das Wohnzimmer zurück, weil von dort laute und undefinierbare Töne an mein Ohr dringen. Wie von mir schon vermutet, versucht sich Frau Seitling wieder einmal selbst zu befreien, was ihr aber nicht so recht gelingen will.

Dieses Mal bin ich aber samt und sonders gewillt, ihr aus der Bedrängnis heraus zu helfen. Mit einem kräftigen Ruck hebe ich den Schreibtisch auf seiner rechten Seite so weit an, dass sich Frau Seitling vorsichtig rückwärts krabbelnd endlich befreien kann.

Mit wahrhaft hochrotem Haupt und auch die Augen sind stark gerötet, vielleicht ist es ja auch eine Bindehautentzündung, steht sie dann wie ein Fels in der Brandung vor mir. Ich mache mich schon seelisch und moralisch auf ein beträchtliches Donnerwetter von ihr gefasst.

Aber nichts dergleichen passiert, ganz im Gegenteil. Sie nimmt mich fest in ihre beiden stämmigen Arme, drückt mich sozusagen nicht nur an ihr Herz, sondern verpasst mir auch einen sehr feuchten Schmatz auf meine Wangen, einen links und den anderen halt rechts.

Fassungslos und gleichermaßen entsetzt lasse ich es einfach über mich ergehen und erst ihre freundliche Frage, ob es denn möglich wäre, jetzt einen ordentlichen Kaffee zu bekommen, bringt mich wieder zur Besinnung.

Hilfsbereit und ein zufriedenes Lächeln in ihrem Gesicht stellt Frau Seitling die von mir bereits mitgebrachten Utensilien auf unseren Wohnzimmertisch zurecht, währenddessen ich in unsere Küche hinübereile und den seit längerer Zeit durchgelaufenen Kaffee, umgefüllt in eine blaue Thermoskanne, holen gehe.

Dass es sich mein Freund Barny und meine kleine Betty in der Box und auf der darin liegenden Babydecke richtig bequem gemacht haben, sie sicherlich schon wieder beim Kuscheln sowie Putzen waren und darüber fest eingeschlafen sind, entgeht aber meinen wachsamen Augen trotz alle dem nicht.

»Aller Anfang ist schwer!«, würde meine liebe Frau Mama wieder einmal sagen, doch endlich sitzen wir uns gegenüber, die Frau Seitling und ich.

Sie rückt nun ohne großes Drumherumgerede mit der wahren Veranlassung ihres unangemeldeten und überraschenden Besuches heraus.

»Es geht natürlich um meine ehemaligen Frettchen, um die Ella und um den Freddy. Die Zwei waren doch die letzten Welpen im vergangenen Jahr, die sozusagen in die Fremde ausgezogen sind. Wissen Sie, liebe Frau Trimmdich, ich wollte doch unbedingt herausfinden, was aus den beiden Süßen in der Zwischenzeit so geworden ist. Wie Sie sich doch sicherlich noch erinnern können, waren Ella und Freddy ein kleines bisschen schwächlich auf der Brust. Ich musste sie mit viel, viel Ausdauer und Liebe hochpäppeln.«

Jetzt bin ich das erste Mal richtig platt! Nie und nimmer hatten unsere beiden Frettchen damals einen Namen. Davon hätte doch Frau Seitling sicher etwas erwähnt! Warum denn auch nicht? Daran kann ich mich aber beim allerbesten Willen nicht erinnern.

Und im Hinblick auf mit viel Ausdauer und mit Liebe aufgepäppelt, da gehen meine Erinnerungen in eine ganz andere Richtung. Ich sehe heute noch die völlig verschmutzte Futterschüssel vor mir stehen, mit den Kartoffeln oder dem Reis oder aber auch den Nudeln. Dass dieses ganze Zeug zwar gekocht und grob zerkleinert aussah, habe ich auch noch vor meinen Augen und dass darin noch irgendwelche Reste von Fleisch oder vielleicht auch nur irgendwelche Wurst und braune Soße untergerührt wurden, ließ sich damals nicht unschwer erkennen. Zum Schluss waren alle Zutaten miteinander vermengt worden. Aber dass alles auch schon recht blasig aussah und es fürchterlich säuerlich roch, habe ich nicht aus meinem Gedächtnis streichen können. Meiner Meinung nach gärte ja dieser ganze Pamps schon. Und dies sollte nun die artgerechte Ernährung für die Frettchen gewesen sein, mit der sie meine beiden Lieblinge, mit Ausdauer und Liebe wie sie sagt, hochgepäppelt hatte?

Ich höre sie heute noch immer laut aufschreien, als sie unsere kleinen Frettchen aus diesem verdreckten Karton angelte: »Ihr verdammten elenden Mistviecher! Das ist nun euer ganzer Dank dafür, dass man euch halbtoten Krüppels trotzdem noch mit hochgepäppelt hat. Anstatt euch gleich eins vor den Kneissel zu hauen!«

Mich durchläuft ein eisiger Schauer, wenn ich nur an diesen Tag zurückdenke, obwohl er unserer Familie ja zwei Freunde fürs Leben ins Haus brachte, nämlich Betty und Barny.

Später sagte meine liebe Frau Mama einmal dazu, als ich ihr die ganzen Begebenheiten rund um den Erwerb unserer beiden Frettchen erzählte: »Selten ein Unglück, wo nicht ein Glück dabei ist!«

Was nun aber Frau Seitling betrifft. ›Hat diese Frau nichts dazu gelernt und geht sie denn immer noch so mit ihren Frettchen um?‹ Das sind die besorgten Fragen, die mir jetzt durch meinen Kopf gehen.

Plötzlich fällt mir auch die damalige Bitte von der Tiergartenleiterin aus Wildesheim, der Frau Zuhaus, wieder ein, ihr den Namen und den Ort zu nennen, wo wir unsere Welpen käuflich erworben haben. Ich werde Frau Zuhaus in den kommenden Tagen sicherlich einmal anrufen und ihr die benötigten Informationen geben. Vielleicht ist es ja für die anderen Frettchen noch nicht zu spät.

Aber ich komme nicht dazu, mir noch ausführlicher oder länger den Kopf darüber zu zerbrechen, weil mir schon die nächsten außerordentlich wissbegierigen Fragen buchstäblich um die Ohren zischen.

»Haben Sie eigentlich diese beiden entzückenden und großen Kuscheltücher noch, die ich Ihnen seinerzeit mitgegeben habe? Freddy war ja immer so verschossen in das gelbliche Tuch, jenes mit den kleinen weißen Sternchen drauf. Mich würde es ja brennend interessieren, welchen Rufnamen Sie meinen, äh … ihren beiden Frettchen gegeben haben, liebe Frau Trimmdich?«

Da es Frau Seitling nun vorzieht einen großen Schluck Kaffee zu sich zu nehmen, antworte ich zunächst auf diese zwei Fragen, obwohl sich in mir das überaus starke Gefühl breitmacht, dass es sicherlich noch nicht die Letzten waren.

Was nun diese verdreckten Tücher betrifft, die sie uns einst für unseren Heimweg in den Pappkarton legte, so werde ich ihr garantiert nicht die Wahrheit auf die Nase binden. Ich werde ihr also nichts davon erzählen, wie bei der erstbesten Tankstelle die stinkenden Lappen in den Abfall gewandert sind, sondern für Frau Seitling hört sich meine kleine Notlüge so an: »Wissen Sie, Frau Seitling, die zwei Tücher haben wir leider schon lange nicht mehr. Die sind eines Tages vom vielen Waschen einfach auseinandergefallen. Sie waren halt völlig verschlissen. Was nun die Namen unserer Frettchen betrifft, so heißt nun der Rüde Barny und die Fähe hört auf Betty.«

Jetzt kann ich es mir nun doch nicht mehr verkneifen und frage nach, warum sie uns beim Kauf dieser Frettchen nicht auch ihre Namen verraten hat. Vielleicht würden sie ja heute immer noch Freddy und Ella heißen, das klingt doch gar nicht einmal so schlecht?

Doch, wie von mir fast schon erwartet, bekomme ich keine Antwort darauf, dafür aber ein paar neue Fragen an den Kopf geworfen.

»Ist Ihnen eigentlich in der letzten Zeit irgendetwas komisches oder sonderbares an dem Verhalten meiner, oh Entschuldigung, Ihrer Frettchen aufgefallen? Wie heißen sie doch gleich? Ach ja! An Betty oder Barny oder an allen beiden? Na, liebe Frau Trimmdich? Wie schaut's denn damit aus?«

Unvermittelt nimmt das dickliche Gesicht meiner Besucherin so einen gewissen Ausdruck an. Wie soll ich mich bloß treffend ausdrücken? Na ja, ihre Wangen und auch ihre Stirn überzieht plötzlich so ein ungesunder und rötlicher Hauch. Ihre Augen scheinen regelrecht zu erstrahlen, aber in einem eher eisigen Glanz und sie werden von einem feuchten Schimmer überdeckt.

Dessen ungeachtet haben ihre Mundwinkel ein sehr befremdliches Lä cheln, genauer gesagt, hintergründiges Grinsen angenommen, welches mich wohl eher unangenehm berührt. Mit anderen Worten ausgedrückt, es sieht für mich im Großen und Ganzen irgendwie verkommen aus oder schmutzig, obszön halt.

Ich kann mir schon so ungefähr vorstellen, in welche Richtung die Frau Seitling unser Gespräch jetzt lenken will, aber ich spiele ihr die absolute naive Unschuld vom Lande vor. So arglos wie nur möglich, antworte ich mit einem sehr schlichten und langgezogenen: »Nein, wieso?« Noch eine ganze Spur einfältiger, frage ich sie: »Sollte mir denn etwas an meinen beiden Frettchen aufgefallen sein?«

Ganz tief in meinem Inneren habe ich flehentlich gehofft, durch diese Art meiner Fragestellung der Frau Seitling buchstäblich den Wind aus den Segeln zu nehmen, aber erreicht habe ich genau das völlige Gegenteil, leider. Wie ich es eben aus ihrem Munde höre, möchte sie mich nun doch etwas genauer darüber aufklären, wie sich die Sache mit den Bienchen oder auch dem Klapperstorch bei dem Tier Frettchen verhält. Was sie nun ziemlich deutlich in die Tat umsetzt und was sich dann ungefähr so anhört:

»Dass Barny ein Mannsbild ist, sieht man ja schon an den zwei Murmeln, die zwischen seinen Hinterbeinen baumeln.

Betty, die hat ja diese Dinger sicherlich nicht, ist also ein Weib. Aber ich hatte Ihnen, wenn ich mich jetzt halbwegs recht entsinne, ja schon beim Verkauf der zwei Süßen verklickert, dass es sich um ein Pärchen handelt. Und nun zu dem, was mir sofort unangenehm in die Nase stieg, als ich vorhin Ihr Haus betreten habe. Ich bin da einfach mal ganz direkt. Es war der sehr strenge und auch beißende Geruch nach juckigen und mit viel Lust vollgepumpten Frettchen. Halten Sie diese beiden Viecher etwa in der Wohnung?«

Meine nur mit Müh und Not zurückhaltend dazwischen geworfene Frage: »Was heißt hier eigentlich juckig und mit viel Lust vollgepumpt?«, wird von der Frau Seitling einfach ignoriert.

»Ist Ihnen schon irgendwann einmal aufgefallen, dass die beiden sich auffallend häufig mit dem Hinterteil des Anderen beschäftigen? Die kleine Schnecke leckt am Liebesknochen des Kerls herum. Der Kerl bearbeitet die Schnecke seiner Kleinen nach allen Regeln der Kunst. Die zwei können sich dann regelrecht hineinknien, wie in einem Rausch und sie können gar nicht wieder aufhören, wenn sie erst einmal so richtig losgelegt haben.

Na, Frau Trimmdich? Das haben Sie doch bestimmt schon mal gesehen oder etwa nicht? Nun rücken Sie schon raus mit der Sprache.«
Als ich ihr aber keine Antwort darauf gebe, fährt sie in ihrem ›Aufklärungsunterricht‹ fort.
»Was dann noch den eigentümlichen Geruch der Frettchen betrifft, so ist der doch jetzt zweifellos so richtig abstoßend, sie stinken halt gen Himmel! Bei dem Burschen müsste es sich eigentlich in den letzten paar Tagen am stärksten bemerkbar gemacht haben. Ich bin mir völlig sicher, dass es ihm mächtig zwischen den Hinterbeinen krabbelt.
Na, Frau Trimmdich, wie steht's? Kommt Ihnen nun irgendetwas davon bekannt vor?«
Abwartend schaut Frau Seitling mir fest in die Augen. Sie lauert wohl auf irgendeine Erklärung meinerseits oder auch nur eine Interpretation ihrer Worte. Ich hoffe nur vom ganzen Herzen, dass ihr nicht auffällt wie ich buchstäblich auf glühenden Kohlen sitze, weil mir, genauer gesagt, ihre auffallenden und sehr unverblümten Auslegungen, über die körperlichen sowie die offensichtlichen Veränderungen im Leben meiner zwei Frettchen, auf die Nerven gehen. Deshalb antworte ich jetzt auch ziemlich verhalten, damit man mir meine anwachsende Entrüstung und auch aufkommende Wut nicht anmerkt: »Na ja, wenn ich jetzt ganz ehrlich bin, irgendwie hat sich schon etwas verändert, aber so gründlich habe ich nie hingeschaut, müssen Sie wissen!«
Diese wenigen Worte von mir stacheln sie aber nun ›Leider Gottes!‹ zu noch viel mehr Anzüglichkeiten, betreffs des Liebeslebens meiner zwei Frettchen, an.
»Also, das Ding mit diesen ekelhaften Ausdünstungen. Na gut, ihnen zuliebe, nennen wir es eben Gerüchen, muss ihnen einfach aufgefallen sein. Das stinkt ja schon bis aus der Tür heraus. Nein! Nein! Keine Bange, Frau Trimmdich! Ich meine jetzt wirklich nur den Geruch der Frettchen, dies hat rein gar nichts mit ihrem Haus hier zu tun. Absolut nichts! Ganz im Gegenteil, trotz der zwei Frettchen ist hier alles an seinem Platz. Aber lassen wir doch dieses Thema.
Bei der Art und Weise wie Barny und Betty miteinander umgehen, außer dieser fortwährenden Leckerei und Schnüffelei am Arsch, upps, äh … dem Hintern, muss ihnen aber etwas absonderlich vorgekommen sein? Hat der Bursche sein Weib nicht schon des Öfteren an ihrem Nacken erbarmungslos durch die ganze Gegend beziehungsweise den Stall geschleift und ist dann äußerst brutal hinten bei ihr aufgerit-

ten? Immer wieder rein das Ding, hoch und runter und hoch und runter? Richtig schön im Takt?

Ne? Haben Sie noch nie gesehen? Ehrlich nicht? Das tut mir ja richtig leid für Sie. Ich könnte dann viele Stunden lang auf der Lauer liegen und meine Frettchen bei ihrer wilden Treiberei beobachten. Echt geil. Was die für eine Ausdauer dabei entwickeln! Das ganze Drumherum brauche ich nicht unbedingt zu wissen. Dass interessiert mich nicht. Hauptsache es rappelt ordentlich in der Kiste, wa.

Und was nun mein Kurtchen ist, der könnte sich ruhig mal ein kleines Scheibchen abschneiden! Von wegen Stehvermögen und so. Sie wissen schon, was ich damit meine oder soll ich noch etwas deutlicher werden. Hi, hi, hi!«

Bei ihrer unaufhörlichen Schwätzerei, die zahlreichen Worte scheinen ihr regelrecht nur so aus dem Mund zu fließen, muss ihr einfach einmal die Puste wegbleiben. Eigenartigerweise habe ich nahezu blitzartig das Bild von aufgefädelten Perlen vor meinem geistigen Auge, die unaufhörlich von einer defekten Kette gleiten.

Ihr ausdauerndes und für mich schon sehr unangenehm werdendes Geschwafel, peinlich trifft es da wohl noch eher, wird nämlich durch einen sehr heftigen Hustenanfall unterbrochen. Da sie doch noch ein kleineres Quantum von Anstand in sich haben muss, dreht sie sich weg von mir beziehungsweise sie wendet mir für einen kurzen Moment den Rücken zu. Aber nur, um in das blassrosa-farbene Taschentuch, jenes mit den hübschen und zierlich gehäkelten Spitzen, geräuschvoll und mehrfach lautstark hineinzuspucken.

Gitt igitt oder anders ausgedrückt, pfui Teufel noch mal! Ich glaube, mir wird gleich schrecklich übel. Aber noch kämpfe ich wacker gegen den aufkommenden Brechreiz an.

Das hört sich für mich geradewegs nach einem sehr argen Raucherhusten an. Da leider meine geliebte Frau Mama auch fleißig dieser Qualmerei frönte, weiß ich, wovon ich rede.

Aber ich bin auch ein wenig froh darüber, dass Frau Seitling von diesem Husten richtig ordentlich gequält wird und sich von mir wegdreht, so sieht sie nämlich nicht wie ich buchstäblich von einer Sekunde zu der Anderen puterrot anlaufe, von meinem Halsausschnitt aufwärts bis unter die Haarspitzen.

Aber es ist bei Weitem nicht nur dieses ständige und langanhaltende geistesarme Geschwätz, was mich puterrot anlaufen lässt, sondern

auch eine fast nicht mehr bezwingbare Wut und ein wirklich abgrund-
tiefer Ekel gegen diese Frau.
Wieder schleicht sich klar und deutlich eine unschöne Erinnerung bei
mir ein. Genau solchen Ekel und tiefe Abneigung empfand ich schon
bei unserer ersten und bis dahin einzigen Begegnung mit der Frau
Seitling. Schon damals wollte ich dieser Person nie wieder begegnen
müssen und nun sitzt sie hier in meinem Wohnzimmer.
Frau Seitling verdankt es jetzt nur meiner guten Kinderstube, dass ich
sie nicht im hohen Bogen hinauswerfe und ohne ein weiteres Wort vor
die Tür setzte. Stattdessen setze ich die freundlichste aller Mienen auf,
zu denen ich gegenwärtig überhaupt fähig sein kann. Ich verschaffe
mir ihre wahrhaft ungeteilte Aufmerksamkeit, indem ich ihr nun zum
Besten gebe, welche kleinen Veränderungen ich bei meinen beiden
Lieblingen, den Frettchen Betty und Barny, in der letzten Zeit beziehungsweise in den letzten Tagen beobachtet habe.
Man kann es fast kaum glauben. Es geschieht ein kleines Wunder.
Frau Seitling hört sich doch tatsächlich aufmerksam an, was ich ihr zu
sagen habe und das sogar, ohne irgendwelche dümmliche und perver-
se Randbemerkungen einzuwerfen.

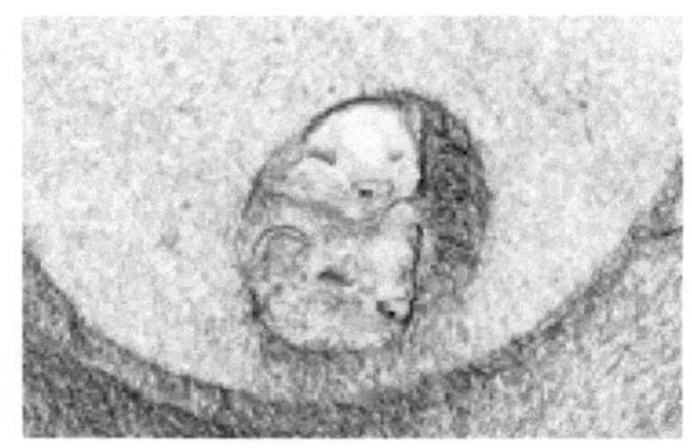

`Aufklärungsstunde für Frau Seitling`

»Liebe Frau Seitling, fangen wir doch zuerst mit dem sich verändernden Geruch bei meinen Frettchen an.
Betty und Barny haben bis vor circa vierzehn Tagen so gut wie gar nicht gerochen. Jedenfalls nicht in dem widerlichen Maße, wie Sie es hier gerne darstellen wollen! Es war eher ein angenehmer und lieblicher Duft nach Bienenhonig. Das könnten Ihnen sofort, einmal grob über den Daumen gepeilt, schätzungsweise gut vierzig mindestens aber dreißig Leute bestätigen, falls Sie wirklich Wert darauf legen sollten. Unter diesen Leuten befinden sich unter anderem meine drei Männer, zwei Fachleute - wie eben meine Tierärzte, eine ganze Schulklasse, ein paar Leutchen aus Hirschberg, die Tiergartenleiterin aus Wildesheim und die dort zuständige Pflegerin der Frettchen und ...
Seit Kurzem erst riechen meine Betty und auch der Barny tatsächlich ein bisschen intensiver.
Bei unserem Barnyboy würde ich es einmal so sagen wollen, er riecht irgendwie strenger, in die Richtung von süßlich herb.
Obwohl Betty auch ein wenig intensiver riecht, ist es eine ganz andere Art von Duft. Sie riecht beinahe wie parfümiert.
Da ich aber mit sehr gutem Gewissen behaupten kann, wozu gibt es denn schließlich schlaue Bücher, dass die Frettchen im Allgemeinen im Alter von circa 240 - 250 Tagen in die Pubertät kommen und sie im Alter von circa neun bis zwölf Monaten geschlechtsreif werden, verwundert mich dieser Wechsel in ihrem körpereigenen Geruch nicht sehr und nicht wirklich.
Die Umänderung von einem Frettchenkind, also einem Welpen, zu einem halbwüchsigen Frettchenrüpel oder auch Frettchenrüpelin und dann weiter zu einem Frettchenmann oder einer Frettchenfrau, erfolgt ebenfalls nicht von einem Tag zum anderen. Das ist ein ganz allmähli-

cher und kein schneller Übergang, so eben auch die Veränderung ihrer höchstpersönlichen Duftnote.

Außerdem, liebe Frau Seitling. Für mich stinken meine zwei Frettchen nicht! Das gehört nun einmal zu ihrer Natur. Oder sollen sie sich etwa auch noch mit einem uns betörenden und lieblichen Körpergeruchsbeseitigungsmittel, kurz gesagt Deodorant, von uns vollsprühen lassen? Wer diese besonderen Duftnoten von Frettchen nicht ertragen kann oder will, sollte sich erst gar keine zulegen. Mich stört es also absolut nicht. Deshalb ist es mir auch völlig einerlei, die gesamte Geschichte mit ihren neuartigen Körperausdünstungen.

Doch welche sichtbaren Veränderungen, und die Betonung liegt hier im wahrsten Sinne des Wortes auf sichtbar, neben dieser kleinen Geschichte mit dem Geruch, für mich persönlich in letzter Zeit immer offensichtlicher werden ist, wie die beiden Frettchen miteinander umgehen, aber auch, wie sie sich uns Menschen gegenüber benehmen.

Wie ich allerdings ausdrücklich erwähnen möchte, werte Frau Seitling, spreche ich hier nur von meinen beiden Frettchen Betty und Barny. Sie, als jahrelange Züchterin oder andere Frettchenbesitzer, können natürlich ganz andere Erfahrungen oder Beobachtungen gemacht haben, wie ich.«

Da es erstaunlicherweise die Frau Seitling immer noch vorzieht, mir das Wort zu überlassen und sich nebenbei auch den inzwischen lauwarm gewordenen Kaffee schlürfend zu Gemüt führt, fahre ich mit meiner Sicht der Ereignisse rund um das Liebesleben meiner Frettchen umgehend fort.

»Zu allererst möchte ich etwas zum allgemeinen Verhalten von Betty und Barny sagen. Zu den körperlichen Veränderungen komme ich dann hinterher, natürlich ihr Verständnis vorausgesetzt.

Sie werden von einer immer größer werdenden Unruhe getrieben und sie sind gewissermaßen den ganzen Tag auf den Beinen. Rastlos laufen sie in ihrer Frettchenvilla hin und her. Genauso rastlos laufen beide auch durch das trimmdichsche Haus, wenn wieder ihre tägliche Tobestunde angesagt ist.

Manchmal habe ich den festen Eindruck, dass meine Lieblinge auch in der Nacht nicht sonderlich gut schlafen können oder geschlafen haben. Bilde ich es mir nicht nur ein, hat meine Kleine seit ein paar Tagen unzweifelhaft dunkle Ringe um ihre Augen bekommen. Betty ist ja ein Albinofrettchen. Deshalb fallen mir die beigefarbenen Ringe um ihre Augen auch besonders auf. Sie waren früher halt nicht dort zu sehen. Ebenso schiebe ich den nächtlichen Rundgang von unserer Betty durch das halbe Hirschberg, dieser immer mehr aufkommenden Unruhe in die Schuhe, davon kann ich ihnen ja später gerne auch noch etwas erzählen.

Die unübersehbare Tatsache, dass Betty und auch Barny nur noch das wirklich Notwendigste an Nahrung zu sich nehmen, bereitete mir aber schon ernsthaftes Kopfzerbrechen. Das hatte wieder einmal mehr zur Folge, dass ich meine sämtlichen Bestände an Tierbücher durchsah, in denen ich schon einmal etwas über das Tier Frettchen entdecken konnte. Zum Glück wurde ich auch fündig. Diese spärliche Futtereinnahme und auch die manchmal hektisch wirkende Unruhe haben ganz einfach nur etwas mit der beginnenden Ranzzeit bei den Frettchen zu tun. Es ist ein ganz normales Verhalten.

Noch etwas sehr Entzückendes und für mich auch äußerst Angenehmes, in der Verhaltensweise von unserer Betty, hat sich grundlegend geändert. Sie ist jetzt wesentlich, eigentlich schon fast extrem, anhänglicher geworden.

Bei Barny ist das anhänglicher werden auch zu spüren, aber eben nicht ganz so ausgeprägt wie bei ihr.

»Bislang nicht, das kommt schon noch« - Anmerkung von Betty.

Ein sehr liebes Frettchen war Betty ja schon immer, sozusagen von Natur aus. Sie verweilte zwar stets nur kurz bei Martin, bei mir oder den beiden Kindern, doch immer bekamen wir von ihr ein feuchtes Küsschen oder anders ausgedrückt, so einen feuchten Nasenstupser, in dem eigentlich alle Regionen des Gesichtes und des Halses mit einbezogen wurden.

Selbstverständlich durften auch die Ohren dabei nicht fehlen und sie wurden immer sehr vorsichtig bei der gründlichen Putzorgie einbezogen. Man glaubte manchmal regelrecht die Zunge auf dem Trommelfell zu spüren. Auch die Augenlider bearbeitete Betty, mit ihrer langen rauen Zunge, mit anwachsender Vorliebe. Frettchen drücken ihre ganze Zuneigung und die Akzeptanz nun einmal durch das gründliche Ablecken ihres Partners oder eben der Bezugsperson aus.

Doch dieses ganze liebevolle Umgehen mit uns Menschen ist eben bei ihr viel intensiver geworden, ich würde sagen um glatte einhundert Prozent.

Dass sich meine kleine geliebte Betty nicht nur zwecks eingehender

Untersuchung unserer Person unter dem Pullover, dem Hemd oder der Jacke sozusagen herumtreibt, sondern dort auch ein circa zehn Minuten dauerndes Nickerchen abhält, ist völlig neu bei und an ihr.

Ach ja, bevor ich es noch vergesse. Die auffällige Geschichte mit den Streicheleinheiten. Außerdem sind Betty und Barny zurzeit auf wesentlich mehr Streicheleinheiten von uns allen scharf. Man muss schon sagen, sie hängen regelrecht an einem dran. Egal, wohin ich mich begebe, ob es nur ein kurzer Gang in die Küche ist, um sich schnell einen Kaffee zu holen oder man will einfach nur einmal die Küche ausfegen. Mein Mann Martin gerade wieder an seinem Computer herumsitzt. Patrick mit seinen Hausaufgaben am Küchentisch beschäftigt ist. Steven beim Ausräumen des Geschirrspülers ist. Wer schleicht stets und ständig wie so eine verschmuste Hauskatze um unsere Füße herum und reibt seinen Rücken am Hosenbein oder versucht am Hosenbein emporzusteigen?

Richtig, Betty oder Barny!!! Sie sind so extrem anhänglich geworden, dass man bei jedem seiner Schritte erst sorgfältigst schauen muss, ob der Weg auch wirklich frei ist, damit nicht irgendwelche schlimme Unfälle passieren, weil man aus Versehen auf einen der beiden draufgetreten ist. Bei dem eher zarten Körperbau unserer Frettchen möchte ich es wirklich nicht drauf ankommen lassen.

Barny seine beginnende intensivere Anhänglichkeit offenbart sich zum Beispiel auch dadurch, wo er sich seinen Platz zum Schlafen sucht, wenn er sich richtig ausgetobt hat.

Noch vor wenigen Tagen reichte ihm ein von dem Klappsofa geworfenes Kissen oder auch das unter dem Schreibtisch zusammengeknüllte Tischtuch voll aus. Jetzt sucht er sich Plätze, wo es eigentlich zu eng ist für ihn oder er auch hinunterfallen könnte.

Nur ein kleines Beispiel für seine neuen Eigenarten. Ich sitze also zum Frühstück wie gewohnt in meinem großen Sessel am Fenster. Lese wie üblich in unserer Tageszeitung und trinke nebenbei auch meinen berühmten schnellen Kaffee.

Erfahrungsgemäß dauert es nun gar nicht mehr allzu lange und Barny zieht sich mit einem kraftvollen Klimmzug an der Sitzpolsterung meines Sessels hoch, um sich dann mit aller Macht zwischen mein rechtes Bein und die rechte Sessellehne zu zwängen. Meistens ist es jedenfalls die rechte Seite, irgendwie scheint er diese jedenfalls zu bevorzugen. Ganz gertenschlank muss er sich dabei strecken, damit er dort auch

reinpasst, obwohl ich dann immer so weit wie möglich zur anderen
Sessellehne herüberrutsche. Er drängelt und wuselt dann so lange
herum, bis er auf seinem breiten Rücken liegt und ich ihm bequem
sein dickes Bäuchlein und unter dem Kinn kraulen kann. Sein Köpfchen hat er nicht etwa entspannt auf dem Sessel zu liegen. Ihn streckt
mir Barny regelrecht entgegen und er schaut mich aus seinen schwarzen Knopfaugen forschend an.
Aber je länger ich meinen Dicken mit Streicheleinheiten verwöhne,
umso mehr fallen ihm buchstäblich die Augen zu und auch sein Kopf
senkt sich langsam, fast wie in Zeitlupe, immer weiter nach hinten
weg. Es dauert dann nur noch wenige Augenblicke, dann öffnet sich
sein Mäulchen ganz automatisch gerade einmal so weit, dass sich die
kleine Zungenspitze sozusagen aus freiem Willen durch seine Zähne
schiebt.
Bin ich mir absolut sicher, dass Barnylein tief und fest eingeschlafen
ist, welches sich durch sehr sanftes Kraulen seiner Zungenspitze ganz
leicht feststellen lässt, schleiche ich mich leise weg. Manchmal mache
ich auch einige Fotos, weil es mich stets auf das Neue amüsiert, welcherlei Verrenkungen er dann im Schlaf so macht, wenn er im Unterbewusstsein den freien Platz spürt.
Hat er sich den Schlafplatz nicht zwischen meinem Bein und der Sessellehne auserkoren, dann legt Barny sich auch gerne in die ›V‹ för-
mige längliche Vertiefung zwischen meinen Schultern beziehungsweise meinem Nacken und der hohen Rückenlehne meines Sessels zum
Schlafen nieder. Er hängt einem also buchstäblich um den Hals herum, wie so ein Bekleidungsstück seiner näheren Verwandtschaft, wie
ein Edelpelz.
Manchmal dreht er sich im Schlaf auch auf die andere Seite um oder
nimmt allgemein eine andere Schlafstellung ein und dabei ist er schon
einmal von meinem Sessel gerollt. Zum Glück ohne irgendwelchen
körperlichen Schaden davon getragen zu haben, denn wie von Geisterhand lag dort überraschenderweise seine frischgewaschene Lieblingskuscheldecke herum und sein unverhoffter Abstieg verlief äußerst weich.«
Jetzt unterbreche ich meinen schon ziemlich langandauernden Vor-
trag. Erstens ist der Kaffee seit mehreren Minuten restlos alle. Zweitens hätte Frau Seitling gerne noch ein Tässchen Kaffee, ich im Übrigen auch, verschwinde ich wieder einmal in meiner Küche.

Während meine Besucherin gerade schnellen Fußes auf unserem stillen Örtchen verschwindet, bei den Unmengen an Kaffee den die Frau buchstäblich in sich hineingeschüttet hat auch kein Wunder, bringe ich meine müde aus ihren Augen schauende Betty und meinen herzhaft gähnenden Barny ganz schnell und von ihr unbemerkt in ihre Frettchenvilla hinaus.

Auch sie haben nichts Eiligeres zu tun, als eine der beiden Katzentoiletten aufzusuchen und dort etwas sehr Notwendiges zu erledigen.

Danach verschwinden meine beiden Lieblinge auf sehr flinken Branten in ihrer Schlafkoje und ich in unserem Haus, wo Frau Seitling schon auf mich und meine sehr interessanten Auslegungen wartet, wie sie mir gerade unerschütterlich beteuert. Na dann, auf in die nächste Runde. Mal schauen, was ich noch so alles von der Leserei in den Tierbüchern in meinem Gedächtnis behalten habe.

»Wo waren wir doch gleich stehen geblieben? Ach ja, die Geschichte mit dem Geruch und mit der größeren Anhänglichkeit hatte ich Ihnen schon erzählt.

Was mir aber in den letzteren Tagen buchstäblich ins Auge sticht und auch in die Nase fährt, eigentlich fing die ganze Angelegenheit schon mit dem sich verändernden Geruch bei Betty und Barny an, ist Folgendes. Beide, wirklich beide Frettchen, benutzen nicht immer das Katzenklo, sondern sie erleichtern sich in den erstbesten Ecken oder eben dort, wo sie gerade herumwandern oder herumstehen. Ich will damit sagen, dass die beiden wirklich überall ihren Kot und ihren Urin absetzen. Obwohl absetzen jetzt nicht das passende Wort dafür ist, denn es sieht mehr wie so ein Darüberrutschen aus.

Vielleicht haben Sie dieses Verhalten ja auch schon einmal bei Ihren eigenen Frettchen beobachtet, Frau Seitling? Es sieht so aus, als ob sie sich im wahrsten Sinne des Wortes den Hintern abwischen. Das kann sowohl der Fußboden in der Küche, im Flur, im Bad sein oder auch mal die Treppenstufen. Das ist wirklich alles nur halb so schlimm, das lässt sich ja problemlos wieder wegwischen.

Doch, was mir dabei insbesondere aufgefallen ist, bei dem Wegwischen dieser frettchenhaften Hinterlassenschaften meine ich jetzt, ist der wahrhaft viehische und bestialische Gestank der Ausscheidungen.

Erst vor kurzem habe ich Barny dabei erwischt, wie er eine riesige und übelriechende Schleifspur unter dem großen Schreibtisch, auf der neuen Auslegware, wo sie vorhin leider steckengeblieben sind, hinter-

lassen hat. Haben Sie noch etwas entdecken können, Frau Seitling?
Sie haben doch schon fast mit ihrer Nase drauf gehangen.«
Mit einem etwas skeptischen Gesichtsausdruck, den Kopf verneinend
schüttelnd, schlürft sie hörbar ihren heißen Kaffee weiter.
›Nein? Na, Gott sei Dank! Da bin ich aber wirklich froh!‹, geht es mir
durch meinen Kopf. So fahre ich mit meinem Bericht fort.
»Betty macht dieses Darüberwischen zum Glück nicht ganz so häufig
und doll wie ihr Dickerchen. Aber man macht sich halt so seine Gedanken, ob ich vielleicht in ihrer ganzen Erziehung irgendetwas falsch
gemacht habe oder ihnen die Toiletten nicht sauber genug sind und …
Aber wieder einmal kam mir durch wirklich puren Zufall das Fernsehen zur Hilfe. Dort lief eine Tierreportage über einheimische Iltisse
und dass diese in der Ranzzeit vermehrt ihr Revier mit Kot und auch
Urin mittels ›Darüberrutschen‹ markieren. Dabei rutscht er gewissenhaft über alle Unebenheiten, die ihm quasi vor die Füße kommen.
Da ja unsere Frettchen unmittelbar mit dem europäischen Iltis ver-
wandt sein sollen oder besser sind, erklärt es mir auch Bettys und
Barnys kleine Unarten. Nun weiß ich darüber aber Bescheid und der
Freigang in unserem Wohnzimmer wird ihnen nicht allzu häufig erlaubt beziehungsweise erst dann, wenn ich mir sicher sein kann, dass
sie sich in einem ihrer Klosetts ordentlich erleichtert haben.
Das Schönste am Ganzen ist, dass dieser ureigene Instinkt des Markie-
rens nach der Ranzzeit wieder aufhört, die Frettchen also wieder ganz
und gar stubenrein werden.
Ich selbst finde ja, dass sich dieses Markieren ihres ›Reviers‹ oder
auch das Darüberrutschen über alle möglichen Gegenstände alles noch
relativ leicht ertragen lässt, auch der neue Duft, man muss es eben
tolerieren lernen. Ein Hund oder eine Katze macht das ja auch. Ihnen
wird viel mehr Verständnis entgegengebracht. Warum nicht auch unseren liebenswerten Hausgenossen, dem Frettchen?
Das waren jetzt sozusagen schon drei erstmalige Faktoren, die mir bei
unseren beiden Frettchen Betty und Barny hauptsächlich aufgefallen
sind, die penetrante Markierung, die immer größer werdende Anhänglichkeit an uns Menschen und eben der sich verändernde Geruch.«
Nachdem ich Frau Seitling nun schon so viel über meine reichlichen
Beobachtungen, betreffs Veränderungen bei Betty und Barny, berichtet habe, hege ich tief in mir die ganz stille Hoffnung, dass ihr das nun
langsam ausreichen möge. Ich verspüre nämlich wirklich keine große

Lust, nun auch noch die körperlichen Veränderungen meiner geliebten Frettchen preiszugeben, weil ich finde, dass es wirklich nur mich und meine zwei Frettchen etwas angeht.

Wie soll ich es jetzt am besten ausdrücken, es betrifft ja auch irgendwie die Intimsphäre von meinen beiden Lieblingen. Es ist natürlich schon erforderlich, auch wichtig, darüber genauer oder eben gut Bescheid zu wissen, welche organischen Veränderungen sich vollziehen, wenn die beiden sozusagen erwachsen und damit eben paarungsfähig werden. Aber diese Frau Seitling gab ja der ganzen natürlichen Sache solch einen hässlichen Hauch von Unanständigkeit. Die aus der ganzen Sache mit dem Bienchen oder dem Klapperstorch, so hatte sie sich ja wohl vorhin mir gegenüber ausgedrückt, etwas Perverses oder Abartiges macht.

Selbstverständlich ist mir aufgefallen, dass zum Beispiel bei Barny der Hoden mächtig gewachsen ist. Aus den zwei Hoden, die vor der Geschlechtsreife gut tastbar unter seiner Bauchdecke lagen, in der Größe - sagen wir einmal von Kichererbsen, wurden sozusagen zwei ordentliche Kirschen, mit einem Durchmesser von circa 1,5 Zentimeter bis 2 Zentimeter, die jetzt gut sichtbar zwischen seinen Beinen hervorgetreten sind. Außerdem sieht seine Ganzkörperbekleidung, das Fell, jetzt nicht mehr so schön glatt und seidig aus, sondern eher etwas strubbelig und stumpf, mit so einer Duftnote nach ranziger Butter.

So hatte meine liebe Frau Mama einmal den Geruch von Barny bezeichnet. Sie muss es ja schließlich genauer wissen, isst sie doch Butter für ihr Leben gern und sicherlich hatte sie auch mal mit ranziger Butter zu tun.

Bei Betty schwillt langsam und gut sichtbar die Vulva oder Scheide oder auch Schnalle an. Sie ist jetzt, zu Beginn der Ranz, circa so groß wie eine Erbse und sieht rosafarben aus. Die Vulva kann durchaus so groß wie eine Kirsche werden, dann sollte sie wohl aber eher blassrosa in der Farbe sein. Der Bauch der Fähe und auch die Innenseiten beider Schenkel sind nun fast ständig feucht durch Urin und durch ein schleimiges Sekret, welches aus der Vulva austritt. Wodurch sich wiederum der Körpergeruch der Fähe verstärkt. Noch sieht bei ihr das Fell glänzend aus, obwohl man dort auch schon eine leichtere Veränderung bemerken kann. Es sieht beinahe so aus, als ob jemand mein Frettchen gegen den Strich gestriegelt hätte, oder sie rückwärts durch ein zu enges Drainagerohr gerobbt wäre, irgendwie aufgeplustert.

Das alles soll ich jetzt der neugierigen Frau Seitling auf die Nase binden? Das werde ich mir auf alle Fälle tunlichst verkneifen. Außerdem kann ich mir sehr gut vorstellen, dass sie sicherlich nur ein kleines Quantum von diesen Informationen verstehen würde. Hauptsache es rappelt ordentlich in der Kiste. Mehr brauche sie nicht zu wissen. Hatte sie doch vorhin selbst erst so gesagt. Da kann ich mir die Mühe auch sparen. Außerdem bin ich mir nicht völlig sicher, ob ich das Gelesene richtig wiedergeben würde. Wenn die Frau Seitling erst einmal weg ist, schaue ich mir in Ruhe noch einmal alles an, so nehme ich es mir ganz fest vor.

»Na, Frau Trimmdich. Sie sehen jetzt so nachdenklich aus. Sie haben mir aber immer noch nicht erzählt, ob es die beiden Süßen nun schon so richtig miteinander getrieben haben. Nicht, dass ich besonders neugierig wäre, aber meine kleinen Banausen sind schon fleißig beim Rammeln. Da dauert es bestimmt nicht mehr lange und die Kinderstube füllt sich wieder. Mal schauen, wie viele es dieses Mal werden, bei vier gängigen Weibern! Ich rechne ja so mit durchschnittlich achtundzwanzig Kinderlein. Eventuell plus fünf oder auch minus fünf Welpen, wa. Warten wir es doch einfach ab. Die Natur wird schon ihren Lauf nehmen. Wenn es widererwarten doch mehr werden sollten, als geplant, irgendwie bekomme ich die auch wieder mit durch. Hatte doch bei der Ella und dem Freddy auch geklappt. Stimmt's oder habe ich recht, Frau Trimmdich?«

Um Gottes willen! Die armen Welpen. Hier musst du unbedingt etwas tun. Heute noch! Sehe ich doch immer noch die Situation vor mir, als wir unsere Frettchen bei Frau Seitling abholten. Wie Betty und Barny von Patrick und Steven aus dieser halb vergammelten Pappkiste gehoben wurden. Wie die Frettchen nur schlaff, müde und irgendwie willenlos in ihren kleinen Händen hingen und uns aus trüben, verklebten Augen traurig ansahen.

Auch diesen unappetitlichen Schlafplatz in dieser Pappkiste sehe ich noch so deutlich vor mir, als wenn ich ein Foto davon in meinem Kopf aufbewahrt hätte. Wo nur ein paar alte Lumpen drin herumlagen. Diese schauten für mich damals jedenfalls schon so aus, als wenn sie noch vor nicht allzu langer Zeit als Wischlappen ihren Einsatz gefunden hätten. Diese Lappen rochen nämlich buchstäblich immer noch nach Feuchtigkeit, sprich, äußerst muffig und sahen richtig verdreckt aus. Zu unserem blanken Entsetzen und unserer Bestürzung entpuppte sich das dann als Schlafplatz von den kleinen Frettchen! Die beiden lagen nämlich darin. Tief und fest schlafend, zusammengerollt wie es Kätzchen auch getan hätten.

Ehrlich, diesen fürchterlichen Anblick von vor einem Jahr vergesse ich mein Lebtag nie mehr. Da bin ich mir völlig sicher. Anderen Menschen und auch Tieren soll dieses schreckliche Schicksal diese Erfahrung erspart bleiben. Was zu viel ist, ist zu viel!

Ich ertrage diese Frau und ihr dummes Geschwätz einfach nicht mehr! Aber wie werde ich sie jetzt auf dem allerschnellsten Wege los, ohne dabei unhöflich zu wirken? Hier ist guter Rat teuer.

Meine angestrengten und fieberhaften Überlegungen, wie ich es nur am besten anfange, die Sache mit dem liebenswürdigen Rausschmiss, werden durch das lautstarke und mehrfache Schellen unserer Türklingel unversehens unterbrochen. Auf flinken Füßen hetze ich zur Wohnungstür, um nachzuschauen, wer da so dringend Einlass begehrt.

Vor unserer Haustür steht Steffen, ein Mitschüler von unserem Patrick. Seine Wangen sind vor lauter Aufregung stark gerötet und er sprudelt im wahrsten Sinne des Wortes sein dringendes Anliegen hervor wie ein kleiner Wasserfall.

Nachdem ich ihn gebeten habe, doch erst einmal ruhig Luft zu holen und dann alles in Ruhe noch mal zu erzählen, erfahre ich endlich den Anlass, der ihn zu mir führt. Steffen hat den Auftrag bekommen, mir von der Klassenlehrerin auszurichten, dass ich den Patrick sofort vom Unterricht abholen soll. Er hätte leichteres Fieber, auch schon zweimal gebrochen und könne deshalb nicht mehr am weiteren Unterrichtsgeschehen teilnehmen. Da wohl aber unser Telefon nicht funktionieren würde, hätte man ihn halt zu mir geschickt.

Das war es ja einmal wieder. Prompt schleicht sich erneut so eine uralte Weisheit und gescheite Erkenntnis meiner geliebten Frau Mama auf meine Zunge: ›Ein Unglück kommt selten allein!‹, die ich jetzt nur mit Müh und Not in Zaum halten kann.

Unglück Nummer Eins, wäre nämlich der unverhoffte Besuch von der Frau Seitling. Der hat ja leider das Unglück Nummer Zwei nach sich gezogen. Ich sage nur meine neue Obstschüssel. Das kann und will ich ihr auch nicht so direkt ins Gesicht sagen. Unglück Nummer Drei ist die Meldung, dass unser Patrick krank geworden ist. Und weil das wahrscheinlich noch nicht genug ist, funktioniert wieder einmal unser Telefon nicht. Wodurch es mir unmöglich wird, irgendeinen Arzt zu erreichen. Das wäre aber wichtig, weil ich niemanden habe, der mich und meinen Sohn dort hinfahren könnte. Das zieht ja wieder eins nach dem anderen mit sich. ›Bin ich heute früh etwa mit dem falschen Bein aufgestanden?‹, überlege ich momentan ernsthaft.

Ein klitzekleines Lächeln schiebt sich nun aber doch in meine beiden Mundwinkel, habe ich endlich einen glaubhaften Grund gefunden, ich muss mir nicht einmal die Mühe machen und mir eine glaubhafte Lüge ausdenken, um die Frau Seitling vor die Tür zu setzen. Japa, japa du, was ich auch gleich tu!

Nachdem ich den Steffen mit der kleinen Bitte, der Frau Steinert schon einmal Bescheid zu sagen, dass ich so gut wie auf dem Weg bin, zurück in die Schule geschickt habe, machen die Frau Seitling und ich sich fertig für die Straße.

Natürlich geht es wieder nicht ohne Schwierigkeiten ab, wie kann es auch anders sein, weil Frau Seitling den festen Knoten an ihrem linken Schuh einfach nicht aufbekommt.

Hilfreich, wie ich manchmal eben bin, übernehme ich das für sie. Außerdem habe ich reichlich Übung, solche Arten von festen Knoten wieder aufzufummeln, habe ich doch zwei Jungs, die mit Vorliebe solche Knoten statt Schleifen in ihre Schnürsenkel hineinfabrizieren.

Endlich hat Frau Seitling nicht nur ihre Schuhe und ihren Parker übergezogen, sondern hat sich unter dem identischen Stöhnen, Drücken, Schieben und Ächzen in ihren grasgrünen Trabbi hineingedrängt, wie sie sich vor Stunden hinausbemüht hatte.

Nach ein paar wenigen banalen Worten wie: »Ich rufe Sie bestimmt bald einmal an, Frau Trimmdich! Schließlich will ich doch noch etwas über den Frettchensex hören. Bei, äh ... Wie war jetzt doch gleich der neue Name von Ella und Freddy? Ach, ist ja auch total egal. Jedenfalls war es sehr schön bei Ihnen. Der Kaffee war auch Klasse, einfach super!«, fährt sie endlich von dannen. Eine wahrhaft riesige Qualmwolke kommt aus dem Auspuff des Trabanten hervorgeschossen, ein überlautes Knattern oder besser Knallen ertönt und schon ist sie nach einem wirklich nur kurzen winke, winke weg. Wirklich und wahrhaftig endlich weg.

Ich begebe mich nun so schnell wie möglich in die Schule und hole mein krankes Kind ab. Der Rest des Tages verläuft wie gehabt.

Patricks Erkrankung stellte sich zum Glück als völlig harmlos heraus. Er hatte nur Lampenfieber vor der letzten Unterrichtsstunde an diesem

Tag. Es wäre eine Musikstunde gewesen und er hätte singenderweise sein Lieblingslied vorstellen sollen und singen, vor anderen Personen, ist auch heute noch nicht sein liebstes Ding. Obwohl ich ihn zu Hause mehr als einmal dabei belauscht habe, wie er die Lieder von Roy Black rauf und runter geträllert hat.

Frau Seitling hat ihren Besuch nicht wiederholt und es erreichte mich auch niemals ein Anruf von ihr. Was ich durchaus nicht bedauere! Aber ein dicker Brief sollte mich circa eine Woche später aus einem Ort namens Klein-Kummerstadt erreichen, Absenderin Frau Seitling.

In ihm fand ich neben dem eigentlichen Brief, der die gewissermaßen ›ungeklärten‹ Fragen und eine ganze Menge Hinweise zur Pflege und Aufzucht betreffs Frettchen enthielt, einen 20 DM Schein, der in Alufolie eingewickelt worden war. Zur Begleichung ihrer Schuld, weil sie ja meine neue Obstschale vom Schreibtisch befördert hatte, beim Versuch den Barny einzufangen, stand in ihrem Brief zu lesen.

Die einfache Tatsache, dass ihr die Zerstörung der Schale doch irgendwie an die Nieren ging, erfreut mich ehrlich gesagt im Nachhinein doch sehr. Kündet es doch von einem kleinen Anteil schlechten Gewissens oder eben davon, dass auch ein guter Funke von Anstand in der Frau Seitling zu finden ist. Was ich ihr beim besten Willen nicht zugetraut hätte.

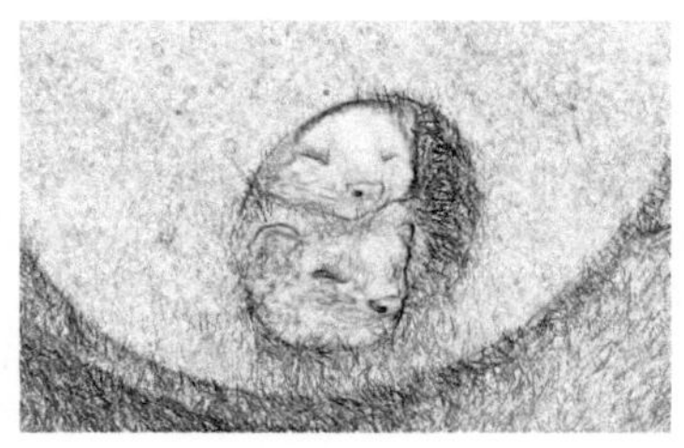

🐾 Zeit der Veränderungen 🐾

Inzwischen hat uns ja unser Herrchen gesteckt, dass es sich bei dem unangemeldeten Besuch, durch dieses dicke und sehr unbeholfene Frauenzimmer, um unser einstiges Frauchen Herta Seitling handelte.
Durch diese überraschende Stippvisite war unsere Samantha nicht nur auffällig gestresst, sondern auch zwei Tage lang völlig heiser. Aber das sind wir ja von ihr schon gewohnt.
Frauchen und Herrchen waren ja auch ein wenig enttäuscht, dass wir Herta nicht gleich wiedererkannt haben. Sie hatten sich nämlich ganz im Geheimen gewünscht, dass wir der Herta unsere schlechte Behandlung in unserem Kindesalter irgendwie heimzahlen würden.
Aber seid doch einmal ehrlich. Nach so langer Zeit können wir uns beim besten Willen allerhöchstens noch an den Namen erinnern und nicht, wie sie einst geschnüffelt hat. Doch, wer will und kann uns dies schon verübeln. Schließlich sind wir doch nur süße, kleine, zwar etwas gerissene Frettchen, aber längst keine Denkmaschinen! Oder, um es noch etwas deutlicher auszudrücken, wir Frettchen sind nun mal keine dieser leblosen, anorganischen und hässlichen Elektronenhirne, äh … Computer, die man nur mit irgendwelchen Informationen zu füttern braucht, und die bei bloßem Knopfdruck sofort alles wieder aus sich herausspucken. Das wollte ich einfach mal gesagt haben.
Doch zurück zum Thema, zu uns und den Trimmdichs.
Obwohl das plötzliche Gastspiel von unserem ehemaligen Frauchen Herta nun schon eine ganze Woche zurückliegt, kann man regelrecht spüren, welchen nachhaltigen Eindruck dieser bei Samantha hinterlassen haben muss. Noch am gleichen Tag, nachdem die dicke ›Tante‹ wieder weg war, wurde nämlich eine, nur für unsere Samantha, zweckdienliche Veränderung eingeführt.
Meine geliebte Bettymaus und auch meine Wenigkeit dürfen zum Bei-

spiel nicht mehr zu dem tollkühnsten und vielleicht manchmal etwas
leicht übergeschnappt wirkenden Herumtoben, zum frettchengerech-
ten Umgestalten oder auch nur um ein klitzekleines und gepflegtes
Nickerchen abzuhalten, in das trimmdichsche Wohnzimmer hinein.
Ist das nicht echt gemein von unserem Martin und unserer Samantha?
Regelrecht niederträchtig?
Wenn es nämlich nach Steven und auch Patrick gehen würde, wären
wir sowieso schon seit langem, sozusagen mit Sack und Pack, im
Wohnzimmer eingezogen. Aber die beiden lieben kleinen Kinderlein
werden wieder einmal nicht nach ihrer persönlichen Meinung gefragt.
Besser gesagt, ihre ganz spezielle Meinung dazu ist gar nicht erst er-
wünscht. Typisch Eltern, typisch Mensch!
Deshalb ist es uns zwei Hübschen gegenwärtig lediglich noch gestattet
in dem nicht allzu großen Badezimmer, auf der steilen Holztreppe -
welche in die Räumlichkeiten nach oben führt und fürchterlich knarrt,
in der etwas größeren Küche und im Flur unser ach so koboldhaftes
Unwesen zu treiben. Das alles mit komplettem Einverständnis von
unserem lieben Herrchen Martin.
Die Holztreppe kann ich gar nicht leiden, denn diese wurde mit einem
rutschigen Holzschutzmittel bepinselt und ist dementsprechend glatt.
»Hey, Barny! Ist das nicht gnädig und entgegenkommend von unserer
hochwohlgeborenen Herrschaft, den allgegenwärtigen Trimmdichs,
dass wir wenigstens noch einen kümmerlichen Freiraum für uns zwei
abbekommen haben! Stimmt's oder habe ich recht, mein Dickerchen?
Mann o Mann, du riechst heute aber wieder mehr als streng! Wie sagt
doch ein guter Freund von Samantha immer? ›Ihr seid ganz schön in
der Nase‹ oder so ähnlich. In was für einer Dreckecke hast du dich
denn heute wieder gewälzt? Pu ... h!«
Welches böse und mürrische Läuschen ist denn meiner kleinen süßen
Zuckerpuppe nun schon wieder über die Leber gelatscht? Diese Weiber aber auch immer! Tschuldigung, Weibchen!
Eh, wo war ich doch gleich stehen geblieben? Ach ja! Auch in diesen
wenigen Räumlichkeiten lässt sich zwar mit einem bisschen guten
Willen noch allerhand entdecken und so manches Nettes aufgabeln,
womit wir nicht nur unseren regelrechten Spaß haben, sondern auch
ein ziemlich ordentliches Spektakel veranstalten können. Wie zum
Beispiel mit voller Wucht den großen dunkelroten Klammernkorb
vom Wäschekorb herunterschmeißen oder den Besteckkasten entlee-

ren, wenn Patrick wieder einmal vergessen hat, ihn richtig zu verschließen. Man muss dann nur auf die langen scharfkantigen Dinger aufpassen, die beißen nämlich zurück. Oder einfach nur so aus Spaß an der Freude die Klopapierrolle abwickeln, falls wir es schaffen unbeobachtet in das Bad zu gelangen, bevor Samantha diesen schweren Toilettenpapierhalter aus unserer Reichweite gestellt hat.
Betty liebt es ja besonders die Kartoffeln aus dem gelblichen Eimer zu holen und in allen Räumlichkeiten zu verteilen. Dass sich ihre Zähnchen immer ganz tief hineindrücken findet Frauchen nicht so besonders toll, weil erstens die Knollen schneller verderben und zweitens auch so kleine lästige Biesterchen, die sich da wohl Obstfliegen nennen, penetrant angelockt werden.
Ich treibe mich ja am allerliebsten an dem großen Kühlschrank der Familie Trimmdich herum, doch eine fressbare Eroberung gelang mir dort leider noch nie.
Aber ein wahrhaftig geringfügiges Problem, in den Räumen, in denen wir uns jetzt nur noch zum Herumtoben aufhalten dürfen, war eigentlich schon immer da. Es wurde von uns beiden nur nicht gebührend beachtet und tut sich dadurch völlig unverhofft für uns Frettchen erst jetzt auf.
Da es in der Küche, dem Flur und dem Bad nur einen aalglatten Fußbodenbelag gibt oder eben nur diese blitzblank polierten Fliesen und nicht so einen wundervollen weichen Teppich, wie in dem Wohnzimmer - auf dem man wie auf Wolken ging, fällt uns hier das Laufen sowie Umhertollen viel schwerer.
Warum dieses?
Na ja, weil man ganz einfach pausenlos auf seine Gusche, äh … sein kleines Mundwerk fällt. Wir müssen wirklich alle unsere Kräfte zusammennehmen, um uns auf unsere vier Branten halten zu können oder um nicht immer einen Spagat hinzulegen.
Wieso einen Spagat hinlegen und wie der aussieht?
Mein Gott auch, ihr könnt vielleicht Sorgen haben und Fragen stellen? Na gut, das geht ungefähr so. Alle vier Gliedmaßen rutschen seitwärts weg, wodurch man erst einmal eine ziemlich unsanfte Landung auf dem dicken Bauch hinlegt. Dann und wann erfolgt auch ein etwas härteres Aufschlagen mit dem Kinn, was mich persönlich schon des Öfteren kleine Sternchen an der Küchendecke oder irgendeine andere x-beliebige Decke hat erblicken lassen, um dann so circa einen halben

Meter durch die ganze Bude zu rutschen. Um zum Abschluss der Krönung, wenn man noch ein kleines bisschen vom Pech verfolgt wird - in den meisten aller Fälle bin ich das ja, mit seinem Kopf oder irgendeinem anderen sehr wertvollen Körperteil sehr unsanft an einem der Möbelstücke oder auch einer Wand anzuecken.

Na, ihr neugierigen Nasen. Reicht euch die Erklärung jetzt aus oder muss ich noch etwas genauer werden?

Uns fehlen natürlich auch die schönen, gemütlichen und abwechslungsreichen Gegenstände aus dem Wohnzimmer.

Ich persönlich vermisse ja diese großen vielfarbigen Sofakissen, die schon regelrecht angenehm nach uns beiden Frettchen schnuppern, so vollkommen vertraut eben, auf denen es sich deshalb auch so wohltuend pennen lässt. Ehrlich!

Da kann unser Frauchen ihre Kissen so oft waschen, wie sie will, diesen feinen besonderen Geruch bekommt sie hundertprozentig nicht mehr heraus. Sie scheint nämlich immer noch nicht erkannt zu haben, dass unser liebliches Aroma nicht nur in den Bezügen steckt, sondern auch schon ganz tief verborgen in der Füllung dieser Kissen, in den Gänsefedern und die Federn waschen geht ja wohl schlecht.

Oder kennt ihr etwa ein paar Frettchenfreunde, die es versucht haben? Ich glaube, ich lache mir gleich ein Eintagsküken!

Auch die Bücher, die sich zu fetzigen Barrieren und Hürden aufbauen lassen, fehlen mir sehr oder der dicke Eichenbalken, an dem man sich so schön seine Krallen scharf wetzen kann.

Betty ist da schon um vieles genügsamer als ich. Wie könnte es auch anders sein? Sie würde sich wohl schon mit dem bunten Tischtuch von dem Wohnzimmertisch begnügen.

Sie hat sich aber schon mit der neuen Situation abgefunden, flüsterte sie mir in einer ruhigen Minute ins Ohr. Sie hätte nämlich erst kürzlich bei ihrem Rundgang gleich unten im Flur, hinter der neuen Waschmaschine, einen überaus passenden Platz für sich gefunden. Er wäre mehr als brauchbar zum Verstecken vor den immer neugierigen Trimmdichs. Diese Waschmaschine, die ihren Platz im Flur gefunden hat, weil sie nicht in das kleine Bad hereinpasste, steht so nahe an der Wand, dass keiner von den Vieren vermuten würde, dass sie dort überhaupt noch durchkommt. Aus diesem einzigen Grunde schaut an der engen Stelle auch niemals einer vom menschlichen Rudel nach. Womit sie ungestört und unentdeckt so lange ratzen könnte, wie sie es eben gerade für richtig hält, stundenlang eben. Wunderschön träumen, lässt es sich dann auch, von den guten alten Zeiten.

Was mag sie nur damit wieder gemeint haben? Vielleicht mein einstiges und eisernes Versprechen unseren gemeinsamen Kindern ein guter und liebenswerter Vater zu sein, wenn es einmal so weit sein sollte? Ach ja, ich glaube mich zu entsinnen. Irgendetwas war da ja einmal, betreffs dieses Kinderwunsches, ganz am Anfang unseres gegenseitigen Kennenlernens. Bevor ich aber all diesen Gedanken allzu lange nachhängen kann, bekomme ich von meiner geliebten Bettymaus wieder einen ihrer übelgelaunt klingenden Anraunzer verpasst.

„Hey, mein kleines geliebtes Dickerchen Barny! Habe ich dir nicht gestern schon in deine zarten Lauscher geflüstert, dass du nicht immer so maßlos übertreiben sollst? Bist doch meistens selber schuld, wenn du auf deine vorlaute Schnauze fällst oder einen wunderschönen Spagat, hi, hi, hi, auf das Parkett legst oder über deine eigenen krummen Branten stolperst. Komischerweise passiert mir das nie! Und wer von uns zwei Hübschen pinkelt denn neuerdings in wahrlich jede Ecke unserer Villa und auch des trimmdichschen Hauses? Und wer wischt denn seinen breiten Hintern ab, buchstäblich, wo er geht und steht? Hey, du und immer wieder nur du! Dir und diesen großen, braunen und übelriechenden Streifen unter dem Schreibtisch haben wir es doch schließlich auch zu verdanken, dass wir zwei uns nur noch hier draußen aufhalten dürfen! Ich will mein Wohnzimmer wiederhaben und zwar flott! Hey Dicker, hörst du mir eigentlich noch zu oder rede ich hier gegen die Wand oder was? Wo uns doch Frauchen tagtäglich unseren Dreck im wahrsten Sinne des Wortes hinterher räumen muss. Also halte bitte deine große Klappe. Reiße dich endlich an deinem Riemen, sonst kannst du dir was Neues zum Kuscheln holen. Ich will dein jammerndes Gekeife einfach nicht mehr hören! Außerdem habe ich jetzt Kopfschmerzen! Übrigens, was ich dir noch unbedingt erzählen wollte, mein Süßer. Du darfst heute wieder einmal draußen nächtigen! Okay! Oder denkst du wirklich allen Ernstes, dass ich dein ständiges Markieren all unserer Sachen einfach so über mich ergehen lassen werde? Was, was, was mein Schöner? Du bist dir natürlich wieder einmal keinerlei Schuld bewusst? Und wieso überzieht hier meine erst kürzlich gewaschene Babydecke schon wieder ein sehr penetranter Geruch nach einem Duft, um es mal fein auszudrücken, der sich doch nur aus deinen beiden Analdrüsen geschlichen haben kann? Scheint ja

eine ganz neue Masche an dir zu sein. Wenn das zur schlechten und dauerhaften Angewohnheit wird, fliegst du für immer raus hier, aber achtkantig! Und das mit den Kindern von dir, das werde ich mir auch noch einmal durch den Kopf gehen lassen müssen. Ich bin mir nämlich gar nicht mehr so sicher, ob ich überhaupt noch welche haben möchte. Bei diesen schlechten Zeiten heutzutage sollte man vielleicht doch lieber zuerst an sein eigenes Wohlergehen denken. Oder etwa nicht, Barnyboy?«
Meine Fresse, ich dachte schon, sie hört heute gar nicht mehr auf zu predigen. Irgendwie ist meine Zuckerpuppe in letzter Zeit echt komisch drauf! Einmal ist die Kleine total zickig im Umgang mit mir und ein anderes Mal ganz doll, durch und durch eben, schmusebedürftig. Mit anderen Worten ausgedrückt. Einmal setzt sie mir buchstäblich mein Lieblingskuscheltuch vor die Tür unseres gemeinsamen Schlafhauses und sie lässt mich trotz liebreizender umwerbender Worte aus meiner Kehle nicht wieder zu sich herein. Ein anderes Mal kommt sie mir, aufreizend mit ihrem Schwanz wedelnd, hinterhergeschlichen und kuschelt sich ganz fest an meinen dicken Bauch heran. Oder sie striegelt mir stundenlang, mit anwachsender Begeisterung, meinen Pelz. Das geht buchstäblich von der Nasenspitze über beide Ohren - auch innen drin, meinen rundlichen Bauch, den Innenschenkeln meiner hinteren Branten, auch die Gegend unter meinem Schwanzansatz lässt sie dabei nicht aus, bis hin zu der Schwanzspitze.
Vielleicht denkt ihr jetzt, dass mich das irgendwie doch nerven muss, diese fortwährende Ableckerei. Aber, wenn ich mal ganz ehrlich bin, dann könnte meine geliebte Zuckerpuppe ruhig vierundzwanzig Stunden am Tag dies bei mir machen!
Wie würdet ihr doch dazu sagen? Ach ja, mir wird ganz heiß davon und von den anschließenden, manchmal etwas feuchten Träumen ganz zu schweigen! Aber bitte nicht weitererzählen, das ist mein kleines Geheimnis.
Trotzdem bin ich nun schon die ganze Zeit am ernsthaften Grübeln, ob ich möglicherweise der Verursacher für ihre immer häufiger werdenden Stimmungsschwankungen sein könnte, obwohl ich mir im Prinzip keiner Schuld bewusst bin! Ich habe es nämlich noch nicht ein einziges Mal erlebt, dass Bettylein ihre schlechten Launen an Samantha oder den Rest des trimmdichschen Haushaltes auslassen würde. Bei denen macht sie nämlich immer auf übertrieben verschmust. Da steckt

sie durchgehend in einer absoluten Hurrastimmung und hängt buchstäblich unserem kleinen menschlichen Rudel an ihren Beinen, an den Hosen oder an den Armen und wenn sie herankommt auch buchstäblich um den Hals.

Vielleicht muss ich es auch einmal auf Betty ihre sanfte Tour bei den Trimmdichs ausprobieren, denn, wenn ich es genauer betrachte, so war ich in den allerletzten Tagen oder auch schon Wochen, vielleicht etwas unsanft zu meinem menschlichen Rudel. Aber nicht immer, ehrlich nicht. Aber Martin, auch die Kinder Steven und Patrick, scheinen nämlich den persönlichen Kontakt zu mir direkt etwas zu scheuen. Vergangenen Sonntag zum Beispiel, habe ich die beiden Kinder ganz alleine vor unserer Frettchenvilla stehen sehen. Ich habe mich in einem günstigen Moment ganz heimlich an sie herangeschlichen, wollte ich doch wissen, was die beiden Jungen sich schon wieder Wichtiges zu erzählen haben. Ganz deutlich konnte ich dann hören, wie sich Patrick bei Steven über meinen kleinen Biss in seine linke Hand beschwert hat. Dass er deshalb nichts mehr mit mir zu tun haben will und mich nie wieder anfassen wird.

Also Jungs, das kann und will ich jetzt aber nicht nachvollziehen!

Meine liebe Samantha reagiert ja auch nicht übersensibel, wenn ich zuerst an ihrem Unterarm herumlecke, was ihr jedes Mal so einen kleinen süßen Lacher entlockt, um dann recht ordentlich hineinzubeißen. Das tue ich doch nur, weil ich sie in mein Schlafhaus zum Kuscheln verschleppen möchte. Frauchen ist und bleibt für immer meine Beste, ob sie will oder nicht!

Samantha meint ja dann immer, mit so einem andeutungsvollen Augenzwinkern zu ihren drei Männern, dass ich schon einmal das sogenannte Ranzverhalten an ihr ausprobieren würde. Damit ich mich bei meiner Betty nicht blamiere, wenn es dann eines Tages so weit ist.

Was immer dieses Ranzverhalten auch sein mag, es tut mir bisher kein bisschen weh. Wirklich nicht! Ganz im Gegenteil, denn irgendwie kribbelt es bei mir dann mächtig in der Bauchgegend und auch im Schritt. Upps, habe ich das jetzt wirklich laut gesagt?

Dass ich aber meinem Frauchen mit diesem Beißverhalten höchstwahrscheinlich Schmerzen zufüge, weil ich wegen dieses angenehmen Gefühls ganz einfach nicht wieder loslasse, ging mir erst auf, als ich unverhofft einem kühleren Bad ausgesetzt wurde beziehungsweise, ich wurde, über den Daumen gepeilt, bis zu meinem Bauchnabel ganz kurz in das große grüne Wasserfass, welches bei den Trimmdichs im Garten steht, getaucht und dieser kurze Kältereiz brachte mich dann zu guter Letzt wieder zur Besinnung.

Natürlich hat mich mein Frauchen dann postwendend wieder mit einem alten großen Handtuch ganz trocken gerubbelt. Anschließend erklärte sie mir, dass sie mir auch meinen Kiefer mit Gewalt hätte auseinanderbiegen können. Aber da wäre sicherlich etwas dabei kaputtgegangen. Und das wollte sie mir nun, trotz der Schmerzen, auch wieder nicht antun.

Ein ganz liebes Küsschen von Samantha, auf meine vor Aufregung ganz heiße Nase, versöhnte mich aber binnen Kurzem wieder mit ihr. Schließlich hatte sie es nur gut gemeint.

Vielleicht lasse ich die doppelsinnigen Leckereien und die Abschleppversuche bei meinem Frauchen und auch den anderen Familienmitgliedern lieber bleiben, für eine Weile zumindest und wende mich stattdessen doch lieber meiner geliebten Zuckerpuppe Betty etwas mehr zu, falls sie es denn früher oder später doch noch zulässt. Natürlich vorausgesetzt, dass sie ihre oft sprunghaften Launen in den Griff bekommen sollte.

Aber eines ist absolut sicher. Immer, wenn sich diese gegensätzlichen Gefühle, Himmel hoch jauchzend zu Tode betrübt, allzu sehr in meiner geliebten Zuckerpuppe bekämpfen, suche ich lieber ganz schnell das Weite oder eine sichere Entfernung oder besser gesagt, mir einen ruhigeren Schlafplatz. Es wäre ja sowieso nicht das allererste Mal, dass ich lieber in einem der beiden Katzenklos penne, als bei meiner Zuckerpuppe im Schlafhaus mein Nachtlager aufzuschlagen.

Natürlich in dem Klo, welches gerade saubergemacht worden ist. Was glaubt denn ihr von mir?

Bevor es jetzt wieder allzu brenzlich für mich wird, haue ich doch lieber ab. Hinter mir höre ich nämlich meine Betty noch ein ganzes Weilchen missgelaunt leise vor sich hin quasseln. Was soll's, morgen früh wird sicherlich alles wieder in bester Ordnung sein.

Rein stimmungsmäßig meine und hoffe ich jetzt, denn mir ist schon vor ein paar Tagen etwas an meinem Betty aufgefallen. Etwas, das mir ernsthaften Anlass zur Sorge gibt. Sicherlich wollt ihr nun wieder alles ganz genau wissen, stimmt's!

Ihr schlankes Bäuchlein und auch die beiden Innenseiten ihrer fraulicher werdenden Schenkel sind nun fast täglich, eigentlich schon ständig, irgendwie mit einer unbekannten Feuchtigkeit durchdrängt, die auffällig schleimig ist. Ich kann mir nicht helfen, aber irgendwie riecht dieses nasse Zeug durchdringend nach Urin und doch wieder ganz anders. Sollte mich meine geschulte Frettchennase und auch meine Seher nicht allzu sehr enttäuschen, kommt dieser ganze Krimskrams direkt aus Betty ihrer Vulva heraus.

Was nun diese Vulva wieder ist? Man o Man, das fragt ihr mich doch nicht ernsthaft? Habt ihr denn von rein gar nichts eine Ahnung?

Die Vulva ist nichts anderes als die Schnecke oder um es einmal menschlich auszudrücken, das Geschlechtsteil meiner Zuckerpuppe und als heranwachsender aufgeklärter Jugendlicher, also ich, weiß man schließlich so etwas.

Außerdem habe ich da ein Gespräch zwischen dem Steven, Patrick und Samantha belauscht, wo die Kinder von Samantha über die äußeren Geschlechtsmerkmale bei uns Frettchen aufgeklärt wurden. Wir würden jetzt in ein gewisses Alter kommen, bei den Menschen heißt diese ganze komplizierte Geschichte dann wohl Pubertät, wo sich bei uns Frettchen etwas grundlegend verändern würde. Deshalb sei es sehr wichtig auch darüber etwas Bescheid zu wissen. Den Rest, wo es über die Frettchenbabys ging, habe ich nicht mehr gehört, weil ich die ausführlichen Schilderungen Samanthas über unsere Entwicklung einfach langweilig fand.

Außerdem zog ich es wieder einmal vor, eine kleine Runde an meiner ›Matratze‹, auch Kuscheldecke genannt, zu horchen.

Doch, was nun die eigentliche Ursache für diese beständige Feuchtigkeit und diesen komischen Schleim ist, da kann ich mir beim besten Willen selbst keinen Reim drauf machen.

Ob meine kleine Betty vielleicht an der bei Frauen gefürchteten Inkontinenz leidet? Aber solch eine Blasenschwäche ist doch eher etwas für alternde Frauen. Meine Betty fängt doch gerade erst an eine Frau beziehungsweise ein Frauchen zu werden.

Vielleicht ist es aber einfach auch nur der viele Stress? Stress soll ja bekanntlich die Ursache Numero eins für viele Krankheiten sein und gestresst wirkt meine Bettymaus in letzter Zeit schon auf mich! Sonst wäre sie doch nicht so komisch drauf oder?

Vor allen Dingen wirkt sie jetzt beinahe jeden Tag ein bisschen hektischer und gereizter auf mich. Das geht den ganzen Tag in unserer Villa nur Treppe herauf und Treppe wieder herab.

Auch wenn wir unsere Tobestunden im Hause der Trimmdichs absolvieren dürfen, findet sie keine richtige Ruhe. Ständig ist sie auf Achse. Dabei sehen ihre Flanken schon richtig eingefallen aus und so richtig fressen, wie früher, tut mein Zuckerpüppchen zurzeit auch nicht.

Was nun aber den ollen klebrigen Schleim und diese fast tropfende Nässe betrifft, der meine Betty seit ein paar Tagen sogar eine völlig andere, nicht so feine Duftnote verleiht, der/die wird von mir mehrmals täglich einfach gründlich weggeputzt. Damit meine kleine Betty vor den Trimmdichs nicht in eine für sie betrübende Verlegenheit kommt und sie sich nicht stundenlang peinliche Fragen anhören muss, die sie zwar sehr wohl verstehen würde, aber nicht beantworten kann.

Gerade ist mir noch eine klitzekleine Kleinigkeit eingefallen, von der ich aber nicht genau weiß, ob sie etwas mit diesem komischen Schleim zu tun hat. Mir ist nämlich bei meiner liebevollen Säuberung von Betty auch aufgefallen, dass sich ihre Vulva irgendwie verändert hat. Na ja, wie soll ich sagen? Sie ist halt etwas umfangreicher geworden. Gewissermaßen angeschwollen und sie nimmt immer mehr die Form eines ... Wie kann ich es euch am besten beschreiben? Na ja, irgendwie nimmt sie die Form eines gespaltenen Kirschkernes an. Außerdem sieht sie jetzt sozusagen etwas rötlicher aus und nicht mehr so blassrosa.

Nun bin ich schon wieder völlig vom eigentlichen Thema abgekommen. Aber es hat sich so viel in den letzten drei Wochen verändert. Nicht nur die sehr wechselhaften Launen von meiner geliebten Zuckerpuppe. Auch bei mir habe ich so manches festgestellt. Etwas, was ausnahmslos neu ist und an das ich mich erst noch gewöhnen muss. Aber damit ihr sehen beziehungsweise lesen könnt, dass ich nicht nur über meine liebe Betty ›herziehe‹, sie vielleicht nach Strich und Faden heruntermache, dabei meine eigenen Veränderungen außen vor lasse, kommen wir jetzt zu meiner Wenigkeit, obwohl ich gar nicht so gerne über mich selbst rede. Das liegt mir überhaupt nicht.

»Hey, mein Dickerchen, ich borge mir nur mal schnell dein Kuscheltuch aus! Brauchst du ja heute Nacht eh nicht mehr, wenn ich das jetzt völlig richtig sehe, oder? Weiß doch jeder, wenn du erst einmal so richtig ins Quasseln kommst, dass dein loses Mundwerk nicht mehr so schnell ein Ende finden kann. Mach's also gut mein geliebtes Pummelchen, bis morgen dann und Tschüüüüüss!«

Das klang zwar schon wieder ein bisschen freundlicher von meiner

Betty herüber, aber die Erfahrung hat mich schon mehr als einmal gelehrt, dass der Schein auch gewaltig trügen kann. Ich hoffe nur, sie lauscht jetzt nicht heimlich, wenn ich über mich erzähle, sonst steht das kleine geliebte Lästermaul heute überhaupt nicht mehr still.

Ich weiß jetzt gar nicht so richtig wie und wo ich eigentlich anfangen soll, denn es sind gleich mehrere Veränderungen, haargenau so wie bei meiner Zuckerpuppe, die immer augenscheinlicher werden.

Diese Geschichte mit diesem Ranzverhalten, erst lieb ablecken und dann versuchen das jeweilige Objekt seiner Begierde wegzuschleppen, kennt ihr ja schon. Dass ich mir für meine Versuche, es bei Betty auch richtig zu machen, ausgerechnet mein Frauchen ausgesucht hatte, braucht ihr ja nicht unbedingt weiter zu erzählen.

Nun möchte ich euch aber auch das pikante Erlebnis mit der etwas anrüchigen Veränderung bei mir nicht vorenthalten, als mir im Prinzip buchstäblich mein eigener Körpergeruch unangenehm in meinen empfindlichen Riecher stieg und das kam dann so.

… Es war an einem absolut wolkenlosen und frostklaren Februartag. Ich musste wie jeden Morgen, nach tief durchschlafener und noch traumloser Nacht, ganz dringend auf das stille Örtchen.

So schnell mich meine vom Schlaf noch völlig erstarrten Branten tragen konnten, flitzte ich zum erstbesten Katzenklo hinüber, schob mein gut gepolstertes Hinterteil - meine Rute steil nach oben erhoben, in die erstbeste Ecke hinein und erleichterte meine übervolle, unter schmerzhaften Druck stehende Blase. Man o Man, tat das vielleicht gut! Was für eine Erleichterung! Meine beiden Augen hielt ich dabei wie immer fest geschlossen, weil ich so unmittelbar nach dem Wachwerden einfach noch zu schlaftrunken war, um mir meine nähere Umgebung etwas genauer anzuschauen, als mir ein fremder beißender Geruch unangenehm in meinen Riecher fuhr.

Dieser mir absolut fremde und miefende Gestank, nach uralter und ranziger Butter oder anderem scheußlichen Zeugs, signalisierte mir nicht nur eine furchtbare Gefahr, sondern auch eine unmittelbare Bedrohung für meine Bettymaus und mich. Dieser eklige Gestank schien geradewegs aus der gleichen Ecke zu kommen, in die ich gerade noch so vertrauensvoll mein Hinterteil hineingedrückt hatte.

Hier galt es ganz und gar Mann zu sein, und sich diesem Konflikt, ohne Rücksicht auf sein eigenes Wohlergehen, sofort und tapfer zu stellen.

Außerdem konnte ich so meiner geliebten Bettymaus endlich einmal unter Beweis stellen, dass tief in meinem Inneren doch ein willensstarker äußerst mutiger Kerl steckt und dass ich weder ein sogenanntes Weichei bin, noch ein penetranter Tagträumer. Oder, wie sie auch manchmal recht boshaft zu sagen pflegt, ein Wiederholungstäter in Sachen Faulheit und Bequemlichkeit, um nur einige kleine Beispiele ihrer liebreizenden Titulierungen meiner Person in den allerletzten Tagen zu nennen.

Ohne noch länger über eventuelle Folgen für mich nachzudenken, vollführte ich für meine beachtenswerte Körperfülle einen recht gelenkig ausschauenden Luftsprung, der mich glatte einhundertachtzig Grad um die eigene Körperachse drehte.

Mit meinem Riecher kam ich nun genau in der Ecke oder eben an der Stelle zum Stillstand, wo ich gerade noch mein reichliches Wasser abgelassen hatte.

Alle Sinne in meinem Körper waren auf das Schlimmste gefasst, was man sofort, als wissender Leser, an meinem Schwanz - der sich in eine Flaschenbürste verwandelt hatte, an den steil aufrechtstehenden Nackenhaaren und dem ungepflegt wirkenden Fell erkennen konnte.

Vorsichtshalber hatte ich auch meine beiden Analdrüsen entleert, denn sicher ist sicher und geholfen hatte das bis jetzt ja immer.

Was ich zu sehen bekam, war im Prinzip und im allerersten Moment gar nicht sehr aufregend. Nur ein großer feuchter Fleck breitete sich in der frischen Einstreu des Katzenklosetts beharrlich in alle vier Himmelsrichtungen aus.

Viel erschreckender für mich war aber die unübersehbare Tatsache, dass mir aus den weißen Wandfliesen heraus, ein etwas verwirrt aussehendes Frettchen direkt in meine erstaunten Augen schaute, die nur noch mit Angst gefüllt aber trotzdem zu allem bereit zu sein schienen.

Wo kam denn plötzlich der Komiker her? Was wollte er von uns, von Betty und mir?

Doch bevor ich ernsthaft etwas gegen diesen Eindringling unternehmen wollte, ›Gut Ding will schließlich Weile haben!‹, was übrigens wieder so ein beliebter Spruch von Samanthas Frau Mama war, untersuchte ich schnüffelnder und scharrenderweise erst einmal meine eigene Pfütze.

Dass ausgerechnet meine ehemalige Blasenfüllung für diese absonderliche Ausdünstung nach uralter ranziger Butter oder eben anderem unangenehm riechendem Zeug verantwortlich sein musste, überraschte und erschreckte mich gleichermaßen. Sollte ich etwa, genauso wie meine liebe Bettymaus, auch von einer absonderlichen oder gar sehr seltenen und heimtückischen Krankheit heimgesucht worden sein?

Das musste ich nachher unbedingt mit Bettylein ganz genau ausdiskutieren, ob sie nun gut drauf sein würde oder eben nicht!

Zurück zu diesem seltsamen Fremdling in unserem trauten Heim, unserer Frettchenvilla.

Nach sehr langer gründlicher sowie völlig regungslose Betrachtung, fast eine viertel Stunde lang, dieses Fremden, kam ich zu der festen Schlussfolgerung, dass Bettylein und mir von diesem Individuum keinerlei Gefahr drohen könne.

Wie denn auch, wenn dieser Kerl genauso aussah wie ich! Er hatte sogar, haargenau wie ich, drei weiße Fusseln beziehungsweise Haare auf seiner Brust und er dachte vielleicht, er sei ein Bär. Er schaute jedenfalls genauso grimmig aus …

Erst einige Tage später wird mir von meiner Betty quasi auf mein Frühstückseigelb am Sonntag geschmiert, dass es sich dabei nur um mein eigenes Spiegelbild gehandelt hätte!

Wo will die denn das schon wieder her wissen? Sie war doch gar nicht dabei und sie hat dem Kerl auch nicht kampfeslustig in seine kalten Augen geschaut, aber ich schon!

»Woher ich das schon wieder weiß? Rate doch einmal, mein kleines geliebtes Dummerchen? Na, weil ich dich wieder einmal klammheimlich beobachtet habe! Was denkst denn du? Das hast du Staunemann und Söhne natürlich wieder einmal nicht mitbekommen.

Ach ja, eines muss ich euch noch verraten, damit ihr das angeberische Gehabe von meinem Dicken versteht. Barny hat nämlich neuerdings ein Lieblingslied, wenn er das im Radio hört, verdreht er regelrecht seine himmlischen Augen. Das sieht vielleicht gespenstisch und gruselig zugleich aus, wenn man nur noch das weißliche seiner Augäpfel sehen kann und eine kleine Rundung der burgunderfarbenen Iris. Das Liedchen stammt im Übrigen von einem Mann namens Bernd Stelter - der macht immer auf Comedy - und das heißt: »Ich hab drei Haare auf der Brust, ich bin ein Bär!« Mein Barny bildet sich nun doch ernsthaft ein, so stark wie ein Bär zu sein, bloß wegen der drei weißen Fusselchen auf seinem Pelz. Dass ich nicht gleich lache.

Hey Barny! Wie sieht es aus, Zwergnase? Kommst du heute noch zu

einer kleinen gemütlichen Putzstunde zu mir in mein Schlafhaus? Oder gehen wir heute mal zu dir? Irgendwie bin ich ganz scharf darauf und an deiner Stelle würde ich die Gunst der Stunde wirklich ausnutzen! Wer weiß denn schon so genau, wie es in einer halben Stunde in mir aussieht? Vielleicht habe ich dann wieder so eine ganz schlimme Migräne oder vielleicht sitzt dann mein Fell irgendwie nicht richtig. Wer weiß das schon?
Was? Du willst jetzt nicht zu mir kommen! Du hast keine Zeit? Dann leck dich doch selber, wenn du kannst! Jammere aber nicht wieder herum, wenn du an bestimmte Stellen nicht herankommst. Weichei! Spielverderber! Du, du, bedauerlicher Dickwanst du!«
Ich sage es ja, diese Stimmungsschwankungen immer zu. Ob das noch lange mit ihr so weitergehen wird? Kann vielleicht meiner Bettymaus irgendwie geholfen, sie geheilt werden? So langsam aber sicher gehen mir nämlich ihre fortwährenden und sehr wechselhaften Launen gewaltig auf den Sack. Upps, äh … den Senkel!
Ach ja! Es ist zwar sehr weit hergeholt, aber, wenn wir schon mal beim leidlichen Thema Sack sind, da fällt mir doch sogleich noch eine sehr auffällige Veränderung bei mir ein.
Um ehrlich zu sein, weiß ich jetzt gar nicht so recht, wo ich anfangen soll. Alldieweil mich eben diese körperliche Veränderung so plötzlich, fast wie aus heiterem Himmel traf, dass ich schon ein ganzes Weilchen brauchte, um damit klarzukommen. Ich hoffe, ihr nehmt mir es nicht allzu übel, dass ich es einfach mal so beschreibe, wie ich es selbst mitbekam.
Dass wir zwei, meine Betty und meine Wenigkeit, beinahe auf die Stunde genau in der kleinen Ortschaft Klein - Kummerstadt bei der Familie Seitling geboren wurden, dürfte ja möglicherweise schon allen bekannt sein. Auch die Tatsache, dass wir bei den Feierlichkeiten der Familie Seitling an deren Besucher weitergereicht wurden.
Schon damals fiel mir bei meinen ersten schwärmerischen Betrachtungen von Betty etwas auf, was halt anders ist, als bei mir. Bloß, dass ich dieser kleinen Tatsache noch keinerlei große Beachtung schenkte. Oder, um es noch ein wenig anschaulicher zu beschreiben, Betty fehlte nämlich dieses gewisse kleine Löchlein unterhalb ihres Bauchnabels, wie ich es schon seit meiner Geburt dort unzweifelhaft habe.
Obwohl, besonders auffallen, tut dieses kleine Löchlein eigentlich gar nicht richtig. Darüber befinden sich nämlich ein paar Härchen. Was

ich sehr raffiniert finde ist, dass diese ausschauen, als hätte man sie mit etwas Spucke angefeuchtet und dann zu einem Zwirbelchen oder einem Pinselchen zusammengedreht.

Dafür hat Betty aber ein kleines Löchlein unterhalb ihres Afters, wo ich wiederum keines habe. Und wenn mein kleines Püppchen sich erleichtert, beziehungsweise auch einmal Wasser lassen muss, passiert es eben aus der schon beschriebenen Stelle heraus.

Irgendwie habe ich mich über den klitzekleinen Unterschied zwischen uns schon sehr gewundert und mir meine eigenen Gedanken darüber gemacht, warum das wohl so sein mag. Doch bevor ich meine Mama dazu ausfragen konnte, wurde ich von Herta Seitling ja abgeschoben. Einfach verkauft hat sie mich, aber zum Glück auch meine Betty.

Erst als wir auf dem Weg von Klein-Kummerstadt nach Hirschberg eine kurze Rast an einer Tankstelle einlegten, wir zwei zu jener Zeit noch namenlosen Frettchen unseren unwiderruflichen Rufnamen erhielten, ging mir endlich ein Licht auf.

Betty und Barny, das konnte ja im Prinzip nur eines bedeuten. Nämlich, dass wir beide unterschiedlichen Geschlechtes und somit auch noch ein Pärchen sind. Und da ich immer schon im Stehen uriniert habe, mir es auch heute noch reineweg egal ist, wenn einmal ein paar wenige Tröpfchen danebengehen sollten, ich muss es ja nicht saubermachen, kann ja schließlich nur ich der Mann des Hauses sein oder etwa nicht?

Wo da der Unterschied bei Betty ist? Na ganz einfach. Ich habe schon mehr als einmal beobachtet, da hatten wir schon unsere Zelte in Hirschberg aufgeschlagen, dass sie beim Pinkeln so ein kleines bisschen in ihre Knie geht und höllisch dabei aufpasst, dass sie trockenen Fußes bleibt. Außerdem geht sie nicht nur stets auf das Katzenklo, sie macht also nie daneben, sondern sie putzt sich hinterher immer ganz besonders gründlich um ihren Schwanz herum.

Wenn ich es eilig habe, reicht mir in ganz dringenden Notfällen auch irgendeine x-beliebige Ecke unserer Frettchenvilla oder des trimmdichschen Haushalts völlig aus, egal, in welchem Zimmer ich mich gerade aufhalte, um mich eben zu erleichtern. Überflüssige Tröpfchen und irgendwelche andere anhaftende Substanzen werden ganz einfach am Boden abgewischt. Was soll's, Samantha macht ja eh jeden Tag wieder sauber.

Na ja, es ist in dem Sinne noch keine wirklich sichtbare Veränderung, ich weiß das schon! Immer mit der Ruhe Leute und dann mit einem Ruck oder so.

Den kleinen Unterschied zwischen Betty und mir begriff ich erst dann richtig, als ich damit begann, meiner Zuckerpuppe den ollen Schleim und auch den Urin von ihrem zarten Bäuchlein abzulecken sowie die Vulva zu putzen. Ich kann mir nicht helfen, aber seit diesem Tag habe ich immer solche bizarren Träume.

Eines nachts, als ich wieder einmal nach einem besonders verrückten Traum schweißgebadet aufwachte, weil ich Sachen mit meiner geliebten Zuckerpuppe gemacht hatte - bei den Gedanken daran könnte ich jetzt noch rot anlaufen, verspürte ich plötzlich so einen merkwürdigen Druck in meinem Bauchraum. Beim Abtasten des selbigen, also ungefähr von der Aftergegend bis hin zu meinem Bauchnabel, bemerkte ich so ein längliches Gebilde, sehr hart und sehr dick, unter meiner Bauchdecke.

Einen leichteren Druck hatte ich schon des Öfteren an dieser Stelle verspürt, wenn ich von meiner Zuckerpuppe und mir geträumt hatte, aber noch nie etwas darauf gegeben oder mir irgendwelche Gedanken darübergemacht. Doch dieses Mal war es gänzlich anders, denn auch die Berührung dieses unklaren Etwas mit meinen Vorderbranten tat regelrecht weh.

Schon das alleine bewirkte bei mir ein schmerzliches Ziehen in meiner Herzgegend und eine riesengroße Panik! Aber, als ich außerdem noch feststellte, dass mein so sorgsam gepflegtes Siamfell ringsherum um den Bauchnabel oder besser ausgedrückt um den Harnausgang völlig pitschenass war, fiel ich beinahe in Ohnmacht.

An meinem inneren Auge ließ ich alle mir bekannten Anzeichen für die verschiedensten Frettchenkrankheiten vorüberziehen, wurde aber leider Gottes nicht im Geringsten fündig. Absolut gar nichts ließ sich mit diesem länglichen, harten und dickeren Etwas unter meiner Bauchdecke, welches bei bloßer Berührung auch noch fürchterlich weh tat, irgendwie in Verbindung bringen.

Selbst für diese ekelhafte Feuchtigkeit, welche sich eigenartigerweise genauso schleimig anfühlte und fast genauso roch, wie dieses Zeugs von meiner Betty - nur wesentlich intensiver, ließ sich keine glaubhafte Erklärung finden.

Deprimiert und völlig fertig auf dem Docht, schlich ich mich aus der Katzentoilette, wohin mich Betty nach nur einem kurzen Streit auch diese Nacht wieder verbannt hatte, in unser gemeinsames Schlafhäuschen hinüber.

Dort kuschelte ich mich ganz vorsichtig und behutsam an meine geliebte Zuckerpuppe heran, damit sie nicht aus Versehen doch noch munter wird und wieder über mich herfällt. Das hätte mir nämlich zu meinem unsagbaren ›Glück‹ gerade noch gefehlt.

Dass mir ein äußerst lauter, unendlicher und auch ein sehr verzweifelt klingender Seufzer entfährt, kann ich aber trotz aller Willensanstrengung nicht mehr verhindern, geschweige denn unterdrücken.

Natürlich bleibt es nun nicht aus, dass Bettylein aus ihrem neuerdings so leichten Schlaf erwacht und anfängt mich doch noch zu belöffeln.

›Oh Gott, steh mir bei!‹, denke ich gerade noch und harre willenlos der Dinge, die sich jetzt über mich ergießen werden.

»Ach, Süßer. Ich habe gerade so wundervoll von uns beiden geträumt. Kannst du etwa meine Gedanken lesen, Barny? Ich wollte gerade eben herauskommen und dir, ein bisschen nur, Gesellschaft leisten. Ich fühlte mich plötzlich so … alleine und verlassen. Ich habe mich ganz enorm nach dir gesehnt. Schön, dass du da bist, mein Pummelchen!

Sag mal, mein geliebtes Kerlchen, du siehst ja so verstört aus! Also, was ist los? So völlig aufgelöst habe ich dich ja noch niemals erlebt! Ist irgendetwas passiert? Nun rücke schon heraus mit der Sprache!«

Zurückhaltend erzähle ich meiner Betty von meinem schweren und unverhofften Schicksalsschlag, diesem befremdlichen Objekt, welches sich in meinem Bauchraum befindet, diesen unklaren Schmerzen und auch von dem ollen klebrigen Schleim.

Dass meine Zuckerpuppe augenblicklich alles gründlich untersuchen muss, bleibt mir armen Lümmel leider nicht erspart. Mit außerordentlich gemischten Gefühlen, all meine Frettchensinne sind geschärft, die Augen halte ich vorsichtshalber ganz fest zusammengekniffenen, alle vier Branten habe ich tief in Betty ihrer Lieblingsbabydecke verkrallt, harre ich der schrecklichen Dinge, die da vielleicht noch kommen.

Trotz aller innerlichen Anspannung genieße ich Bettys fürsorgliches, fast zärtliches Untersuchen meiner unbekannten Krankheit. Zuerst reinigt sie mit ihrer warmen weichen Zunge meinen nassen Bauch, um dann mit der selbigen vorsichtig das längliche, sehr harte und dicke Etwas, wieder und wieder, abzutasten.

Obwohl die gesamte Untersuchung nur wenige Augenblicke gedauert haben kann, kommt es mir vor, als ob die komplette Prozedur mehrere Stunden in Anspruch genommen hat.

Desto verwirrter und auch verblüffter bin ich dann, als meine angebetete Zuckerpuppe Betty mit einem wahrhaftig zufriedenen, irgendwie auch freudestrahlenden Lächeln auf ihren zartrosa Lippen wieder vor meinen ängstlich flackernden Augen auftaucht.

Da begreift der Mann, in diesem Falle also ich, die Welt nicht mehr. Ich erleide die größten Höllenqualen und sie hat nur ein Lachen dafür über? Aber ehe ich von ihr nähere Auskunft über mein Wehwehchen verlangen kann, was denn nun tatsächlich unterhalb meiner ›Gürtellinie‹ so los wäre, plappert sie schon munter darauf los.

»Mein über alles geliebtes Barnyschätzileinichen. Möchtest du lieber die kurze oder die ausführliche Variante zuerst hören? Die gute oder die schlechte Nachricht? Nun schau mich nicht so unglücklich aus deinen schönen burgunderfarbenen Augen an. Ich beiße dich schon nicht und entschuldige bitte, dass ich in der letzten Zeit etwas bösartig zu dir war. Hole erst einmal ganz tief Luft, du siehst ja schon richtig bleich um deine Nasenspitze aus. Nun noch langsam bis zehn zählen und dann wird es schon wieder gehen.

Ja, ja, ist ja schon gut! Also zuerst die kurze und danach die schlechte Nachricht. Man könnte es auch so sagen. Die kurze Nachricht, du bist jetzt ein richtiger Mann, kein Junge mehr. Die für dich vielleicht ›schlechte‹ Nachricht. Dieses dich noch absolut befremdende Etwas in deinem Bauch wirst du in der nächsten Zeit wohl nicht mehr so schnell los! Hi ,hi, hi!

Nun falle mir nicht gleich wieder in Ohnmacht. Ich glaube es ja beinahe nicht! Höre doch endlich einmal zu, mein über alles geliebtes Dickerchen! Ich brauche in den nächsten Tagen oder sogar auch Wochen, das liegt natürlich ganz allein an dir, einen ordentlichen Mann an meiner Seite. Womit ich jetzt zu der ausführlichen und guten Variante deiner geheimnisvollen Erkrankung kommen möchte.

Hm, wie soll ich es dir jetzt am besten sagen? Ach was! Machen wir es kurz. Das schleimige Zeug auf deinem Bauch nennt man auch Ejakulat oder auf gut Deutsch, du hattest nur deinen ersten richtigen und wie es ausschaut recht ordentlichen Samenerguss. Deshalb kann ich dir ja auch mit hundertprozentiger Gewissheit sagen, dass du nun zu einem Mann geworden bist.

Was nun dieses längliche, sehr harte und so dicke Etwas betrifft, welches dir wohl außerdem auch ein wenig Schmerzen bereitet haben mag, so gibt es dafür selbstverständlich auch eine sehr einfache aber doch einleuchtende Erklärung.

Das nennt man schlicht und einfach Penis. Den haben wirklich alle männlichen Frettchen. Nicht nur du, mein kleines überängstliches Barnylein, von ihrer Geburt an.

Der Penis selbst setzt sich nun aus dem so genannten Penisknochen, der Harnröhre und den Schwellkörpern zusammen. Im Prinzip ist es also nichts besonders Aufregendes. Das wird es erst, wenn der kleine liebe Junge zu einem Mann geworden ist, wie du mein Gutster. Oder, willst du etwa behauten, dass du heute Nacht nicht von uns beiden geträumt hast? Dann straft dich aber dein kleiner Freund wahrhaft Lügen!

Warum, fragst du mich allen Ernstes noch? Man o Man, wie kann man nur so … schwer von Begriff sein! Ehrlich mal! Oder tust du etwa nur so naiv?

Hey, Barnylein! Ich habe dich gerade etwas gefragt? Bist du taub oder was? Du brauchst dich gar nicht erst hinter meiner Kuscheldecke zu verstecken. Ob du nun mit der Sprache herausrücken willst oder auch nicht. Aber, wenn dein bester Freund solchermaßen an Gestalt angenommen hat, dass du es sogar als richtigen Schmerz empfunden hast, dann kannst du nur einer äußerst lustvollen Träumerei unterlegen sein. Das ist und bleibt eine unumstößliche Tatsache! Du hattest in deinem Traum buchstäblich deine erste geschlechtliche Erregung. Weiter war da nichts. Dadurch wird aber Blut in die Schwellkörper gepumpt, wodurch es zur Versteifung und Verdickung oder auch Umfangvermehrung deines neuen Freundes, zumindest wünsche ich mir das, den Penis kommt.

Woher ich das alles weiß? Na ja, im Gegensatz zu deiner lieben Mutter hat mich meine schon im Alter von fünf Wochen über euch Kerle äußerst gründlich aufgeklärt. Und wie man sieht, macht sich dies jetzt bezahlt.

So mein lieber Barny! Wie sieht es denn nun aus? Möchtest du lieber weiterhin deine feuchten Träume haben oder gehen wir jetzt aufs Ganze. Was mich betrifft, ich habe jetzt richtig Lust auf dich und vor allen Dingen Lust auf mehr, viel mehr!«

Voller Erwartung und auf eine bestimmte Art und Weise anspornend schaut mir meine Betty geradewegs in meine unruhig flackernden Augen, aber irgendwie haben mich ihre Kenntnisse über mich und meine körperlichen Begebenheiten ganz schön unsicher und auch nervös gemacht.

»Also pass einmal auf, mein Liebling! Ich warte nicht die ganze Nacht auf dich. Vielleicht bist du ja doch noch nicht ganz so weit, wie ich so inbrünstig gehofft hatte oder? Und wenn du dich vor deinen neuen Empfindungen unbedingt verstecken oder flüchten willst, dann kannst du auch wieder draußen schlafen!

Ach, bevor ich es jetzt vergesse. Als ich vorhin deinen Liebesknochen sauber geleckt habe, ist mir noch etwas aufgefallen. Nämlich, dass auch dein Hoden ringsum etwas stattlicher geworden ist. Ich wollte dir das unbedingt noch gesagt haben. Nicht, dass du dich wieder vor dir selbst erschrickst und dann Hilfe suchend zu mir geschlichen kommst!

So, mein Schatz, nun noch eine Kleinigkeit zu deinem neuen Ich. Das Rad der Zeit hat sich weitergedreht und solche Veränderungen sind eben bisweilen notwendig!

Sind sonst noch irgendwelche offene Fragen oder kommst du nun endlich, mein geliebter Mann und Vater meiner unzähligen und zukünftigen Kinder?«

»Na gut, Betty. Ich komme ja schon. Ehe ich mich von dir schlagen lasse oder einen kompletten Rauswurf aus dem Schlafhaus und unserer Villa riskiere! Liegst du eigentlich oben oder muss ich das tun? Hey, was soll das denn jetzt werden! Wer wirft hier mit alten Hühnerknochen herum?«

So meine Lieben, jetzt wird es aber wirklich allerhöchste Eisenbahn für mich. Außerdem, über bestimmte Angelegenheiten spricht man einfach nicht, die tut man!

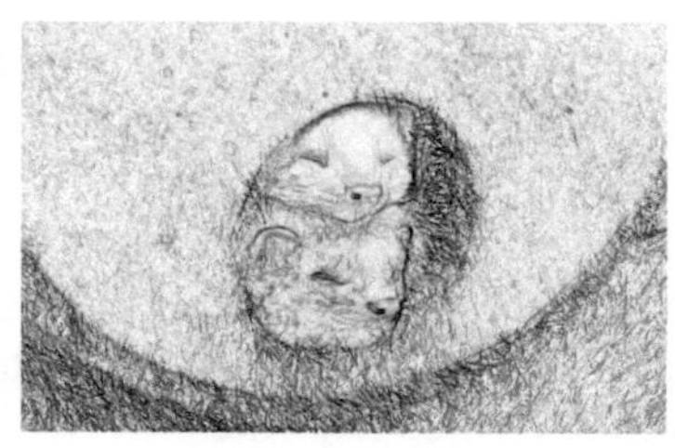

`*` Frettchenliebe? `*`

Sicherlich von Frau Seitlings scharfzüngigem ordinären Geschwätz, bei ihrem unangekündigten Besuch, animiert und durch das wahrhaft auffallend veränderte Verhalten unserer beiden Frettchen Betty und Barny, kann ich es einfach nicht unterlassen, im wahrsten Sinne des Wortes, ein überaus wachsames Auge auf meine beiden Lieblinge zu werfen. Sie werden buchstäblich jeden Tag von mir einer äußerst gewissenhaften Musterung unterzogen, der keine noch so winzige Veränderung an ihnen verborgen bleibt. Das geht dann von ihrer Nasenspitze abwärts bis hin zu ihrem Schwanzende. Dann und wann ist es auch anders herum, je nachdem, was sich gerade so anbietet oder wie die Frettchen gerade drauf sind.

Dadurch fallen mir natürlich auch ihre sowohl körperlichen als auch psychischen Abweichungen zu ihrem sonstigen Verhalten auf, die sich in den letzten Wochen, seit circa Ende Februar, immer offensichtlicher hervorheben.

Bei meiner Betty fallen mir hauptsächlich solche Sachen auf, wie das fast gänzliche Verweigern jeglichen Futters. Dazu zählt auch das Ablehnen von ihrer absoluten Lieblingsspeise - eine Kleinigkeit Magerquark mit ein wenig Vitaminpaste verrührt. Außerdem legt sie ein großes Desinteresse an den Tag. Nichts scheint sie aus der Reserve locken zu können. Nichts von dem was vor und in der Frettchenvilla vorgeht oder die sich bei ihrem täglichen Herumtoben im trimmdichschen Haus ereignen.

Auch die Art und Weise, wie sich Betty seit ein paar Tagen fortbewegt, vollkommen überdreht und hektisch eben, lässt nicht mehr das ruhige und ausgeglichene Frettchen erkennen, wie wir es eigentlich von ihr gewohnt sind. Irgendwie scheint sie kein richtiges Ziel zu haben oder eines anzusteuern.

Überall und nirgends flitzt beziehungsweise tippelt sie mit nach oben durchgebogenen Rücken hin, gockert ständig leise wie ein aufgescheuchtes Huhn vor sich her, um dann doch beim Erreichen ihres angestrebten scheinbar so lebenswichtigen Zieles auf der Stelle umzukehren und wieder beginnt dieses rastlose Nachforschen nach dem, was ihr so sehr zu fehlen scheint, von vorn.

Auf mich wirkt es beinahe so, als ob meine kleine Bettymaus irgendetwas ganz dringend haben möchte oder sie eben etwas ganz Bestimmtes herbeisehnt, aber nicht finden kann. Wenn ich nur wüsste, was Betty sucht oder herbeisehnt, könnte ich ihr vielleicht helfen. Aber ich habe leider keinerlei Ahnung, um was es hier eigentlich gehen könnte.

Nehmen wir sie aber auf unseren Arm, legt sie sich für einen wahrhaft flüchtigen Moment völlig erschöpft nieder, wobei Betty fest ihre beiden Augen verschließt und ihr in den meisten Fällen ungewollt ein tiefer und irgendwie gequält klingender Seufzer entfährt.

Mit geschlossenen Augen leckt sie einem dann sehr sorgfältig, fast wie in Trance, die Innenhand oder den Handrücken ab oder auch die Stelle des Armes, an der sie mit ihrem Köpfchen zum Liegen kam.

Sie dreht nach einer eher kurzen, aber wohl intensiven Erholungsphase auch wie gewohnt zwei eilige Runden um unseren Hals herum, inspiziert nach alter Angewohnheit leckenderweise beide Ohren, um sich sodann wieder in ein irrationales Suchen zu stürzen.

Doch irgendwann ist sie von ihrem unentwegten hin- und herlaufen außerordentlich geschafft und sie fällt in einen sehr tiefen und langen Schlaf. Und wenn es eben direkt unter dem großen Chinchillakäfig ist, der neuerdings in der Küche seinen Platz gefunden hat, oder auf einer x-beliebigen Treppenstufe. Manchmal auch einfach nur dort, wo sie sich gerade zuletzt aufhielt, mitten im Raum.

Jetzt könnte man sie einfach davontragen und unsere schlummernde Betty würde es nicht einmal mitbekommen. Hätte ich diesen Zustand an ihr das allererste Mal erlebt, würde ich hundertprozentig glauben, dass unser Frettchen nicht mehr unter den Lebenden weilt oder an einer ernsthaften Erkrankung leidet. So weiß ich aber ziemlich sicher, dass es nur eine tiefe Erschöpfungsphase ist, die nach mehreren Stunden intensiven Schlafes und einem ordentlichen Imbiss vorübergeht.

Da ich es immer freiwillig übernehme Betty in die Frettchenvilla hinauszubringen, schließlich muss ich mein kleines Mädel noch einmal richtig knuddeln und kusseln, sind mir neben dem sehr stark veränderten Körpergeruch auch die größer werdende Vulva und der Schleim, der dort austritt, aufgefallen.

Aufgefallen ist mir aber an Betty noch etwas völlig anderes, nämlich das äußerst ruppige, man kann beinahe schon sagen streitsüchtige Verhalten gegenüber Barny. Vor wenigen Tagen noch konnte sie ohne ihren Dicken überhaupt nicht sein. Sie hingen buchstäblich wie ein paar Kletten aneinander. Da, wo Barny hinging, dort war auch Betty zu finden, dort, wo sich unser Frettchenrüde einen Schlafplatz ausgesucht hatte, dort lag hundertprozentig auch Betty herum, um nur einmal zwei kleine Beispiele genannt zu haben.

Neuerdings scheint aber dieses vertrauliche gemeinschaftliche Miteinander gebührlich gestört zu sein, habe ich doch wiederholt beobachtet, was mir meine drei Mannsbilder übrigens bestätigen konnten, dass Betty ihren Barny fauchenderweise den Zutritt in das gemeinsame Schlafhaus verwehrt hat.

Wollte er sich diese Abweisung nicht gefallen lassen und versuchte mit aller Macht doch an sein angestrebtes Ziel zu kommen, setzte Betty auch ohne zu zögern ihr scharfes Gebiss und ihre feinen spitzen Krallen ein. Zum Glück ist es bis jetzt immer ohne Verletzungen abgegangen.

Auch das unsere Betty durchaus ihre Analdrüsen, zum Abwehren von Barny, einsetzt, entging mir den einen Tag nicht, sollte ich doch selber von dieser ›wundervollen und reichlichen Stinkbombe‹ einen recht großen Anteil abbekommen. Was komischerweise einen sofortigen Rückzieher von meiner Betty in das Schlafhäuschen zur Folge hatte.

Das wiederum rief gleich eine Frage in mir wach. Sind unsere Frettchen eventuell in der Lage, das Sekret im vollen Bewusstsein als ›Abwehrgeschoss‹ einzusetzen oder ist es wirklich nur der reine Instinkt? Warum dann aber der sofortige Rückzug von Betty? Hatte sie etwa ein schlechtes Gewissen?

Obwohl es manchmal, bei diesen mittleren ›Ehekonflikten‹, unbedingt auch etwas zum Schmunzeln gibt und manchmal eben auch nicht.

Es ist noch keine volle Woche her, ich schaute gerade wieder einmal unauffällig dem turbulenten Treiben meiner beiden Frettchen zu, als ich beobachtete, wie meine kleine Betty unter Aufbietung all ihrer Kräfte, den großen gelben und dicken Lieblingspullover von Barny aus dem Schlafhäuschen herauszottelte und diesen unmittelbar neben dem roten Katzenklo ablegte, in dem sich mein Freund Barny gerade zu einem kleinen Nickerchen zusammenrollen wollte.

Über mein Gesicht lief sofort ein angenehm berührtes Lächeln, weil ich diese Aktivität von Betty einfach als eine liebgemeinte Wohltat für ihren Barny einstufte.

Martin amüsiert sich schon immer über mich, weil ich allen Handlungen meiner beiden Frettchen eine menschliche Note verleihen muss. Das stört mich aber nicht im Geringsten, kann man doch beim genaueren Hinschauen die eine und andere Eigenart oder Unart von uns Menschen durchaus bei ihnen auch wiederentdecken.

Doch zurück zu meinem kleinen Freund Barny. Er schien nämlich das emsig wirkende Heranschleppen seines Pullovers aus einem völlig anderen Blickwinkel zu sehen, wie ich es in diesem Augenblick wohl tat. Er stürzte sich nämlich außerordentlich erbost, wobei er leider Gottes auch seine beiden Stinkdrüsen restlos entleerte, auf Betty und versuchte ihr mit seiner ganzen männlichen Kraft sein persönliches Hab und Gut, den Pullover, wieder zu entreißen.

Und wer nun denkt, dass die zart gebaute Betty, dem noch von einem ordentlichen Winterspeck durchsetzten Barny bei diesem nun einsetzenden Tauziehen unterliegen würde, der muss wohl eines Besseren belehrt werden. Er ist zwar, rein vom Körpergewicht her, fast doppelt so schwer wie seine Betty, aber eben längst nicht so durchtrainiert.

Und was meine Betty erst einmal in ihren Klauen oder Beißerchen hat, rückt sie nicht so schnell wieder heraus. Sie schien plötzlich auch vergessen zu haben, warum sie den Pullover aus ihrem Schlafhaus befördert hatte, denn jetzt unternahm sie alles, um ihn wieder wiederzubekommen beziehungsweise zurückzubringen.

So standen sich zwei unnachgiebige Kämpfernaturen gegenüber, für die nicht Wichtigeres auf dieser schönen Welt zu existieren schien, als dieser olle gelbe Pullover, dem eine nicht gerade sehr angenehme Duftnote anhaftete.

Beide hatten je einen der Ärmel erwischt und sich fest in den selbigen verbissen. Ihre vier Branten waren regelrecht steif und beinahe wie erstarrt durchgedrückt. Ihre Ruten, Schwänze, die fortwährend über den Holzfußboden der Frettchenvilla wischten, schauten aus wie handelsübliche Flaschenbürsten. Das Fell sah plötzlich auch nicht mehr seidig glatt aus, sondern vielmehr rundweg zerzaust, wie bei einer verwilderten räudigen Katze.

Ein äußerst unangenehmer Gestank, zu dem nur Frettchen fähig sein können, breitete sich plötzlich ringsherum um die Frettchenvilla aus und so intensiv wie er wahrzunehmen war, mussten beide Tiere ihre zwei Analdrüsen gründlich entleert haben.

Ein flüchtiger Gedanke durchlief mich und ich fragte mich selber sehr erstaunt: ›Geht denn das rein technisch überhaupt, dass ein Frettchen innerhalb von vielleicht fünf Minuten gleich zwei Mal seine beiden Stinkdrüsen entleert? Barnylein hatte doch gerade erst ordentlich herumgestänkert.‹

Als nun auch noch ein wirklich böses Fauchen, welches ab und zu durch einen wahrhaft markerschütternden und lauten spitzen Schrei unterbrochen wird, aus den Rachen meiner sonst ach so liebenswürdigen Frettchen zu hören war, sah ich mich gezwungen einzugreifen.

Natürlich brachte ich meine Frettchen nicht mit Gewalt dazu, sich von diesem Pullover zu lösen, sondern ich wendete einen kleinen Trick an. Der Trick bestand einfach nur darin, beiden etwas ganz Besonderes zum Fressen vor ihre Riecher zu halten. Etwas, was sie außerordentlich gerne mögen und sie deshalb auch sicherlich von ihrer momentanen Zwistigkeit ablenken wird.

Barny steht seit einiger Zeit auf frische grüne Salatgurke, die er in mundgerecht geschnittene Stücke von mir erhält. Mundgerecht ist wichtig, sonst lässt er die Gurke nämlich glatt links liegen.

Bei Betty ist es Eigelb. Zurzeit aber nur im puren Zustand. Also ohne irgendwelche Zusätze, wie zum Beispiel Magerquark oder naturbelassenen Joghurt.

Beides tat ich auf einen gesonderten kleinen Teller. Dann hielt ich abwechselnd meinen beiden Lieblingen ihr bevorzugtes Futter vor die Nase. Der von mir so sehr gewünschte Effekt trat auch schon nach wenigen Sekunden ein. Der Pullover war erst einmal vergessen und gemeinsam wurde sich auf die Leckerbissen gestürzt. Kurz darauf trennten sich friedlich ihre Wege.

Bettylein zog sich mit einem herzhaften Gähnen, ›Habe ich eben etwas knacken hören können?‹, in das Schlafhäuschen zurück.

Mein Freund Barny dagegen machte es sich umgehend wieder in seinem Katzenklo gemütlich.

Der Pullover aber lag immer noch an der gleichen Stelle, an dem der erbitterte Streit um ihn seinen Anfang genommen hatte und an der der Kampf um ihn auch ausgefochten wurde. Mit dem klitzekleinen Unterschied, dass er nun keinem von beiden Frettchen jetzt noch wichtig zu sein schien.

Die neuen oder auch bärbeißigen Charaktereigenschaften von meiner Betty verwirren mich doch etwas. Obwohl, verwirren nicht das richtige Wort dafür ist. Vielmehr denke ich darüber nach, was die wirkliche Ursache für das veränderte Betragen meiner Frettchenfähe sein könnte, denn im Grunde genommen ist gar nichts mehr so, wie es noch vor wenigen Wochen oder auch nur Tagen war.

Doch auch bei Barny bemerke ich die eine und andere neue Eigenart. Das auffälligste Beispiel dafür ist das fortwährende Markieren von buchstäblich allem, was sich unseren Rüden in den Weg ›stellt‹. Überall wischt er mit seinem Bauch oder besser den Genitalien drüber. Ob das nun die gesamte Einrichtung der Frettchenvilla ist, wo bestimmt jedes einzelne Brett, beide Katzentoiletten, sogar das Schlafhaus oder auch ihre liebsten Kuscheltücher dafür herhalten mussten. Selbst im gesamten trimmdichschen Haus sind die Spuren von Barny zu finden und auch zu riechen. Was dann immer eine sehr hektisch wirkende Hausfrau namens Samantha auf den Plan ruft.

Das wirklich auffälligste Beispiel war für mich dieser braune, hässliche und penetrant riechende Streifen im Wohnzimmer unter dem Schreibtisch, den ich nur mit viel Aufwand wieder wegbekam. Doch leider, wenn man halt davon weiß und genau hinschaut, meine ich immer noch etwas davon sehen zu können.

Deshalb dürfen meine zwei Lieblinge, vorübergehend zumindest, auch nur noch dort ihr koboldhaftes Unwesen treiben, wo sich ihre kleinen oder mittelgroßen Schweinereien wieder wegwischen lassen, sie ohne überreichlichen Aufwand und viel Ärger für die Hausfrau beseitigt werden können.

Ein Spazierengehen wollen mit Barny ist beinahe unmöglich geworden, denn gewissenhaft wird von ihm jeder Stein oder Steinchen, jeder Grashalm, jede Art von einem Straßenbelag, jede Bordsteinkante, jedweder Baum, jeder Strauch und … markiert. Man kommt einfach nicht vom Fleck. In den meisten all der Fälle hilft im Prinzip nur noch eins, das nach Hause tragen, des rundweg überforderten Frettchenrüden Barny.

Barny fällt nach solch anstrengenden Versuchen des Spazierengehens durch Hirschberg fast immer in einem Koma ähnlichen Tiefschlaf. Für mich sieht es jedenfalls so aus, denn vor dieser fast schon Sucht alles, aber auch wirklich alles, markieren zu müssen, habe ich niemals erlebt, dass Barny mit halb offenstehenden Augen geschlafen hätte. Es ist ein vollkommen neuer Zug an ihm.

Dass er die Schnauze leicht geöffnet hat, beim Schlafen, ist ja wirklich nichts Neues mehr für mich und meine drei Männer. Auch das seine Zungenspitze zwischen den vier Reißzähnen mehr oder weniger weit herausschaut, kennen wir schon bei ihm zu Genüge.

Doch als Patrick eines Tages, gänzlich blass in seinem Gesicht, angelaufen kam und mich vollkommen hysterisch anschrie: »Mama! Mama! Ich glaube, unser Barny ist tot. Der liegt so seltsam verdreht in seinem Katzenklo und die Augen, die Augen stehen auch ganz weit offen. Bitte, bitte, mache ihn wieder lebendig, Mutti ja?!«, blieb mir vor lauter Schrecken fast das Herz stehen.

So schnell, wie an diesem Tag, war ich wohl noch nie bei meinen Frettchen. Tatsächlich, so richtig in Ordnung sah es wirklich nicht aus, wie meine Barny dort herumlag. Ganz vorsichtig schob ich meine beiden Hände unter seinen Körper. Ich hob ihn langsam aus dem Katzenklo heraus, wo er sich wieder einmal zum Ausruhen hingelegt hatte. Behutsam legte ich den fast leblos auf uns wirkenden Rüden auf den Boden der Frettchenvilla ab, wo ich ihn dann behutsam einer näheren ›Untersuchung‹ unterzog.

Doch schnell waren alle meine und auch Patricks Befürchtungen aus dem Weg geräumt, denn Barny fasste sich nicht nur warm an, seine Nase und seine Ohren hatten auch ihre normale Färbung, sondern auch sein Brustkorb hob und senkte sich zwar unter flachen, aber durchaus regelmäßigen Atemzügen. Auch die Augen standen nicht völlig offen, wie von Patrick behauptet, sondern es sah für mich mehr wie ein Halbmond aus. Meiner Meinung nach war das nichts weiter, als das Weiße des Augapfels, welches man durch die im Schlaf nach hinten gerollten Augen sehen konnte. Und das auch bloß, weil sich die beiden Augenlider, warum auch immer, beim Einschlummern von Barny nicht völlig geschlossen hatten.

Nun musste ich meinem kleinen Sohn nur noch den unmittelbaren und kleinen Beweis dafür antreten, dass mit unseren geliebten Dickerchen alles in bester Ordnung war.

Ganz vorsichtig pustete ich Barny in sein linkes Ohr und auch in sein Gesicht, also um die Augenpartie und die Nase herum. Circa zwei bis drei Mal musste ich diese kleine Prozedur wiederholen, dann schüttel-

te Barny kräftig sein Haupt durch. Irgendwie musste mein bedächtiges Pusten doch einen heftigeren Juckreiz in seinem Ohr ausgelöst haben, denn er hatte nun nichts Eiligeres zu tun, als sich mit der linken Hinterpfote mindestens eine Minute lang das Ohr zu kratzen.
Die allernächste Handlung führte ihn umgehend in das Klo. Was ja nun nicht sehr verwunderlich ist, müssen doch Frettchen nach dem Wachwerden immer ganz dringend auf das stille Örtchen. Nach Erledigung seiner dringenden Bedürfnisse hatte er nichts Wichtigeres vor, als umgehend in dem Schlafhaus zu seiner Betty zu verschwinden.
Als ich keine Geräusche hören konnte, die vielleicht einen Streit zwischen den beiden Frettchen vermuten ließ, wendete ich mich beruhigt wieder den alltäglichen Dingen zu.
Tatkräftige Unterstützung bekam ich dieses Mal auch von Patrick. Aber zuerst weinte er sich seine ganze Aufregung an Muttern's Schultern heraus.
Doch auch die für mich auffälligste Veränderung bei meinem Freund Barny, die einem buchstäblich in die Nase steigt, möchte ich hier nicht völlig unerwähnt lassen. Es ist der außerordentlich stark verwandelte Körpergeruch.
Wenn ich Martins Geruchsinn glauben schenken darf, so riecht er im wahrsten Sinne nach ranziger Butter. Ich selbst kann das so zwar nicht behaupten, aber strenger, irgendwie intensiver ist die Geschichte mit seinem Duft schon. Aber wenn ich ehrlich bin, riecht das einfach nur nach altem Ochsen, nach Moschus halt oder einfach nur sehr streng nach Exkrementen und auch nach Urin. Womit ich wieder beim ständigen Markieren durch Barny bin.
Da er ja überall und nirgends in vollem Gange ist, mit seiner Markiererei, haben sich zum Beispiel die Haare ringsherum um seinen Hoden, der in letzter Zeit auch wesentlich größer geworden ist, regelrecht gelb verfärbt. Da Barny ja nicht nur gelegentlich einen Tropfen fallen lässt, sondern das Markieren durch ein Hinüberrutschen vollzieht, wird der ganze Kram ja richtig schön breit geschmiert.
Ich persönlich kann mir nun gut vorstellen, dass genau dieses Markieren die Ursache für die Veränderung in seinem Körpergeruch ist.
Aber da ich auch unsere Betty schon mehrmals beim Markieren erwischt beziehungsweise beobachtet habe, sie dieselben farblichen Veränderungen aufweist wie Barny, nur nicht ganz so intensiv, ist das für mich die einzige logische Erklärung.

Aber wieder überraschen mich meine beiden Frettchen mit einer Veränderung in ihrem Dasein, denn seit dem erbitterten Streit um den Pullover herrscht zwischen ihnen regelrecht eine sehr schöne Harmonie. Oder wie meine liebe Frau Mama wieder einmal gesagt hätte: »Friede, Freude, Eierkuchen!«

Mal Acht geben, was sich daraus noch so entwickeln wird.

Ich habe diesen Gedanken noch gar nicht bis zu Ende durchdacht, als es bei mir regelrecht klick macht. Jetzt wird mir alles ganz klar. Meine beiden geliebten Frettchen werden erwachsen, sie sind einfach aus ihren Kinderschuhen herausgewachsen. Es sind sozusagen die Triebe der ureigenen Natur, von denen sie jetzt geleitet werden und deshalb waren sie in der letzten Zeit auch so verändert drauf.

Wären meine beiden Frettchen jetzt Menschen, würde ich doch glatt behaupten wollen, da spinnt sich etwas wirklich Ernsthaftes zwischen den beiden an, die sind ineinander verliebt.

Aber Frettchenliebe? Gibt es so etwas eigentlich?

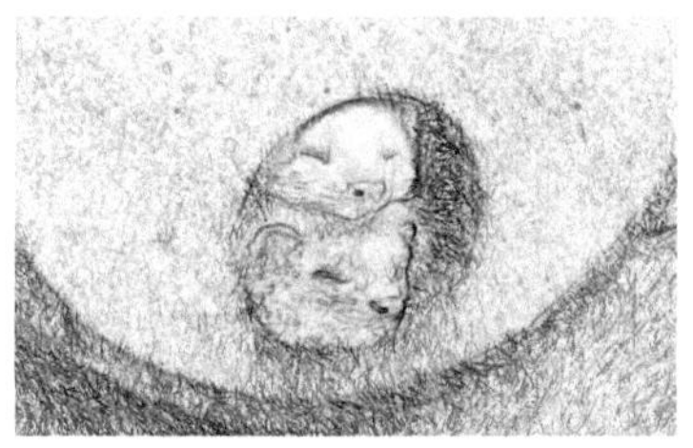

`Unverhoffter Büchersegen`

Wie ich manchmal so bin, neugierig halt, muss ich der Sache betreffs Frettchenliebe sofort genauer auf den Grund gehen. Schließlich möchte ich nicht nur die ganzen Veränderungen sehen, sondern auch verstehen können. Deshalb muss ich einfach, sagen wir doch einmal vom Fachmann aus wissen, was in der nächsten Zeit in und mit meinen Frettchen rein entwicklungsmäßig passieren wird.

Dass ich dafür wieder einmal auf gründlicher Nachforschungstour bin, können meine drei Mannsbilder im Großen und Ganzen überhaupt nicht verstehen. Ihnen reicht das bloße Wahrnehmen der vielen Veränderungen schon völlig aus, weil ja, nach ihrer Meinung, sowieso alles nur vom Instinkt geleitet wird.

Komischerweise vertreten auch Steven und Patrick, obwohl diese noch etwas zu klein sind, um dieses Thema überhaupt verstehen zu können, dieselbe Meinung wie ihr Vater. Mir fällt nur eins dazu ein - Männer!

Nicht nur in meinen zahlreichen Tierfachbüchern schaue ich nach einem entsprechenden Kapitel, betreffs Frettchenliebe, sondern auch in den im Handel erhältlichen Tierzeitschriften suche ich intensiver nach einem dem Thema entsprechenden Artikel. Selbst den alten Notizzettel krame ich wieder hervor, wo ich mir die ersten Stichpunkte über Frettchen gemacht hatte.

Meistens kann es sich mein lieber Göttergatte nicht verkneifen herumzusticheln, wenn er mich über die vielen Bücher gebeugt vorfindet oder ich ihm von meinen neuesten Beobachtungen erzähle. Dabei hat er aber stets so ein schelmisches Grinsen in seinen Mundwinkeln, von diesem frechen Aufblitzen seiner Augen einmal ganz zu schweigen. Auch gestern war es wieder einmal so weit.

»Samantha! Wie würde es dir denn gefallen, wenn uns ein Herr oder

von mir aus auch eine Dame, jeden Tag ungeniert quasi von Hacken
bis Nacken befummeln und ein allessehendes Auge auf uns beide
werfen würde?
Stelle dir doch die ganze Situation bitte einmal so richtig bildlich vor.
Wir zwei Hübschen stehen vor einer recht alten, spindeldürren Frau,
ich im Adamskostüm und du im Evakostüm. Sie hat weißes langes
und ein wenig zottlig wirkendes Haar. Sie trägt eine schwarz umran-
dete Brille, mit superdicken Gläsern, die ihr auf einer wahrhaft gigantischen Hakennase sitzen. Ein dicker, nur halb abgebrannter Zigarillo,
der gerade mal nicht zum Glimmen gebracht wurde, klemmt in einem
ihrer Mundwinkel und aus diesem tropft ein wenig nur bräunliche
Spucke heraus. Tiefe, vom Alter gegerbte Falten sind in ihrem ganzen
Gesicht und auch auf dem Hals zu sehen. Dieses Weibsbild untersucht
wahrhaftig jede einzelne Körperpartie von dir und auch von mir.
Ich sehe richtig, wie sie sich äußerst lüstern die greisenhaften, gichti-
gen und eiskalten Fingerchen reibt. Sie sich die rauen und rissigen
Fingerspitzen mehrmals anleckt, bevor sie mit der sorgfältigen Untersuchung, ausgerechnet bei mir und meinen kleinen besten Freund
beginnt. Diesen in ihre stark zittrigen Hände nimmt und ... Na, Sam?«
Lauernd schaut er mir in meine Augen. Er hofft nun doch tatsächlich,
dass ich, wie ansonsten auch immer, auf seine spitzen und anzüglichen
Andeutungen gereizt anspringe.
Ich lasse mich dieses Mal aber nur zu einem eher kurzen Kommentar
hinreißen: »Was du in deiner ausschweifenden Fantasie wohl eher
siehst, mein Schatz, ist doch sicherlich eine schlanke große Blondine,
mit Beinen die sonst wo enden. Die außerdem eine Wespentaille hat
und einen Busen so groß, dass du darunter Schutz finden würdest.
Stimmt's? Und in deren Händen dein sogenannter kleiner Freund sicherlich eine Sonderbehandlung erfahren würde. Na, mein Schmuck-
stück? Sehe ich das richtig?«
Doch dann beginnen sich all meine Gedanken wieder nur um das eine
ganz spezielle Thema zu drehen. Wo bekomme ich ausführlichere
Informationen über das Verhalten von Frettchen her, die das allererste
Mal in die Ranz kommen, die damit auch geschlechtsreif, also paa-
rungsfähig werden.
Wie es dann manchmal so geht, kommt mir wieder einmal der blanke
Zufall zur Hilfe und zwar so.
Martin, von Berufs wegen Heizungs- und Sanitärinstallateur, wurde zu

einem Wasserrohrbruch in den kleinen Nachbarort von Hirschberg, nach Schwanitz, in das dortige Gemeindebüro gerufen. Unmittelbar an das Gemeindebüro grenzen auch die beiden kleinen Räume der Gemeindebibliothek, die durch den Rohrbruch in starke Mitleidenschaft gezogen wurden. Dort staute sich nämlich das Wasser, weil die zwei Räume bautechnisch, warum auch immer, zehn Zentimeter tiefer liegen, als die übrigen Räumlichkeiten in dem alten Backsteingebäude.

Der kleine Rohrbruch in dem Gemeindebüro war schnell behoben und Martin erkundigte sich höflich, was nun mit den beiden angrenzenden Räumen, die der Bibliothek, geschehen soll. Auf keinen Fall könne man dort das Wasser vom Rohrbruch einfach stehen lassen. Es wäre mehr als bedauerlich und auch verantwortungslos, wenn die vielen Bücher und auch Zeitschriften irgendwelchen Schaden nehmen könnten beziehungsweise würden.

So bekam Martin das unverhoffte Angebot, wenn er sich auch um die Beseitigung des Wassers in der Bibliothek kümmern würde, könnte er sich fünfzig Bücher seiner Wahl aussuchen und gleich mit zu sich nach Hause nehmen. Selbstverständlich ohne einen Pfennig dafür bezahlen zu müssen.

Die restlichen Bücher sowie auch Zeitschriften, so erzählte man Martin, würden bei passender Gelegenheit ohnehin entsorgt. Es liest ja leider heutzutage sowieso keiner mehr die alte DDR-Literatur. Warum sich dann noch lange damit belasten. Außerdem sollen die ehemaligen Bibliotheksräume demnächst für andere Zwecke genutzt werden. Da müssen die Bücher und auch die Zeitschriften ohnehin weichen. Container wären schon bestellt worden, in vierzehn Tagen spätestens fliegt hier alles hinaus.

Martin beseitigte so schnell wie möglich das Wasser aus den Räumen, dann fuhr er auf dem kürzesten Weg nach Hause.

Ohrenbetäubendes und wiederholtes lautes Hupen, welches mir irgendwie bekannt vorkam, ließ mich gleich vor unsere Haustür eilen.

›Was ist denn hier los? Hoffentlich ist da nichts passiert?‹, sind meine ersten Gedanken. Warum wohl würde Martin sonst solch einen Lärm verbreiten?

Aber bevor ich meine schlimmen Befürchtungen an den Mann bringen kann, umarmt mich mein Mann Martin herzlich, drückt mir einen feuchten Kuss auf die Lippen und fragt mich über das ganze Gesicht strahlend: »Samantha, meine kleine geliebte Leseratte. Was würdest du dazu sagen, wenn ich dir auf der Stelle fünfzig Bücher schenken würde und dass ich für diese vielen Bücher keinen einzigen Pfennig bezahlen muss. Das ist echt stark oder? Na, mein Schatz, ist das was? Was sagst du dazu?«

Dass ich nun das ganze Geschehen lang und breit erzählt bekomme, bleibt natürlich nicht aus. Was mich alleine schon ins Wundern bringt, muss man doch meinem Martin eher jedes Wort buchstäblich aus der Nase ziehen.

Richtig hellhörig werde ich aber erst dann, als er mir von dem unausweichlichen Schicksal, welches die dort verbliebenen Bücher und Zeitschriften in naher Zukunft erwartet, erzählt.

»Wie bitte? Habe ich jetzt richtig gehört und auch richtig verstanden? Was soll mit den Büchern aus der ehemaligen DDR geschehen? Einfach so auf den Müll sollen sie landen, wo sie letzten Endes in eine Verbrennungsanlage wandern! Was sitzen denn da für Kulturbanausen im Gemeinderat von Schwanitz!!! Die können doch nicht einfach, mir nichts dir nichts, die Bücher verbrennen lassen. Bloß, weil die aus der ehemaligen DDR stammen!«

Ich glaube, mir läuft gleich die Galle über. Dagegen müssen wir unbedingt etwas tun, aber sofort. Und ich weiß auch relativ genau, wie meine nächsten Schritte gegen die Vernichtung der Bücher auszusehen haben.

Da hilft meiner Meinung nach nur eins, man muss kurzerhand dem Bürgermeister von Schwanitz auf die Pelle rücken und dort erst einmal sehr liebenswürdig anfragen, ob ihm überhaupt etwas von diesem geplanten Vorhaben, betreffs der Bücherentsorgung, bekannt ist. Wenn ja, was gedenkt er, dagegen zu unternehmen. Die Zeiten der Bücherverbrennung sind doch schließlich längst vorbei! Oder etwa nicht? Wiederholt sich hier nicht wünschenswerte deutsche Geschichte direkt vor unseren Augen?

Na mal schauen, was der Herr Bürgermeister dazu meint. Danach werde ich beziehungsweise wir weitersehen.

Aber zuerst weihe ich meinen Mann in meinen Plan ein, weil er mich ja zu dem Bürgermeister von Schwanitz bringen muss. Selbstverständlich heute noch und wenn es geht auf der Stelle. Er hatte schon öfter mit ihm zu tun und weiß auch, wo er wohnt.

Zum Glück kann Martin meine große Aufregung sehr gut nachvollziehen, denn er weiß ganz genau, dass ich Bücher über alles liebe. Die

Leidenschaft für Bücher beziehungsweise für das Lesen kommt gleich an zweiter Stelle nach der Liebe zu meinen Frettchen.

Martin bittet mich aber noch um etwas mehr Geduld, er möchte sich erst noch umkleiden. Schließlich kann man doch bei einem Bürgermeister, an dem man obendrein noch ein sehr wichtiges Anliegen vorzubringen hat, nicht in vollkommen verschmutzten Arbeitsklamotten, die außerdem auch noch halb nass sind, vor der Haustür auftauchen.

»Was soll er denn von uns beiden beziehungsweise nur von mir denken, Samantha? Dorfgespräch möchte ich auch nicht unbedingt werden. Du weißt doch wie sie sind, nicht nur in Schwanitz. Da überwacht doch jeder jeden und erst recht, wenn man als Privatperson bei dem Bürgermeister des jeweiligen Ortes auftaucht. Ich möchte ja nicht wissen, wer da am nächsten Tag wieder alles so ›genau‹ weiß. Während ich mich umziehe, mache uns doch rasch einen deiner berüchtigten schnellen Kaffee, aber so richtig stark, ja Schatz!«

Na gut, wenn es denn unbedingt sein muss. Aber zu einer Tasse Kaffee sage ich sowieso nicht nein, ist er doch bei mir Grundnahrungsmittel Nummer eins.

Trotzdem brennt in mir buchstäblich jede Nervenfaser von einer sich steigernden Ungeduld, denn mir ist soeben ein hervorragender Gedanke gekommen, der mich mehr als fasziniert und der mich immer mehr und immer fester in seinen Bann zieht, je eingehender ich darüber nachdenke.

Beim gemeinsamen Kaffee unterbreite ich Martin meine geniale Idee, für mich ist sie es auf alle Fälle: »Sag mal, Liebling. Was würdest du davon halten, wenn wir den Bürgermeister fragen, ob wir die Bücher und die Zeitschriften bekommen könnten? Sie sollen ja sowieso auf den Müll landen und dann vernichtet werden. Hat er keine Arbeit mehr damit, ist er ja vielleicht damit einverstanden. Ich hoffe es jedenfalls vom ganzen Herzen. Na, was meinst du?«

Martin schaut mich mit nachdenklichen Augen an. Dann schüttelt er heftig und verneinend seinen Kopf: »Ich glaube kaum, dass es so einfach funktionieren wird, Samantha. Ist doch der Container für den Abtransport der Bücher schon bestellt. Aber generell bin ich mit deiner Idee natürlich einverstanden. Nun musst du mir nur noch verraten, wie du den Bürgermeister überzeugen willst, uns die gesamte Bibliothek von Schwanitz abzutreten? Und wenn alles so klappen sollte, wie von dir geplant, wo um Himmels willen, willst du die ganzen Bücher und Zeitschriften bei uns zu Hause dann unterbringen? Es muss sich doch schätzungsweise um mindestens tausend Exemplare handeln. Aber darüber können wir uns immer noch Gedanken machen, wenn wir sie bekommen sollten. Einen kleinen Vorschlag habe ich aber noch. Nimm doch bitte, nur vorsichtshalber, das Portemonnaie mit. Falls wir widererwarten diese Bücher bekommen sollten, dann geben wir für die Kaffeekasse des dortigen Gemeinderates eine Kleinigkeit. So und nun lass uns endlich fahren.«

Von uns bis zu dem Nachbarort Schwanitz sind es mit dem Auto nur knappe drei Minuten Fahrzeit. Aber heute kommen mir diese wenigen Minuten wahrhaftig unendlich vor.

Als wir dann schließlich vor dem Einfamilienhaus des Bürgermeisters stehen, verlässt mich plötzlich all meine leidenschaftliche Entschlossenheit die Bücher haben zu wollen, von dem weichen Gefühl in meinen Knien ganz zu schweigen. Deshalb überlasse ich Martin großzügig das Reden.

Äußerst angespannt lausche ich dem sehr freundschaftlich ablaufenden Gespräch zwischen dem Bürgermeister und Martin, wobei meine beiden Ohren für alle gut sichtbar in einem sehr tiefen rot leuchten. Ich habe das dämliche Gefühl, dass sie regelrecht brennen müssen. Meine ganze Anspannung fällt aber, sozusagen wie ein dicker Schleier, völlig von mir ab, als mich die folgenden Worte des Bürgermeisters erreichen: »Also, Martin! Du hast ja immer all unsere Aufträge gewissenhaft erledigt und deshalb komme ich dir auch gerne entgegen. Du kannst alle Bücher und Zeitschriften haben. Aber nur, wenn du drei kleine Bedingungen erfüllst.

Die erste Bedingung wäre, dass du für die Kaffeekasse der Gemeinde, na sagen wir einmal, vierzig D-Mark hinterlegst.

Die zweite wäre, dass du die Bücher und Zeitschriften noch heute aus den beiden Räumen der Bibliothek entfernst. Dann können wir nämlich rechtzeitig, ohne irgendwelche Kosten für die Gemeinde, den georderten Container wieder abbestellen. Außerdem werden dadurch, noch vor dem geplanten Umbaubeginn des Gemeindegebäudes, die Räume frei. Wir können also schon eher mit dem Ausbau beginnen und auch einiges mehr investieren, weil ja die Kosten für den Container wegfallen.

Drittens, dass du die Bücher alle allein zu dir nach Hause bringen wirst, denn ich habe beziehungsweise ich wüsste nämlich im Augenblick wirklich keinen einzigen zu benennen, der dir dabei behilflich sein könnte.

Wenn du mit diesen drei Bedingungen einverstanden bist, so geht alles seinen Gang. Ich bin richtig froh, um ehrlich zu sein, dass die Bücher nicht im Müll landen. Ich habe überall in den umliegenden Gemeinden gefragt, ob sie einer übernehmen würde. Aber nicht einer aus den Gemeinderäten der umliegenden Ortschaften zeigte ernstgemeintes Interesse.

Danke noch einmal, Martin, dass mir dieser wirklich unangenehme Weg erspart geblieben ist.«

Als es nur noch um das Bezahlen der Bücher geht, überlässt Martin mir alles Weitere und ich erwache aus meiner inneren Anspannung.

Am liebsten wäre ich ja dem Bürgermeister von Schwanitz vor lauter Freude um seinen Hals gefallen, aber wegen der Leute, die garantiert hinter ihren Fenstern sitzen und Maulaffen feilhalten, bedanke ich mich nur sehr höflich bei ihm.

Dass wir bei genau eintausendfünfhundertundsiebenundsiebzig Büchern, die vielen Zeitschriften haben wir gar nicht erst mitgezählt, fast einen ganzen Nachmittag brauchten, um unsere eigene kleine ›Bibliothek‹ von Schwanitz nach Hirschberg zu bringen, sei hier nur am Rande erwähnt. Auch das Unterbringen der vielen Bücher war dann nur halb so schlimm, wie von Martin erwartet.

Eine ordentliche Organisation ist schließlich alles.

Doch das Allerwichtigste oder auch die größte Freude war für mich im Nachhinein folgendes. Ich fand nämlich in dem riesengroßen Bücherstapel eine für mich wirklich über alle Maßen interessante Publikation von einem Herrn Doktor Ulf Dieter Wenzel, aus dem Jahre 1974, mit dem interessanten Titel ›Edelpelztiere‹, erschienen im VEB-Landwirtschaftsverlag der DDR. Darin fand ich all meine Fragen beantwortet.

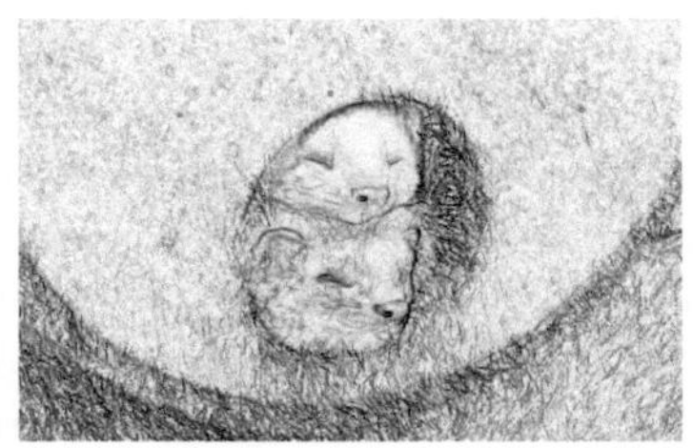

Jedem Tierchen sein Pläsierchen

Dieses Buch, obwohl es ein Fachbuch ist, wurde von mir regelrecht, in jeder freien Minute meines Hausfrauendaseins, verschlungen. Es liefen mir bei einigen Passagen zwar eisige Schauer über meinen Rücken, da ging es zum Beispiel um das fachgerechte Töten der Edelpelztiere und die äußerst beengte Unterbringung der Zuchttiere, alles dokumentiert durch sehr ausdrucksvolles Bildmaterial, trotzdem las ich dieses Werk bis zum Ende durch.

Ziemlich in der Mitte des Buches fanden sich dann mehrere eng beschriebene Zettel, wo sich ein gewisser Harald Schneider Notizen für seine Doktorarbeit gemacht hatte.

Auf diesen Zetteln standen übrigens nicht nur zahlreiche Notizen, bei denen es hauptsächlich über die Pelztierzucht im ganz großen Stil ging, sondern es fand sich dort auch eine größere Abhandlung über die Marderartigen und seinem unmittelbaren Verwandten, dem Frettchen.

Jetzt erfahre ich auch alles, was ich in Bezug Liebesleben über meine Frettchen schon immer habe wissen wollen.

Dass die veränderten körperlichen, als auch psychischen Abweichungen zu ihrem sonstigen Verhalten irgendetwas damit zu tun haben müssen, dass für Betty und auch für Barny ein völlig neuer Lebensabschnitt begonnen hat, habe ich ja irgendwie schon vage geahnt. Dass diese ganze Geschichte nun Ranz heißt, ist für mich Laien zwar nicht mehr neu, aber das ganze Drumherum schon.

Da ich jetzt einfach mal annehme, dass ich nicht die einzige Frettchenbesitzerin bin, die davon null Ahnung hat, möchte ich Euch die wenigen Notizen über die Ranz und das Ranzverhalten nicht vorenthalten. Denn, wie würde meine liebe Frau Mama wieder einmal sagen: »Wissen ist Macht! Nichts wissen, macht aber auch nichts.«

1. Die Paarungszeit, auch Ranz genannt, beginnt im Frühjahr. Meistens Ende Februar bis etwa Mitte März. Es ist aber schon beobachtet worden, dass sie auch früher oder später beginnen kann. Das ist von Tier zu Tier ganz verschieden.

2. Eine Ranz dauert circa sechsunddreißig bis zweiundvierzig Tage. Sie kann sich bis Oktober mehrmals wiederholen.

3. Während der Ranz markieren männliche sowohl auch weibliche Tiere ihr Revier mit Kot und Urin durch Hinübergleiten.

4. Rüde und Fähe können während der Ranzzeit sehr unruhig werden, sie wirken wie überreizt. Aber auch sehr anhängliche Tiere wurden beobachtet, sie suchten förmlich die Nähe des Menschen.

5. Gefressen wird in den meisten Fällen nur das Notwendigste, wodurch eine rapide Abnahme an Gewicht erfolgen kann.

6. Am Bauch und zwischen den Hinterbeinen kann es teilweise zu Fellverlust kommen. Ist aber auch hier von Tier zu Tier recht unterschiedlich.

7. Rüden gehen während der Ranzzeit ganz besonders ruppig mit den Fähen um. Aber, es wurde beobachtet, dass es auch Fähen gibt, die sich ruppig gegenüber dem Rüden verhalten, richtig abweisend.

8. Das sicherste Merkmal für das Erkennen, dass sich die Tiere in der Ranz befinden, ist der veränderte Geruch der Tiere. Dazu muss gesagt werden, dass die Rüden einen strengeren Duft abgeben, als die Fähen.

9. Dass die Fähe in die Ranz gefallen ist, erkennt man an folgenden Anzeichen: Die Geschlechtsöffnung, auch Vulva oder Schnalle genannt, die sich zwischen den Hinterbeinen befindet, kann von der Größe einer Erbse (rosafarben) bis zur Kirschkerngröße (eher blassrosa) anschwellen und sie sondert ein schleimiges Sekret ab, was die Schenkelinnenseiten und den Bauch der Fähe regelrecht nass erscheinen lässt.

Achtung! Die feuchte Vulva ist der ideale Ort für Befall durch Bakterien und Viren!

Im Grunde sollte die Vulva der Fähe während des Sommers mehrmals an- und abschwellen, so dass die Ranz zwischendurch zurückgeht. Doch größtenteils bleibt die Fähe mit kleinen Schwankungen bis zum Herbst, wenn die Tage wieder kürzer werden, in der Ranz.

Achtung! Die Gefahr von einer Dauerranz besteht immer! Diese Dauerranz läuft nur in den seltensten Fällen ohne Probleme ab.

Im fortgeschrittenen Stadium der Ranz kommen, mal abgesehen von der Fressunlust, auch ein Desinteresse, unkoordiniert erscheinende Bewegungsabläufe, das Erblassen der Schleimhäute und ein erhöhtes Schlafbedürfnis hinzu.

10. Dass der Rüde sich in der Ranz befindet, erkennt man am größer werden seiner Hoden, bis zu der Größe einer Haselnuss, wobei sein Fell ein stumpfes Aussehen erhält, der Fachmann sagt auch, es wird ranzig. Das Fell um den Hoden und den After herum sieht durch das Markieren gelblich aus. Er wird jetzt ständig versuchen, den Geschlechtsakt mit der Fähe durchzuführen und ihr ständig hinterherlaufen. Der Rüde wird versuchen die Fähe wegzuschleppen, wobei er sich im Nacken der Fähe verbeißt und sie hinter sich herzieht.

Es sind wahrhaftig eine gewaltige Menge an neuen Informationen, über mein Frettchenpärchen, die auf mich einströmen, aber jetzt weiß ich endlich, was mit meinen beiden Pelznasen los ist. Sie sind jetzt im wahrsten Sinne des Wortes aus dem Welpenalter heraus.

Betty und Barny sind Frau und Mann. Interpretiere ich jetzt das Gelesene richtig, dann stecken meine beiden geliebten Frettchen nämlich bis über die Ohren in einer Ranz.

Warum sich in mir urplötzlich eine erwartungsvolle Vorfreude und Anspannung breitmacht, kann ich auch nicht sagen. Aber irgendwie ist es wie Weihnachten und Ostern auf einem Tag.

Da leider im Moment keiner meiner drei Männer Zuhause ist, ich jetzt aber das dringende Bedürfnis habe, mich mit jemand zu unterhalten, beschließe ich meinen beiden Lieblingen einen kleinen Besuch abzustatten. Irgendeiner von den beiden wird sicherlich wach sein und sich gerne von mir durchknuddeln lassen.

Mit einem fröhlichen Lied auf den Lippen und einer kleinen Schüssel gefüllt mit leicht angetauten Hühnerherzen mache ich mich zu ihnen auf den Weg.

Zu meiner großen Freude sind meine beiden Frettchen putzmunter und mit gegenseitiger intensiver Fellpflege beschäftigt. Dass sie sich öfter gegenseitig putzen, ist an und für sich ja nichts Außergewöhnliches mehr für mich. Aber so innig und intensiv, ich würde beinahe schon sagen intim, wie das heute zwischen ihnen abzugehen scheint, hat es doch etwas völlig Neues an sich.

Die Pose, die sie bei der Putzerei eingenommen haben, sieht irgendwie wie verknotet oder auch spiralförmig verdreht aus.

Man müsste als Unwissender, oder als jemand der das Tier Frettchen nicht kennt, schon genauer hinschauen, um überhaupt erkennen zu können, wer eigentlich wer von den beiden ist, wenn wir nur zwei Siamfrettchen hätten. Aber da Betty ja eine Albinofähe ist, weiß ich natürlich genau, welches Teilchen jetzt zu welchem Tier gehört.

Im Augenblick befindet sich Bettys Kopf zwischen Barnys Hinterbeinen. Habe ich es richtig beobachtet, dann beleckt sie gerade die Region rings um dessen After.

Barny bearbeitet mit seiner Zunge, fast in Zeitlupentempo würde ich sagen, die etwa erbsengroße Vulva von seiner Betty.

Beide Frettchen haben ihre Augen so fest zusammengekniffen, dass nur noch schmale Striche zu sehen sind.

Die Riecher haben sie ganz leicht nach oben gezogen. Dadurch verläuft quer über den Nasenrücken von Barny eine tiefe Furche. Diese Furche hat er eigentlich nur dann, wenn er intensiv mit einem ganz besonderen Leckerbissen zu tun hat.

Noch eine kleine Gemeinsamkeit entdecke ich bei meinen beiden Frettchen. Beide haben sich nämlich mit ihren Vorderbranten fest in dem Fell des Partners verkrallt, als ob sie aneinander Halt suchen würden.

Fasziniert schaue ich dem intimen Treiben meiner zwei Kobolde zu, für die es in diesem Augenblick nichts Wichtigeres auf der ganzen Welt zu geben scheint, als sich gegenseitig liebevoll zu putzen.

Die beiden können auch dann nicht voneinander lassen, als ich ihnen die Schüssel mit den Hühnerherzen in unmittelbarer Nähe des gelben Pullovers hinstelle, auf dem sie sich niedergelassen haben.

Sachte verschließe ich die beiden Türen der Frettchenvilla. Dann lasse ich meine beiden Lieblinge wieder allein. Aber eines weiß ich seit heute mit hundertprozentiger Sicherheit: ›Frettchenliebe muss etwas Schönes sein!‹

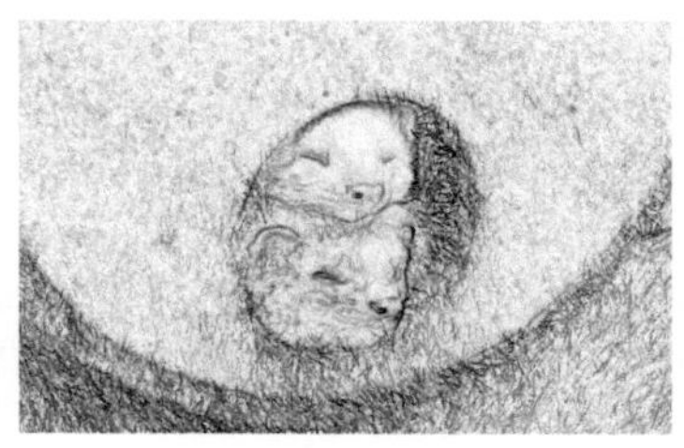

Gemeinsam auf Wolke ›Sieben‹

Das Leben kann so richtig wunderbar sein, denn seit annähernd einer Woche verstehe ich mich endlich wieder bestens mit meinem Barny. Es wurde auch allerhöchste Zeit. Ehrlich! Denn diese ständige Zankerei zwischen uns beiden und das ernsthafte Aneinandergeraten hat ganz schön an meinem nicht gerade so dicken Nervenkostüm gezerrt. Na gut, ich will es ja zugeben, an Barny seinem Kostümchen sicherlich auch.

Ganz tief drin, sozusagen in meinem geheimsten Inneren, plagen mich natürlich gleich mehrere brennende Fragen, ist mir doch mein völlig verändertes Wesen durchaus auch aufgefallen und bewusstgeworden. Zum Beispiel ist es mir doch früher nie passiert, dass ich mich selbst nicht leiden konnte. Also, warum war ich dann einige Wochen lang einem so abgrundtief scheinenden Weltschmerz verfallen? Weswegen überwältigte mich buchstäblich eine unübertreffliche Niedergeschlagenheit? Wieso ließ mich eine aufreibende Rastlosigkeit nicht zur Ruhe kommen?

Freilich, es wird mir niemand eine Antwort darauf geben können. Aber ich bin wirklich froh, dass ich diese mir untypische und schwierige Phase in meinem erst so kurzen Dasein überstanden habe. Ohne psychischen Schaden zu nehmen, meine ich. Dass ich nun wieder, ganz und gar, das alte brave Mädchen bin, wie es eben mein Dicker und auch die Trimmdichs von mir gewohnt sind, erleichtert unser Leben schon sehr. Glaube ich zumindest!

Mein Pummelchen schien ja die sehr offensichtlichen und auch negativen Veränderungen in meinem sonst so friedfertigen Wesen, mit enormer Gelassenheit sowie einem gehörigen Quantum Abgeklärtheit, hinzunehmen. So wirkte sein Benehmen jedenfalls vorwiegend auf mich. Doch er scheint immer noch ein wenig misstrauisch zu sein, ob

meiner neuen und verlangenden Gefühle für ihn, denn mit vorwurfsvoller Stimme flüsterte er es mir in der vergangenen Nacht ins Ohr: »Du hast mich doch mehr als einmal außerordentlich vor meinen Kopf gestoßen, mir das Leben so schwergemacht!«
Doch beweist er mir wirklich jeden Tag aufs Neue, nahezu jede Stunde, wie lieb er mich doch im Prinzip hat und schon alleine deshalb werde ich ihn sicherlich niemals wieder so enttäuschen. Das verspreche ich dir absolut felsenfest, hoch und heilig, mein geliebtes Barnylein. Du hast mein allergrößtes Frettchenehrenwort darauf!
Na ja, damals konnten Betty und Barny ja wirklich nicht im Geringsten ahnen, dass sich diese schwankenden Gemütsstimmungen in jedem Jahr wiederholen werden - eine kleine Randbemerkung von Samantha.
Gegenwärtig ist es beinahe wie in den guten alten Zeiten und doch ist es wieder durchgängig anders. Aus den bisher eher kindlich anmutenden kleinen Scherzen und den Reibereien, zwischen meinem Barny und mir, sind es eher sehr liebevolle und zärtliche Neckereien mit, zum Glück, nur kleinen leichten Blessuren geworden.
Dieser sogenannte Wendepunkt in unserem gemeinsamen Leben, der sich nicht sprunghaft von einem Tag zum anderen vollzogen hat, sondern ganz allmählich. Oder eben Schritt für Schritt. Er verbirgt noch so viele unbekannte Geheimnisse, dass wir es manchmal selbst noch gar nicht verstehen, was da eigentlich mit uns beiden in den letzten Tagen passiert.
Ursprünglich habe ich ja wieder einmal mit meinem Barnylein die neuartige Situation zwischen uns zweien gründlich ausdiskutieren wollen, so wie wir beide es doch noch vor wenigen Wochen immer wieder einmal taten. Aber abgesehen von meinen eigenen Sinneseindrücken und den tiefen Gefühlen, die ich mit wild hämmernden Herzschlägen sowie hochroten Lauschern vor dem angebeteten Mannsbild völlig offenlegte, kam bei unserem nächtlichen und stundenlangen ›Gespräch‹ so gut wie gar nichts heraus. Schließlich hatte nur ich etwas zu erzählen und meinem Dicken buchstäblich jedes Wort aus der Nase ziehen wollen, wurde selbst mir mit der Zeit zu anstrengend.
Barny mimte stattdessen wieder einmal den ganz, ganz großen Superschweiger, obwohl er auch völlig anders sein kann. Dafür sah er mich nur unentwegt mit verzehrendem Augenaufschlag, ›Man hat dieser Bursche ein Paar himmlisch schöne Wimpern!‹, unentwegt an. Immer

165

wieder schien er mich mit seinen Blicken forschend abzutasten, von meiner Nasenspitze bis hin zu meinem äußersten Schwanzende. Außerdem sog er mit weit geöffneten Nasenlöchern, wobei sich seine Nasenspitze steil gen Himmel richtete, geräuschvoll meinen Körperduft tief in sich hinein, um anschließend einen mehrdeutigen Seufzer aus seinem tiefsten Inneren, ganz langsam und kaum für jemand anderen außer mich hörbar, herauszuhauchen.

Ich frage mich nun mehr als ernsthaft, was es Besonderes an mir zu schnuppern gibt? Wir Frettchen haben doch keinerlei Schweißdrüsen aufzuweisen und andere Sachen wie eine Analdrüsenentleerung oder eben das Pupsen habe ich in der letzten Zeit beziehungsweise Minuten wirklich nicht gemacht.

Ja auch wir Frettchen sind nur Menschen, äh … Tiere und können ganz ordentlich einen anständigen Wind flattern lassen! Da braucht ihr nur einmal die vier Trimmdichs fragen, die könnten euch so einiges Anrüchiges erzählen, betreffs Frettchenfurz.

Aber diese Art von Geschehnissen ist eher Barny sein Ding, als das Meinige. Da schwöre ich Bein und Stein drauf. Schließlich erledigt man solche Sachen nur, wenn man genau weiß, dass kein anderes menschliches Wesen beziehungsweise tierisches Geschöpf einen vielleicht hören geschweige denn auch noch schnuppern kann. Aber das ist schon wieder ein ganz anderes Thema.

Dass mein lieber Barny, trotz mir vorgespielter Gleichgültigkeit, außerordentlich und bis in die allerletzte Nervenfaser seines ganz stattlich gewordenen Körpers erregt gewesen sein musste, offenbarte mir seine beständig über den Fußboden der Villa hin und her wischende Schwanzspitze. Das macht mein Dicker eigentlich immer nur dann, wenn irgendetwas seine ungeteilte Aufmerksamkeit erregt oder seine immerwährende Neugier aus ihm herausgekitzelt wird. Aber das dicke Ende kommt noch!

Dass wir uns, also mein Dicker und ich, manchmal gegenseitig beim Putzen behilflich sind, auch an den gewissen Teilen an denen man unzweifelhaft unser Geschlecht feststellen kann, haben euch sicherlich schon Samantha oder Martin auf die Nase gebunden. Aber es hilft eben manchmal auch angestaute Feindseligkeiten abzubauen und das Zusammengehörigkeitsgefühl unter uns zu kräftigen.

Hey, was soll jetzt diese dämliche Zwischenbemerkung! Bei uns geht es absolut nicht ab wie bei so manchen Affenarten, wie zum Beispiel bei diesen Bonobos. Das möchte ich mir aber strengstens verbieten! Ist das klar, Leute!

Das mit dem Putzen ist somit nichts Neues mehr für Euch und auch nicht für mich. Es gehört zum Wohlbefinden der Frettchen sozusagen einfach mit dazu.

Als Barny dann aber anfing, mir die etwas feuchte Vulva nicht nur sauber zu putzen, sondern sie im wahrsten Sinne des Wortes mit seiner langen Zunge minutenlang zu massieren, wurde mir es plötzlich irgendwie ganz mulmig in der Magengrube.

Das leichtere Ziehen zwischen meinen Hinterbeinen und die plötzlich aufsteigende Hitze empfand ich als echt unangenehm. Zugegebenerweise aber nur dieses eine Mal, denn bald sollte ich es als etwas ganz Normales in unserer neuartigen Beziehung zueinander betrachten.

Doch für das Erste suchte ich augenblicklichst und so schnell mich meine vier Branten tragen konnten buchstäblich das Weite. Ich verkroch mich vor lauter Beschämung, mit glühenden Ohren und brennenden Augen, in den hintersten Winkel unseres gemeinsamen Schlafhauses und dort stellte mich einfach schlafend.

Doch es soll jetzt niemand glauben, dass ich in dieser bewegten Nacht ein Auge zu bekommen habe. Nein, ganz im Gegenteil! Hellwach kauerte ich leicht fröstelnd in meiner Ecke. Lauschte den gleichmäßigen friedlichen Atemzügen von Barny und betrachtete teils nachdenklich, teils entzückt, sein rundliches Gesicht. Dieser schien etwas sehr Angenehmes zu träumen, denn selbst im Schlaf hatte er sein Mäulchen noch zu einem sanften Lächeln verzogen. Ständig ruderte er mit seinen Branten herum. Selbst die Rute konnte er nicht stillhalten. Es sah beinahe aus, als ob er auf irgendetwas ausruhen und dabei schweben würde, in seinem Traum zumindest.

Wenn ich ehrlich bin, erfasst mich plötzlich auch so eine Welle eines völlig unbestimmten Gefühls, so etwas Erhebendes. Etwas, was sich von mir noch nicht in Worten fassen lässt. Eigenartigerweise komme ich mir vor, als wenn ich von Wolken getragen würde.

Nach langer durchwachter Zeit, meine verwirrten Gedanken wanderten in alle möglichen Richtungen ab und ließen sich von mir nicht einfangen, muss ich schließlich irgendwann doch noch in einen äußerst tiefen Schlaf eingetaucht sein, denn das laute Getschilpe von zahllosen Spatzen vor unserer Frettchenvilla riss mich buchstäblich aus einem wahrhaftig absurden Traum. Einen Traum, wo ich Mutter von zehn Kindern geworden bin. Der Erzeuger ist natürlich namenlos, wie kann es anders sein. Er vagabundiert in der weiten Weltgeschichte herum, ohne sich um uns zu kümmern. Daher bin ich auch alleinerziehend und die Natur bietet mir sowie meinen zehn Gören nicht genügend Nahrung, um überleben zu können. Qualvoll sind wir letzten Endes alle zugrunde gegangen und dann bin ich ›schweißtriefend‹ aufgewacht. Dieses soll, dieses darf mir nie und nimmer passieren.

Aber schnell beruhige ich mich wieder, weiß ich doch einen vor lauter Kraft strotzenden Mann an meiner Seite, der sicherlich eines Tages zu seiner Verantwortung stehen wird.

Wo ist eigentlich dieser Mann, wo ist Barny?

Eine Panikattacke will sich blitzartig über mich hermachen, als mein Riecher plötzlich einen ganz besonderen Geruch wahrnehmen kann, den Wohlgeruch nach auffallend frischen Hühnerherzen, meine Leib- und Magenspeise.

Jetzt weiß ich auch, wo mein Dicker abgeblieben ist. Na hoffentlich hat mir der Fresssack noch eine winzige Kleinigkeit übrig gelassen? Also nichts wie raus und nachgeschaut!

Der Anblick der mich draußen vor dem Schlafhaus und an unserem Futternapf erwartet, verblüfft und erfreut mich zutiefst.

Bekanntlich futtert Barny für sein Leben gern. Er denkt dabei immer nur in erster Linie an sich selbst. Er hatte da mal, gleich zu Beginn unserer Partnerschaft oder unseres Zusammenlebens bei der Familie Trimmdich so ein absonderliches Motto entwickelt und dieses lautete ungefähr so: »Nur selber fressen macht satt.«

Was er dann schließlich nicht mehr auffressen konnte, weil er buchstäblich schon am Bersten war, wurde von ihm postwendend in Sicherheit gebracht und vor mir versteckt. Doch heute hat Barny für mich doch tatsächlich die größten Herzen liegenlassen und ist schon dabei sich seine Schnauze sauber zu lecken.

»Na Bettymaus, geliebte Zuckerschnute! Haste gut geschlafen und was Schönes geträumt?«, werde ich gut gelaunt von ihm begrüßt.

»Hm, habe ich«, murmele ich aber nur leise zur Antwort, liegt mir doch noch der Albtraum schwer auf meiner empfindlichen Frettchenseele und außerdem hängt mir doch mein Magen vor lauter Hunger schon bis zum Schwanzansatz herab.

Überaus gierig mache ich mich über die noch frischen Hühnerherzen her, mampfe und schmatze zwanglos dabei vor mich hin, wobei mir mein geliebter Barny nicht von meiner Seite weicht. Will er mir doch noch etwas aus meinen Zähnen reißen? Hastig würge ich deshalb das leckere Futter in mich hinein, bis kein noch so kleines Krümelchen mehr davon übergeblieben ist. Selbst das Tauwasser von den einst gefrorenen Hühnerherzen lecke ich noch auf, denn sicher ist schließlich sicher. Oder aus Erfahrung wird man halt klug.

Dass mir mein Dickerchen anschließend mein Schnäuzchen blitzblank schleckert - auch die kleinen, nur winzigen Blutspritzer von meinem Hals entfernt, genieße ich mit vollen Zügen und halb geschlossenen Augenlidern. Wenn ich könnte, würde ich jetzt laut schnurren wie ein Kätzchen. Ich bin mir aber völlig sicher, dass mein Barny auch so weiß, dass ich seine liebevolle Behandlung vollauf genieße. Würde ich sonst stillhalten?

Dabei entgeht mir aber trotzdem nicht, dass wir beide wieder einmal von Samantha klammheimlich beobachtet werden.

Obwohl, entgehen ist im Grunde genommen nicht korrekt ausgedrückt, habe ich sie doch schon vor ein paar Minuten heimlich heranschleichen hören. Wir Frettchen haben schließlich schon von der Natur aus, also von unseren Kindesbeinen an, nicht nur ein ganz und gar ausgezeichnetes Hörvermögen zu bieten, sondern wir können überdies noch außergewöhnlich gut riechen oder, wie es unter uns Tieren heißt, wittern. Um es einmal ganz deutlich zu sagen, es schleppt schließlich buchstäblich jeder der vier Trimmdichs seine eigene und unvergleichliche Duftwolke hinter sich her.

Selbst die allerkleinsten Erschütterungen, wenn sich jemand mehr oder weniger leise unserer Villa nähert, können wir ganz genau spüren. Nicht ohne Grund stehen wir immer schon wartend an unserer Käfigtür, wenn einer aus unserer menschlichen Familie dort aufläuft. Was für gewöhnlich ein verblüfftes Erstaunen auf den Gesichtern unserer Dosenöffner hervorruft.

Normalerweise verschwindet Frauchen bald wieder, wenn wir alles restlos aufgefressen haben. Sie nimmt dann nämlich unsere Schüssel oder eben das Tellerchen zum Abwaschen gleich wieder mit hinein beziehungsweise in das Haus. Aber irgendwie scheint sie heute äußerst viel Zeit mitgebracht zu haben. Ich frage mich nur ernsthaft, was es hier gegenwärtig so Außergewöhnliches zu sehen gibt und ob denn Samantha nichts anderes zu tun hat?

Nun gesellen sich auch noch Martin und die beiden Kinder dazu.

»Hey, sind wir hier neuerdings in einem zoologischen Garten gelandet oder Ausstellungsobjekte einer Frettchenshow oder was ist hier los?«, würde ich am liebsten laut und entrüstet aufschreien.

Aber da die vier Trimmdichs eh keine Frettchensprache verstehen, außer diesem von ihnen sogenannten ›Bellen‹ oder ›Herumgockern‹ vielleicht, halte ich buchstäblich mein vorlautes Frettchenmaul.

Ich weiß auch nicht, was plötzlich in mich gefahren ist. Aber irgendwie empfinde ich die penetrante Anwesenheit unserer vier Menschen als sehr störend. Hätte ich doch jetzt die richtige Lust und Laune, wäre auch in der richtigen Stimmung, mit meinem Dicken diese Art von Handlungen auszuprobieren, wo man nicht unbedingt beobachtet werden möchte. Schon gar nicht von Martin und Samantha.

Warum denn dieses? Na ja, ich habe einmal, als meine Launen wirklich noch außerordentlich wechselhaft waren und ich mich hinter unserem Schlafhäuschen ›unsichtbar‹ gemacht hatte, ein etwas eigenartiges Gespräch zwischen den beiden belauscht.

Sie haben sich natürlich über Barny und mich unterhalten, wie kann es denn auch anders sein, wenn sie eine halbe Ewigkeit vor unserer Frettchenvilla herumstehen.

Zum größten Teil ging es hauptsächlich darum, wie wir beide miteinander umspringen würden. Dass wir beide uns definitiv nicht nur vom rein Äußerlichen verändern würden, sondern dass sich auch tief in unserem Innersten eine sehr starke Veränderung vollzieht und dass wir so langsam, aber für sie ziemlich offenkundig, ein eigenständiges Intimleben entwickeln würden. Dass dieses Intimleben auch buchstäblich in den nächsten Monaten die erste geschlechtliche Betätigung mit sich bringen wird und dass sie schon sehr wissbegierig wären, wie sich dieses bei Barny und mir entwickeln beziehungsweise wie es als solches ablaufen würde, vonstattengehen halt.

Da ich aber ein helles Mädchen bin, weiß ich mit hundertprozentiger Sicherheit, dass es sich bei dieser Intimität um etwas Vertrautes, um etwas Schönes und um etwas Geheimnisvolles handeln sollte. Etwas, was also die zwei Betreffenden nur alleine etwas angeht und keinerlei Zuschauer bedarf oder?

Ich betone, keinerlei! Also auch nicht von Samantha und Martin oder gar noch die beiden Kinder. Diese kleine ›Freude‹ werde ich ihnen sicherlich nicht bereiten. Nicht mit mir!

Deshalb werde ich jetzt meinen Barnylein einer intensiven Fellpflege unterziehen. Weil das aber unsere Herrschaften schon ganz genau von uns kennen, werden sie sich bestimmt gleich in ihr kleines Häuschen zurückziehen und sich mit wichtigeren Dingen des Lebens, als mit uns beschäftigen.

Wie so eine intensive Körperpflege aussieht? Ihr könnt aber wirklich komische Fragen stellen. Na gut, dann will ich mal nicht so sein. Für die ganz Unwissenden unter Euch.

Zuerst wird der gesamte Pelzmantel, angefangen bei der Nasenspitze bis hinunter zu dem Schwanzende mit unserer Zunge richtig spiegelblank geputzt. Andersherum geht es natürlich auch. Ab und zu bleiben nämlich auch einmal ein paar winzige Futterreste in unserem Fell haften oder kleben, besonders um die Schnauze herum, und die müssen dort wieder heraus. Besonders praktisch erweist sich dabei, dass unsere Zungen rau sind wie kleine Reibeisen oder grobkörniges Sandpapier. Da bleibt wirklich jedes noch so kleine und winzige Krümelchen an der Zunge hängen und wenn es sich noch so tief in unserem Pelz versteckt hat.

Obendrein mag Barny dieses kräftige Durchknabbern und intensive Ablecken seines Fells sehr, deshalb gebe ich mir dabei immer besonders viel Mühe. Er gibt dabei regelrecht grunzende Laute von sich, die mich manchmal an ein kleines, sich im Schmutz wühlendes Ferkelchen erinnern.

Übrigens, diese Putzerei kann durchaus eine ganze Stunde und länger dauern, denn während ich meinen geliebten Barny geradezu auf Hochglanz bringe, tut er halt das Gleiche mit mir.

Na egal. Mal beobachten, ob meine kleine List mit der Putzerei auch heute wieder funktionieren wird. Wie hätte doch so passend ein kluger Spruch von Samanthas Frau Mama gelautet: »Frisch gewagt ist schon halb gewonnen!« Oder hieß es: »Ordnung ist das halbe Leben!?«

Dennoch kann mich mein körperliches Wohlbefinden nicht ganz davon ablenken, wieder einmal darüber nachzudenken, warum jetzt aus dem freundschaftlichen Verhältnis zu Barny, eher eine liebevolle Verbindung geworden ist. Wie es der Zufall manchmal so haben will, ist es ausgerechnet wieder einmal der Jüngste der Trimmdichs, mit seiner allgegenwärtigen Neugier, der den Stein der genauen Aufklärung am nächsten Morgen ins Rollen bringen soll.

Patrick hat nämlich seit den Halbjahresferien die kleine Verpflichtung übernommen uns Frettchen zu füttern, bevor er in die Schule geht.

Ganz allein klappt das natürlich noch nicht. Deswegen geht immer einer der Erwachsenen mit. Dieses Mal wäre eigentlich Martin an der Reihe gewesen. Aber da seine Firma irgendwo in Berlin eine Baustelle hat, er schon die ganze Woche auf Montage ist, bleibt es wieder einmal an Samantha ›hängen‹.

Während Frauchen die Villatür weit aufsperrt, damit Patrick in aller Ruhe unsere Futterschüssel hineinstellen kann, beschließt Barny kurzerhand zu einem etwas grimmig wirkenden Angriff überzugehen. Warum auch immer. Er vergräbt sofort seine spitzen Beißerchen überaus tief in jene Hand von Patrick, die unsere Schüssel festhält.

Dass der kleine Kerl vor lauter Entsetzen und vor purem Schmerz prompt laut aufschreit, kann ich gut nachvollziehen. Auch, dass mein Barnylein von unserer Samantha postwendend eine ordentliche Standpauke zu hören bekommt und wieder in unsere Villa verfrachtet wird. Manchmal wagt sich mein Dicker doch etwas zu weit vor in seinem Beschützerinstinkt.

Unter heiß kullernden Tränen und immer wieder herzhaftem Aufschluchzen quetscht Patrick kaum vernehmlich seine Frage hervor: »Mamutsch, warum ist denn der Barny jetzt immer so böse zu mir. Er hat mich auch gestern schon beißen wollen? Aber ehe er es schaffen konnte, habe ich ganz schnell die Tür wieder zugeriegelt. Mache ich irgendetwas falsch? Betty ist neuerdings auch so komisch geworden, so aufgedreht. Ist dir das auch schon aufgefallen?«

Die unkomplizierte Antwort, die unser liebes Frauchen ihrem Jüngsten gibt, beantwortet nicht nur seine Fragen, sondern es hilft mir auch meine vielen Fragen zu verstehen beziehungsweise alle meine Unsicherheiten aus dem Weg zu räumen.

»Weißt du mein Lütter, unsere Frettchen sind jetzt ganz einfach nur aus ihren Kinderschuhen herausgewachsen. Sie haben sozusagen einen überaus wichtigen Reifungsprozess in ihrem Leben durchlaufen, den jedes einzelne Lebewesen auf dieser Welt, egal wie groß oder wie klein es ist, auf seine Art und Weise halt hinter sich bringen muss, um im Kreis der Erwachsenen aufgenommen zu werden.

Bei uns, also ganz speziell auf den Menschen bezogen, sagt man schlicht und einfach Pubertät dazu.

Sicherlich gibt es auch bei unseren beiden Lieblingen Betty und Barny solch eine mehrere Wochen anhaltende Phase des Heranreifens. Sie lassen das wenige Monate dauernde Welpenalter nun für immer hinter

*sich und bemerken recht bald, dass sie eben mehr als nur Spielgefähr-
ten füreinander sind.*

*Das schrittweise Hintersichbringenmüssen dieser unausweichlichen
Entwicklungsphase ist sicherlich auch der Hauptgrund dafür, warum
sie sich halt längere Zeit aufgeführt haben, als wären sie ein wenig
durchgeknallt. Oder, als ob sie sich absolut nicht riechen könnten und
als wenn ihre kleine Frettchenwelt völlig aus den gewohnten Fugen
geraten wäre. Das alles hört erst wieder auf, wenn unsere beiden
Frettchen diese sogenannte Geschlechtsreife erreicht haben und sie
damit in der Lage sind, sich auch fortzupflanzen. Dann können sie
sich auch buchstäblich wieder gut riechen. Wollen wir wetten, was
meinst du?*

*Aber für die ganz genauen Einzelheiten, welche biologischen Prozesse
bei Betty und Barny ablaufen, bist du doch noch etwas zu klein, mein
Sohnemann, um es wirklich verstehen zu können.*

*Mal schauen, wie es bei dir in ein paar Jahren aussehen wird, wenn
du in dieser ›ach so schrecklichen‹ Pubertätsphase steckst? Ob du
dann auch so eine ruppige Phase durchmachen wirst oder ob du der
liebe nette Junge bleibst, der du jetzt bist.*

*Nun komm, versorgen wir deine Wunde, sonst kommst du noch zu spät
zur Schule. Nicht, dass deine Lehrerin Frau Steinert wieder einen
Brief für mich mitgeben muss!«*

Es ist mir in meinem bisherigen Leben wirklich nur selten passiert,
dass ich auf irgendetwas keine Antwort wusste. Aber hier, betreffs
meiner eigenen und hautnahen Probleme, war ich einmal völlig über-
fragt. Ich bin meinem geliebten Dicken im Prinzip regelrecht dankbar
dafür, dass er Klein-Patrick in die Hand gebissen hat. Sonst hätte ich
doch nie im Leben erfahren, was ich meinem Barny auch sogleich
noch erzählen muss, dass wir beide nämlich erwachsen geworden
sind. Obwohl mir die Bedeutung und die Folgen dieser Worte noch
nicht durchgängig klar sind! Euch vielleicht? Aber eins weiß ich genau. Ich bin mächtig stolz auf das Erwachsen sein. Es klingt so gewaltig und erhaben. Sicherlich wird es uns viele Überraschungen bringen,
das Leben als Erwachsener!
Nun erst einmal tschüss. Ich habe nämlich noch ein nettes Rendezvous
mit ... Na, dann ratet doch einfach einmal mit wem!

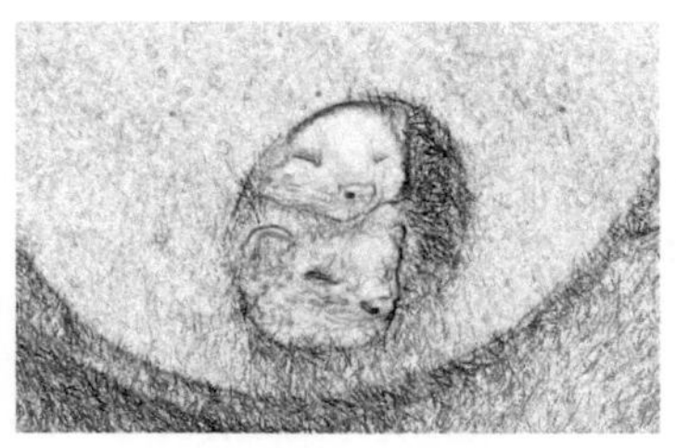

˙⁂ Schreie im Morgengrauen ⁂˙

Der große gelbe Pullover, der noch vor wenigen Tagen ein sehr begehrtes Streitobjekt zwischen meinen beiden Frettchen darstellte, scheint sich nun zu einem beliebten Tummelplatz für alle Aktionen im Leben meiner Lieblinge gemausert zu haben. Denn immer, wenn ich nach Betty und Barny schaue, jenes ist in den letzten Tagen wirklich wesentlich mehr als früher geworden, weil ich mich so sehr über ihre augenscheinliche und wiedergefundene Zuneigung freue, entdecke ich sie hundertprozentig auf diesem ollen, gelblichen und völlig verwaschenen Pullover. Gemeinschaftlich wird dort zum Beispiel, Schnäuzchen an Schnäuzchen, das Fressen eingenommen. Auch wenn das jeweilige Stück Futter noch so klein ausgefallen ist, es wird stets versucht zu zweit darauf herumzukauen.

Dass ihr Lieblingspullover bei den gemeinschaftlichen Fressorgien nicht sauber bleibt, lässt sich ja nun nicht ändern. Doch zum Glück fiel mir kürzlich, bei wieder einmal fälligen Aufräumungsarbeiten in der Garage, das schon seit längerer Zeit verschollene und völlig identische Gegenstück in meine Hände. So kann ich die ›guten und alten‹ Stücke regelmäßig untereinander austauschen und meine Frettchen haben immer ihren sauberen gelben Pullover zu ihrer Verfügung.

Doch zurück zu Betty und Barny. Ist alles restlos aufgefressen, lecken sie sich liebevoll und behutsam die kleinsten Krümel aus ihren langen Barthaaren heraus. Besonders gewissenhaft und langfristig dauert das gegenseitige Putzen, wenn es wieder einmal Katzennassfutter, Hühnerbein, Geflügelleber, frisches Rindfleisch oder Ähnliches gab.

Beide Tiere haben dabei fast immer ihre Seher fest geschlossen, so dass nur noch der kleine bogenartige Verlauf ihrer langen Wimpern erahnen lässt, wo sich diese eigentlich befinden. Wie in einem Traumzustand scheinen Betty und Barny das gegenseitige Putzen oder auch die bedächtige Behandlung durch ihren Partner zu genießen.

Mir entlockt es jedes Mal ein glückseliges Lächeln und in meine Augenwinkel schiebt sich heimlich eine klitzekleine einsame Träne der tiefen Rührung, wenn ich meine beiden Frettchen so friedlich vereint antreffe, habe ich doch noch ganz andere Seiten, wahrhaft raubtierartige Seiten, von ihnen in tiefster Erinnerung.

Meistens wird meine heimliche Anwesenheit von Betty und Barny gar nicht wahrgenommen, so intensiv sind sie mit sich selbst beschäftigt.

Mir selbst kommt es manchmal vor, als ob sich die beiden mit ihren Gedanken und ihrer Gefühlswelt in einer völlig fremden Dimension, fern ab von allen irdischen Dingen, befinden würden. Ich persönlich wünsche mir nun natürlich sehr, dass dieses neue friedfertige Miteinander noch recht lange anhalten möge.

Aber nicht nur ihre Mahlzeiten nehmen sie regelmäßig und gemeinsam auf dem Pullover ein. Auch wenn sie nach der ausgiebigen und täglich stattfindenden Tobestunde in unserem Häuschen, dem Nachmittagsspaziergang durch Hirschberg oder dem beaufsichtigten Freilauf in unserem Garten müde werden und in ihre Villa zurückwollen, verschwinden Betty und Barny nicht etwa wie früher auf dem kürzesten und auch dem schnellsten Weg in einem der Schlafhäuser, sondern sie kuscheln sich zu einhundert Prozent auf ihrem neuen gemeinsamen Lieblingsstück zum Schlafen zusammen.

Manchmal frage ich mich ernsthaft, warum man das klobige Ding von Schlafhäuschen überhaupt noch in der Villa herumzustehen hat?

Schaut man aber später ein zweites Mal nach ihnen, haben sie es sich doch noch anders überlegt und es sich wie gewohnt gemeinsam unter Bettys einstigem Lieblingskuscheltuch, der orangenfarbenen Babydecke, gemütlich gemacht. Was ja eigentlich auch nicht verwunderlich ist, sind doch die Nächte im Monat März noch ziemlich frisch, manchmal sogar noch recht frostig.

Natürlich freut es die Familie Trimmdich sehr, dass das friedliche und einträchtige Zusammenleben von unseren Frettchen auch in den Nächten reibungslos zu funktionieren scheint. Bis ich an einem wirklich schönen und sehr sonnigen Mittwochvormittag, es war wohl in etwa Anfang März, wenn ich mich recht entsinne, meine beiden Frettchen von einer ganz anderen Seite kennenlernen durfte und musste. Von einer Seite, wo sie nur noch von ihren ureigenen Instinkten angestachelt wurden, von den ausschließlichen Instinkten der Fortpflanzung.

Am besagten Mittwochvormittag ging ich, wie jeden Morgen, in den Garten hinaus, um unsere zahlreichen Tiere, nebst Frettchen, zu versorgen. Ich hatte gerade meinen gewohnten Morgenkaffee getrunken, war so richtig munter, guter Dinge und voller Unternehmungsdrang.

Schon, als ich die Küchentür von außen verschloss, drang ein überaus spitzes und irgendwie qualvoll klingendes, extrem lautes Aufschreien an meine Ohren, welches mir im allerersten Moment einen echt eiskalten Schauer über meinen Rücken jagte und mir mein Blut in den Adern gefrieren ließ.

›Wo kommt denn das jetzt nur her?‹, war die äußerst bange und angsterfüllte Frage, die mich die nächsten fünf Minuten außerordentlich stark beschäftigen sollte, da ich nicht auf Anhieb sehen und auch nicht ausmachen konnte, woher eigentlich dieses Mitleid erregende Schreien stammt.

So begab ich mich kurzerhand auf die gründliche Suche, nach der so qualvoll schreienden Kreatur, denn ich war mir ziemlich sicher, dass es sich hierbei nur um ein gepeinigtes Tier handeln konnte. Ich war mir auch ziemlich sicher, dass dieses Tier umgehend meiner schnellen Hilfe und meinem Eingreifen bedarf. Und doch brachte ich es noch nicht mit unseren beiden Lieblingen, den Frettchen Betty und Barny, in nähere Verbindung.

Als Erstes schaute ich bei unserer Schäferhündin Alexa nach. Sie hatte sich einmal vor drei oder vier Wochen einen spitzen vertrockneten Dorn von einer wilden Rose, die am Rande unseres Grundstücks wächst, eingetreten und danach sehr ähnlich klingende und klagende Töne von sich gegeben. Aber sie schlummerte auf ihrem angestammten Lieblingsplatz, vor dem Küchenfenster. Sie schaute mich mit fragenden Augen an, als ich vorsichtig ihre vier Pfoten nach irgendwelchen Blessuren untersuchte. Doch zum Glück wurde ich diesmal nicht fündig. Bei ihr war alles in bester Ordnung.

Mein nächster kontrollierender Blick galt dann unsere vielen Hauskaninchen, obwohl ich mir beim allerbesten Willen nicht vorstellen konnte, dass sie zu solchen spitzen und qualvollen Tönen fähig sind. Eine kurze Überprüfung ihre Buchten verriet mir, dass auch hier alles in bester Ordnung war, denn eng aneinander gekuschelt schliefen sie tief und fest.

Nun noch schnell bei den Meerschweinchen hereingeschaut, denn die noch sehr junge Mimi - Patrick sein Meerschweinchen, ist durchaus in der Lage sehr hohe, aber doch eher quiekende Töne von sich zu geben, wenn sie niemanden an sich heranlassen will. Egal, ob es gerade ihr Böckchen ist oder einer von den vier Trimmdichs. Aber hier wird soeben intensiv an einer getrockneten Scheibe Mischbrot herumgeknabbert und man scheint von den eben gehörten Geräuschen in keinster Weise beeindruckt zu sein. Warum denn auch, wenn man gerade solch ein leckeres Futter zwischen seinen Zähnen hat.

Bleibt nun im Prinzip nur noch unser Frettchenpärchen übrig, denn ein schneller und kurzer Blick über Nachbars niedrigen Maschendrahtzaun verrät mir, dass deren Hund sich auch noch im tiefsten Schlaf befindet und noch keinerlei Lust oder Laune verspürt alles und jeden anzukläffen.

Da im Moment ringsherum alles ruhig ist, kein einziger Ton ist zu hören, der hier nicht zu sein hätte, schleiche ich mich ganz besonders vorsichtig an die Frettchenvilla heran, um dort nachzuschauen, was sich eventuell zwischen den beiden momentan abspielt. Vielleicht hat man sich wieder zu einer eher freundschaftlichen kleinen Rauferei eingefunden oder zu einer alles vergessenden Putzorgie. Doch was sich dann meinen Augen bietet, lässt meine Gefühle für meine Frettchen zwischen blankem Entsetzen und unverhohlener Neugier hin und her schwanken.

Als Allererstes fällt mir eigentlich augenblicklich ins Auge, dass meine beiden Frettchen auf das Äußerste erregt sein müssen, stehen ihnen doch buchstäblich und ausnahmslos alle Haare vom Körper ab. Auch der Schwanz ist aufgeplustert, wie eine dieser handelsüblichen Bürsten womit man Flaschen reinigen kann. Auf rastlosen Branten rennen sie, ganz und gar ihrer Umwelt entrückt, durch ihre gesamte Villa. Treppauf und treppab. Wobei Barny mit seiner schnüffelnden Schnauze regelrecht an der Vulva von Betty festzukleben scheint, denn es lässt sich absolut kein Zwischenraum zwischen besagter Schnauze und dem Hinterteil von Betty erkennen.

Für mich schaut es freilich ganz und gar danach aus, als ob ihr die hartnäckige Nachstellung durch ihren Barny nicht sonderlich zu gefallen scheint. Immer wieder versucht sie verzweifelt, sich von ihm loszueisen. Mal wirft sie sich ganz schnell auf ihren Rücken, mal faucht sie ihren Barny äußerst böse an, was sich beinahe wie das Zischen einer äußerst erzürnten oder warnenden Schlange anhört. Sogar mit allen vier Branten wird hoffnungslos nach ihm mit ganzer Kraft getreten, nur um ihn irgendwie von sich abzubringen. Doch all ihre anstrengenden Versuche sind von vornherein zum Scheitern verurteilt, ist doch der überaus kräftiger gebaute Barny seiner Betty schon rein körperlich und somit auch gewichtsmäßig bei weitem Überlegen.

Dass diese gänzliche körperliche Verausgabung nicht spurlos an meinen beiden Frettchen vorübergeht, kann sich ja sicherlich jeder an seinen zehn Fingern ausrechnen. So legen schließlich beide Tiere völlig erschöpft eine wohlverdiente Pause ein. Mit anderen Worten, sie lassen endlich nach fast einer halben Stunde, so lange schaue ich den beiden schon fasziniert zu, voneinander ab. Sie ruhen sich, jeder vereinzelt für sich und gut einen Meter auseinanderliegend auf den Brettern ihrer Villa von den Strapazen des ersten intimen Zusammentreffens aus. Man kann ihnen den noch ungewohnten und auch Kräfte zerrenden ›Kampf‹ regelrecht am ganzen Körper ansehen.

Ganz lang ausgestreckt und völlig flach liegen sie nun auf dem Boden der zweiten Etage und ganz deutlich sieht man, wie sich der Brustkorb der Frettchen von der schnellen Atmung hebt und senkt.

Widererwarten ist Barny diesmal eher wieder auf den Beinen und oben auf, als Betty. Er nutzt, welches ganz charakteristisch und typisch für einen ranzigen Frettchenrüden ist, sofort die sich bietende Situation für sich aus. Er stürzt sich nämlich prompt und gnadenlos auf die immer noch völlig geschaffte und immer noch vor sich hin träumende Betty. Er ergreift sie mit einem festen und hartnäckigen Biss in ihrem Nackenfell, schleift sie über einen Meter hinter sich her, eigentlich hängt sie halb unter Barny, in die hinterste linke Ecke der zweiten Etage ihrer Frettchenvilla. Dort knautscht er sie regelrecht so in diese besagte Ecke, dass es für seine Betty dieses eine Mal kein Entrinnen mehr gibt.

Obwohl meine kleine Betty nun keine große Gegenwehr mehr leisten kann, sicherlich ist sie durch das ewige Hin und Her durch die Villa immer noch rundweg erledigt, gibt Barny sein dominantes Verhalten ihr gegenüber keine einzige Sekunde lang auf. Immer wieder drückt er nicht nur mit seiner ganzen Körperkraft unaufhörlich nach, wodurch Betty in ihrer Ecke beständig weiter in der Höhe geschoben wird, bis sie mit ihrem Kopf, ihrem Hals und den vorderen Branten nur noch hilflos in der Luft herumhängt, sondern er verstärkt auch weiterhin seinen haltenden Biss in dem Nacken von seiner Partnerin, von Betty. Wer sich nun mit Frettchen etwas genauer auskennt, der weiß, dass durch das Anheben in ihrem Nackenfell, was ja Barny nun geradewegs mit seiner Betty vollzieht, die gesamte Muskulatur bei dem Frettchen rundweg erschlafft und somit keinerlei Widerstand mehr möglich ist.

So ergeht es jetzt eben auch Betty. Barny tut nun zu guter Letzt nur jenes, was er wohl schon mehrere Tage lang in seinem Sinn hatte beziehungsweise wozu ihn seine ureigenen Instinkte sowie Triebe seit Beginn der Ranzzeit anhalten. Er vollzieht erfolgreich den Geschlechtsakt mit Betty.

Dass er ihr dabei doch etwas weh tut, ist sicherlich nicht seine Absicht. Aber an der Reaktion von Betty lässt sich doch nachvollziehen, dass diese körperliche Vereinigung nicht ganz ohne Schmerzen für sie vonstattengehen kann. Denn da ist es plötzlich wieder, dieses spitze und irgendwie qualvoll klingende sowie extrem laute Aufschreien, welches mir schon beim Verschließen unserer Küchentür entgegenschlug, mir einen eiskalten Schauer nach dem anderen über den Rücken jagte und mein Blut in den Adern gefrieren ließ.

Erst jetzt fällt mir wieder ein, weshalb ich ursprünglicherweise vor der Frettchenvilla stehengeblieben bin. Ich war auf der Suche nach dem oder den Verursachern dieser mitleiderregenden Schreie und auf der Suche nach der so qualvoll schreienden Kreatur.

Jetzt geht mir buchstäblich ein Licht auf, es fällt mir wie Schuppen von den Augen. Die ganze Geschichte zwischen meinen beiden Frettchen hat sich also heute Morgen schon einmal, vielleicht auch schon mehrere Male abgespielt!

Um ehrlich zu sein, erschrickt und entsetzt mich das richtig brutal aussehende Vorgehen von Barny bei den Paarungsversuchen beziehungsweise bei der Paarung doch etwas. Aber andererseits bin ich auch froh, dass kein Tier sich in wirklich ernsthafter Gefahr befindet.

Da sich das Geschehen bei Betty und Barny noch immer weiterentwickelt, besser gesagt noch eine Steigerung erlebt, nehme ich wieder die Position des passiv beobachtenden, aber doch auch sehr wachsamen Zuschauers ein.

Und wenn ich es jetzt einmal so ausdrücken darf, so wird meine sicherlich etwas unverkennbare Neugier auf die weiteren Geschehnisse zwischen meiner Betty und meinem Barny gewissermaßen auch belohnt, denn schließlich habe ich noch nie einen Geschlechtsakt zwischen zwei Frettchen gesehen und schon gar nicht bei den Unsrigen.

Da mein Freund Barny ziemlich schnell gemerkt hat, dass es in dieser Ecke gleichwohl zu einer funktionierenden Vereinigung zwischen ihm und seiner Betty kommt, aber auch instinktiv gemerkt hat, dass die im Moment eingenommene Position dort nicht länger aufrecht zu halten ist, muss er seine Partnerin buchstäblich aus seinen Fängen lassen, wenn er vor lauter körperlicher Entkräftung nicht auf der Stelle umfallen will. Es ist ja gewissermaßen das erste oder vielleicht auch schon das zweite Mal, dass die körperliche Vereinigung stattfand und die ungewohnte Aktivität übersteigt seine Kräfte bei Weitem.

Währenddessen ich meine sich liebenden Frettchen so betrachte und mir schon bildlich ausmale, wie es wohl sein wird, wenn dann erst einmal die Welpen da sind - kleine allerliebste süße Wollknäuele, versucht Betty sich von Barny zu befreien. Aber da hat sie wohl die Rechnung nicht mit dem Wirt gemacht, denn sobald Barny auch nur spürt, wie sie sich ihm und seiner Umklammerung entziehen will, ist er mit seinem Fang schon wieder über ihrem Nacken und verbeißt sich erneut erbarmungslos in ihr.

Doch nun bleiben sie nicht länger in dieser schon ausführlich beschriebenen Ecke, sondern Barny unternimmt alle erforderlichen Anstrengungen, um seine Betty in das Schlafhäuschen zu schleppen. Was sich als gar nicht so einfach herausstellen soll, denn der Weg aus der Ecke bis zu ihrem auf der gleichen Etage befindlichen Schlafhäuschen beträgt nämlich gut zwei Meter.

Dann ist dort auch noch ein nicht unerhebliches Hindernis zu überwinden, eine neue und größere Frettchentoilette. Sie war ehemals ein Unterteil eines geräumigen Meerschweinchenkäfigs, in den Abmessungen fünfundvierzig Zentimeter breit mal achtzig Zentimeter lang. Durch ihren momentanen Standort, genau in der Mitte der Villa, nimmt sie die gesamte Breite der Frettchenvilla ein. Ein zwei Meter langer Weg und ein fünfzehn Zentimeter hohes Hindernis, die nun bewältigt werden müssen, obwohl beide Tiere noch immer fest zusammenhängen. Habe ich es richtig nachgelesen, in dem Buch von Karim Choukair ›Frettchen als Haustiere‹, kann das durchaus über mehrere Stunden, von einer bis drei, andauern.

Da ich mich aber wirklich nicht in die Angelegenheit meiner Frettchen einmischen will, werde ich mich bei der Lösung dieses Problems nicht auf ihre Seite schlagen. Außerdem möchte ich von ihnen keinen Biss riskieren, sehen beide Tiere doch auch ziemlich gereizt und gestresst aus. Da muss ich meine zarten Finger nicht unbedingt auch noch ins Spiel bringen. Außerdem, wer sagt mir denn, dass ich beim Helfenwollen, die Tiere nicht aus puren Versehen irgendwie verletze.

So bleibt mir also wieder nur der Dinge zu harren, die da vielleicht noch kommen werden oder anders ausgedrückt, ich bin mehr als wissbegierig, wie Barny zusammen mit Betty an sein Ziel, das Schlafhaus kommen will. Doch dann geht alles ziemlich schnell vonstatten.

Betty, von dem sicherlich schon über mehrere Stunden andauernden und sich mehrmals wiederholenden Liebesvollzug, völlig am Ende ihrer körperlichen Kräfte angelangt, hat alle verzweifelt wirkenden Versuche, sich gegen ihren Barny zu wehren, aufgegeben. Alles hängt buchstäblich willenlos an ihr herab. Ob es sich dabei um ihre vier Branten handelt oder ob es auch nur der Schwanz ist, der auf dem Boden aufliegt. Es wirkt beinahe auf mich, als wenn diese Körperteile gar nicht mehr zu meiner kleinen Frettchenfähe gehören würden. Sogar mit dem entsetzlich klingenden Schreien hat sie ganz zum Schluss aufgehört. Es kommen nur noch leise, eher wimmernde Töne aus ihrem Mäulchen heraus. Für mich schaut es nach einer vollkommenen Unterwerfung aus oder eben nach totaler Resignation. Als ob Betty sich durchaus bewusst wäre, dass sie gegen ihren Barny nicht mehr ankommen kann. Und wenn ich es recht betrachte, so habe selbst ich Betty noch nicht schlaffer ›hängen‹ sehen, wenn ich sie im Nackenfell festgehalten habe, um ihr von Martin die zu langen Krallen verschneiden zu lassen.

Barny nutzt natürlich die Gunst der Stunde, die diesmal ganz für ihn schlägt, aus. Er schleift seine Betty, wie einen nassen Sack, einfach neben sich her. Damit er das auch machen kann, muss er aber halbwegs rückwärtslaufen. Ohne einen sondierenden Blick hinter sich zu werfen, klettert er zuerst mit der rechten hinteren Brante äußerst behutsam und nahezu in Zeitlupentempo in die neue Frettchentoilette hinein. Dann tut er das Gleiche mit seiner linken hinteren Brante, wobei er seinen Schwanz annähernd in einer geraden Linie mit seinem Rückgrat erhoben hält. Hier verweilt er nur für einen wahrhaft kurzen Augenblick, atmet mehrere Male hastig tief ein und aus, um dann seine Betty mit einem nahezu blitzartigen und kräftigen Ruck auf die etwa anderthalb Zentimeter schmale Umrandung der Toilette zu ziehen. Und das geschieht alles, obwohl beide Tiere immer noch fest miteinander vereint sind.

Na, hoffentlich hinterlässt diese rücksichtslose Vorgehensweise von meinem Freund Barny nicht doch irgendwelche blaue Flecken oder sogar ernsthafte Blessuren bei meiner kleinen Betty. Auf alle Fälle werde ich, falls die beiden heute noch einmal fertig werden, einen kontrollierenden Blick auf ausnahmslos alle Körperteile von meiner Fähe werfen, denn sicher ist sicher beziehungsweise ich möchte später keine böse Überraschung erleben müssen.

Während ich noch meinen grüblerischen Gedanken nachhänge, hat mein heute sehr potenter Barny nicht nur seine kleine Pause beendet, sondern es auch endlich geschafft, seine Betty über den zweiten hohen Rand der Frettchentoilette zu schleppen, wo er gerade mit ihr im Schlafhaus verschwinden möchte. Doch so einfach, wie es sich wohl mein Barny vorgestellt hatte, funktioniert dann dieses Verschleppenwollen in das Schlafhäuschen doch nicht, denn beide Tiere passen zusammenhängend nicht durch die im Durchmesser etwa zehn Zentimeter große Öffnung des selbigen. So muss Barny wohl oder übel seine Betty endlich freigeben. Das tut er auch im wahrsten Sinne des Wortes, denn jetzt lösen sich urplötzlich beide Tiere völlig voneinander. Betty wird aus den Fängen von Barny gelassen und sie hängen sozusagen auch nicht mehr.

Ich persönlich hätte ja nun stark angenommen, dass meine kleine Betty ganz schnell das Weite sucht, aber stattdessen folgt sie Barny stehenden Fußes in das Häuschen.

Eine Weile hört man noch ein leichtes Poltern, dann ein leises Kratzen auf dem Holz und wenig später wird der Eingang des Schlafhauses von der orangefarbenen Babydecke regelrecht verstopft.

Wer von meinen beiden Lieblingen da am Wirken ist, kann ich beim besten Willen nicht erkennen. Aber das ist wieder einmal eine ganz typische Handlung von Betty.

Was mich wiederum augenblicklich annehmen lässt, dass sie - meine Frettchen - für heute beziehungsweise für den Moment fertig sind, fertig mit dem Austausch von Intimitäten.

Obwohl es nun nichts mehr für mich zu sehen gibt, bleibe ich noch ein paar Minuten vor der Frettchenvilla stehen und lausche angestrengt auf die kleinsten Geräusche, die eventuell aus dem Inneren des Schlafhauses an mein Ohr dringen könnten. Aber bald ist völlige Ruhe eingekehrt und kein gequältes Schreien im Morgengrauen stört gegenwärtig den endgültig erwachenden neuen Frühlingstag.

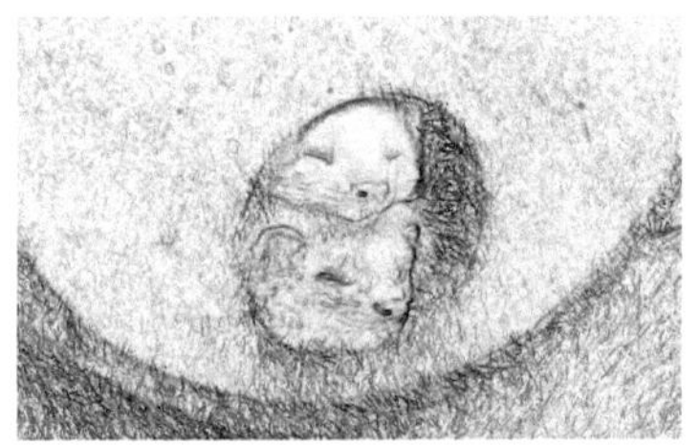

Schuldig im Sinne der ›Anklage‹

Seit beinahe einer kompletten Woche ist meine kleine, ehemals ach so heile Frettchenwelt völlig aus den gewohnten Fugen geraten, denn vor circa sieben Tagen wurde ich nicht nur aus der oberen Etage unserer Frettchenvilla in die unterste Etage verbannt, sondern ich wurde auch von meiner angebeteten besseren Hälfte Betty getrennt.
Das war ja schon schlimm genug. Aber, als mir dann auch noch meine schon ein wenig angeschlagene blaue Futterschüssel einfach entwendet und in diesem grauen, hässlichen und stinkenden Restmüllcontainer entsorgt wird, begreife ich meine Welt nicht mehr.
Was hat das denn nur alles zu bedeuten? Kann mir mal einer erklären, was hier überhaupt los ist?
Doch es sollte noch ein kleines bisschen ärger für mich kommen, denn sogar unsere bislang gemeinschaftlich genutzte orangenfarbene Lieblingskuscheldecke wurde aus meinem Einzugsbereich entfernt.
Ich kann mir nicht helfen, aber irgendwie habe ich doch das eigenartige Gefühl, dass etwas Wertvolles in mir zerbricht.
Auf dem schnellsten Weg will ich mich zu meiner Betty zurückbegeben, schließlich muss ich ihr doch umgehend und haargenau berichten, was sich gerade in unserer Villa abspielt. Aber zu meiner riesengroßen Verwunderung wurde der einzige Durchgang zwischen den beiden Etagen mit einem solch schweren, unförmigen und für ein Frettchen wahrhaftig monströsen Feldstein buchstäblich verbarrikadiert, so dass es mir trotz aller Kraftaufbietung einfach nicht gelingen will, ihn wieder frei zu bekommen. Ich könnte platzen vor lauter Wut.
»Ich will sofort zurück, zurück zu meiner geliebten Betty! Zurück zu meiner Zuckerpuppe! Hey, ihr da! Hört mich denn keiner?«
Völlig entmutigt und niedergeschlagen rolle ich mich ganz fest auf den Fliesen vor dem Eingang meines Schlafhauses zusammen. Dass

ich damit eine ordentliche Unterkühlung riskiere, interessierst mich ehrlich gesagt einen feuchten Kehricht. Ich warte auf die schrecklichen Dinge, die da vielleicht noch auf mich zukommen werden.

Nur so am Rande bemerke ich, dass ich ein ›neues‹ Schlafhaus, gebastelt aus einigen sehr gut erhaltenen Teilen der beiden alten schon längst vergessenen Schlafhäuser, bekommen habe.

Natürlich beschäftigt mich nun umgehend die Frage wieso, weshalb, warum das ganze Affentheater überhaupt stattfindet? Etwas anderes kann es doch bald gar nicht sein! Ich komme mir nämlich langsam aber sicher wie diese drei komischen Affen vor. Aber alles in einer Person. Schließlich kann ich nicht hören, was los ist. Ich kann auch nicht sehen und reden kann ich schließlich auch mit niemand darüber oder was?

Ich weiß im Augenblick nur so viel, dass daran wieder einmal ich ganz alleine die völlige Schuld tragen soll. Und das wurde mir ausgerechnet von der altklugen und neuerdings außerordentlich aufdringlichen Alexa gesteckt, als sie sich wieder einmal heimlich vor unserer Frettchenvilla herumtrieb und sich ein paar winziger Brocken daneben gefallenen Katzentrockenfutters bediente. Das tut sie seit jüngster Zeit nämlich immer häufiger, weil sie den frechen Hirschberger Dorfspatzen diese kleinen Krumen einfach nicht gönnen will. Ich nehme ja stark an, dass es wieder einmal der pure Futterneid ist. Dazu neigt sie ja schon immer!

Fehlt bloß noch, dass sich dieses Hundetier als Katze fühlt und anfängt dem dicken Kater von nebenan Konkurrenz zu machen und mit ihm um die Wette zu mauzen! Bei dem Vieh weiß man doch schließlich nie. Oder was soll ich sonst von einem Katzenfutter fressenden Hundetier halten? Na?

Während Alexa also geräuschvoll schmatzt, sich immer wieder einmal den tropfenden Speichel von ihrem Maul leckt und weiter vorzieht vor unserer Villa herumzulungern, schaut sie mir geradewegs in meine unglücklich vor sich hin starrenden Augen und dann platzt sie geradewegs mit ihrem allerneuesten Wissen heraus. Aber nicht sofort, denn erst lässt sie mich doch noch ein ganzes Weilchen buchstäblich an der langen Leine zappeln.

»Na Dickerle, haste überhaupt eine blasse Ahnung, warum dir diese plötzliche unvermutete Trennung von deinem Weibsbild widerfährt? Soll ich dir möglicherweise ein kleines bisschen auf die Sprünge helfen oder kommst du von ganz alleine drauf? Na, überlege doch mal! Falls du eine kleine Hilfestellung von mir gebrauchen kannst, dann wende dich ruhig vertrauensvoll an mich. Vielleicht verrate ich es dir dann ja?! Du weißt doch Barny, auf mich ist jederzeit Verlass!

Ich habe da nämlich ein sehr interessantes Gespräch zwischen unserem Herrchen Martin und unserem Frauchen Samantha belauscht. Als dein werter Name fiel, war ich doch gleich ganz Ohr. Wie du dir sicherlich gut vorstellen kannst. Ich weiß also ziemlich genau, was die Stunde für dich geschlagen hat.

Aber für nichts, gibt es auch nichts. Dies dürfte dir doch im Prinzip absolut klar sein, mein Gutster, nicht wahr? Ein bisschen herüberschieben, von eurem wundervoll schmeckenden Trockenfutter zum Beispiel, müsstest du für diese eine kleine aber doch interessante Information schon! Capito, mein kleiner neuer Freund?

Falls du es aber noch nicht gehört haben solltest, nur ein anständig bezahlter Informant ist auch ein guter Informant beziehungsweise eine Informantin! Na, was ist denn nun? Willst du wissen, was Sache ist? Ja oder ja? Spanne mich nicht weiter auf die lange Folter, mein Dickerchen, sonst zerspringe ich noch.«

Wieder schaut sie mir mit solch einem lauernden Blick in meine Augen. Sie scheint doch tatsächlich sofort eine Antwort, ›Oder heißt es jetzt Frage?‹, von mir zu erwarten. Doch ich für meinen Teil lasse jetzt erst einmal den völlig desinteressierten Frettchenrüden heraushängen. Schließlich habe ich auch einen gewissen Stolz zu vertreten und der ist bei Frettchen, aber ganz besonders bei den männlichen Exemplaren, nicht gerade unerheblich.

Vielleicht fange ich jetzt noch ernsthafte Gespräche mit irgendwelchen dahergelaufenen Dorfkötern an, auch wenn dieser spezielle Dorfköter reinrassig ist und den Trimmdichs gehört. Soll doch diese ungeniert, übersteigerte Bedingungen stellende, unverschämte Schäferhündin, ›Oder grenzt es jetzt vielleicht schon mehr an eine eher gewissenlose Erpressung?‹, nicht gleich mitbekommen, dass ich für meinen Teil, von einer unglaublichen Neugier gepeinigt werde und vor innerer Anspannung unmittelbar vor dem Explodieren stehe.

Upps, was war denn das eben für ein seltsames Geräusch? Irgendwie kam mir das sehr bekannt vor. Ist mir vor lauter Anspannung etwa einer meiner berühmten berüchtigten Frettchenfürze abgegangen? Na hoffentlich hat dies jetzt die eingebildete Töle nicht mitbekommen, sonst will die mir doch prompt wieder an meinem schönen Hintern herumschnüffeln.

Angeblich steht sie neuerdings auf so etwas, es würde so schön nach Aas oder Verwesung riechen und da käme der Wolf wieder in ihr durch. So hatte sie es jedenfalls der Nachbarhündin in einer Vollmondnacht über den Zaun gejault.

Um von mir und dem kleinen Zwischenfall abzulenken, wende ich mich also schnellstens mit meinen Fragen, die ich nur ganz leise, fast schon lautlos würde ich sagen, zwischen meinen Zähnen, besser gesagt Fängen, herauspresse, an Alexa. Wobei ich aber eine gewisse eiskalte Coolheit an den Tag lege.

»Wenn du also so entgegenkommend wärst und mir bitte diesen äußerst bedeutenden Umstand doch etwas ausführlicher erläutern würdest, dann könnte ich sicherlich wieder etwas ruhiger schlafen. Damit hapert es in der letzten Zeit etwas. Aber das kannst du dir ja sicherlich an deinen zehn zarten Krallen, eh zwanzig Krallen, ganz leicht ausrechnen oder?«

Dass ich ganz nebenbei, völlig ungewollt, mit meiner flaschenbürstig aufgestellten Rute, schließlich stehe ich unter akutem Stress, ein paar Krümelchen von unserem Katzentrockenfutter aus unserer Frettchenvilla herauswische, ist wirklich keine Absicht von mir. Aber es hat den Vorteil, dass mir wenigstens einer in diesem Haushalt zuhört. Warum nicht nach solch einem Strohhalm greifen und wenn dieser Strohhalm eben nur Alexa heißt? Das ist mir in diesem Augenblick so was von scheißegal, äh … Tschuldigung, frettchenegal.

So plaudere ich weiter munter darauf los, so als ob ich jeden Tag stundenlang mit diesem Hund Zwiegespräche halten würde. Obwohl ich mir dadurch langsam aber sicher vorkomme, als ob ich bei einem sogenannten Seelendoktor mein ganzes Leid ausschütten würde. Fehlt eigentlich nur noch eine ordentliche und bequeme Couch! Oder liegt man neuerdings beim Seelenklempner nicht mehr auf so einem Ding herum? Ist ja auch völlig Wurst! Jetzt mache ich aus meinem Herzen jedenfalls keine Mördergrube mehr, weil es mir sicherlich hilft, meine Situation etwas leichter zu ertragen!

»Ist es eigentlich nicht richtig niederträchtig, Alexa? Ausgerechnet mich lässt man als unmittelbar betroffene Hauptperson in diesem Drama vollständig im Dunkeln stehen. Egal, von welcher Seite ich es auch im Nachhinein betrachte, niemand von den vier Trimmdichs und auch Betty gaben mir eine passende Erklärung. Ehe ich überhaupt bis drei zählen konnte, wurde ich schon in die untere Etage verbannt.

Bist du nun endlich bereit mir zu verraten, was ich lieber Frettchenrüde denn nun schon wieder s ... o schlimmes verbrochen oder besser gesagt ausgefressen haben soll, dass man sofort und ohne zu zögern, zu solchen harten Maßnahmen greift? Was haben denn der Martin und die Samantha so über mich geplaudert?

Ich bin mir beinahe sicher, dass du wieder einmal maßlos übertreibst! Nur um dich für unsere kleinen niedlichen Späßchen mit dir, endlich einmal zu rächen. Stimmt's oder habe ich recht?!

So wild war nun der Probebiss, von meiner Betty in deine Nase, auch wieder nicht und das winzige Tröpfchen Blut war doch außerdem ziemlich schnell vergessen. Oder bist du deswegen immer noch so grätig. Aber, wenn du mir so sehr auf die Pelle gerückt wärst, wie du es bei meiner Zuckerpuppe getan hast, man schnüffelt einer Frau halt nicht am Hintern herum, hätte dies viel schlimmere Folgen für dich gehabt. Dann könnte man heute noch eine ordentliche Narbe an deinem Riechkolben sehen. Ist dir das eigentlich schon einmal klargeworden?

Man, Alexa! Nun rücke schon endlich heraus mit der Sprache oder muss ich vor dir erst noch auf die Knie niedersinken.

›Natürlich würde ich das niemals tun, niemals in meinem Leben, doch nicht vor dieser Dorftratsche. Aber sagen kann man doch viel, wenn der Tag lang ist‹, denke ich bei mir.

Muss ich dir den jedes Wort einzeln aus dem Nischel ziehen? Mache es nicht so spannend! Du Hund, du!«

Während ich nun nicht nur mit meiner Rute nervös hin und her schlage, sondern auch anfange, mit meiner rechten vorderen Brante, den Takt von ›Wenn ich ein Vöglein wär und auch zwei Flügel hätt, dann flög ich zu dir!‹, auf die doch recht kühlen Fliesen zu trommeln, wobei ich intensiv an meine Betty denken muss, schiele ich aus meinen Augenwinkeln immer wieder zu der Schäferhündin herüber. Ich warte jetzt wirklich mehr als spannungsvoll auf ihre angekündigte und bedeutsame Auskunft sowie die angeblichen wichtigen Informationen über meine Person.

Aber noch immer lässt sie mich zappeln und mehr als genervt frage ich Alexa, die momentan rastlos vor unserer Villa hin und her rennt, ihren Riecher dicht über den Erdboden haltend, warum sie denn nun nicht endgültig mit dem Gehörten herausrückt. Als sie dann doch endlich unmittelbar vor mir starr stehen bleibt und anfängt zu erzählen, überläuft mich urplötzlich ein eiskalter Schauer, aber das ist bestimmt nur die innere Aufregung. Wer weiß denn schon, was jetzt die Stunde schlagen wird. Ist es jetzt für mich schon fünf vor zwölf oder fünf nach zwölf?

So gut, wie ich es kann, stelle ich meine Lauscher aufrecht, ›Das sieht ja aus wie Segelohren‹, würde das freche Früchtchen Patrick wieder sagen, was bei unseren an den Kopf anliegenden Hörorganen gar nicht so einfach ist und ich horche mir voller Spannung an, was sich Alexa in die langen Barthaare murmelt.

»Na gut, Barny. Aber ich schäme mich doch ein wenig. Schließlich bin ich immer noch eine wohlerzogene Schäferhündin, wenn ich manchmal auch ein großes Maul euch beiden Stinkern gegenüber habe. Ehrlich gesagt, bin ich mir gar nicht mehr so sicher, ob ich das Gesagte von Herrchen und Frauchen wirklich über meine Lippen bringe. Ohne gleich von der Schwanzspitze bis zur Schnauze puterrot anzulaufen, meine ich. Ich weiß ja, dass man es absolut nicht sehen würde, doch schon alleine der Gedanke daran zählt, stimmt's?

Ob es vielleicht ein klein wenig helfen würde, wenn ich meine beiden Adleraugen ganz fest zu mache und ich dir dann alles sozusagen in Windeseile erzähle? Alles, was ich glaube zu wissen beziehungsweise das, was ich unseren zwei schon erwachsenen Trimmdichs klammheimlich abgelauscht habe. Also, dann spitze doch bitte einmal gründlich deine beiden zarten Lauscherchen, Barny.«

Doch bevor Alexa mir verraten kann, was denn nun eigentlich los ist, wird unsere vor Spannung etwas geladene und problematische Unterhaltung unfreiwillig unterbrochen. Irgendetwas muss doch der Schäferhündin buchstäblich in ihren reizempfänglichen Riecher gefahren sein. Urplötzlich dreht sie sich weg von mir. Stürmt, wie von einer Tarantel gestochen, hinter das neue Häuschen von den Trimmdichs und war für mehrere Minuten nicht mehr zu sehen. Dafür dringt aber ein überaus wütendes und äußerst gereiztes Kläffen an meine empfindlichen Ohren. Es ist so schrecklich laut und so anhaltend, dass es schon anfängt, mir massiv auf die Nerven zu gehen und ich von einem beginnenden Kopfschmerz geplagt werde. Na prima, das hat mir zu meinem ganzen Glück gerade noch gefehlt.

Erwartungsvoll schaue ich in die beiden Richtungen, einmal nach der linken Seite und dann wieder einmal nach der rechten Seite des neuen Hauses, aus der Alexa wieder auftauchen muss, wenn sie wieder zu mir zurückkommen will. Das hoffe ich doch stark, ist sie mir immerhin noch eine Erklärung schuldig. Es wäre ja wirklich mehr als schön, wenn ich die heute noch von ihr bekommen würde. Lange genug hat sie mich ja schon auf die Folter gespannt.

Nach circa fünf Minuten, die mir vorkommen wie eine halbe Ewigkeit, tut sich dann endlich etwas im trimmdichschen Garten, denn um die rechte Häuserecke kommt unerwartet eine gestreift aussehende große Katze, sicherlich der Kater vom Nachbarn Hansjörg Blick, hervorgeschossen, die um ihr nacktes Leben zu rennen scheint. Ob ihr es mir nun glauben wollt oder nicht, noch nie in meinem ganzen Leben habe ich irgendein Lebewesen so schnell Fersengeld geben sehen. Oder um es noch etwas verständlicher auszudrücken, ich hätte nie gedacht, zu welcher blitzartigen Geschwindigkeit solch eine Katze oder eben solch ein Kater fähig ist, wenn es wirklich um das pure nackte Überleben geht.

Wie auch immer, jedenfalls folgt stehenden Fußes, dem eilig flüchtenden Kater, der komischerweise auf den Namen Susi hört, unsere Alexa. Noch immer belfert sie, was ihre Lungen hergeben. Aus ihrer Schnauze steigen heiße Dampfwölkchen auf und ihre Zunge hängt ihr gut zehn Zentimeter aus dem Maul heraus.

Man, o man! Hat die einen wahrlich riesengroßen Waschlappen, damit kommt sie bestimmt an den Boden jeder Büchse ihres Hundefutters heran. Mich überkommt doch glatt ein wenig Neid.

Überaus aufmerksam beobachte ich weiter das aufreibende Geschehen vor unserer Frettchenvilla. Ich bin auf das Äußerste gespannt, wie die ganze Geschichte zwischen der Schäferhündin Alexa und dem Kater Susi letztendlich ausgehen wird.

Aber so schnell wie alles begonnen hatte, so schnell ist auch alles wieder vorbei. Der dicke Kater Susi setzt, trotz seiner Beleibtheit, zu einem majestätischen und sehr gekonnt aussehenden Luftsprung an und entschwindet in allerletzter Sekunde über den Jägerzaun in den Garten, in dem ich im letzten Jahr auch schon einmal herumgestromert bin.

Wenn ich ganz aufrichtig zu mir bin, ein bisschen schadenfroh bin ich jetzt schon. Ich weiß gar nicht mehr, wie oft Alexa schon versucht hat, diesem gestreiften Kater oder auch anderen Katzen habhaft zu werden, ohne wirklich von Erfolg gekrönt zu sein. Das muss doch mächtig enttäuschend sein, für so einen reinrassigen Schäferhund. Immer diese viehische und minutenlange Hatz um das Haus herum, man belfert sich für Tage völlig heiser, die Lungenflügel baumeln vor lauter Erschöpfung sonst wo herum und dann außer den lieben Spesen nichts gewesen? Arme und bedauernswerte Hundeseele, du begreifst es einfach nicht!

Enttäuscht entfernt sich Alexa vom Jägerzaun, wirf noch einmal einen kurzen suchenden Blick hinter sich, vielleicht ist ja die Miez wieder zurückgekommen und sie könnte ihr Glück erneut probieren. Doch als sich nichts mehr Aufregendes ereignet, hinter ihrem Rücken nichts mehr tut, trottet sie in aller Ruhe und Gemächlichkeit, betrübt und gradlinig, in die Richtung ihrer Behausung davon.

Ohne ein einziges Wort will sie nun tatsächlich an der Frettchenvilla vorbeitraben und klammheimlich verschwinden, was natürlich sofort meinen lauthals von mir gegebenen Protest nach sich zieht: »So haben wir zwei Hübschen aber nicht miteinander gewettet, mein liebes Fräuleinchen. Du bist mir immer noch eine anständige Erklärung schuldig. Versprochen ist doch schließlich versprochen oder etwa nicht? Gaumenfreuden hast du ja von mir auch schon mehr als zur Genüge kassierst. Also, dann lasse endlich einmal diese gut bezahlte Informantin heraushängen, von der du unlängst noch so überheblich geredet hast. Aber ein bisschen flott, wenn ich bitten darf! Meine Geduld ist jetzt nämlich langsam aber sicher am Ende angelangt und außerdem habe ich viehische Kopfschmerzen. Wenn du also willst, dass ich hier drinnen bleibe und nicht zu dir herauskomme, dir deine sanftmütig blickenden Augäpfel auskratze und dir meine Fangzähne doch noch in den Riecher haue, dann rede endlich.«

Dass Alexa jetzt tatsächlich auf der Stelle stehen bleibt und nach etwa einer Minute konzentriertem Nachdenken, wobei sie mir ihren breiten Rücken zugewendet hat und nervös ihren Schwanz hin und her schaukeln lässt, prompt zu unserer Villa zurückkehrt, überrascht mich dann doch mehr, als ich je zugeben würde. Habe ich sie mit meinen scharfzüngigen Worten etwa beeindrucken können? Wenn ja, dann muss ich das unbedingt meiner Bettymaus erzählen. Falls sich unsere Wege auf dieser Welt überhaupt wieder treffen sollten. Was ich tief in meinem Innersten natürlich überaus stark erhoffe. Aber aufgrund der letzten Ereignisse, auch wiederum stark bezweifle.

Nicht gerade allerbester Laune kehrt die Hündin ganz gemächlich zu mir zurück, platziert sich mit weit auseinander gestellten Beinen keine fünf Zentimeter von der Tür unserer Frettchenvilla entfernt, um mich. dann völlig überraschend anzuknurren, wobei sie mir nicht nur ihren fürchterlich heißen Atem entgegenhaucht, ›Puh, wie der stinkt! Regelrecht nach faulendem Fleisch. Das verschlägt einem ja glatt die Puste!«, sondern mir auch ihre noch prachtvollen und völlig gesunden Beißerchen zur genaueren Betrachtung entgegenhält. Ich kann ja nicht anders als hinschauen, denn so nahe haben wir beide uns noch nie gegenübergestanden. Ein wenig fangen mir nun doch meine Gliedmaßen an zu zittern. Ist es nun die plötzlich aufkommende Kühle oder ist es einfach nur die blanke und fast nackte Angst vor der Schäferhündin? Ich weiß es wirklich nicht zu sagen. Ganz ernsthaft!

Doch dann passiert wahrhaftig ein kleines Wunder, denn die gerade noch so bösartig auf mich wirkende Hündin fängt doch tatsächlich an, aus vollem Hals zu lachen! Ich glaube, wenn Alexa könnte, würde sie sich sogar den wackelnden Bauch halten, so sehr wird sie von einem Lachkrampf geschüttelt. Immer wieder bekomme ich die gleichlautenden Worte von ihr zu hören: »Reingelegt, reingelegt, reingelegt!« Nach einer geraumen Weile, nachdem sie sich wieder einbekommen hat: »Das macht regelrecht Spaß, das ist einmal ganz in meinem Sinne! Na Kleiner, habe ich dich jetzt sehr erschreckt? Komm schon ein wenig näher heran zu mir, Barnylein. Es muss ja nicht gleich jeder zuhören oder was? Schon gar nicht dein Weib Betty oder die lieben Nachbarn. Die tierischen Nachbarn meine ich jetzt. Ich beiße dich schon nicht. Außerdem werde dir jetzt endlich das große dunkle Geheimnis verraten.«

Ganz traue ich ja dem so plötzlich einsetzenden Waffenstillstand zwischen uns beiden noch nicht, aber ich will jetzt endlich wissen, ohne irgendwelchen Aufschub und längere Verzögerung, was diese jederzeit neugierige und schaulustige Schäferhündin bei den Trimmdichs aufgeschnappt haben will. Darum tue ich erst einmal so, als ob ich auf ihren unverbindlichen Vorschlag eingehen würde. Demzufolge lege ich mich zum Zuhören ganz dicht an der Tür unserer Villa nieder. Ein wenig mulmig in der Magengrube wird mir schon, als Alexa schließlich mit ihrer feuchten Schnauze ganz dicht an mein linkes Ohr herankommt und mir dann die folgenden Neuigkeiten, eigentlich ist es ja nur Getratsche, hineinflüstert.

»Also Barny, nun möchte ich dich wirklich nicht länger auf die Folter spannen. Ja, ja, ich weiß schon. Ich habe dich ein bisschen zu lange herumzappeln lassen. Aber du musst zugeben, Rache ist Blutwurst oder wie immer das jetzt auch heißt. Jedenfalls hast du mich auch schon mehr als einmal veräppelt und da musste ich mich ganz einfach auch einmal revanchieren. Ich habe nur auf die passendste Gelegenheit gewartet, verstehst du? Nun spitze also deine beiden Ohren, mein Freund und höre mir genau zu.
Ich lag vor etwa fünf Tagen wie gewohnt auf meinem Lieblingsplatz. Du weißt schon! Auf dieser geräumigen Holzplatte, unter dem Küchenfenster. Es brannte gerade die mittägliche Sonne so schön und angenehm auf meinen Hundepelz. Ich rekelte mich behaglich in den wärmenden Strahlen.
Plötzlich ging über mir das Fenster auf, aber da die wohltuenden Temperaturen mich nicht nur äußerst träge, sondern auch regelrecht schläfrig gemacht hatten, beschloss ich einfach liegen zu bleiben.
Sonst mache ich ja immer gleich Männchen, sobald unsere Futterlieferanten das Fenster weit öffnen und stütze mich dabei auf dem Fensterbrett des Küchenfensters ab. Aber, als ich dann deinen werten Namen, im Zusammenhang mit dir auch Bettys Namen, auffangen konnte, blieb ich eben auf meinem angestammten Platz liegen und war ganz Ohr. So, wie es sich für einen wachsamen Schäferhund gehört. Soll ich jetzt wirklich weitererzählen, mein kleiner Stinker oder doch lieber für allezeit schweigen?«
Ich glaube es ja kaum. Fängt das jetzt wieder von vorne an? Aufbrausend und ungeduldig schreie ich dieses unmögliche Wesen von einem Hund an: »Alexa! Rede gefälligst weiter oder halt für immer und ewig dein loses Schandmaul!«
»Ist ja schon gut! Rege dich wieder ab, mein Schöner. War ja nur noch mal ein klitzekleiner Test, ob du wirklich scharf auf mein Wissen bist. Im Prinzip geht es nur um das Eine. Nämlich, wie du mit deinem Weib Betty bei dem, äh …, ja …, bei dem …, na ... Wie sage ich es jetzt nur? Puh … Ich glaube, ich fange an zu schwitzen!«
»A L E X A A A A A . . . !«
»Mann o Mann, ja doch, ich erzähle es dir doch schon. Immer mit der Ruhe und dann mit 'nem Ruck.
Also, unser gemeinsames Herrchen, der Martin befürchtet, wobei ihm unser Frauchen Samantha sofort und ohne zu zögern beistimmte, dass

dir diese komische Ranzzeit, was immer das auch sein mag, nicht so sonderlich gut bekommen würde. Sie wäre dir zu Kopfe gestiegen und man hätte manchmal den mächtigen Eindruck, als ob du im wahrsten Sinne des Wortes neben dir stehen würdest. Außerdem wärst du in der letzten Zeit oder besser formuliert in den letzten beiden Wochen auffällig rammdösig geworden, ›Was immer das auch sein mag?‹, und überdies auch ziemlich bissig.

Mit deiner Betty gehst du nur noch ungehobelt um und beim bu … n, na … ln oder ra … ln, nein, das spreche ich jetzt nicht richtig aus, denkst du immer nur an dich. Na gut, diese Wörter stammen nicht von Frauchen und Herrchen. Aber ich dachte, du verstehst mich dann einfach besser.

Sie haben irgendetwas von einem Akt, ›Oder war es doch eher ein Liebesakt?‹, gesagt, glaube ich mich zu erinnern. Ob deine angeblich angebetete Betty dabei oder darunter leidet, scheint dich nicht im Geringsten zu interessieren. Und so weiter und sofort.

Soweit die Meinung von Martin und Samantha.

Aber auch ich finde ja, dass dieses Benehmen ja mal wieder echt typisch für dich wäre, mein Schöner. Typisch Mann halt.«

Erschöpft hört Alexa nun auf zu berichten, sie muss nämlich erst einmal richtig kräftig Luft holen. Sie ist etwas außer Puste geraten, weil sie fast ohne einzuatmen die letzten Sätze von sich gegeben hatte.

Nun muss ich aber doch genauer nachhaken und frage die hechelnde Hündin: »Soll dies schon alles gewesen sein? Sind das die ganzen Gründe, warum ich von meinem geliebten Weib Betty getrennt wurde? Es ist wirklich nichts dabei, bei diesem Liebesspiel. Das gehört doch mit dazu. Na ja, dass es dabei ein bisschen ruppig zugeht, lässt sich leider nicht immer vermeiden. Aber alles ist vergänglich, außer lebenslänglich.

Aber du, meine liebe Freundin Alexa, kannst ja überhaupt nicht mitreden und mit uns mithalten, denn du wirst in deinem gesamten Leben, ganz im Gegensatz zu meiner kleinen Bettymaus, niemals einen starken Rüden an deiner Seite haben. Du bekommst ja immer solche schönen Hormonspritzen, damit du nicht läufig wirst und auf irgendwelche dumme Gedanken kommst, betreffs Kinder kriegen und dir vielleicht einen Rüden suchst.

Die Menschen nennen das ja nun schlicht und einfach eine Schwangerschaftsverhütung. Wie du hören kannst, habe auch ich immer ein offenes Ohr, wenn es um eine gewisse Schäferhündin geht, denn auch über dich reden die Trimmdichs, nicht nur über uns.

Weil du das aber wahrscheinlich genau weißt beziehungsweise ahnst, was man dir verwehrt, musstest du mir diesen überflüssigen Tratsch über mich auch unbedingt auf meinen Riecher binden! Hast du mir noch mehr solchen blödsinnigen Schwachsinn zu berichten, Alexa? Wenn nicht, kannst du dich jetzt auch ruhig verziehen. Du wirst hier nicht mehr gebraucht. Damit das klar ist!«

Doch die Hündin zieht nicht etwa Leine, wie von mir in diesem Augenblick am Sehnsüchtigsten gewünscht, sondern unterbreitet mir, als letzten Seitenhieb gewissermaßen, noch folgende Botschaft.

»Übrigens Barnylein, du wirst in wenigen Wochen schon das erste Mal Vater werden! Was hältst du eigentlich davon? Und weil du dich nicht von deiner ach so geliebten Zuckerpuppe fernhalten kannst, nicht eine einzige Sekunde lang, wurdest du eben kurzerhand ausquartiert. Deine Kleine braucht jetzt nämlich sehr viel Ruhe, Ruhe und nochmals Ruhe. Und die kannst du ihr ja wahrlich nicht bieten oder?

Also, bist du rammdösiges Kerlchen, so bezeichneten dich ja wohl die beiden Trimmdichs, letzten Endes an deiner jetzigen Situation oder eben der zwanghaften Ausquartierung aus eurem gemeinsamen Heim ganz allein schuld oder eben schuldig im Sinne der ›Anklage‹.

Oder willst du noch immer noch behaupten, dass du nicht nur das eine im Kopf hast und du regelrecht sexversessen bist? Und um es noch einmal zu bekräftigen. Es ist dir ganz recht geschehen, und weil es mir ein ganz besonderes Vergnügen bereitet, auch das noch einmal. Du bist zu einhundert Prozent schuldig! Schuldig im Sinne der Anklage.

Wie bist du eigentlich auf diese dämliche Bezeichnung Zuckerpupe gekommen? So etwas Blödes habe ich ja noch nie gehört! Und nun tschüss, Barnyboy.«

Mit diesen abschließenden Worten lässt mich Hündin Alexa, stolz erhobenen Hauptes, nicht nur buchstäblich im Regen stehen, sondern sie verschwindet auch auf schnellen Füßen in ihrer Hundehütte.

Auch ich verschwinde jetzt in meinem völlig ausgekühlten und deshalb ungemütlichen Schlafhaus, habe ich doch über so … vieles nachzudenken.

Aber ganz tief in mir drinnen macht sich doch eine freudige Erwartung breit, denn ich werde Vater! Da waren ja wohl meine Anstrengungen in den letzten Tagen nicht ganz umsonst. Hurra, hurra, hurra!

Schnell habe ich die zahlreichen und für mich haltlosen Vorwürfe von dieser vertratschten Schäferhündin Alexa vergessen, von wegen ich wäre rammdösig oder sogar sexbesessen und ich würde nur an mich denken. Die hat doch keine Ahnung!
Ich mache es mir jetzt erst einmal auf meiner neuen Kuscheldecke, eine ausrangierte gelbliche Babydecke, die wohl früher einmal als Bügelunterlage für Samanthas Bügelwäsche diente, bequem und falle augenblicklich in einen wirklich tiefen, erholsamen und seit langer, langer Zeit traumlosen Schlaf.

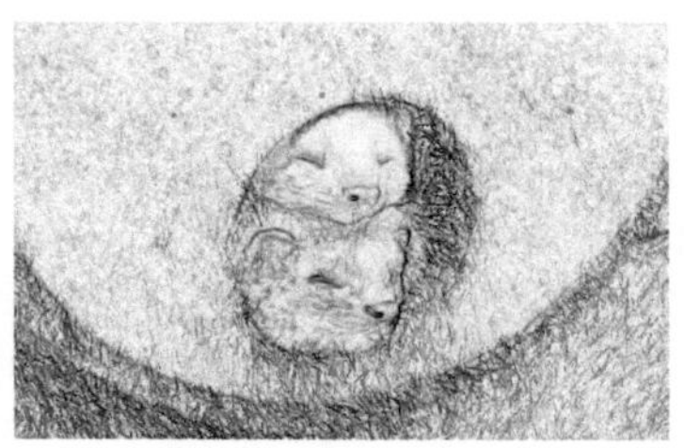

›❦ Metamorphosen‹ ❦

Seitdem ich mit Sicherheit weiß, dass sich unsere Betty in anderen oder auch glücklichen Umständen befindet, einen andersartigen Schluss ließ das mehrere Male gehörte und dann auch gesehene zwischen meinem Frettchenpärchen einfach nicht zu, habe ich natürlich ein außerordentlich wachsames Auge auf meine kleine Frettchenfähe.

Während ich also alles mit eher zurückhaltender Neugier beobachte, schließlich möchte ich der Natur wirklich ihren Lauf lassen, was sich so mit Betty tut, in ihrem gesamten Verhalten und auch in der körperlichen Entwicklung, scheint sich ihre Welt doch tatsächlich nur noch um sich selbst zu drehen.

Noch vor wenigen Tagen wäre sicherlich eine unumschränkte Trennung von ihrem Barny für sie augenblicklich mit starken seelischen Schmerzen verbunden gewesen und sie hätte unter allen Umständen versucht, einen geeigneten Weg zu finden, um zu ihm zurückzukommen.

Entweder hätte Betty erstens den großen Stein, der auf dem Durchgang zur unteren Etage liegt, gründlichst untersucht und sich dann bemüht ihn mit ganzer Kraft von dort wegzuschieben. Oder sie hätte zweitens, den in den letzten Monaten entstandenen schmalen Spalt an der Villatür ausgenutzt, wo der Kleintiermaschendraht schon etwas ausgebeult worden ist, weil sich unsere Frettchen gerne ihren Rücken daran schuppern, um zu ihren geliebten Barny zu gelangen. Aber nichts dergleichen geschieht.

Stattdessen schleppt nun meine auf mich sehr geschäftig wirkende Frettchenfähe ihr sämtliches Futter von einer Ecke ihrer Etage in die andere Ecke und dann auch wieder zurück. Befriedigt sie ihr gesamtes Tun danach doch nicht, so werden die ganzen Fressalien zu guter Letzt eben in ihrem Schlafhäuschen gebunkert.

Es ist ja nun durchaus nicht so, dass Betty das Bunkern von Futter früher nicht auch getan hätte, aber jetzt ist es eine wahrhaft tagesausfüllende Pflichtprozedur bei ihr geworden. Von nichts und niemanden lässt sie sich bei dieser Beschäftigung stören. Selbst, wenn man Betty ganz sachte anpustet, um sie auf sich aufmerksam zu machen, reagiert sie in keinster Weise darauf.

Ein bisschen stimmt mich das schon traurig, dieses eigenartige Verhalten. Manchmal habe ich den regelrechten Eindruck, dass ich ein völlig fremdes Frettchen vor mir habe, so verändert kommt sie mir in ihrem Wesen vor. Ich frage mich deshalb ernsthaft, ob weibliche Frettchen auch unter einer sogenannten Schwangerschaftspsychose leiden können, wie die Menschen auch!

Doch da ich meine kleine Betty in all ihren Unternehmungen, betreffs ihrer Schwangerschaft, nicht unterbrechen will, ich bin ja sozusagen nur ein stiller, zwar sehr neugieriger Betrachter am Rande des Geschehens, bleibt mir nur noch eines übrig zu tun. Nämlich lediglich das gründliche, beinahe tägliche Säubern ihrer gesamten Unterkunft, nebst ihrem Schlafhäuschen. Was sich leider manchmal als gar nicht so einfach erweist, weil ich noch immer nicht den Wasseranschluss in unserem Garten benutzen kann. Er friert über Nacht immer wieder ein, denn dieses Jahr scheint sich der Frühling einfach nicht blicken lassen zu wollen. So heißt es dann wieder einmal für mich volle schwere Wassereimer zur Frettchenvilla schleppen, die aus unserem Häuschen geholt werden müssen, um ihr dann mit einer großen Bürste beziehungsweise einem Schrubber gründlich zu Leibe zu rücken.

Wie viel Spaß mir das jedes Mal macht, wenn man bei den doch sehr kühlen Temperaturen hier draußen nasse und klamme Hände hat, möge sich doch bitte jedermann selbst ausmalen. Ich bin immer aufs Neue froh, wenn ich alles wieder gesäubert habe und ins Warme zurückkann und komme.

Auch Betty ihr orangenfarbenes Lieblingskuscheltuch, auf welches meine Kleine auf keinen Fall verzichten möchte, welches sie darum immer nur unter lauten und fauchenden Protest herausrückt, muss jetzt des Öfteren einen längeren Waschgang über sich ergehen lassen. Es wird sicherlich diesen häufigen Strapazen nicht mehr ewig gewachsen sein. Es fängt nämlich an, sich in seine einzelnen Bestandteile aufzulösen, überall sind lange Fädchen herausgezogen und überall wird es langsam aber sicher löchrig. Was ja nun wiederum auch kein Wunder ist, denn normalerweise dürfte man, laut angenähtem und noch recht gut lesbarem Etikett, diese spezielle Decke nur bei dreißig Grad waschen. Damit bekomme ich aber beim allerbesten Willen die fettigen Flecken oder eben die Überreste von den Eintagsküken, den Suppenhühnern, den Brathähnchen, dem Kaninchen, dem Rindfleisch und was es sonst noch so zum Beißen gibt, einfach nicht wieder komplett heraus und ich wasche sie deshalb bei sechzig Grad durch.

Soll doch meine Bettymaus ringsherum immer richtig bildschön aussehen und auch gut riechen, von wegen der schrecklichen Vorurteile von vielen Personen, die mir bei den Spaziergängen mit meinen Frettchen begegneten und sofort felsenfest behaupteten: »Frettchen würden stinken!« Doch das ist alles nur eine Sache der Hygiene beziehungsweise der Sauberkeit rings um das Frettchen und seiner Umgebung beziehungsweise seiner Unterkunft.

Zum Glück stehen mir bei den Reinigungsarbeiten meine drei Männer stets hilfreich zur Seite. Viel Arbeit ist es ja nicht, aber jemand muss ja auf unsere zwei Hübschen aufpassen, in diesem Falle sind es Steven und Patrick.

Während sich Martin um die gründliche Reinigung der beiden Katzentoiletten kümmert, lassen die Kinder Betty und Barny im Garten oder auch in unserem Häuschen laufen, wobei sie aber ganz sehr aufpassen müssen, dass sich Barny nicht heimlich an Betty heranmachen kann. Denn, wenn er die Gelegenheit haben oder eben finden würde, würde sich doch unser zurzeit etwas sehr liebestoll veranlagter Frettchenrüde prompt wieder über sein Weibchen hermachen, sich in ihrem Nacken verbeißen, um seine Betty dann in irgendein Versteck zu verschleppen, wo er sicherlich nur eins machen möchte, nämlich im wahrsten Sinne des Wortes zum ›Zuge‹ kommen oder mit anderen Worten, wieder einmal die Paarung vollziehen.

Das können wir aber unter keinen Umständen mehr zulassen. Dafür gibt es nicht nur einen einzigen Grund, wie man sich vielleicht ganz gut denken kann. Erstens hatte die körperliche Vereinigung unserer Lieblinge ja nicht nur einmal stattgefunden. Wenn ich es richtig beobachtet habe, taten sie es sicherlich dreimal. Was ja für eine erfolgreiche Befruchtung von Betty durchaus ausreichend sein sollte.

Bei jedem weiteren Akt hatte sich mein kleiner Freund Barny wiederholt fest im Nacken seiner Fähe verbissen, sie schleifenderweise in die für sich günstigste Position geschleppt und dann genau das getan, was

was ein Frettchenmann halt in der Ranzzeit tun muss. Aber, auch wenn es zu keiner direkten Verpaarung zwischen Betty und Barny kam, spielte er doch andauernd das sich wiederholende Spiel mit ihr, nämlich das des Abschleppens. Es sah nicht nur äußerst brutal in meinen Augen und in den meiner drei Männer aus, sondern es hatte jedes Mal auch seine beachtlichen und gut sichtbaren Bissspuren bei unserer Frettchenfähe hinterlassen.

Stellenweise fehlte Betty das gesamte Fell, etwa so groß wie eine frühere Fünf-DM-Münze. Alles schaute irgendwie wie punktiert, völlig zerschrammt aus und außerdem war die Stelle hochrot entzündet.

Wenn ich es bei meinen vielen Tierbüchern, ›Ihr wisst schon, welche ich meine‹, richtig nachgelesen habe, soll das alles einer Frettchenfähe absolut nichts ausmachen. Angeblich hat danach beziehungsweise dadurch meine kleine Betty keinerlei Schmerzen auszustehen.

Na, ich weiß ja nicht! Wenn man mit mir so brutal umgehen würde und ich hätte solche schrecklichen Spuren in meinem Nacken aufzuweisen, ich würde sicherlich dem schuldigen Verursacher zeigen, wo der Hammer hängt beziehungsweise ihm unverständlich klarmachen, wo meine Ausgangstüre ist. Und zwar für immer!

Da jenes bei unseren Frettchen auf diese Art und Weise nicht funktionieren kann, mit dem sprichwörtlichen Rausschmiss, da ja keine wirkliche Verständigungsmöglichkeit besteht, lesen wir es mehr von den Augen unserer gequälten Betty ab.

Wir Trimmdichs übernehmen kurzerhand eben diese kleine Aufgabe für sie und achten darauf, das Barny ihr, in den nächsten Wochen jedenfalls, nicht zu nahetreten kann. Er hat ja nun wirklich genug bewiesen, dass er weiß wie es geht oder?

Ein weiterer Grund wäre der, dass meine Betty zurzeit sowieso nichts von ihrem Barny wissen will. Aber auch absolut nichts! Ist es denn nach der ›Behandlung‹ ein Wunder?

Das Zusammentreffen unserer Kobolde versuchen wir deshalb auch tunlichst zu vermeiden. Taucht er aber trotzdem in ihrer unmittelbaren Nähe auf, reagiert sie sofort äußerst gereizt auf seine Anwesenheit.

Ein erbost klingendes Fauchen, ein impulsives heftiges Kratzen sowie eine darauffolgende, äußerst gründliche Analdrüsenentleerung stehen dann sehr oft und unweigerlich bei Betty auf der Tagesordnung.

Das sind dann noch die harmlosesten aller Reaktionen von meiner Betty. Denn, vor ein paar Tagen, die beiden Kinder hatten nicht genau aufgepasst und die beiden Frettchen trafen in unserer Küche, bei ihrer täglichen Tobestunde dann doch einmal aufeinander, fiel Betty plötzlich, wie aus heiterem Himmel und wie eine Tollwütige, über ihren einst doch so heißgeliebten Barny her. Ehe er einen Rückzieher machen konnte und ehe er begriff, was überhaupt los war, hing Betty ihm buchstäblich an seiner Kehle. Sie biss wohl mit ganzer Kraft hinein, denn mein kleiner Freund Barny schrie so heftig auf, als wenn man ihm einen spitzen Gegenstand irgendwo in die Seite des Körpers gejagt hätte.

Natürlich versuchte sich mein Dicker sofort dem sicherlich schmerzenden Griff zu entziehen und sich aus der qualvollen Umklammerung von Bettys Fangzähnen zu befreien, aber je mehr er sich um seine Freiheit bemühte, umso mehr schien Betty in einen alles vergessenden Rausch zu verfallen und ihren Biss um eine weitere Kleinigkeit zu verstärken.

Plötzlich war die Luft in unserer Küche von einer Wolke schrecklichen Gestanks geschwängert, was ja im Prinzip nur eins bedeuten konnte, nämlich, dass einer oder eben auch alle beide Frettchen wieder einmal ihre Analdrüsen entleert hatten. Doch es half meinen Barny nicht aus seiner unangenehmen Situation heraus. Ganz im Gegenteil, denn Bettys Wut schien sich noch einmal um ein paar Grad zu steigern. Sie wirbelte wie rasend und immer schneller um ihre eigene Achse herum. Dabei entwickelte sie so viel Kraft, dass sie den wesentlich schwereren Barny jedes Mal mit sich herumriss.

Ich weiß auch nicht, aber irgendwie drängelte sich mir der Vergleich an zwei unerbittliche Ringkämpfer oder eben an zwei miteinander kämpfende Judokas auf.

Natürlich haben wir versucht, mit allen möglichen Tricks dazwischen zu gehen und einzugreifen, aber die beiden Frettchen waren so schnell in ihrem ungleich aussehenden Kampf, dass wir sie einfach nicht in ihrem Nacken zu fassen bekamen.

Das wäre aber im Prinzip schon sehr wichtig gewesen, weil nur dieser ganz spezielle Griff in den Nacken beider ›Kampfhähne‹ diese dazu bewegen könnte, endlich ihren unerbittlichen Streit aufzugeben.

Durch diesen besagten Griff erschlafft nämlich die Muskulatur beim Frettchen völlig und dann wäre es Martin oder mir um ein Leichteres möglich gewesen, Betty und Barny voneinander zu trennen, ohne dass unsere beiden Frettchen ernsthaftere Verletzungen davontragen.

Doch genauso unverhofft, wie die zarte Betty, den doch etwas dicklichen Barny angegriffen hatte, genauso unverhofft gibt sie ihn plötzlich auch wieder frei. Dann kehrte sie ihm einfach den schmalen Rücken zu und ignorierte ihren Barnyboy völlig. Er schien nur noch absolute Luft für sie geworden zu sein.

So, als ob überhaupt nichts gewesen wäre, lief sie nun mehrere Runden friedlich muckernd in der Küche herum. Schnüffelte mal hier und mal da, schaute auch einmal kurz bei Patrick vorbei, der sich aber aufgrund der soeben hautnah miterlebten Ereignisse nicht an Betty herantraute.

Anschließend rollte sie sich auf ihrem neuesten Lieblingsplatz zusammen, auf den Futterpeletts in der Futterkiste vom Chinchillabock Idefix, die unter dessen großen Käfig steht, um dort einen festen und tiefen Schlaf anzutreten, der ihr sicherlich dabei half, allen Kummer, alle Sorgen und auch alle Aufregungen des vergangenen Tages zu vergessen.

Und wegen solcher Geschehnisse muss man ja das Zusammentreffen unserer Lieblinge nicht unnötig herbeiführen oder eben herausfordern.

Ich könnte mir gut denken, dass dieser unnötige und zusätzliche Stress sich für einen Rüden, der voller Hormone steckt und eine Fähe, die in anderen Umständen ist, sich nicht gerade positiv auswirken würde.

Warum also solche stressverbundenen Situationen überhaupt erst heraufbeschwören, wenn man seine Tiere beziehungsweise sein Frettchenpärchen über alles liebt?

Aber der dritte Grund ist eigentlich der Wichtigste und zugleich auch der Schönste für alle Trimmdichs.

Neugierig geworden? Na gut, dann möchte ich euch nicht auf die lange Folter spannen.

Dass unsere beiden geliebten Frettchen Betty und Barny nun erwiesener Maßen und zum allerersten Mal in ihrem Dasein die Paarung vollzogen haben, lässt sich ja nicht mehr leugnen. Auch, dass ich sie dabei mindestens dreimal beobachtet habe steht außer Frage. Ungelogen, es ist ein ziemlich brutal aussehender Vorgang zwischen unseren Lieblingen. Aber, was kann man beziehungsweise was kann ein Frettchen schon für seine Natur.

Doch der eigentliche Beweis, dass eventuell der von uns ersehnte Nachwuchs unterwegs sein könnte, stand bis gestern noch vollkommen aus. Im Prinzip müsste man nämlich, langsam aber sicher, die körperlichen Veränderungen bei unserer kleinen Betty sozusagen auch wahrnehmen können. Zum Beispiel, das die Vulva, das weibliche Geschlechtsteil, beginnt abzuschwellen und eine zunehmende Körperfülle der Fähe müsste sich auch so langsam aber sicher bemerkbar machen. Zumal Betty einen immer größer werdenden Appetit entwickelt und neben dem Bunkern ihrer Fressalien auch eine ganze Menge davon verdrückt.

Doch heute Morgen, bei meinem täglichen Kontrollgang, ob bei unseren Lieblingen, den Frettchen und auch dem anderen Getier, alles in bester Ordnung ist, sah man bei Betty endlich die erhoffte und sehr deutliche Veränderung. Diese Veränderung bei Betty ist, dass die Schwellung der Vulva und auch die intensive rosa Färbung etwas nachgelassen hat. Was nun wiederum ein sicheres Zeichen dafür ist, dass sie halt nicht mehr ganz so stark durchblutet wird und somit meine kleine geliebte Zuckerschnecke, wie Barny sicherlich wieder sagen würde, sich wirklich in den sogenannten Mutterfreuden befindet.

Na, wenn das jetzt nicht ein kleiner Grund zum Feiern ist!

Aber meine gute Laune verschwindet augenblicklich, als ich wie immer auch nach meinem kleinen Freund Barny schaue.

Er ruht sich nämlich schon wieder einmal auf den kalten Fliesen seiner Etage aus, anstatt es sich in seinem Schlafhäuschen gemütlich, zu machen. Sein allerneuestes Kuscheltuch hat er zwar aus dem Häuschen herausgezottelt, aber es liegt völlig unbeachtet und abseits von ihm hinter der Katzentoilette herum.

Das ist es aber bei Weitem nicht, was mich so sehr beunruhigt. Vielmehr der Umstand, dass die Körperhaltung von Barny so unnatürlich auf mich wirkt, denn irgendwie scheint er nicht unter uns zu weilen. Sein Blick sieht eigenartigerweise ganz leer aus, ganz weit weg und ich mache mir ernsthaft Sorgen um ihn.

Behutsam öffne ich die Villatür, um aus diesem Grunde genauer nach ihm zu schauen und kauere mich ganz langsam, damit er sich nicht erschrickt, vor ihn hin. Nachdenklich betrachte ich meinen geliebten Burschen und frage mich wirklich ernsthaft, ob er vielleicht irgendeine schlimme Krankheit ausbrütet.

Obwohl, krank schaut er im Prinzip auch nicht aus, eher deprimiert und dies im allerhöchsten Maße. Es hängen Barny nämlich nicht nur seine langen Barthaare ganz schlaff nach unten, sondern auch seine beiden Mundwinkel. Auch seine Augen machen auf mich den Eindruck, dass er ganz doll traurig ist, sind sie doch nicht nur mit einem feuchten Schimmer überzogen, sondern es wirkt auf mich beinahe wie sich kontinuierlich ansammelnde Tränchen.

Aber kann das denn überhaupt möglich sein, ein Frettchen mit richtigen waschechten Depressionen oder einer tiefgründigen Traurigkeit oder Niedergeschlagenheit oder was auch immer?

Mein armer kleiner Kerl, dagegen müssen wir beide umgehend etwas unternehmen. Mal sehen, was wir da machen können.

Vorsichtig schiebe ich meine beiden Hände unter den sich kalt anfühlenden Körper von Barny, hebe ihn behutsam an und lege ihn dann in die Beuge meines rechten Armes, so dass er auf seinem Rücken zu liegen kommt. Da ich weiß, was mein geliebtes Dickerchen am liebsten hat und was ihn sicherlich auch etwas aufheitern wird, fange ich an, ihm ganz zärtlich zu kraulen. Zuerst seinen Bauch, dann unter seinem Kinn und anschließend auf dem Köpfchen, wobei ich es bei ihm immer ein bisschen derber tue, das Kraulen meine ich, als bei Betty, weil er es eben gerade so mag.

Die erhoffte Wirkung bleibt dann auch prompt nicht aus, denn ganz plötzlich durchläuft meinen kleinen Freund Barny ein sehr leichtes Zittern, beginnend am Köpfchen und sich weiter fortsetzend bis zur Schwanzspitze, buchstäblich bis zu dem allerletzten Härchen. Was bei ihm eigentlich nur eins bedeuten kann, er fühlt sich ringsum wieder wohl. Somit habe ich ihn bestimmt auch aus seinem unendlich scheinenden Entrücktsein wieder in die Wirklichkeit zurückgeholt.

Als ob er meine Gedanken bestätigen müsste, fängt mein Liebling Barny damit an, die ihn streichelnde beziehungsweise ja kraulende Hand abzulecken. Na also, wer sagt's denn! Da scheint ja alles wieder an seinen rechten Platz gerückt zu sein.

Dessen ungeachtet, dass Barny seine gute Laune wieder gefunden zu haben scheint, für diesen kleinen Moment jedenfalls, bereitet mir aber sein sich immer noch kalt anfassender Körper etwas Sorgen. Hat er sich auf den kalten Fliesen nun etwa doch noch verkühlt? Da hilft nur noch eins, ab in das geheizte Häuschen und dort so richtig aufgewärmt. Gesagt, getan!

Betty ist dieses Mal nicht mit von der Partie, aber nur, weil sie es gerade mal wieder vorzieht, tief und fest, zu schlafen. Warum sollte ich also mein kleines Mäuschen aus dem Schlaf reißen?

Während ich mir wieder eine Tasse von meinem schnellen und be-

rühmt berüchtigten Kaffee zubereite, ist mein Freund Barny dabei unseren Kühlschrank genauer in Augenschein zu nehmen. Irgendetwas an dessen Tür hat seine volle Aufmerksamkeit erregt. Ich muss doch gleich einmal nachschauen, was es damit auf sich hat.
Schnell ist die Ursache von Barnys Neugier gefunden. An der linken Seite der Kühlschranktür befinden sich ein paar längliche braune Schmierstreifen. Ich weiß auch schon, woraus diese bestehen, aus Nussnugatcreme. Was nur eins bedeuten kann. Nämlich, dass unser Patrick seiner unendlichen Gier nach diesem ekelig süßen Kleister wieder einmal nicht widerstehen konnte und heimlich, sicher in der Nacht, sich den Bauch vollgeschlagen hat.
Mein Barny tut nun nichts anderes, als diese kleistrigen Spuren, mit wahrem Wohlgefallen zu beseitigen.
Nachdem mein Dickerchen also wieder etwas für seine vollschlanke Linie beziehungsweise etwas für seinen Hüftspeck getan hat, mein Kühlschrank nahezu wie frisch gewaschen vor sich hin glänzt, begeben sich mein durchgefrorener Frettchenrüde und ich in das geheizte und anheimelnd warme Wohnzimmer hinüber.
Barny dreht zuerst eine kontrollierende Runde in unserem Wohnzimmer. Er wandert alle Ecken sowie Versteckmöglichkeiten ab und scheint sich dort nach seiner so sehr vermissten Betty umzuschauen.
Als er sie aber nirgendwo entdecken kann, kommt er zurück zu mir gelaufen. Springt mit einem wirklich galanten Hüpfer auf meinen Sessel. Klettert dann auf meinen Schoß und rollt sich dort, so bequem wie nur möglich, zusammen und scheint nun einfach nur abzuwarten.
Was mich derzeit aber stark ins Grübeln bringt, ist die unübersehbare Tatsache, dass er wieder diesen depressiven Gesichtsausdruck aufgesetzt hat.
Hey, mein kleines geliebtes Barnylein! Was ist denn bloß los mit dir? Komm mal etwas näher heran zu mir! Ich werde dir jetzt eine kleine wahre Geschichte erzählen. Eine Geschichte, die das Leben schrieb und wenn du sie dir bis zum Schluss angehört hast, dann gib doch bitte mal Auskunft, und sei es nur durch einen freundlicheren Gesichtsausdruck oder ein heftiges Wedeln mit deiner Rute, ob du wirklich einen Grund hast, dich so aufzuführen oder deprimiert zu sein. Also, dann spitze bitte deine beiden Lauscher, mein kleiner Freund und höre mir sehr gut zu!

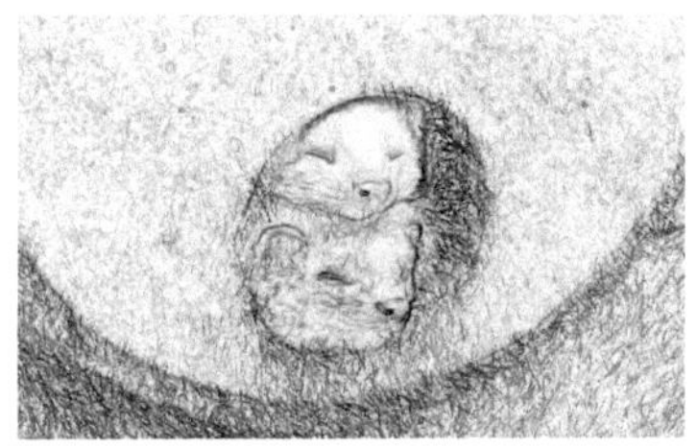

Eine wahre Geschichte

Auf einem eher sehr kleinen Bauernhof, in der sachsenanhaltinischen Altmark, lebte einmal eine kleine Familie. Nennen wir sie doch einfach einmal Schmidt. Sie bestand aus dem fleißig arbeitenden Vater Michael, der etwas kränklichen Mutter Sigrid und dem halbwüchsigen Sohn Peter.

Aber diese Familie lebte natürlich nicht ganz alleine auf dem Bauernhof, sondern sie beherbergte, wie dort in der Gegend nun einmal üblich, auch verschiedene Haustiere. Darunter eine circa dreijährige Schäferhündin, einen sehr alten Zwerghasen, verschiedene Kleinnager und in einem geräumigen Freigehege wohnte außerdem eine fünf Köpfe zählende Frettchenfamilie.

Diese Frettchenfamilie bestand aus der schon verhältnismäßig betagten Oma Fanny, aus ihren vier lieben Kinderchen Gregor, Elly, Tonino sowie Balu, einen doch etwas sehr verwöhnten Nachkömmling.

Einträchtig lebten sie in den lieben langen Tag hinein. Selten gab es einen Grund, sich über etwas den Kopf zu zerbrechen.

Einziger Streitpunkt in ihrem Leben war hie und da, wer wo schlafen und wer als Erster von ihnen an die frisch gefüllte Futterschüssel herantreten darf. Eben alles nur kleinere und alltäglich wiederkehrende Reibereien. Aber ansonsten führten sie ein wahrhaftig harmonisches Familienleben.

So gingen die Wochen und dann auch Monate in das Land, ohne dass sich etwas besonders Aufregendes bei den fünf Frettchen ereignete. Bis eines schönen Tages die fast erwachsene Tochter Elly vor ihrer Mutter stand und ihr mit leicht zitternden Beinen vorschlug: »Weißt du was, liebe Mutter? Ich glaube, es wird für mich allerhöchste Zeit, dass ich mir einen ordentlichen Mann suche. Einen Mann fürs Leben, wenn ich denn das Glück habe! Solltest du einverstanden sein, werde ich mich sofort nach ihm, meinen Traummann, auf die Suche machen. Schließlich will ich ja nicht als alte Jungfer enden! Kannst du mir dafür die Erlaubnis erteilen, weil ich mich dann einfach um vieles wohler in meinem Fell fühlen würde. Ginge dies, ja?«

Verständnislos und völlig geplättet schaute Mutter Fanny ihre Tochter an, meinte dann aber nur vorwurfsvoll: »Musst du jetzt schon deinen schönen Hals nach irgendwelchen Kerlen ausstrecken? Bist du dafür nicht noch viel zu jung? Um ein festes Bündnis einzugehen, meine ich. Du Töchterlein, werde erst einmal richtig erwachsen. Damit eines klar ist, Elly, du bleibst für immer und ewig zu Hause. Schließlich brauche ich im Alter auch jemanden, der mir hilfreich zur Seite steht. Da ja dein Erzeuger und mein lieber Mann nicht mehr unter uns weilt, wirst wohl du in den sauren Apfel beißen müssen. Damit dies schon einmal für alle Zeit geklärt ist, Fräuleinchen!«

Elly sieht ihre Mutter mit nicht gerade freundlichem Blick an und sucht dann erst einmal beleidigt das Weite. ›Na dann eben nicht‹, denkt sie so bei sich. Irgendwann wird sich schon etwas für mich finden. Entweder haue ich einfach ab oder ich nehme dann eben den erstbesten Rüden der hier hereinmarschiert zum Manne. Egal, ob es meiner Familie in den Kram passt oder auch nicht. Mit diesem festen Vorsatz verkroch sich die Elly für den restlichen Tag in ihrer kleinen Schlafkammer.

Aber, als ob ihre menschliche Familie ihre heimlichen Gedanken lesen könnte, machte sie sich im großen World Wide Web auf die Suche, nach einem passenden und natürlich auch schön aussehenden Mann für Elly.

Wie es der Zufall manchmal so will, wurden Schmidts auch schnell fündig. Gar nicht allzu weit weg von ihnen, in einem sehr kleinen Ort in Niedersachsen namens Höver, wohnte der junge und sehr stattlich aussehende Frettchenrüde Rufus. Er war zwar um ein ganzes Jahr jünger als Elly, aber spielt denn heute der Altersunterschied zwischen den Generationen überhaupt noch eine entscheidende Rolle bei der Partnerwahl?

Schnell war man sich bei den drei Schmidts einig, dass dies genau der richtige Mann beziehungsweise Rüde sei, der für ihre noch jungfräuliche Elly den Partner für ihr zukünftiges Leben abgeben könnte.

Aus diesem Grunde durchsuchte man auch die Website der so genannten Heidefrettchen, auf der es diesen schönen Burschen zu bestaunen

gab, nach der Fernsprechnummer und auch die dazu gehörende Post-
adresse seiner jetzigen Besitzer. Nach kurzem Nachforschen wurde
man auch fündig.

Ohne dass alles entscheidende Telefongespräch endlos vor sich herzu-
schieben, rief Mutter Sigrid sogleich die gefundene Nummer an und
zu ihrer wirklich großen Beglückung und Freude ging nicht nur das
Herrchen von Rufus sofort an das Telefon, sondern sie durften sich
noch am gleichen Tag ihren neuen Rüden abholen kommen.

Dass der Sohn Peter nicht mit nach Höver fahren konnte, bedauerte er
natürlich über alles, liebt er doch die Frettchen genauso sehr wie seine
Eltern, aber ihn riefen dringende schulische Pflichten am Nachmittag
noch einmal in die Schule zurück.

So machten sich also Vater Michael und Mutter Sigrid allein auf die
zweistündige Autofahrt nach Höver. Das Wetter war einfach fantas-
tisch und so kamen sie sogar eine halbe Stunde eher an, als es von
ihnen geplant war.

Freundschaftlich wurden sie von den Frettchenzüchtern aus Niedersachsen aufgenommen und man verstand sich gewissermaßen auf den
ersten Blick. Natürlich blieb es nicht aus, dass man sich ausführlich
über das gemeinsame Hobby Frettchen unterhielt, nebenbei wurden
Kaffee und Kuchen serviert, und danach durften die Schmidts auch
die dortige Anlage für die Frettchen in Augenschein nehmen.

Bewundernd schauten sie sich alles an und sie nahmen so manche
Anregung für ihr eigenes kleines Frettchendomizil mit nach Hause.
Nachdem nun alles sehr ausgiebig betrachtet worden war, ist man nur
noch an eines beziehungsweise einem interessiert, nämlich an den
neuen blutjungen Frettchenrüden Rufus.

Rufus wurde behutsam aus seiner Hängematte herausgeangelt, wo er
gerade ein tiefes Nickerchen abhielt, und von seinen Nochbesitzern
erst einmal in die Frettchentoilette verfrachtet. Brav hob er dort seine
Rute, tippelte in Rückwärtsgang bis an die Wand der Toilette heran
und er tat eben das, was ein wohl erzogenes Frettchen nach dem Aufstehen sofort tun sollte.«

An dieser Stelle der Geschichte stoße ich meinem kleinen Freund
Barny freundschaftlich in die Seite. Ich flüstere ihm leise ins Ohr: »So
ist es auch richtig. Stimmt's? Man erleichtert sich in der Toilette und
nicht, wie du, daneben.« Dann fahre ich in meiner Erzählung fort.

»Im Anschluss daran war erst einmal eine ausgiebige Runde spielen angesagt, wo den beiden Schmidts die vielseitigen Fähigkeiten von Rufus vorgewiesen wurden. Gespannt verfolgten sie das muntere Treiben ihres zukünftigen Zuchtrüden, denn das war es ja schließlich auch, was Rufus in ihrem kleinen Frettchenrudel übernehmen sollte. Die Rolle des Mannes, des einzigen richtigen Mannes.

Natürlich gibt es auch noch den Gregor, den Balu und den Tonino. Aber diese wurden zur Vermeidung von intimen Verbindungen innerhalb der Familie oder betreffs Vermeidung von Inzucht sozusagen ihrer beginnenden Manneskraft rechtzeitig beraubt, bevor sie sich richtig bewusstwurden, was sie überhaupt sind, ob ein Männlein oder eben ein Weiblein.

Der kleine Unterschied beim Pipi machen, spielte da überhaupt keine Rolle und wurde von ihnen höchstens am Rande registriert.

Da auch Fanny keine Kinder mehr bekommen konnte, musste das neue Traumpaar, so oder so, Elly und Rufus werden. Sie sollten dann gewissermaßen dafür sorgen, dass frischer Wind in die kleine Frettchenfamilie, in der Altmark, kommt.

Nachdem man den Schmidts die Papiere für Rufus ausgehändigt hatte, wurde dieser sicher in seinem blauen Transportkäfig verstaut und dann verabschiedete sich beiden Familien freundlich voneinander, mit dem felsenfesten Versprechen ganz sicher wieder von sich hören zu lassen.

Da das Wetter an diesem Tage komischerweise immer noch den sehr schönen Spätsommer, den gab es nämlich gerade, heraushingen ließ, verlief auch die Heimreise ohne erwähnenswerte Zwischenfälle. Nach guten zwei Stunden Autofahrt trafen sie wieder bei sich zu Hause ein.

Dort wurden Vater und Mutter Schmidt schon sehnsüchtig von Peter, ihrem Sohn, erwartet, wurde er doch von einer wahrhaftig riesengroßen Neugier geplagt, wie der neue Frettchenrüde aussieht und auch wie sein Verhalten gegenüber seiner neuer menschlichen Familie sein wird.

Natürlich bleibt die Ankunft des Neuen auch beim Frettchenrudel nicht unbemerkt. Mit unverhohlener Neugier hängen sie an den Türen ihrer Behausung und gaffen den Zugereisten an. Aber Rufus interessiert die ganze Horde nicht, er scheint es irgendwie im Urin zu haben, wer die zukünftige Frau an seiner Seite sein wird, denn er hat nur noch Augen für die Albinofähe Elly über.

Diese sieht zwar auch ein neues nettes und schon etwas männlich riechendes Frettchen vor sich, aber er ist noch längst nicht interessant für sie, so jung, wie der doch noch ist. Als aber Mutter Schmidt ausgerechnet diesen kleinen Rüden unversehens zu ihr in den Stall hineinsetzt, erwachen plötzlich eine unbekannte Wissbegier und auch eine spannungsvolle Erwartung in ihr. Nun möchte sie doch wissen, was es mit dem jungschen Frettchen auf sich haben mag.

Ausgiebig wird der jugendliche Hüpfer, noch ist er es in ihren Augen, einer Untersuchung durch Elly unterzogen. Sie leckt ihn buchstäblich von vorne bis hinten ab. Keine noch so winzige Stelle des zarten Jungenkörpers wird dabei außen vor gelassen, alles wird genau kontrolliert und erforscht.

Kurz bevor Elly mit allem fertig ist, passiert aber etwas höchst Eigenartiges mit beziehungsweise in ihr, was sie sich sicherlich am allerwenigsten erklären kann. Sie entwickelt völlig unerwartet einen starken Beschützer- und Mutterinstinkt für das erst zehn Wochen alte Frettchenjunge.

Buchstäblich mit Argusaugen wacht sie ab sofort über ihn und lässt keines der anderen vier Frettchen an ›ihren‹ kleinen Jungen heran. Nur die Schmidts dürfen sich nach wie vor den kleinen Rufus zum Knuddeln und Wuddeln herausholen, ohne dass sie von der wachsamen Fähe einen Biss riskieren müssen.

So gehen wieder die Wochen und auch Monate ins Land.

Elly, nun auch wieder um ein ganzes Jahr älter geworden, na gut neun Monate erst, beginnt in Rufus nun nicht mehr das Frettchenkind zu sehen, sondern erkennt unter seinem noch etwas weichen Kern, ihren einst doch so sehnsüchtig ersehnten und erwünschten Traummann.

Wieder vollzieht sich in Elly eine eigenartige Wandlung. Sie möchte nämlich nur noch eins, sie möchte diesen Frettchenkerl haben, ganz und gar oder mit Haut und Haar!

Da sich auch der einst kleine und junge Frettchenrüde Rufus ganz schön gemausert, äh … will sagen, weiterentwickelt hat, sieht er in der Elly nicht mehr nur seine liebende und ihn jederzeit beschützende Ersatzmutter, sondern erkennt so nach und nach auch die Frau in ihr.

Dann kommt das, was eines Tages einfach kommen muss.

Sie verlieben sich unsterblich ineinander, können ohne ihren Partner einfach nicht mehr sein, tun eben zusammen jene Dinge, zu denen die anderen Frettchen nicht mehr fähig sind und bald darauf bekommen sie die ersten gemeinsamen Kinder.

Somit zieht zehnfache und funkelnagelneue Konkurrenz in das bisher so kleine harmonische Frettchenrudel in der Altmark ein. Denn als die zehn Frettchenwelpen, fünf Rüden und fünf Fähen, zu zwölf Wochen alten Frettchen herangewachsen sind, möchte ein jeder von ihnen der uneingeschränkte Boss beziehungsweise die tonangebende Chefin im sechszehnköpfigen Rudel sein.

Es werden regelrecht harte Raufereien und erbarmungslose Ringkämpfe um die Vorherrschaft ausgeführt. So manch ein vorlautes kleines Frettchen zieht mit blutigen Schrammen von dannen, gibt schließlich klein bei oder eben einfach nur auf.

Etwas ruhiger geht es dann endlich gegen Ende des Sommers zu, als einer nach dem anderen der jungen Frettchenbande auszieht und sein neues Glück in der weiten Fremde sucht.

Nur zwei der ersten gemeinsamen Kinder von Elly und Rufus bleiben weiterhin in diesem kleinen Dörfchen in der Altmark wohnen und verstärken dort das gegenwärtige Frettchenrudel. Eine zierliche, aber doch sehr rauflustige Albinofähe namens Whity und ein ruhiger etwas bequem veranlagter Albinorüde namens Max.

Als das alte Rudel, bestehend aus der Oma Fanny, den Kindern Gregor, Tonino und dem erwachsen gewordenen Enkel Balu, sieht, dass sich die Lage wieder zu ihren Gunsten geneigt hat, möchten sie nun endlich wieder die Herrschaft übernehmen.

Das bedeutet nun nicht anderes für das Frettchenpärchen Elly, die ja nun ihre Mutter gegen sich aufgebracht hatte, weil sie sich doch einen Mann nahm, und Rufus, sich wahrhaftig jeden Tag aufs Neue behaupten zu müssen.

Für die Schmidts ist das natürlich kein schöner Anblick, wie ihre heißgeliebten Kobolde aufeinander losgehen. Nur schweren Herzens entschließen sie sich ihre kleine Frettchenfamilie in zwei Gruppen aufzuteilen und sie gezwungenermaßen getrennt unterzubringen.

So wurde also für die beiden Liebenden Rufus und Elly auf dem schnellsten Weg eine neue Unterkunft errichtet, die sie schon nach kurzer Bauzeit beziehen konnten.

Dass diese Vorgehensweise aber bei den anderen sechs Frettchen einen gewissen Neid auslöste, weil die neue Unterkunft in ihren Augen um einiges schicker ausschaut, als ihre eigenen vier Wände, ließen sie nicht etwa an Vater Michael, Mutter Sigrid oder ihren Sohn Peter aus. Nein, ausgerechnet Elly und Rufus waren Ziel ihrer nun ständig wiederkehrenden und recht boshaften Attacken, die sich über den ganzen Tag hinziehen konnten.

So kam es leider, wie es kommen musste, denn durch dieses aggressive Verhalten untereinander, durften die beiden Frettchengruppen auch nur noch getrennt zum Herumtoben in das große Freigehege hinaus.

Denn eines wollten die Schmidts ganz gewiss und um alles in der Welt vermeiden, nämlich, dass sich ihre acht Frettchen untereinander ernsthafte Verletzungen zufügen können.

So wurden also im Laufe des Tages einmal die ›alte‹ Frettchengruppe für Stunden ins Freigehege gesetzt. Hatten sie sich endlich müde getobt und waren dabei sich einen bequemen Schlafplatz auszusuchen, dann ging es prompt zurück in ihre Behausung. Dann war das Frettchenpärchen Rufus und Elly an der Reihe, ohne Störungen, ihren Aufenthalt im Freigehege zu genießen. Das junge Pärchen war meistens schon nach einer Stunde wilder Hetzjagd erledigt, auch für die beiden hieß es dann wieder, ab in den ›Bau‹.

Während sich in dem sechsköpfigen Frettchenrudel so nach und nach der vorlaute Rüde Tonino bald als uneingeschränkter Boss herauskristallisierte, übernahm es bei dem Pärchen wie selbstredend Rufus.

Elly schien gar keine andere Wahl zu haben. Was sollte sie auch gegen einen Mann machen, der doch fast ein ganzes Kilogramm mehr auf die Waage brachte, als sie selbst? Also blieb ihr nichts übrig, sie spielte weiterhin die liebende Partnerin und tat so, als ob alles seine beste Ordnung hätte in ihrer kleinen Frettchenwelt.

Dadurch entwickelte sich sehr zum großen Ärger der Schmidts ihr so sorgsam ausgewählter Zuchtrüde immer mehr zu einem großen Problem. Mit nichts war er zufriedenzustellen. Mit niemandem vertrug er sich, auch mit seinen geliebten Menschen nicht mehr.

Näherte sich dem Rufus ein Frettchen aus dem anderen Rudel, wenn die Schmidts ihn unter ihrer Aufsicht mit den anderen Tieren im Freigehege laufen ließen, um sie doch noch zusammenzubringen oder aneinander zu gewöhnen, ging er hundertprozentig, wie ein wahnsinnig Gewordener, auf sie los.

Er ließ buchstäblich überall den großen Macker heraushängen, markierte alles und jeden mit seinem Urin. Und er verbiss sich unerbittlich in den erstbesten Frettchennacken, welcher ihm zu nahekam. Auch von den Händen und ganz besonders den Unterarmen der Schmidts machte er nicht mehr halt. Mit anderen Worten, Rufus war einfach nur noch unausstehlich. Deshalb bekam der so streitlustige und unausstehlich gewordene Rüde ein Quartier ganz für sich allein zugeteilt.

Elly dagegen zog wieder bei der alten Familie ein und nach ein paar kurzen Auseinandersetzungen mit ihrer Mutter Fanny, lief dort alles bald wieder wie früher, ringsum friedlich halt.

Eigenartigerweise schien Rufus aber dieser Zustand der Isolierung nicht viel auszumachen, denn er schlief jetzt Stunde für Stunde in den langen Tag hinein und ihn berührte scheinbar gar nichts, ganz egal, was sich gerade in seiner unmittelbaren Umgebung abspielte. Nur zu den Mahlzeiten kam er noch aus seinem Schlafhaus heraus, ansonsten ignorierte er so fast jedes Lebewesen und jedes kleine Geschehnis in seiner winzigen Welt. Auch das seine Elly wieder bei den anderen Frettchen einzogen war und sie dort auch von allen geduldet wurde, berührte ihn nicht.

Doch dann, eines Tages ereignete sich etwas in seinem Leben, was aus ihm ein ganz neues Frettchen werden ließ.

Schmidts, die noch nie einen Urlaub oder auch nur einen kleineren Ausflug über das Wochenende gemacht hatten, beschlossen genau dieses zu tun und sie verabredeten sich mit der Schwester von Vater Michael, mit der Rita.

An einem Sonnabendmorgen sollte die Reise nach Pinneberg, dort wohnt die Schwester mit ihrer Familie, endlich losgehen.

Da aber Mutter Schmidt immer an den Samstagen die beiden Frettchenbehausungen einer gründlichen Reinigung unterzog, wurde diese Reinigungsmaßnahme kurzerhand um einen ganzen Tag vorverlegt.

Wie Sigrid ihre acht Frettchen nämlich kennt, werden diese sicherlich wieder die Zeit nutzen, wo sie sozusagen nicht unter Aufsicht stehen, um ein heilloses Durcheinander und ein riesiges Tohuwabohu in ihrer Unterkunft zu hinterlassen. Denn, wenn sie sich nicht beobachtet fühlen, lassen sie schon mal buchstäblich die ›Sau‹ raus. Dann wird es schon besser sein, wenn vorher noch einmal alles gründlich auf Vordermann gebracht wurde.

Ruckzuck ist man mit der dabei anfallenden Arbeit fertig, ist es doch beinahe schon zur Routine geworden, das sorgfältige Säubern der Frettchenbehausungen.

Nachdem alles wieder restlos abgetrocknet ist, circa gegen zwanzig Uhr, beziehen alle acht Frettchen wieder ihr angestammtes Quartier. Wenig später kehrt bei den Frettchen und auch bei Schmidts Ruhe ein.

Am nächsten Morgen, die Hähne fangen gerade an zu krähen, geht die Reise nach Pinneberg los. Natürlich nicht, ohne vorher sämtliche Tiere auf dem kleinen Bauernhof zu versorgen, wie die acht Frettchen, den uralten Hasen und den einen Hund.

Dass die Schmidts ein ganz besonders schönes Wochenende erleben, mit einem mehrstündigen Ausflug nach und durch Hamburg, sei nur so am Rande erwähnt.

Vieles hatten sie sich angeschaut und viel hatten sie sich auch auf der Heimreise, die dann leider im strömenden Regen, mit Blitz und Donner, stattfand, zu erzählen. Völlig geschafft kamen sie am sehr späten Sonntagnachmittag zu Hause an. Dort packten sie geschwind ihre Sachen aus, um anschließend nach ihren Tieren zu sehen.

Der Hund schlief zusammengerollt in seiner Hundehütte, der alte Hase bearbeitete gerade einen etwa armdicken Ast der in seinem Käfig lag und auch die achtköpfige Frettchenbande schlief.

Da es ganz plötzlich aufgehört hatte zu regnen und auch die Temperaturen sich annehmbar gestalteten, beschlossen die Schmidts sich noch für eine halbe Stunde in den Garten hinauszusetzen und mit einem Gläschen australischen Rotwein, auf das gelungene Wochenende in Pinneberg und Hamburg anzustoßen. Sohn Peter bekam natürlich nur ein Glas Cola.

Vater Michael schenkte gerade ein zweites Mal ein, als an die Ohren der Familie Schmidt ein paar eigenartige aber doch irgendwie vertraute Laute drangen.

Wo kommen diese Töne denn her, fragten sie sich und begaben sich umgehend auf die Suche. Was sie dann beziehungsweise wen sie dann fanden, schockierte und verblüffte sie etwa zu gleichen Teilen.

Auf dem Rasen im Freigehege, keinen halben Meter von dessen Eingangstür entfernt, an der Tür sah man noch ganz deutlich die Kratzspuren - daher sicherlich auch diese eigenartigen Geräusche, saß ganz alleine ihr Frettchenrüde Rufus.

Seine Barthaare hingen völlig schlaff an ihm herab, aus seinen Augen sah den Schmidts nur die nackte Angst entgegen, und wenn Mutter Sigrid es richtig gesehen hatte, war er ringsum auch ein wenig schlanker geworden.

»Na, sag mal. Rufus! Wie kommst du denn hier her? Ich habe dich doch am Freitagabend in deinen Stall gesetzt, da bin ich mir aber sehr sicher. Ich habe doch noch mit dir geschimpft, weil du dich wieder in meinen Hals verkrallen wolltest. Jetzt bin ich aber völlig platt!«, so redet Mutter Schmidt beharrlich auf Rufus ein.

Betroffen und auch überaus nachdenklich, wie der Frettchenrüde wohl in das Freigehege gekommen sein mag, schauen sich Vater Michael, Mutter Sigrid und Sohn Peter in die Augen. Aber niemand von den Dreien weiß eine Antwort darauf und niemand hat eine wirklich einleuchtende Erklärung zu bieten.

Bevor man Rufus aber aus dem Gehege herausholt, wird seine gesamte Behausung sicherheitshalber gründlich auf durchlässige Stellen beziehungsweise auf solche Möglichkeiten hin durchsucht, durch die er unter Umständen eventuell entschlüpfen konnte.

Als man nichts dergleichen entdecken kann, wird auch noch die Verriegelung auf irgendwelche Defekte oder auf eine vielleicht bestehende Funktionsstörung untersucht. Aber auch hier ist alles in bester Ordnung. Bleibt nur die dringende Frage, wie kam ihr Rufus in das Freigehege?

Dass Mutter Sigrid den Frettchenrüden am Freitagabend in seine Behausung hineingesetzt und diese auch fest verschlossen hatte, kann Vater Michael ruhigen Gewissens bezeugen. Schließlich war er sozusagen Augenzeuge, wie dieser sich wieder einmal von seiner schlechten Seite zeigte, als ihn sein Frauchen reinsetzen wollte.

Es bleibt für alle ein Mysterium!

Familie Schmidt kehrt jetzt gemeinsam wieder zum Freigehege zurück und betrachtet erst einmal aus sicherer Entfernung ihr Frettchen.

Rufus sitzt immer noch an der gleichen Stelle, schaut genauso traurig aus, wie vorhin. Nur, dass dieser jetzt sein Köpfchen in die Richtung seiner Menschen hebt.

Mutter Sigrid überläuft eine heiße Welle Mitleid. Mitleid mit dem armen Frettchenjungen, der das ganze lange und völlig verregnete Wochenende allein, ohne einen Happen Fressen zur Verfügung zu haben, im Freigehege verbringen musste. Sie bückt sich nach dem Frettchen, holt ihn aus dem Freigehege heraus und drückt den leicht zitternden Burschen fest an sich.

In diesem Moment verschwendet sie keinen einzigen Gedanken daran, dass Rufus in den letzten paar Wochen ein äußerst aggressives Frettchen gegenüber seinen Artgenossen und auch seiner menschlichen Familie war. Immer wieder muss sie ihm ein Küsschen geben, ihn behutsam und beruhigend streicheln, ihn auch an sich drücken. Es ist ihr ganz egal, ob sie dabei wieder einen schmerzhaften Biss riskiert oder nicht. Sie kann einfach nicht anders.

Das wirklich Erstaunliche beinahe schon Fassungslose passiert, denn der Frettchenrüde Rufus lässt alles willenlos über sich ergehen. Ganz und gar still hält er. Er scheint wirklich jede kleine Streicheleinheit, jedes bisschen kraulen auf seinem Bauch und jedes kleine Küsschen zu genießen. Er schmiegt sich sogar noch richtig fest an Sigrid heran. Als er dann noch vor lauter Dankbarkeit beginnt ihre Hand abzulecken, ist allen Schmidts klar, dass sie einen neuen, einen braven und einen völlig umgewandelten Rufus vor sich haben.

Dass seit diesem Wochenende Rufus mit allen Frettchen wieder ein Herz und eine Seele ist, freut natürlich alle Beteiligte sehr. Und wie heißt es zum Abschluss bei einer guten Geschichte? Und wenn sie nicht gestorben sind, dann leben sie vielleicht noch heute!

ENDE – der wahren Geschichte

… So, mein kleiner depressiver Barny. Hast du nun wirklich einen Grund mit deiner momentanen Situation so sehr zu hadern? Oder geht es dir nicht eigentlich noch ganz gut. Schließlich bemühen wir Trimmdichs uns auch intensiv um dich.

Aber, wenn ich jetzt noch einmal kurz auf die wahre Geschichte zurückkommen darf. Wenn man sich genau durch den Kopf gehen lässt, unter welchen Umständen diese Wandlung von Rufus geschah, was er vielleicht hat ausstehen müssen, dann läuft es mir jedenfalls eiskalt meinen Rücken runter. Schließlich gibt es in dem kleinen Ort der Altmark auch ein Pärchen des roten Milans und auch ein paar andere Raubvögel. Oder, wenn ich an die vielen herumstreunenden und völlig verwilderten Katzen denke, die rein kräftemäßig auch dem sehr stabilen Rufus überlegen wären, bei einem Zweikampf sozusagen. Wer weiß, was er an diesem Wochenende hat erleben müssen?

Beruhigend ist für mich nur, dass der Rufus wirklich reichlich Unterschlupfmöglichkeiten in seinem Freigehege hatte, sich in der Futterschüssel, durch den anhaltenden Regen, zum Glück stand die dort noch herum, genug Wasser sammeln konnte und auch die Whity viel Futter im Freigehege versteckt hatte, weil dies eine absolute Lieblingsbeschäftigung von ihr sein soll.

So mein Schatz, Barny. Nun reicht es aber für heute. Ich bringe dich jetzt wieder nach draußen in deine/eure Villa. Dort schläfst du dich erst einmal richtig gründlich aus. Wenn es geht, diesmal aber in deinem warmen Schlafhäuschen.

Ich für meinen Teil, brauche jetzt noch einen anständigen und schnellen Kaffee. Dann muss ich mich wieder um meine eigene Wirtschaft kümmern.

Ich habe die Villatür hinter ihm noch gar nicht richtig geschlossen, als Barny hocherhobenen Hauptes, ›Sehe ich da ein breites Schmunzeln auf seinen Lippen?‹, freudig mit seiner Rute hin und her schwingend in seinem Häuschen verschwindet.

Na also, wenn dies kein gutes Zeichen ist. Ich würde ja mal sagen, Ziel erreicht. Na dann bis morgen mein kleiner Freund und hoffentlich hält die Wirkung der wahren Geschichte noch ein wenig an.

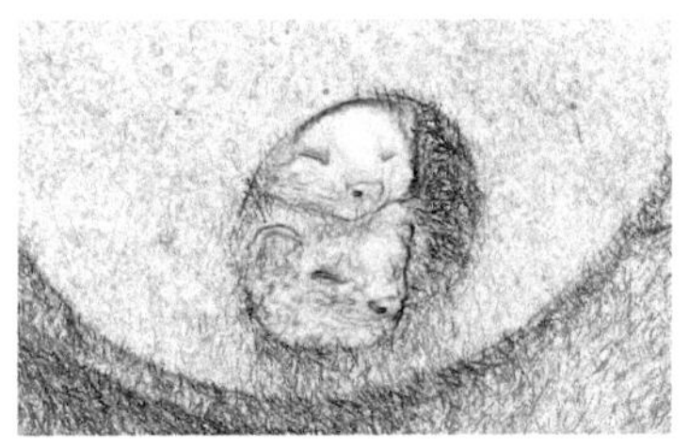

🦡 Mein letzter Spaziergang 🦡

Eigentlich hätte es heute ein ganz besonders schöner Tag werden können, denn seit vielen Wochen habe ich doch endlich wieder einmal richtig tief und fest durchgeschlafen. Mich riss nämlich kein lautes und wütendes Hundegekläff von unserer Alexa oder dem Hund von nebenan, der Tapsy, mitten in der Nacht aus dem tiefen Schlaf. Es trieben sich, wie sonst üblich, auch keinerlei fremde oder auch bekannte Katzen sowie Kater vor unserer Villa herum und suchten dort nach irgendwelchen Resten unseres Futters. Selbst die freche zehnköpfige Dorfspatzenclique schien heute länger als gewöhnlich zu pennen. Sonst sind sie immer die Ersten, die einen mit ihrem zänkischen Getschilpe aus dem Reich der Träume holen. Auch kein kleiner Patrick oder sonst einer der Familie Trimmdich schlich auf halbleisen Sohlen heimlich durch die pechschwarze Nacht und im Garten herum. Dann zog es mein, von mir vorübergehend getrennt lebender Barny endlich einmal vor, nicht herumzurandalieren. Vielleicht hat der geliebte Kerl ja endlich gegriffen, dass er den ollen und schweren Feldstein nicht von dem Eingang zu meiner Etage herunterbekommen kann und er schläft sich endlich einmal wieder richtig aus. Wäre ja auch durchaus angebracht, hat er doch schon regelrecht dunkle Ringe um seine schönen Augen bekommen.
Ach ja, das Wichtigste hätte ich beinahe vergessen, ich wurde in der vergangenen Nacht auch von keinen Albträumen heimgesucht, die meistens chaotisch, durchgeknallt und schweißtreibend sind.
Ich kann also mit ruhigem Gewissen behaupten, dass ich heute Morgen ringsherum ein völlig ausgeruhtes, zufriedenes und im Prinzip gut gelauntes Frettchen bin.
Und doch sollten sich einige kleine Begebenheiten im Laufe des Tages ereignen, die meine zart besaitete Frettchenseele aus ihrem gerade

eben wiedergewonnenen Gleichgewicht und der superguten Laune bringen sollte. Und das kam so.

Als ich zu sehr früher Stunde, die Sonne steht noch nicht am Horizont, nach einem kurzen, aber durchaus erholsamen Nachtschlaf meine warme Kuscheldecke verlasse, mit einem wahrhaft leeren und laut knurrenden Magen und einem inneren Drang folgend - meine Blase ist zum Platzen voll, passiert schon das erste kleinere Malheur.

Ich breche mir nämlich an meiner linken vorderen Brante eine Kralle ab, als ich mich so richtig dolle durchstrecke, um meine steifen Glieder in Schwung zu bringen. Zum Glück bricht sie aber gut einen Millimeter von den kleinen Blutgefäßen, die sich durch die Frettchenkrallen ziehen, entfernt ab. Das ging ja noch einmal haarscharf daneben.

Trotzdem ärgert es mich gewaltig, denn die ausgefranste Stelle an dem restlichen Überbleibsel der Kralle sieht nicht sonderlich schön aus und als Frau, ähm ... Frettchenfähe, achtet man doch schließlich auch auf sein gesamtes äußeres Erscheinungsbild! Oder etwa nicht?

Was würde mein geliebtes Barnylein von mir denken, wenn er mich jetzt so sehen könnte? Aber er ist ja zurzeit leider aus meinem Gesichts- und Wirkungsfeld verschwunden. Dank der tatkräftigen Hilfe von Herrchen und Frauchen. Obwohl Dank, wäre eigentlich nicht das Wort, welches ich hier gebrauchen würde. Aber Martin und Samantha meinen ja vom ganzen Herzen es wäre besser so, weil er mir zu oft und auch zu sehr buchstäblich auf die Pelle gerückt wäre. Trotzdem vermisse ich ihn, meinen kuscheligen und dicklichen Barnyboy.

Dessen ungeachtet lasse ich es natürlich niemanden anmerken, weil ich einen gewissen Grad an Selbstbewusstsein zu vertreten habe. Sollen sie doch ruhig alle denken, dass mir die abrupte und totale Trennung von meinem lieben Barny an meinem zarten Frettchenhintern vorbeigeht. Wie es wirklich in mir aussieht, weiß ich wohl am allerbesten. Doch das geht keinem etwas an. Punkt, Schluss und aus!

Upps. Könnte es möglicherweise sein, dass da gerade ein klein wenig Aggressivität in meinen Worten mitschwang? Tschuldigung!

Hm, ist schon eigenartig. Aber diese leichte Reizbarkeit bis hin zu einer unerklärlichen Aggression überkommt mich in den letzten Tagen immer öfter. Außerdem ist so eine alles zermürbende Unruhe in mir.

Doch das ist schon wieder ein ganz anderes Thema. Wo war ich stehen geblieben?

Ach ja, die abgebrochene Kralle. Da hätte ich beinahe etwas verges-

sen. Dadurch, dass ich mit der besagten Kralle an meinem Kuscheltuch hängen blieb, bevor sie abbrach, knallte ich nämlich der ganzen
Länge nach auf eines der Bodenbretter meines Schlafhauses und ver-
setzte mir somit unfreiwillig auch noch einen ordentlichen Kinnhaken.
Die vielen kleinen Sternchen, die ich kurz darauf zu sehen bekam,
waren im Prinzip wunderschön. Doch dann konnte ich ganz deutlich
spüren, wie meine Zähnchen hart aufeinanderschlugen, es in meinem
Genick gefährlich laut knackte und wenn ich meinen Lauschern Glauben schenken durfte, waren diese Geräusche auch deutlich zu hören.
Prompt setzten beinahe unerträgliche Kopfschmerzen ein. Aber groß
darauf zu achten blieb mir keine Zeit mehr, denn der sich ausbreitende
Schmerz in meinem Unterleib wird immer größer und nahezu unerträglich. ›Ich muss erst einmal die reichlich angesammelte Flüssigkeit
aus meiner übervollen Blase loswerden. Danach kann ich mich immer
noch um meine anderen Wehwehchen kümmern‹, ging es mir durch
meinen brummenden Schädel und ich folgte also umgehend dem
Drang der Natur.
Ich glaube, ich habe heute sogar einen neuen Rekord aufgestellt, denn
noch nie war ich so schnell auf dem Lokus wie heute und man, das tat
vielleicht gut. Ich konnte richtig spüren, wie das unangenehme Ziehen
in der Bauchgegend nachließ. Ich fühlte mich gleich um ein paar
Gramm leichter. Wie sagt doch mein Dickerchen immer? Ach ja: »Ich
glaube, ich muss pissen, wie ein Iltis!«
Eigenartigerweise sind plötzlich auch die bohrenden Kopfschmerzen
völlig verschwunden, so, als ob sie gar nicht da gewesen wären. Nur
an meinem Kinn habe ich das scheußliche Gefühl, dass sich dort so
langsam aber sicher eine außerordentliche Beule entwickelt und dort
auf ein paar Nerven drückt. Aber solange mich dies nicht am Fressen
hindert, kann ich für ein paar Tage sicherlich damit leben. Also immer
hübsch abwarten und mal beobachten, wie groß das Ding von dieser
Beule noch werden wird.
Nebenbei bemerkt, da ich schon mal beim Fressen bin. Zurzeit ist das
fast eine unabweichbare Lieblingsbeschäftigung von mir geworden.
Ich weiß gar nicht zu sagen, wo diese unerwartete Gier auf alles, was
nur irgendwie fressbar ist und dieser unendliche Heißhunger herkommen. Ich komme einfach nicht dagegen an.
Dass sich diese Fressgier aber auch schon ziemlich deutlich bei meiner Linie bemerkbar macht, stört mich eigenartigerweise momentan

nicht im Geringsten. Wer weiß, wozu die zusätzlichen Pölsterchen eines Tages noch gut sein werden. Damit aber immer genug von meinem Futter vorrätig ist, wenn mich plötzlich wieder so eine Fressattacke überfällt, bunkere ich auch eine nicht unerhebliche Menge in den verschiedensten Verstecken meiner Behausung.

Sehr zum Missvergnügen von meinem Frauchen, die räumt nämlich fast jeden zweiten Tag alles wieder fort. Sie schrubbt dann auch jede noch so kleine Spur beziehungsweise jedes kleine Krümelchen gründlich ab.

Wenn meine Samantha doch nur erkennen würde, dass ihr übertriebener Sauberkeitsfimmel der eigentliche Grund ist von meiner hartnäckigen Bunkerei. Würde sie alles so belassen, wie sie es vorfindet oder wie es eben ist, wäre doch das Leben für alle viel leichter.

Wie würde Samanthas Frau Mama sicherlich wieder einmal sagen: »Wer keine Arbeit hat, der macht sich welche!«, und das trifft auf mein Frauchen eben mehr als zu. Doch, wenn es sie glücklich macht. Dann bereite ich ihr doch glatt die winzige Freude und räume nachher wieder eine kleine Runde mein Futter um. Vorausgesetzt, dass dann davon genügend vorhanden sein wird.

Es soll jetzt wirklich keine faule Ausrede sein oder so. Aber es ist erst in den letzten drei bis circa vier Wochen ein regelrechter innerer Drang geworden, das Bunkern meines Futters und auch der unendlich scheinende Appetit, gegen den ich einfach nicht ankomme. Vor kurzem hätte mich es noch fast um meinen Verstand gebracht, wenn mir Barny meine saubere Behausung so durcheinandergebracht hätte.

Da sich mein Magen gerade eben wieder lautstark zu Wort gemeldet hat, führt mich mein nächster und kürzester Weg auch prompt zu meiner Futterschüssel. Zu meiner großen Enttäuschung ist diese aber, außer einigen vereinzelten Wassertropfen, noch völlig leer. Na ja, immer noch besser als gar nichts. Gierig lecke ich das kühle Nass in mich hinein, ohne wirklich das Gefühl zu haben, dass es meinen knurrenden Magen beruhigt hätte. Aber ein kurzer kritischer Blick in den immer noch nächtlichen Morgenhimmel verrät mir, dass es auch noch gar nicht an der Zeit ist, dass mein geliebtes Frauchen oder Herrchen mit frischem Futter auf der Bildfläche erscheint, denn noch ist es wirklich völlig zappenduster hier draußen. Na dann halt nicht.

Doch, was tun, wenn man schon einmal wach ist, schrecklichen Hunger hat und deshalb nicht wieder einschlafen kann?

Mir wird wohl nichts anderes übrigbleiben, als mich etwas in Geduld zu üben und das zählt leider Gottes in allerletzter Zeit nicht gerade zu meinen persönlichen Stärken.

Vielleicht ereignet sich ja noch irgendetwas Aufregendes vor unserer Villa oder im trimmdichschen Garten oder eben auf Alexas Hof. Etwas, was meine ganze Aufmerksamkeit erfordert und mich von meiner abgebrochenen Kralle und dem schmerzhaft knurrenden Magen ein wenig ablenkt. Denn, mir ist durchaus bewusst, dass ich heute schon zwei Mal Pech hatte und das auch noch kurz hintereinander.

Was wiederum doch nur bedeuten kann, dass ich heute buchstäblich mit dem falschen Fuß zuerst aus meinem warmen Kuscheltuch gestiegen bin. Das kann ja noch heiter werden. Wie die Erfahrung mich es lehrt, geht dann im Laufe des Tages zuverlässig wirklich alles schief. Ihr werdet schon sehen!

Ich bin wirklich nicht abergläubig oder sehe Gespenster oder so etwas in der Art. Aber ich spreche hier aus Samanthas Erfahrungen, geht bei ihr etwas schief, dann bleibt es meistens nicht bei dem einen Mal. Dann geht bei Ihr auch immer sehr vieles daneben, ob gewollt oder nicht gewollt!

Flinken Fußes eile ich in mein Schlafhäuschen zurück und hole mir mein warmes Kuscheltuch hervor. Dieses Tuch breite ich unmittelbar und sorgfältig in der Nähe der Villatür aus. Darauf mache ich es mir dann richtig gemütlich. Ganz fest rolle ich mich zusammen, beinahe wie ein Igel, wobei ich meine vier Branten so dicht wie möglich an meinen Bauch heranziehe. Sie sind nämlich in der Zwischenzeit etwas kalt geworden, wodurch ich anfange, leicht zu frieren.

Dass meine Nase zwischen meinen beiden Hinterbeinen und unterhalb des Schwanzansatzes zu liegen kommt, spielt für mich nur eine untergeordnete Rolle. Ich entleere ja schließlich beim Schlafen nicht meine Analdrüsen, so wie es mein Barnylein im Traum manchmal beziehungsweise ziemlich oft tut. Hauptsache richtig eng zusammengerollt, damit so wenig wie möglich von der eigenen Körperwärme verloren gehen kann.

Trotz des Ärgerns über die abgebrochene Kralle und trotz knurrenden Magens muss ich irgendwann wieder eingeschlafen sein, denn als mich das Herüberfliegen einer dieser Tiefflieger aus meinem Schlaf reißt, ist es schon taghell und die Sonne wirft ihre wärmenden Strahlen auf meinen Pelz.

Noch habe ich mit dem entsetzlichen Schreck zu kämpfen, den der Tiefflieger bei mir hinterlassen hat, denn er schiebt nicht nur eine ungeheure Druckwelle vor sich her - die man schon viele Sekunden vorher ganz deutlich spüren kann, sondern bringt auch einen ohrenbetäubenden Knall mit sich, weil diese Dinger schneller als der Schall sein sollen. Das geht bei uns Frettchen immer richtig durch und durch. Leider passiert es in letzter Zeit ziemlich häufig, dass mit den blöden Tieffliegern, obwohl es über unserem kleinen Hirschberg keine von den Behörden genehmigte Flugzone gibt. Woher ich das schon wieder weiß? Darüber haben sich einmal die beiden großen Trimmdichs unterhalten, als es gleich dreimal kurz hintereinander gewaltig gekracht hatte. Also an einem Tag, gleich dreimal, dieses nicht genehmigte Überfliegen des Ortes geschah, meine ich jetzt. Der Bürgermeister von Hirschberg hatte wohl auch schon mal beim zuständigen Amt Beschwerde eingelegt, was aber leider nur kurze Zeit die gewünschte Abhilfe brachte.

Bevor ich mich in mein Schlafhäuschen verkriechen kann, um mir meine gemarterten Ohren zu putzen, denn immer noch kann ich ein Dröhnen hören, rollt wieder eine dieser furchterregenden und eine Beklemmung auslösenden Druckwelle über mich armes Frettchen hinweg. Diesmal ist die Welle um vieles deutlicher zu spüren gewesen. Ehe ich es so richtig in meinem kleinen Frettchenschädel verarbeitet habe, kracht es doch erneut überlaut und unmittelbar über mir. Wenn mich jetzt meine empfindlichen Barthaare nicht trügen, muss er dieses Mal direkt über Trimmdichs Häuschen geflogen sein, denn ich habe die Erschütterung ganz deutlich spüren können.

Dass mir vor lauter Entsetzen und auch maßlose Angst nun doch noch ein unfeines laues Aromachen aus meinen beiden Analdrüsen entfleucht, könnt ihr sicherlich verstehen und mir auch sicherlich verzeihen oder? Bitte, bitte, bitte!

Also mir reicht es jetzt erst einmal gründlich! Da man mir auf so unfeine und rücksichtslose Art meine gute Laune verdorben hat, ›Habe ich nicht vorhin gesagt, dass heute noch mehr passieren wird!‹, sehe ich zu, dass ich auf dem kürzesten Wege in meinem Schlafhäuschen verschwinde. Natürlich nicht ohne meine Lieblingskuscheldecke in meinem Schlepptau zu haben.

Doch komischerweise komme ich irgendwie nicht recht vom Fleck. Irgendetwas hindert mich daran, meine Kuscheldecke sicher zu ver-

stauen. Verärgert will ich mich umdrehen, um die Ursache des Nicht-
weiterkommens zu ergründen, als ich hinter mir ein verhaltenes und
leises Kichern wahrnehmen kann.
»Hey, wer lacht denn da so unverschämt über mich. Wo gibt es denn
so was! Was ist hier so schrecklich lustig!«, schreie ich meine Empörung laut aus meinem Schlafhaus heraus und schaue schnell, ohne im
Prinzip auf eine Antwort zu warten, nach dem leisen Kicherer.
Zu meiner eigenen Überraschung steht neben unserer Frettchenvilla
mein geliebtes Frauchen und sie hält meine Decke am anderen Ende
fest. Dadurch verhindert sie, dass ich meine Kuscheldecke wieder in
meinem Häuschen verstauen kann.
Lange böse bin ich ihr aber nicht, denn meine innere Stimme flüstert
mir leise ins Ohr: »Wenn Samantha vor deiner Behausung steht, dann
ist ja auch dein Futter nicht sehr weit weg!« Freudestrahlend lasse ich
meine Decke eben Decke sein und flitze zu meinem Frauchen herüber.
Tatsächlich hält sie für mich ein Tellerchen mit frischen und klein
geschnittenen Hühnerherzen bereit. Erst, als mir der Duft des frischen
Fleisches in meinen Riecher fährt, meldet sich plötzlich auch mein
Magen mit wahrhaft lauten Geräuschen zurück. Den hatte ich ja vor
lauter Stress mit dem Flieger völlig vergessen!
Ob Samantha das Knurren eventuell gehört hat? Sie schaut mich so
unbestimmt, so eigenartig an. Aber lange denke ich nicht darüber
nach, sondern ich mache mich gierig über die Stückchen der zerklei-
nerten Hühnerherzen her und habe binnen fünf Minuten alles in mich
hineingeschlungen. Nichts ist übriggeblieben, kein noch so winziges
Faserchen und auch den kleinen Teller putze ich mit meiner langen
Zunge noch blitzblank.
Erwartungsvoll schaue ich Samantha in die Augen. Ich lege dabei
einen ganz treuherzigen Gesichtsausdruck auf. Das hilft bei Frauchen
nämlich immer, so habe ich schon des Öfteren einen zusätzlichen Leckerbissen bekommen. Mal sehen, ob es heute auch wieder funktionieren wird.
Doch anstatt weiter auf mich zu achten, verschwindet sie erst einmal
in der Garage und kommt mit meinem Frettchenausgehgeschirr, ein
umgearbeitetes Katzengeschirr, wieder.
Hey, das kann doch nur bedeuten, dass ich heute mit meinem Frauchen wieder einen kleinen Ausflug durch Hirschberg machen werde.
Das fetzt echt ein und es ist sicherlich auch gut für meine Linie. Habe

ich doch in der letzten Zeit wahrlich ein bisschen viel zugenommen. Vor allen Dingen aber um den Bauch und den Hüften herum.
Außerdem hat mir gestern die Alexa gesteckt, dass ich schon zu einem Doppelkinn neigen würde oder eben einfach nur rings um den Hals auch ordentlich zugelegt hätte. Da ist so ein Spaziergang durchaus auch mal willkommen, zumal ich ja heute richtig gut ausgeschlafen bin.
Freudig mit meiner Rute wedelnd, aufgeregt auf der Stelle hin und her tippelnd, warte ich darauf, dass mir Samantha das Geschirr anlegt, es dann gleich ab durch ›die goldene Mitte‹ geht, auf zu einem schönen gemütlichen Rundgang.
Doch die folgenden Worte, von meinem wirklich sehr geliebten Frauchen, lassen mir mein Blut in den Adern gefrieren: »Komm mal zu Frauchen, Betty. Das wird heute dein allerletzter Spaziergang werden und dann ist endgültig Schluss!«
Mein allerletzter Spaziergang und dann ist Schluss? Endgültig sogar? Wie soll ich denn das jetzt verstehen? Hey Samantha! Was ist hier los? Was habe ich getan? Was soll das denn alles bedeuten? Du wirst doch nicht etwas ganz Schreckliches im Sinn haben? So schlimm kann das doch mit dem Futter auch nicht gewesen sein oder was? Oder ist es doch noch etwas völlig anderes? Vielleicht das, was ich mit Barny vor ein paar Wochen gemacht habe? Na komm schon, so schlimm war es ja nun auch wieder nicht! Das gehört doch zu unserem Leben mit dazu. Oder ist es meine etwas vollschlanke Linie, dass du mich loswerden willst? Du wirst mich doch nicht um die Ecke bringen wollen? Wie so eine Katze, in einen Sack gesteckt und dann ab ins Wasserfass. O man o man, ich glaube, ich habe zu viel ferngesehen, bei den Trimmdichs! Komm schon Samantha, ich war doch immer lieb zu dir. Das kannst du mir nicht antun. Dass lasse ich nicht zu! Ich werde mich mit Haut und Haaren wehren, wenn du mir zu nahekommst.
»Hilf ... e! Hört mich denn keiner!?«
Obwohl ich mich jetzt tapfer wehre, mit allen vier Gliedmaßen heftig um mich trete, kratze und beiße was das Zeug hält, finde ich mich nach wenigen gekonnten Handgriffen von Frauchen außerhalb unserer Villa und im Frettchengeschirr wieder.
Noch bin ich durchaus nicht gewillt mich meinem scheinbar unabwendbaren Schicksal hinzugeben und ich kralle mich mit ganzer Kraft an dem neu sprießenden Gras vor unserer Villa fest. Aber sehr viel

hilft mir das auch nicht, denn Samantha nimmt mich einfach auf ihren Arm und spaziert mit mir in unbekannte Richtung los.

Wieso unbekannt, ich müsste Hirschberg eigentlich ganz genau kennen, meint ihr?

Na sicherlich doch. Aber ich habe meine beiden Seher vorsichtshalber ganz fest geschlossen. Ich will wirklich nicht wissen, wo es hingehen soll und was Frauchen mit mir vorhat.

Meine innere Uhr sagt mir, dass wir höchstens ein paar Minuten unterwegs gewesen sind, als mein Frauchen unverhofft stehen bleibt, sich einmal langsam um sich selbst dreht und mich dann plötzlich wieder sehr behutsam auf den Boden herabsetzt.

Das Erste, was ich fühlen kann, ist ein leichtes Kitzeln an meinen Branten und ein Gefühl, als wenn man auf lauter kleinen, besser noch ganz winzigen Perlchen stehen würde. Von diesen Dingern geht komischerweise richtige angenehme Wärme aus. Irgendwie habe ich die Empfindung darin langsam, aber sicher zu versinken.

Was mag das nur sein? Will Frauchen jetzt das tun, wovor ich die ganze Zeit so schreckliche Angst hatte und wovor ich meine Augen verschloss? Naht jetzt mein unverhofftes und viel zu frühes Ende? Habe ich doch noch immer überdeutlich ihre letzten Worte in meinem Ohr: »Das wird heute dein allerletzter Spaziergang und dann ist endgültig Schluss!«

Da aber ein Frettchen höchst selten gegen seine angeborene Neugier ankämpfen kann, öffne ich meine Augen nur einen winzigen Spalt, um zu sehen, was das für ein Zeugs unter meinen Branten ist. Verwundert stelle ich fest, dass es sich hierbei um ganz gewöhnlichen Kies handelt. Aber der ist doch eigentlich keine Gefahr für mich, das Zeug kenne ich doch aus Patricks Sandkasten. Bloß, dass er dort viel feiner in seiner Struktur ist.

Verwundert hebe ich meinen Kopf und schaue beunruhigt zu Samantha auf. Aber als ich in ihrem Gesicht einen zufriedenen Ausdruck entdecken kann und so ein gewisses Lächeln, so wie es eben nur mein Frauchen draufhat, fällt plötzlich alle Angst von mir. Jetzt schaue ich mir meine Umgebung doch noch etwas genauer an.

Ich muss feststellen, dass ich hier noch nie gewesen bin. Der Platz ist völlig neu in Hirschberg. Eine riesige Fläche dieses etwas grobkörnigen Sandes breitet sich zu meinen Branten aus. Auch verschiedene hohe Gegenstände, auf denen unser Patrick sicher gern herumklettern würde, kann ich hier entdecken. Später erfahre ich, übrigens durch den Jüngsten der Trimmdichs, dass man diese Dinger auch Klettergerüst nennt. Dass dieser neue Platz in Hirschberg ein Spielplatz für die Kinder des Ortes und den Schulkindern der Hirschberger Grundschule ist, erzählt er mir auch.

Es gefällt mir wirklich sehr, was ich hier entdecken kann und als mir Frauchen auch noch erlaubt, in diesem von der Sonne angewärmten Kies herum zu graben und zu buddeln, so wie es mir gerade in den Sinn kommt, habe ich vorübergehend meine Ängste total vergessen.

Eine volle Stunde darf ich mich hier nach Strich und Faden austoben. Dann kann ich mich vor lauter Erschöpfung beinahe nicht mehr auf meinen Füßen halten und mache es mir unter einer der Bänke, die dort vorsorglich aufgestellt wurden, bequem, um ein kleines Päuschen in Form eines Nickerchens einzulegen. Doch bevor ich es mir wirklich richtig gemütlich machen und meine Augen fest schließen kann, beschließt Frauchen plötzlich die Heimreise anzutreten.

War das jetzt nur ein Abschiedsgeschenk, das Spiel auf dem schönen neuen Spielplatz und kommt jetzt der große Hammer? Will sagen, das Lebewohl für immer? Langsam schleicht sich doch wieder eine Art von bedrückender Beklemmung in mein kleines Frettchenherz. Auch in meiner Magengegend breitet sich so ein ungutes Gefühl aus.

Widerstandslos lasse ich mich von Samantha wieder auf ihren Arm nehmen. Auch die Tatsache, dass sie mir mehr als behutsam den losen Kies aus meinem Fell herausstreichelt, ändert nichts an meinen bedrückenden Todesahnungen.

Ich weiß auch nicht, aber ich kann mich gegen dieses abnorme Gefühl einfach nicht erwehren. So lasse ich wirklich alles willenlos über mich ergehen. Alles was sich jetzt noch ereignet, läuft buchstäblich wie ein Film vor meinen Augen ab. Mit anderen Worten, wie ihr euch vielleicht denken könnt, ich verschließe einfach meine Seher vor der Wirklichkeit. Aber ich will wirklich nichts von meinem unausweichlichen und nahen Ende mitbekommen. Ich mache im wahrsten Sinne des Wortes dicht, völlig dicht. Ich höre nicht, was um mich herum stattfindet. Ich sehe nicht, was sich vor meinen Augen abspielt. Ich empfinde einfach gar nichts mehr, ausgenommen einer unendlich scheinenden und abgrundtiefen Leere.

Erst als mein Frauchen wieder mit mir spricht und die Bedeutung ihrer gewählten Worte bis in mein kleines verängstigtes Frettchenhirn vordringt, soll mein ganzes Leben endlich wieder ein Sinn bekommen und in vernünftige Bahnen gelenkt werden.

Doch hört bitte selbst, was Samantha mir Wichtiges mitzuteilen hat.

„Na, meine kleine geliebte Betty. Wie war heute dein letzter Spaziergang? Hat er dir wenigstens ein kleines bisschen Spaß gemacht? Vor allen Dingen, dass du mal so richtig nach Lust und Laune buddeln konntest, wie du es doch so gern hast?

Für eine ganze Weile wirst du jetzt deine sicheren vier Wände, also deine Villa, nicht verlassen können, weil du ringsherum und ausgiebig geschont werden musst. Wenn nämlich alles nach Plan geht, beziehungsweise wir alles richtig beobachtet haben, was so zwischen Barny und dir ablief, dann werden in circa einer Woche nämlich deine Kinderchen das Licht dieser schönen Welt erblicken. Deshalb brauchst du jetzt unbedingt ein mehr Ruhe und auch Rücksicht von allen Seiten. Ob nun von uns, den Trimmdichs oder eben von deinem Barny.

Du hast doch sicherlich auch schon bemerkt, dass in und mit dir eine starke Veränderung stattgefunden hat. Aber so etwas kommt halt von sowas. Ich sage da nur, du und Barny und eure kleinen Spielchen.

Na, verstehst du jetzt mein Schatz? Deshalb heute noch einmal der etwas längere Ausflug. Wenn du dann erst einmal Mama geworden bist, bist du die nächsten zwölf Wochen voll ausgebucht und hast dafür keine Zeit mehr. So ein kleinerer Ausflug ist natürlich immer drin, in unserem Garten und auch in unserem Haus. Keine Sorge, Betty.

So, mein Schatz. Nun geh noch ein wenig schlafen und träume etwas Schönes von deinem letzten Spaziergang. Gute Nacht!«

Nach dieser kurzen Rede drückt Samantha mich fest an sich, hinterlässt noch einen langen lieben Kuss auf meinem Nasenrücken. Dann setzt sie mich in meine Etage hinein und verschwindet anschließend im Haus.

Ich hingegen lege mich, befreit von einer wahrhaft zentnerschweren Last, wieder an der Tür unserer Frettchenvilla nieder, lasse meinen Gedanken freien Lauf - Frauchen sagt ja immer die Seele baumeln lassen dazu, lasse mir auch die wärmenden Sonnenstrahlen auf meinen Pelz brennen. Ehe ich bis zehn zählen kann, falle ich in einen kurzen tiefen Schlaf.

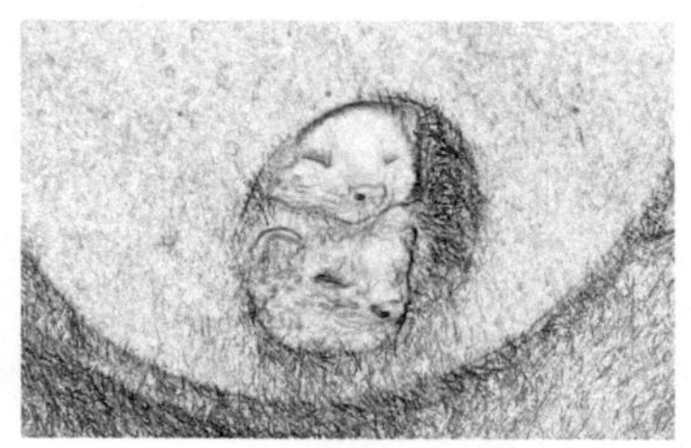

`Sieben auf einen Streich`

Auch heute verspricht sich das Wetter wieder von seiner besten Seite zu zeigen, was ja Mitte Mai eigentlich auch nicht sehr verwunderlich ist. Deshalb zieht es mich mit aller Macht auch in unseren Garten hinaus, der durch den vielen Niederschlag in der vergangenen Woche und das bei warmen Temperaturen, völlig verunkrautet ist. Außerdem hatte mich ein leichter Bandscheibenvorfall für einige Tage außer Gefecht gesetzt und es wurde höchste Zeit sozusagen wieder klar Schiff im Garten zu machen.

Angenehme Außentemperaturen um die fünfundzwanzig Grad plus lassen mich nicht nur ganz schnell bei der Arbeit regelrecht ins Schwitzen kommen, sondern auch mein Rücken meldet sich leider wieder mit leichtem und kontinuierlichem Ziehen, nach gut zwei Stunden Unkraut rupfen und Boden durchhacken, zurück. Darum lege ich nur vorsichtshalber erst einmal eine kleine, aber doch wohlverdiente Pause ein.

Dafür stelle ich mir meinen Liegestuhl in die Sonne, strecke mich so bequem wie möglich auf ihm aus und lasse mir die angenehm wärmenden Strahlen der Frühlingssonne in mein Antlitz scheinen. Natürlich darf die obligatorische Tasse schnellen starken Kaffees sowie ein gutes Buch dabei nicht fehlen. Es dauert gar nicht lange und eine angenehme bleierne Schwere nimmt von mir Besitz.

Da mein Mann mit den beiden Kindern im Wald unterwegs ist, Steven und Patrick wollten unbedingt Pilze suchen gehen, egal ob es schon welche gibt oder eben nicht, kann ich mich der Müdigkeit, die mich immer stärker in ihren Bann hinabzieht, voll und ganz hingeben. Und so kommt es, wie es einfach kommen muss, ich nicke für ein paar wenige Minuten völlig weg.

Ich kann nun wirklich nicht behaupten, dass es ein tiefer Schlaf ist, der mich ereilt, eher würde ich es als ein seichtes und oberflächliches Nickerchen bezeichnen wollen. Deshalb ist es auch nicht verwunderlich, dass mich eine mir unbekannte Tonfolge ganz schnell wieder aus dem Reich der Träume holt.

Angestrengt lausche ich in die Stille des Frühlingstages hinein, um zu ergründen, woher diese Töne kommen. Lange muss ich nicht warten, nur einige Sekunden, als diese unbekannten Laute wieder an meine Ohren dringen. Es hört sich nahezu wie ein dumpfes Klopfen an. So, als ob jemand mit einem Gegenstand beständig gegen etwas Hölzernes schlagen würde und es erinnert mich irgendwie auch an ein Trommeln.

Intensiv horche ich jetzt danach, aus welcher Richtung dieses noch unergründete Geräusch kommen mag, und als es wieder ertönt, gehe ich sozusagen einfach nur meinem Gehörsinn nach. Dieser führt mich geradewegs zu der Kaninchenbucht von dem Zwergkaninchenpaar Hoppel und Blacky sowie dem Meerschweinchenböckchen Robby. Er bezog nur vorübergehend bei den zwei Kaninchen sozusagen Quartier, weil Mimi - Patricks Meerschweinchen - Kinder von ihm bekommen hatte und er sie einfach nicht in Ruhe ließ.

Der Anblick oder auch die Situation in der kleinen ›Wohngemeinschaft‹ erschreckt und erschüttert mich zutiefst. Ziemlich genau in der Mitte der Kaninchenbucht liegt nämlich Robby, der Länge nach ausgestreckt auf seiner rechten Körperseite, und rührt sich nicht mehr. An seinen offen stehenden und starren Augen wird mir sofort klar, dass hier jegliche Hilfe zu spät kommt. Obwohl ich schon längere Zeit mit dem Ableben von Robby gerechnet habe, er war für ein Meerschweinchen schon recht alt geworden, erschüttert mich sein plötzlicher Tod doch sehr.

Natürlich will ich ihn jetzt aus dieser Bucht herausholen, aber das eigenartige Verhalten von den beiden Zwergkaninchen hindert mich vorerst daran, mein Vorhaben in die Tat umzusetzen.

Auf Robby steht mit seinen vorderen Beinen wie festgewurzelt Hoppel und er kachelt, einem störrischen Pferd wahrhaftig nicht unähnlich, mit seinen hinteren Gliedmaßen aus. Dabei trifft er aber immer wieder, fast schon einem Rhythmus nahe, die hölzerne Rückwand ihrer eigentlich recht geräumigen Bucht.

Daher kam also auch dieses für mich unklare trommelnde Geräusch! Das wäre ja zumindest schon mal geklärt.

Doch auch Blacky ist nicht völlig untätig, sie schupst nämlich Robby wiederholt in seine Flanken, um ihn zum Aufstehen zu bewegen. Als das nicht hilft, legt sie sich auf den leblosen Meerschweinchenkörper nieder und fängt an, ihn am Kopf intensiv zu putzen. Doch als Robby auch hier keine Reaktion zeigt, beginnt sie plötzlich mit den Vorderbeinen auf ihn einzutreten. So, als ob sie durch den kleinen plötzlichen Wutausbruch doch noch etwas bei ihrem tierischen Kameraden erreichen könnte.

Nun wird es wirklich höchste Zeit das tote Tier zu bergen, soll Robby letzten Endes nicht als ›Hackfleisch‹ enden. So will ich ihn, in kurzen Worten gesagt, nicht in Erinnerung behalten.

Da sich die beiden Zwergkaninchen irgendwie immer noch nicht in Griff haben, denn sie treten nach mir und versuchen auch nach der Hand zu beißen, die das Meerschwein aus ihrer Bucht holen will, sehe ich mich gezwungen, zu ›härteren‹ Maßnahmen zu greifen. Deshalb hole ich den großen alten Meerschweinchenkäfig beziehungsweise nur dessen Oberteil aus der Garage heraus, stelle ihn auf den Rasen ab. Dann streife ich mir ein paar Arbeitshandschuhe von Martin über. Nun kann ich ohne Gefahr für meine Hände Hoppel sowie Blacky aus ihrer Bucht holen und in das Käfigoberteil hineinsetzen. Beide Kaninchen geben sogleich ihre äußerst aggressive Haltung auf, als sie die frischen Grashalme unter sich gewahr werden. Jetzt haben sie nur noch eins im Sinn, fressen, fressen und nochmals fressen.

Ich persönlich denke mir ja, dass vielleicht dieser beginnende Geruch des Todes, bei ihnen diesen hohen Grad an Aggression ausgelöst hat. Was durchaus auch als seelische Furcht gedeutet werden könnte. Robby fängt jetzt nämlich überdeutlich an, schon etwas anders zu ›duften‹. Nun gilt es, die Kaninchenbucht einer sehr gründlichen Reinigung zu unterziehen. Ich glaube zwar nicht, dass mein Robby an irgendeiner Krankheit verstorben ist, wohl schon eher an Altersschwäche, aber sicher ist sicher.

Das tote Meerschweinchen lege ich erst einmal auf dem Hackklotz ab, gleich neben dem Holzbunker, um mich dann sofort auf die Reinigungsarbeiten zu stürzen.

Als Erstes hebe ich ein großes Loch, etwa zwei Spatenstiche tief, neben der monströsen Kompostkiste aus. Dort soll nämlich Robby samt alter Einstreu aus der Kaninchenbucht, die ich wieder aus puren Sichergründen nicht auf dem Kompost tun will, beerdigt werden.

Gerade als ich mit dem Ausheben des Loches fertig bin, kommen meine drei Männer vom Pilzesuchen zurück.

Natürlich ist auch bei ihnen der Schock über das plötzliche Ableben von Robby ziemlich groß, ganz besonders aber bei Patrick. Hat doch das schon recht betagte Meerschweinchenböckchen noch für Nachwuchs bei seiner Mimi gesorgt. Zum Glück ist dort auch wieder ein Böckchen dabei, welches nun von unserem Jüngsten prompt den Namen seines Vaters erhält, nämlich Robby Junior.

Zum Glück dauert aber bei allen die Betroffenheit nicht sehr lange an, denn stolz präsentieren mir meine drei Mannsbilder ihren ›riesengroßen‹ Pilzfund. Circa fünfzehn Maipilze, etwa an die neun Birkenpilze und ein paar klitzekleine Sandpilze. Wo mögen die denn schon hergekommen sein? Üblicherweise findet man die Pilze in unserer Gegend erst im Juni.

Das Putzen der Pilze überlasse ich diesmal natürlich großzügig meinem Mann und den beiden Kindern, denn auch das gehört zum Pilzesuchen mit dazu. Außerdem habe ich ja immer noch mit der Reinigung der Kaninchenbucht sowie mit der darauffolgenden Bestattung von Robby zu tun und habe für solcherlei Ablenkung jetzt einfach keine Zeit übrig. Während also meine drei Männer die wenigen Pilze säubern, hole ich mit einer Forke die Einstreu aus der Bucht und befördere sie in die vorbereitete Grube. Danach spüle ich die Unterkunft der Zwergkaninchen sehr gründlich mit dem Wasserschlauch aus, um anschließend die Holzwände und auch die Fliesen des Fußbodens mit einem handelsüblichen Desinfektionsmittel namens DanKlorix-Hygienereiniger, zu behandeln.

Während ich das Mittel für mehrere Minuten einwirken lasse, kümmere ich mich um die Beisetzung von Meerschweinchen Robby. Das heißt, er wird zuerst in einige Lagen Papierküchentücher eingewickelt. Vorher bekommt er aber von Patrick noch eine große Kartoffel und eine Mohrrübe hereingelegt, damit er auf seiner langen Reise in den Himmel auch etwas zum Beißen hat, so meint mein Jüngster. Danach lege ich ihn auf die Einstreu in der Grube und harke anschließend das Loch beziehungsweise die Grube wieder zu. Zum Abschluss, sozusagen als kleine Vorsichtsmaßnahme, beschwere ich die Stelle noch mit einem etwa fußballgroßen Feldstein, damit Robby nicht von irgendeiner streunenden Katze wieder ausgebuddelt wird. So etwas hatten wir vor Jahren, nach der Beerdigung eines Angorahamsters namens Zottelchen, schon einmal erlebt. Aber sicherlich nur, weil das Loch damals halt nicht tief genug von mir ausgehoben worden war.

Hoppel und Blacky haben es in der Zwischenzeit geschafft den kleinen Flecken Rasen unter sich leer zu fressen und weil ich ihre Bucht aber noch einmal gründlich ausspülen muss, betreffs des Desinfektionsmittels, verschiebe ich sie samt Meerschweinchenkäfigoberteil auf eine neue und noch nicht abgefressene Rasenstelle. Dass sie nun beim Futtern buchstäblich wieder reinhauen oder loslegen, als ob sie heute noch nichts bekommen hätten, versetzt mich dann doch ins Staunen.

Aber was soll's, ich greife mir wieder den Gartenschlauch und spüle die Kaninchenbucht gründlich mit Wasser aus. Das wiederhole ich so lange, bis mir kein Geruch von Desinfektionsmittel mehr unangenehm in die Nase steigt.

Damit Blacky und Hoppel bald in ihre Behausung zurückkönnen, muss sie natürlich auch wieder ganz und gar trocken sein. Aber ich würde nicht Samantha heißen, wenn ich mir hier nicht zu helfen wüsste. Ich hole mir nämlich meinen alten Föhn, der stammt noch aus DDR-Zeiten, und mit dessen tatkräftiger Hilfe puste ich die Kaninchenbucht ganz einfach trocken. Der Vorgang dauert ungefähr eine viertel Stunde. Dann kann ich die Bucht schon wieder für die Zwergkaninchen herrichten. Also frisches Stroh hineintun und auch eine Hand voll Löwenzahnblätter.

Endlich kann ich auch Blacky und Hoppel aus ihrer kleinen ›Notunterkunft‹ holen, den die beiden haben jetzt nur noch das Buddeln von sehr tiefen Löchern in meinem Rasen in ihren Kopf. Nur ungern geben sie ihre Beschäftigung auf, aber was sein muss, muss sein.

In dem Moment, als ich hinter den beiden Kaninchen die Tür ihrer Bucht schließe, dringt wieder ein sehr eigenartiger Ton an mein Ohr.

Oder ist es einfach nur wieder mein guter alter Tinnitus, ein äußerst lästiges Ohrgeräusch, welches mich schon seit drei Jahren treu und brav nicht im Stich lässt? Oder müssen ganz einfach nur mal wieder die Scharniere der Kaninchenbucht geölt werden? Angestrengt lausche ich heute also schon zum zweiten Mal, woher wohl dieses Mal das Geräusch oder eben diese Töne herkommen. Nach einigen Minuten bin ich mir ziemlich sicher, dass es nicht aus meinem Inneren, den Ohren, kommen kann, aber auch nicht von den zwei Scharnieren der Kaninchenbucht. Denn ich habe die Tür mehrmals auf und zu gemacht, ohne irgendetwas gehört zu haben.

Verdammt noch mal und zugenäht! Leide ich schon an Verfolgungs-
wahn? Bilde ich mir alles nur ein?
Jetzt brauche ich unbedingt noch eine Tasse starken Kaffee und eine
klitzekleine Pause, ehe ich schauen gehe, was meine drei Männer mit
den Pilzen veranstaltet haben.
Natürlich nutze ich für die erneute Pause auch wieder meinen Liegestuhl. Ich bin noch gar nicht richtig zum Sitzen gekommen, als schon
wieder dieses Geräusch zu mir vordringt. Jetzt möchte ich aber ganz
genau wissen, was hier los ist. Irgendetwas oder irgendjemand muss
für diese Art von Geräuschen doch verantwortlich sein.
Was ich noch vor wenigen Minuten für meinen Tinnitus gehalten habe
oder eben das Quietschen von Scharnieren, halte ich jetzt eher für ein
hohes Piepsen, Fiepen oder auch Zwitschern. Na ja, in diese Richtung
ungefähr, ist doch der Ton wahrhaft sehr leise aber doch auch irgendwie sehr hoch.
Diese hohen Töne wiederum machen es mir jetzt auch sehr einfach,
ich brauche ihnen nur nachzugehen. Diesmal führt es mich geradewegs vor die Türen der Frettchenvilla. Hier kann ich nun das, einigen
wir uns einmal auf Gezwitscher, ganz deutlich hören. Da aber weder
Betty noch Barny außerhalb ihres Schlafhäuschens zu sehen sind,
kann ich nun nicht mit Bestimmtheit sagen, wer von den beiden Frettchen diese Töne verursacht hat. Da werde ich wohl oder übel meine
beiden Lieblinge aus ihren Träumen holen müssen. Gesagt, getan!
Zuerst öffne ich die Tür zur unteren Etage, die jetzt ja von Barny alleine bewohnt wird. Dann klopfe ich leise mit der Hand wiederholt
gegen sein Schlafhaus und warte darauf, dass mein kleiner Freund auf
der Bildfläche erscheint. Aber es rührt sich absolut nichts. Na dann
werde ich wohl ein bisschen nachhelfen müssen. Darum klopfe ich
nun um vieles lauter beziehungsweise kräftiger noch einmal an das
Häuschen, aber wieder lässt sich kein Barny sehen.
Das versetzt mich, ehrlich gesagt, nun doch ganz plötzlich in eine tiefe
Unruhe und ich frage mich ernsthaft, ob der Kerl schon wieder einmal
auf Wanderschaft gegangen ist oder er vielleicht, nach dem regneri-
schen Wetter in der vergangenen Woche, vielleicht nicht ganz auf
dem Posten ist. Deshalb befördere ich das Schlafhaus von Barny
buchstäblich an die frische Luft hinaus und stelle es auf der Wiese
unmittelbar vor der Villa ab. Nun aber schnell hineingeschaut und
geprüft, was es mit dem Nichterscheinen von meinem Barny auf sich

hat. Behutsam öffne ich den Deckel des Hauses, um Barny nicht zu erschrecken, denn plötzlich einfallendes sehr helles Tageslicht in seine ›privaten Räume‹ mag er ganz und gar nicht. Da beißt mein Dicker schon mal zu, wenn er sich allzu sehr gestört fühlt. Aber heute scheint mein kleiner Freund sich von seiner allerbesten Seite zeigen zu wollen. Er schaut nämlich mit seinem Kopf nur bis kurz hinter seinen Äuglein aus seinem Kuscheltuch, der alten Babydecke, heraus und blinzelt mich nur völlig verträumt an. Dann gähnt er herzhaft, streckt sich der ganzen Länge nach kräftig durch, um sich sofort wieder, wie ein Igel, zusammenzurollen und weiter zu schlummern.

So behutsam, wie ich den Deckel des Schlafhauses geöffnet habe, genauso behutsam schließe ich ihn jetzt auch wieder. Danach noch schnell das Häuschen auf seinen alten Platz in der unteren Etage gerückt und die Tür fest verschlossen.

Von Barny kann also das Gezwitscher nicht gekommen sein. Da bleibt ja im Prinzip fast nur noch meine kleine hochtragende Betty über, wenn diese Töne nicht doch von irgendwelchen Vögeln oder sogar Mäusen verursacht wurden und dann bis zu mir vordrangen.

So statte ich also umgehend meiner Frettchenfähe Betty, die in den nächsten zwei Tagen werfen müsste, eine kurze kontrollierende Stippvisite ab und schaue nach, ob bei ihr auch alles in bester Ordnung ist. Wie bei Barny muss ich auch hier wieder das Schlafhäuschen, welches vor zwei Tagen von mir in eine Wurfkiste umfunktioniert wurde, anstatt des alten gelblichen Pullovers bekam sie nun ein dickeres Bettlaken aus Baumwolle in ihr Häuschen hineingelegt, aus der Villa herausholen.

Hierbei versuche ich sogar noch etwas behutsamer vorzugehen, als ich es vorhin schon bei Barny tat, weil ich mir ja absolut nicht sicher sein kann, was mich nun erwarten wird. Wie es sich dann herausstellen sollte, war die überaus behutsame Vorgehensweise von mir durchaus angebracht.

Das Allererste, was mir sofort näher ins Auge fällt, ist das Bettlaken, welches an vielen Stellen mit großen Flecken an frischem Blut getränkt ist. Dass mich dieser Anblick nun prompt nicht nur in helle Aufregung versetzt, sondern auch meinen Blutdruck steil nach oben befördert wird, kann man bestimmt gut nachvollziehen. Ganz deutlich kann ich meinen Pulsschlag in meinen Schläfen spüren, soll doll pocht er plötzlich.

Das Zweite, was mir dann in mein Bewusstsein dringt, sind die mir nun schon bekannt vorkommenden Töne, die ich im Laufe des Vormittags ja mindestens das dritte Mal zu Gehör bekomme. Demnach müssen ja die ganze Zeit diese Geräusche von Betty ausgegangen sein, obwohl ich derlei noch nie bei ihr vernommen habe.
Doch dann trifft mich die Erkenntnis beinahe wie ein Paukenschlag. Die unbekannten hohen Töne und das viele Blut auf dem Bettlaken können doch im Prinzip nur eins bedeuten, nämlich, dass unsere kleine Betty heute, zwei Tage vor dem errechneten Termin, geworfen hat.
Dass mich nun die unverhohlene Neugier so richtig fest ergriffen hat, wird wohl jeder nachvollziehen können, der dieses schöne Ereignis einer Geburt schon hautnah miterlebt hat. Dabei ist es ganz egal, ob es um die Geburt eines Menschenbabys geht oder eben ›nur‹ um die Geburt bei (s)einem geliebten Haustier.
Natürlich schaue ich jetzt umgehend nach der jungen Mutter Betty und ihrem Kind, noch weiß ich ja nicht genau wie viele es sein werden, beziehungsweise ihren Kindern.
Vorsichtig schlage ich also das Bettlaken so weit auseinander, dass ich Betty und ihren ersten Wurf ungehindert begutachten kann, in Bezug auf eventuelle Totgeburten oder Resten der Nachgeburt, ohne sie dabei zu berühren. Das ist deshalb so wichtig, damit sich die blutjunge Frettchenmutter nicht von mir gestört fühlt und sie ihre Kinder nicht verstößt oder sogar auffrisst. Was ja laut den Informationen aus meinen zahlreichen Tierfachbüchern durchaus, nicht nur bei dem Tier Frettchen, passieren kann.
Meine Überraschung ist darum umso größer, als Betty sich plötzlich von ihrem Wurfplatz erhebt, mit etwas wacklig aussehendem Bewegungsablauf zum Rand der Wurfkiste tippelt, sich dort aufrichtet wie ein Erdmännchen, sich meiner rechten Hand zuwendet und diese dann mehrere Sekunden lang wiederholt ableckt.
Während ich es völlig verblüfft über mich ergehen lasse, suchen meine Augen nach den Frettchenwelpen, denn das Fiepen oder eben auch das Gezwitscher kann ich ja nun ganz deutlich hören.
Mit der freien, also meiner linken Hand, hebe ich nun das Bettlaken an verschiedenen Stellen an, bis ich die Kleinen gefunden habe.
Wie viele es auf den allerersten Blick sind, kann ich ohne genauer nachzusehen nicht sofort sagen. Aber, dass die Welpen nicht viel größer als mein kleiner Finger und dass sie nur ganz leicht weißlich be-

haart sind, wobei die rosa Hautfarbe sehr deutlich zu sehen ist, das kann ich schon sagen. Auch, dass bei drei Welpen ein offensichtlicher Unterschied in der Körpergröße zu den anderen Frettchen zu sehen ist. Eines sieht sogar noch auf seinem Köpfchen etwas blutig und feucht aus, was mich ja sehr stark annehmen lässt, dass dieser Welpe wohl der zuletzt Geborene oder eben die zuletzt Geborene ist.

Bevor ich jetzt aber etwas gründlicher nachschaue, ob mit den Kleinen auch alles in bester Ordnung ist und welcherlei Geschlecht sie haben, schlage ich das Laken erst einmal wieder vorsichtig zurück. Schließlich sollen sie sich sozusagen nichts wegholen und außerdem möchte ich meine Betty zuerst in die Villa setzen, bevor ich ihren Wurf richtig in Augenschein nehme. Ich glaube zwar nicht, dass sie mich beißen oder sogar abhauen würde, weil sie sich sicherlich schon rein instinktiv um ihre Kinder kümmern will, aber man kann ja nie wissen.

Ich hebe Betty nun vorsichtig mit beiden Händen aus der Kiste heraus, wobei ihre Hinterfüße und auch der Bauch auf meiner linken Hand ruhen. Dann setze ich sie sehr behutsam in ihre Etage hinein. Stelle ihr aber eine saubere Schüssel mit frischem Futter sowie eine Schüssel mit frischem lauwarmen Wasser dazu und schließe hinter ihr die Tür.

Da sich die junge frischgebackene Mutter nicht nur gierig über Speis und Trank hermacht, sondern auch keine Anstalten unternimmt wieder aus ihrer Etage herauszuwollen, kann ich endlich in aller Ruhe nach den Welpen schauen.

Doch ehe ich jetzt das Schlafhäuschen beziehungsweise die Wurfkiste erneut öffne, hole ich mir ein reines Handtuch und ein neues Bettlaken aus dem Frettchenwäscheschrank in der Garage heraus. Außerdem greife ich mir den großen alten Kartoffelkorb, der noch nie als solcher seinen Dienst getan hat, weil ich in diesen Korb die Welpen vorübergehend unterbringe, während ich in der Wurfkiste das schmutzige Laken gegen das saubere Laken austausche.

So bepackt kehre ich auf schnellstem Wege zu der Frettchenvilla und der Wurfkiste zurück. Da meine Betty noch immer mit dem Fressen beschäftigt ist, die Geburt muss wohl mächtig anstrengend für sie gewesen sein, wenn sie solch einen Appetit entwickelt, kann ich mich auch in aller Ruhe um die Säuberung der Kiste und um die Begutachtung der Welpen kümmern.

Wieder öffne ich die bewusste Kiste und wieder erstaunt es mich, wie winzig so ein neugeborenes Frettchen ist und dass es trotzdem dazu fähig ist, sich so gut vernehmbar, für das menschliche Ohr zumindest, zu äußern. Mir schlägt nämlich im wahrsten Sinne des Wortes ein kleines mehrstimmiges ›Frettchenkonzert‹ entgegen. Erst Jahre später erfahre ich, auf irgendeiner Internetseite, dass man dies auch als Nestgezwitscher bezeichnet und dass diese Töne von den Kleinen nur dann gemacht werden, wenn sie Hunger haben oder eben die Mutter nicht bei ihnen im Nest weilt.

Doch zurück zu Betty ihren und ›unseren‹ ersten Frettchenwelpen.

Das blutige Laken, samt seines sehr schönen Inhaltes - den neugeborenen Frettchenwelpen, wird von mir vorsichtig aus der Wurfkiste gehoben und behutsam im Kartoffelkorb sozusagen zwischengelagert. Angespannt schaue ich nach meiner Betty und nachdem, was sie wohl machen wird, wenn sie mitbekommt, dass ich mich an ihrem, erst wenige Stunden alten Wurf zu schaffen mache. Sie ist aber gerade mit Wasser trinken beschäftigt und kümmert sich momentan nicht im Geringsten um die Welpen, somit auch nicht um mich. Na prima.

Angestrengt lausche ich auch nach den Tönen der Kleinen. Diese müssen endlich müde geworden sein, denn dort ist plötzlich völlige Ruhe eingekehrt. Trotzdem lege ich jetzt einen ordentlichen Zahn zu, damit ich Mutter und Kinder wieder zusammensetzen kann.

Die Wurfkiste wird von mir auf Verunreinigungen wie Futterreste, Blut und Nachgeburt untersucht. Aber Widererwarten ist alles blitzeblank. Ich brauche im Prinzip nur das saubere Laken hineintun.

Nun geht es buchstäblich ans ›Eingemachte‹ und ich schaue mir jetzt endlich überaus gründlich die Welpen an. Vorsichtig falte ich das blutige Bettlaken auseinander, weil ich zuerst erkundigen möchte, wo genau sie sich in dem großen Stück Stoff verkrochen haben.

Lange muss ich sie aber nicht suchen, denn sie scheinen einander buchstäblich die wärmende Nähe gesucht zu haben. Alle liegen nämlich wie hübsch aufgefädelt auf eine Kette oder beinahe wie in Reih und Glied nebeneinander mitten im großen Kartoffelkorb und eigentlich auch an dessen tiefster Stelle.

Der Frettchenwelpe, der für mich augenscheinlich am Kleinsten aussieht, wird von mir zuerst unter die Lupe genommen. Wenn mich nun nicht alles täuscht, muss es sich hierbei um ein Mädchen handeln, denn deutlich heben sich mehrere kleine Erhebungen, sozusagen in Zweierreihe, von dessen Bauchdecke ab, was sicherlich unzweifelhaft der Ansatz der Zitzen ist. Außerdem nehme ich stark an, dass es von der Farbe her ein Albinofrettchen sein wird, da sich offensichtlich unter der dünnen Haut, die sich über den noch geschlossenen Augen befindet, eine rötliche Färbung ausmachen lässt. Was mich aber gerade bei diesem Frettchenbaby beunruhigt ist, dass seine Haut regelrecht glasig beziehungsweise annähernd durchsichtig aussieht, so dass man regelrecht die inneren Organe unter der Bauchdecke liegen sehen kann. In mir macht sich die starke Befürchtung breit, dass dieses kleine Frettchenkind wohl die nächste Nacht nicht überleben wird.

Zum Glück hat sich unsere liebe Samantha in diesem Punkt wirklich stark geirrt - Anmerkung von Betty.

Vorsichtig lege ich das winzige Wesen nun in die Wurfkiste auf das neue Laken und decke es mit einer Ecke zu. Dann hole ich mir die beiden anderen sehr klein aussehenden Welpen aus dem Kartoffelkorb heraus. Wie es sich dann herausstellt, muss es sich bei ihnen auch um Mädchen handeln, denn sie haben ebenfalls diesen Ansatz der Zitzen auf ihrem Bäuchlein. Nur, dass sich unter der Haut, die ihre Augen abdeckt, eine ganz dunkle Färbung erkennen lässt. Unzweifelhaft ein Anzeichen dafür, dass diese zwei Mädchen sicherlich einmal ganz ihrem Papa, der ja ein Siamfrettchen ist, aus dem Gesicht geschnitten sein werden.

Nun noch ganz schnell einen Blick auf die restlichen vier Kinderchen geworfen, denn meine frischgebackene Mutter Betty hat soeben ihr ausgiebiges Mahl beendet und möchte zurück zu ihren Kindern, was sie mir durch penetrantes Kratzen und Zotteln an dem Gitter der Käfigtür, zu verstehen gibt.

Bei diesen vier sehr kräftig gebauten Welpen, für so ein Frettchenkind zumindest, nehme ich stark an, dass es sich bei diesen nur um Jungen handeln kann, denn hier ist unter der bereits abtrocknenden Nabelschnur deutlich die kleine Erhebung mit einem winzigen Haaransatz, wie so ein Pinselchen, des Harnausganges zu sehen.

Außerdem haben alle vier in ihrem Nacken eine tiefe Falte aufzuweisen, was mich nun wiederum annehmen lässt, dass die Welpen rundherum gut entwickelt sind. Habe ich doch ähnliche Körpermerkmale auch schon bei frisch geborenen Hundewelpen gesehen, als wir vor einigen Jahren auf der Suche nach einem Schäferhund beziehungsweise Schäferhündin für uns waren und wo mir der Hundezüchter verriet, dass diese Falte im Nacken für eine gesunde Entwicklung des Nachwuchses spricht.

Dass wir bei diesem Züchter dann unsere Hündin Alexa kauften, sei nur am Rande erwähnt.

Im Gegensatz zu den drei weiblichen Welpen haben die vier männlichen Welpen ein pralles Bäuchlein aufzuweisen. Sie sehen halt nicht so klein und zerbrechlich aus. Was mich nicht nur annehmen lässt, dass diese eventuell als Erste auf die Welt kamen, sondern von Betty auch schon ordentlich gestillt wurden. Hatte ich doch diese unklaren Geräusche beziehungsweise das Gezwitscher schon kurz nach den Ereignissen rund um den Kaninchenstall schon einmal gehört.

Auch bei den vier Jungen kann man jetzt schon mit Sicherheit behaupten, dass unter ihnen ein Albinofrettchen sein wird, denn auch er hat diese gewisse rote Färbung unter der Hautschicht, die sich über den Augen befindet.

So bekommen also schon am ersten Tag beziehungsweise den ersten Stunden ihres Lebens zwei Welpen ihren ganz persönlichen Namen.

Sicherlich könnt ihr Euch schon denken, um welche beiden Welpen es sich dabei handelt oder? Richtig, um die beiden Albinofrettchen. Das Mädchen heißt von nun an, ganz zu Ehren ihrer Mama, Betty Junior. Der Junge hört in Zukunft auf Max.

Nachdem ich nun alle Welpen wieder in die Wurfkiste gelegt habe, wird es höchste Zeit, Mutter und Kinder wieder zueinander zu lassen.

Vorsichtig öffne ich die Villatür und lasse dabei meine kleine Betty nicht aus den Augen. Dann hebe ich behutsam die Wurfkiste hoch und schiebe diese an ihren angestammten Platz in der oberen Etage zurück.

Dass mein Tun nun äußert neugierig, beinahe schon misstrauisch würde ich sagen wollen, von der frischgebackenen Mutter Betty beobachtet wird, entgeht mir dabei natürlich auch nicht. Ich bin sehr gespannt darauf, wie sie sich jetzt verhalten wird.

Erstaunlicherweise begibt sich meine Betty nicht eilends zu ihren Kindern, sondern sie macht zuerst einen Abstecher zu mir. Gründlich werde ich von ihr buchstäblich untersucht, denn wahrscheinlich rieche ich sehr auffallend für sie nach ihren Frettchenwelpen. Vielleicht nimmt sie ja sogar an, dass ich ihre Kinder unter meiner Bekleidung versteckt habe, denn auch unter meinem Pullover schaut sie sorgfältig nach. Als sie aber nicht fündig wird, klettert sie auf meine Schulter, schnüffelt an meinem Hals entlang, leckt ein wenig in meinen Ohren herum und schiebt dann ihr Schnäuzchen durch meine Haarpracht.

Ehe ich mich versehe, springt Betty plötzlich von meinem Kopf herunter und in ihre Etage hinein. Wobei sie ein paar leichte Kratzspuren auf meiner Kopfhaut und direkt über meiner rechten Augenbraue hinterlässt. Schnell erledigt sie noch einen höchstwahrscheinlich sehr dringenden Gang zur Katzentoilette. Kurz darauf ist sie blitzartig in ihrer Wurfkiste verschwunden. Ihre Schwanzspitze ist noch gar nicht richtig in der Kiste verschwunden, als wieder ein mehrstimmiges Frettchenkonzert an meine Ohren dringt. Lange dauert es dann aber nicht und es kehrt Ruhe ein.

Wieder einmal kann ich meine Neugier nicht in Zaum halten und ich hebe diesmal nur den Deckel der Wurfkiste ein wenig an, um zu schauen, was die Ursache des plötzlichen Schweigens ist.

Was sich meinen Augen bietet, ist in wenigen Worten gesagt. Betty liegt halb zusammengerollt auf dem Laken, wobei sie auf Seite liegt. An jeder ihrer Zitzen hängt ein Frettchenwelpe und trinkt sich satt. Betty hebt zum Glück nur ihr Köpfchen etwas an, bleibt aber ansonsten ruhig liegen.

Nun will ich aber das Glück und die Ruhe der kleinen Frettchenfamilie nicht weiter stören. Ich schließe behutsam den Deckel der Kiste, verriegele dann auch gewissenhaft die Villatür und gehe zurück ins Haus, um meiner Familie von den Neuigkeiten bei den Frettchen zu erzählen.

Natürlich sind meine drei Mannsbilder nicht minder neugierig auf die Kleinen wie ich selbst. Aber ich ›verbiete‹ ihnen bis zum nächstens Tag jeglichen Kontakt, außer mit Barny natürlich, mit den Frettchen. Die junge Mutter braucht schließlich ihre absolute Ruhe, außerdem ist Morgen auch wieder ein Tag, den ich dazu benutzen möchte, die ersten Bilder von den Neuankömmlingen zu machen.

Ein wenig sind Martin, Steven und Patrick aber dann doch enttäuscht. Ihre Laune bessert sich erst wieder, als sie hören, dass es gleich Sieben auf einen Streich sind.

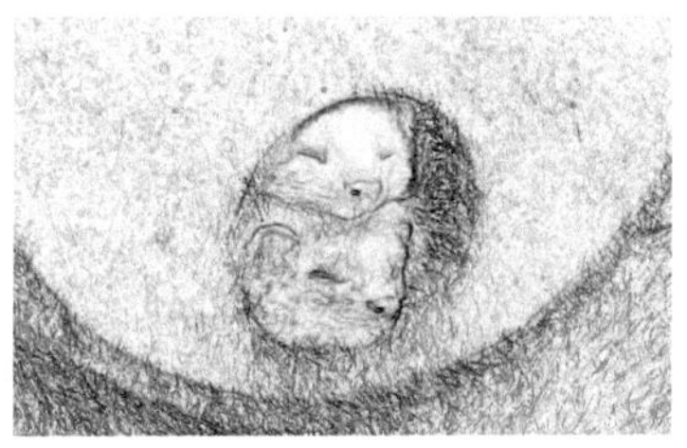

⟨ Abschied ⟩

Ich weiß jetzt nicht so recht wie ich beginnen soll, denn an dieser Stelle möchten sich meine Zuckerpuppe Betty und meine Wenigkeit der Barny von Euch verabschieden.

Auch, wenn es so manchem schwerfallen wird, aber die Ereignisse um uns, unseren insgesamt achtundzwanzig gemeinsamen Kindern und dem Leben mit den vier Trimmdichs liegt jetzt schon so viele Jahre zurück, so dass sich unser Frauchen Samantha wahrlich nicht mehr an jede kleine Dummheit oder jeden kleinen koboldhaften Streich erinnern kann.

Wie ihr ja sicherlich wisst, ist Betty schon im Juli 2001, also vor vier langen Jahren, in den Frettchenhimmel aufgestiegen und ich folgte ihr dahin zwei Jahre später, im Mai 2003.

Außerdem vermischen sich unsere vielen kleinen und großen Streiche mit denen unserer zahlreichen Nachfolger. Ich könnte wetten, dass unser liebes Frauchen sicherlich für weiteren Lesestoff um uns Frettchen, als bezaubernde Hausgenossen, sorgen wird. Denn auch ihre anderen Frettchen haben sich in ihr Herz und das ihrer Familie geschlichen und so wie wir einst (1996) einen bleibenden Platz gefunden.

Komischerweise fällt mir gerade jetzt auch wieder so ein Spruch von unserem Omafrauchen, der Hanna, ein und dieser sagt im Prinzip schon alles: »Man muss auch loslassen können!«

Unser Frauchen Samantha hat durch unseren plötzlichen Tod einfach nicht weiter an unserer gemeinsamen Geschichte arbeiten können. Dann starb auch noch Ihre geliebte Frau Mama. So kam eines zum anderen.

Aber jetzt, nach gut dreieinhalb Jahren, hat sie eben losgelassen und konnte dieses Buch zu Ende schreiben.

Geplant ist eine Fortsetzung ja nicht, ich weiß nur so viel, das Frauchen schon eine Idee zu einem neuen Buch hat. Ob es da um Frettchen geht, kann ich euch nicht sagen. Lasst euch einfach überraschen.
Bevor ich es vergesse. Schaut doch einfach einmal auf Samanthas umfangreicher Homepage www.uetzer-frettchen.de vorbei. Da kann man nämlich eine ganze Menge über uns beziehungsweise das Tier Frettchen erfahren.
Nun aber wirklich tschüss! Good bye! Winke, winke und seid allezeit lieb zu euren eigenen Kobolden!
»Hey Betty, hör schon auf zu weinen ...!«

▲   Ameisen können echt lästig sein!   ▲

▲   Bauch kraulen ist ja so schön.   ▲

▲ Betty träumt von einer schönen Zukunft ▲

▲ Ich will nicht Pferd für Barny spielen ▲

▲ Ist unser Frühstück schon fertig? ▲

▲ Eigelb schmeckt einfach super ▲

▲   Mal sehen, wer zuerst runterfällt!   ▲

▲   Mann o Mann, bin ich heute deprimiert!   ▲

▲ Vitaminpaste ist ein echt feines Fresschen! ▲

▲ Was hat den Frauchen da an ihrem Fuß? ▲

▲ Seid ihr die Osterhasen? ▲

▲ Barny träumt von seinem Ausflug in Nachbars Garten ▲

▲ Hilfe! Kann mich mal einer hier runterholen? ▲

▲ Wo ist der Wein nur geblieben, wo, wo, wo? ▲

▲ Wo bleibt mein Futter? ▲

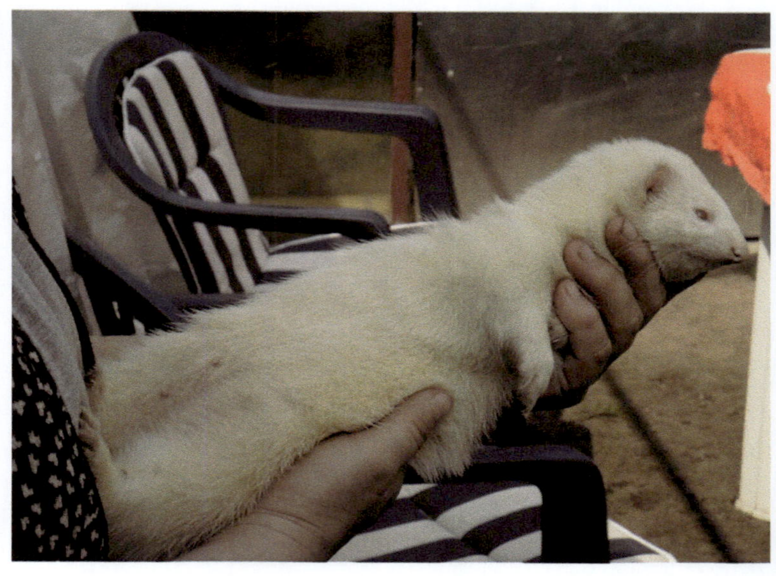

▲ Betty, ein paar Tage vor der Entbindung ▲

▲   Was rappelt da in der Kiste?   ▲

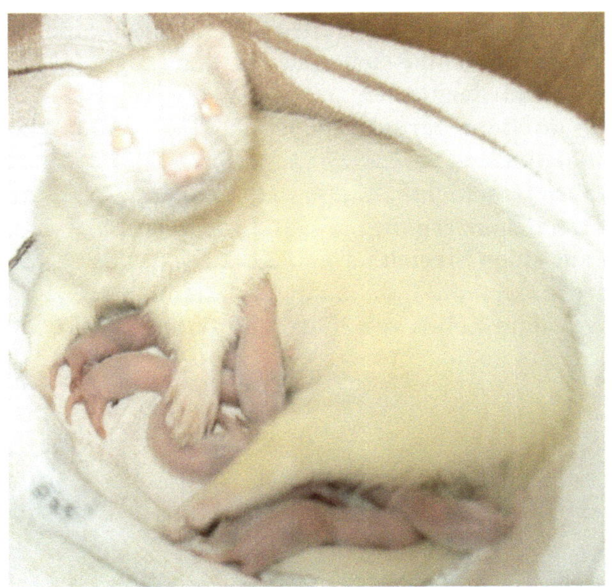

▲   Sieben auf einen Streich.   ▲